HARLAN COBEN

In seinen Händen

GOLDMANN

HARLAN COBEN

In seinen Händen

Thriller

GOLDMANN

Die Originalausgabe erschien 2010
unter dem Titel »Caught« bei Dutton,
a member of Penguin Random House LLC, New York.

FSC
www.fsc.org
MIX
Papier aus verantwortungsvollen Quellen
FSC® C014496

Penguin Random House Verlagsgruppe FSC® N001967

4. Auflage
Neuausgabe April 2020

Umschlaggestaltung: UNO Werbeagentur, München
Umschlagmotiv: Trevor Payne/arcangel images
TH · Herstellung: kw
Satz: Uhl + Massopust, Aalen
Druck und Bindung: GGP Media GmbH, Pößneck
Printed in Germany
ISBN: 978-3-442-49000-4

www.goldmann-verlag.de

Für Anne
Vom glücklichsten Mann der Welt

PROLOG

Ich wusste, wenn ich die rote Tür öffnete, würde das mein Leben zerstören.

Ich weiß, das klingt sehr melodramatisch und nach bösen Vorahnungen, dabei bin ich wirklich kein Freund solcher Sachen, und eigentlich hatte die rote Tür auch nichts Bedrohliches an sich. Es war eine vollkommen normale Tür, wie man sie in drei von vier Häusern in den Vororten findet: Holztäfelung, leicht ausgebleichte Farbe, ein Messingknauf und in Brusthöhe ein Klopfer, den nie jemand benutzte.

Als ich aber im schwachen Licht einer fernen Straßenlaterne darauf zuging und die finstere Öffnung wie ein weit geöffneter Schlund darauf wartete, mich am Stück zu verschlingen, verstärkte sich das Gefühl, dem Untergang geweiht zu sein. Jeder Schritt vorwärts kostete mich ungeheuer viel Kraft, als ob ich nicht einen etwas unebenen Weg entlanggehen, sondern durch noch nicht getrockneten Zement waten würde. Mein Körper zeigte alle klassischen Symptome einer bevorstehenden Katastrophe: Frösteln am Rückgrat? Vorhanden. Gänsehaut an den Armen? Yep. Kribbeln im Nacken? Ja. Kitzeln auf der Kopfhaut? Check.

Das Haus lag vollkommen im Dunkeln, es war kein einziges Licht zu sehen. Darauf hatte Chynna mich schon vorbereitet. Doch das ganze Ensemble war fast schon zu typisch, entsprach fast zu sehr Schema F und war fast zu unscheinbar. Aus irgendeinem Grund störte mich das. Außerdem lag es einsam und verlassen am Ende einer Sackgasse, kauerte da ganz hinten in der Dunkelheit, als wollte es sich vor Eindringlingen verstecken.

Das gefiel mir nicht.

Die ganze Sache gefiel mir nicht, aber das ist nun einmal mein Job. Als Chynna anrief, war das Spiel der E-Jugend-Basketballmannschaft, die ich im Stadtzentrum von Newark betreue, gerade vorbei. Mein Team, lauter Viertklässler, die, wie ich, als Waise aufgewachsen waren (wir nennen uns die No-Rents, Abkürzung von No Parents, die Elternlosen – Galgenhumor), hatte es geschafft, eine Sechs-Punkte-Führung innerhalb der letzten zwei Minuten zu verspielen. Genau wie im richtigen Leben waren die NoRents auch auf dem Platz nicht besonders gut, wenn sie unter Druck gerieten.

Chynna rief an, als ich meine jungen Korbjäger nach dem Spiel für die kurze Nachbesprechung um mich versammelt hatte, also die üblichen aufmunternden Worte beziehungsweise tiefschürfenden Lebensweisheiten wie »Guter Versuch«, »Beim nächsten Mal schaffen wir's« und »Denkt daran, dass wir nächsten Donnerstag wieder ein Spiel haben« von mir gebe, alle in der Mitte die Hände aufeinanderlegen, sie zusammen hochwerfen und »Defense« schreien, die wir vermutlich vor allem deshalb heraufbeschwören, weil wir die Verteidigung in unserem Spiel vollkommen vernachlässigen.

»Dan?«

»Wer ist da?«

»Hier ist Chynna. Kannst du bitte kommen?«

Ihre Stimme zitterte, also hatte ich das Team verabschiedet, war in den Wagen gesprungen und gerade hier angekommen. Ich hatte nicht einmal Zeit zum Duschen gehabt. Und so vermischte sich jetzt der Schweißgeruch aus der Sporthalle mit dem der Angst. Ich verlangsamte meinen Schritt.

Was war los mit mir?

Na ja, wahrscheinlich hätte ich doch kurz duschen sollen. Ungeduscht funktioniere ich nicht richtig. Habe ich noch nie. Aber Chynna war sehr bestimmt gewesen. Sofort, hatte sie gefleht. Noch bevor jemand nach Hause käme. Also war ich gekommen, und das graue T-Shirt mit großen, dunklen Schweißflecken klebte mir auf der Brust, während ich auf die Tür zuging.

Wie die meisten Jugendlichen, mit denen ich arbeite, kämpfte auch Chynna mit ernsthaften Problemen, und vielleicht läuteten deshalb jetzt meine Alarmglocken. Ihre Stimme hatte mir am Telefon ganz und gar nicht gefallen, genauso wenig wie jetzt hier diese ganze Situation. Ich atmete tief durch und sah mich um. In der Ferne waren ein paar Lebenszeichen im nächtlichen Vorort zu erkennen – beleuchtete Häuser, das Flackern eines Fernsehers oder Computer-Bildschirms im Fenster, ein geöffnetes Garagentor –, aber hier in dieser Sackgasse tat sich nichts, alles war still und bewegungslos, hier herrschte Stille im Dunkeln.

Mein Handy vibrierte, worauf ich vor Schreck einen Satz machte. Ich dachte, es wäre Chynna, aber nein, es war Jenna, meine Exfrau. Ich drückte auf Annehmen und sagte: »Hey.«

»Darf ich dich um einen Gefallen bitten?«, fragte sie.

»Ich bin grade sehr beschäftigt.«

»Ich brauche morgen Abend einen Babysitter. Wenn du willst, kannst du Shelly ruhig mitbringen.«

»Shelly und ich, äh, wir haben ein paar Probleme«, sagte ich.

»Schon wieder? Aber sie ist gut für dich.«

»Ich habe Schwierigkeiten, gute Frauen bei mir zu behalten.«

»Das kannst du laut sagen.«

Jenna, meine wunderbare Exfrau, ist seit acht Jahren wieder verheiratet. Ihr neuer Mann ist ein angesehener Chirurg namens Noel Wheeler. Noel hilft mir auch ehrenamtlich im Jugendzentrum. Ich mag Noel, und er mag mich. Er hat eine Tochter mit in die Ehe gebracht, dann ist noch die inzwischen sechsjährige Kari dazugekommen. Ich bin Karis Patenonkel, und beide Kinder nennen mich Onkel Dan. Wenn ein Babysitter gebraucht wird, bin ich die erste Wahl.

Ich weiß, dass das alles furchtbar zivilisiert und naiv klingt – und das ist es wohl auch. Für mich mag es schiere Notwendigkeit sein. Ich habe sonst niemanden – weder Eltern noch Geschwister –, also ist meine Exfrau sozusagen die nächste Verwandte. Mein Leben sind die Kids, mit denen ich arbeite, denen ich Rechtsbeistand leiste, denen ich zu helfen und Schutz zu geben versuche. Wobei ich im Endeffekt nicht die geringste Ahnung habe, ob ich irgendetwas mit alledem erreiche.

Jenna sagte: »Erde an Dan?«

»Ich bin dann da«, sagte ich.

»Halb sieben. Du bist der Beste.«

Jenna machte ein Kussgeräusch in den Hörer und legte auf. Ich sah mein Handy einen Moment lang an und dachte an unsere Hochzeitsfeier. Für mich war die Ehe ein Fehler gewesen. Für mich war es generell ein Fehler, Menschen zu nahe zu kommen, und daran war nichts zu ändern. Jetzt wäre es wohl an der Zeit für ein paar Geigen, zu deren Aufschluchzen ich noch ein bisschen weiter vor mich hinphilosophieren könnte, dass es doch besser sei, wenn man geliebt und diese Liebe verloren hätte, als nie geliebt zu haben. Aber für mich trifft das einfach nicht zu. Leider liegt es in der Natur des Menschen, dieselben Fehler immer wieder zu machen, selbst wenn man es eigentlich besser wissen müsste. Hier stand ich also, der arme Waise, der sich ganz nach oben gekämpft hatte – bis an die Spitze seines Jahrgangs an einer Ivy-League-Universität – und der seine

Vergangenheit trotzdem nie ganz abgelegt hatte. Auch wenn es schmalzig klingt, ich hätte eigentlich gern jemanden an meiner Seite. Leider ist das nicht meine Bestimmung. Ich bin ein Einzelgänger, geschaffen fürs Alleinsein.

»Wir sind der Abfall der Evolution, Dan …«

Das hatte mir mein Lieblings-Pflegevater beigebracht. Er war Professor, der sich gerne in philosophischen Diskussionen erging.

»Überleg doch mal, Dan. Was haben die Stärksten und Klügsten in der Geschichte der Menschheit von jeher getan? Sie sind in den Krieg gezogen. Erst im letzten Jahrhundert hat das aufgehört. Vorher haben wir unsere absolut besten Leute zum Kampf an die Front geschickt. Wer ist also zu Hause geblieben und hat sich vermehrt, während unsere Besten auf den Schlachtfeldern fielen? Die Lahmen, die Kranken, die Schwachen, die Krüppel, die Feiglinge – kurz gesagt, der Abfall. Und so sind wir dann entstanden, Dan – durch jahrtausendelanges Aussieben der Besten und die Fortpflanzung der Schwächlinge. Deshalb sind wir alle Abschaum – das Produkt jahrhundertelanger Fehlzucht.«

Ich beachtete den Türklopfer nicht, sondern trommelte leicht mit den Fingerknöcheln gegen die Tür. Leise knarzend öffnete sie sich einen Spaltbreit. Ich hatte nicht gesehen, dass sie nur angelehnt war.

Auch das gefiel mir nicht. Es gab hier eine ganze Menge, das mir nicht gefiel.

Als Kind hatte ich mir viele Horrorfilme angeguckt, was ziemlich seltsam war, weil ich sie eigentlich überhaupt nicht ausstehen konnte. Ich konnte es nicht ausstehen, wenn mich irgendetwas aus der Dunkelheit ansprang und zu Tode erschreckte. Auch Filmblut konnte ich nicht ausstehen. Trotzdem hatte ich mir diese Filme angesehen und das idiotische Verhalten der Heldinnen in vollen Zügen genossen. Jetzt gingen mir genau diese Szenen durch den Kopf, die Szenen, in denen besagte idiotische Heldinnen an eine Tür klopften, die sich leicht öffnete, worauf man als Zuschauer schreien wollte: »Mach, dass du wegkommst, du spärlich bekleidete Tussi!« Aber sie ging völlig unverständlicherweise weiter ins Haus hinein, und kaum zwei Minuten später schlug der Killer ihr den Schädel ein und löffelte ihr das Hirn heraus.

Eigentlich sollte ich sofort machen, dass ich wegkam.

Und genau das wollte ich auch. Aber dann fiel mir Chynnas Anruf wieder an, ich dachte an ihre Worte und an das Zittern in ihrer Stimme. Ich seufzte, beugte mich vor und spähte durch den Spalt in den Flur.

Dunkelheit.

Schluss mit diesem Mantel-und-Degen-Kram.

»Chynna?«

Meine Stimme hallte durchs leere Haus. Ich rechnete nicht damit, eine Antwort zu bekommen. Keine Antwort. Das passte ins Gesamtbild. Ich stieß die Tür etwas weiter auf, trat vorsichtig einen Schritt vor …

»Dan? Ich bin hier hinten. Komm rein.«

Die Stimme klang gedämpft und kam von ziemlich weit weg. Auch das gefiel mir nicht, aber jetzt würde ich auf keinen Fall zurückweichen. Zurückweichen hatte mich im Leben schon zu viel gekostet. Ich zögerte nicht mehr. Jetzt wusste ich, was zu tun war.

Ich öffnete die Haustür, trat ein und schloss sie hinter mir.

Andere hätten in meiner Lage eine Pistole oder irgendeine andere Waffe mitgebracht. Ich hatte darüber nachgedacht. Aber das ist einfach nicht mein Stil. Außerdem war es jetzt zu spät, mir darüber Gedanken zu machen. Chynna zufolge war ohnehin sonst niemand zu Hause. Und wenn doch, na ja, dann würde ich eben improvisieren.

»Chynna?«

»Geh schon mal ins Wohnzimmer. Ich komme sofort.«

Die Stimme klang … falsch. Am Ende des Flurs fiel etwas Licht durch die leicht geöffnete Tür, also ging ich darauf zu. Ich hörte etwas. Ich blieb stehen und horchte. Fließendes Wasser. Vielleicht eine Dusche.

»Chynna?«

»Ich zieh mich nur um. Komme sofort.«

Ich ging ins schwach beleuchtete Wohnzimmer. An der Tür war so ein Dimmer-Lichtschalter, und ich überlegte, ob ich das Licht heller stellen sollte, ließ es dann aber. Meine Augen gewöhnten sich schnell an das Halbdunkel. Die Decke war vertäfelt, das Material sah aber weniger nach Holz als vielmehr nach Vinyl aus. An den Wänden hingen zwei Bilder von traurigen Clowns mit riesigen Blumen am Revers – vielleicht hatte sie jemand beim Resteflohmarkt nach dem Umbau eines extrem billigen Motels erstanden. Im Regal stand eine große Flasche billiger Wodka.

Ich meinte, jemanden flüstern zu hören.

»Chynna?«, rief ich.

Keine Antwort. Ich stand auf und lauschte. Nichts.

Ich ging nach hinten, in die Richtung, aus der ich die Dusche gehört hatte.

»Ich komm gleich«, sagte die Stimme. Ich zuckte zusammen. Ein kalter Schauer erfasste mich, denn jetzt hatte ich die Stimme aus der Nähe gehört. Und eins fand ich äußerst seltsam:

Sie klang überhaupt nicht nach Chynna.

Drei widerstreitende Gefühle erfassten mich. Erstens: Panik. Das war nicht Chynna. Sieh zu, dass du aus dem Haus kommst. Zweitens: Neugier. Wenn das nicht Chynna war, wer war das dann, und was war hier los? Drittens: wieder Panik. Chynna hatte mich angerufen – was war mit ihr passiert?

Ich konnte hier jetzt nicht einfach abhauen.

Ich trat einen Schritt auf die Tür zu, durch die ich hereingekommen war, als es plötzlich geschah. Ein Scheinwerfer leuchtete mir direkt ins Gesicht. Ich taumelte zurück und hob die Hand.

»Dan Mercer?«

Ich blinzelte. Frauenstimme. Geschult. Volles Timbre. Kam mir seltsam bekannt vor.

»Wer sind Sie?«

Plötzlich erschienen noch mehr Menschen im Zimmer. Ein Mann mit einer Kamera. Ein anderer mit etwas, das wie ein Mikrofon-Galgen aussah. Und die Frau mit der bekannt klingenden Stimme. Sie war atemberaubend mit den rotbraunen Haaren und ihrem Kostüm.

»Wendy Tynes, NTC *News*. Was tun Sie hier, Dan?«

Ich öffnete den Mund, bekam aber nichts heraus. Ich kannte die Frau aus der Fernsehshow …

»Warum haben Sie sich auf anzügliche Weise mit einer Dreizehnjährigen unterhalten, Dan? Wir haben das Gespräch aufgezeichnet.«

… die Pädophile in die Falle lockt und vor laufender Kamera entlarvt, damit die ganze Welt sie sieht und Zeuge ihres schändlichen Tuns wird.

»Sind Sie hergekommen, um Sex mit einem dreizehnjährigen Mädchen zu haben?«

Die Wahrheit dessen, was hier ablief, traf mich wie ein Keulenschlag und ließ das Blut in meinen Adern gefrieren. Weitere Personen strömten ins Zimmer. Noch ein Kameramann. Ein Polizist. Die Kameras kamen näher an mich heran. Das Licht wurde heller. Auf meinen Augenbrauen sammelten sich Schweißtropfen. Ich fing an zu stammeln, wollte meine Unschuld beteuern.

Aber es war vorbei.

Zwei Tage später gingen die Bilder über den Sender. Die ganze Welt sah sie.

Und wie ich es irgendwie schon gewusst hatte, als ich auf die rote Haustür zuging, war das Leben Dan Mercers zerstört.

Als Marcia McWaid das leere Bett ihrer Tochter sah, geriet sie nicht sofort in Panik. Das würde später kommen.

Sie war um sechs Uhr aufgewacht, ziemlich früh für einen Samstagmorgen, und hatte sich fantastisch gefühlt. Ted, ihr Ehemann, mit dem sie seit zwanzig Jahren verheiratet war, schlief neben ihr im Bett. Er lag auf dem Bauch und hatte den Arm um ihre Hüfte gelegt. Ted schlief am liebsten mit Hemd und ohne Hose. Ganz ohne. Von der Hüfte abwärts nackt. »Lässt einem Mann da unten ein bisschen Raum und Freiheit«, sagte er grinsend, wenn sie ihn darauf ansprach. Und Marcia antwortete im Singsang-Ton ihrer Teenager-Tochter: »T-M-I – Too Much Information. So genau wollte ich's gar nicht wissen.«

Marcia befreite sich aus seiner Umarmung und ging in die Küche. Sie machte sich mit der neuen Keurig-Kapsel-Maschine eine Tasse Kaffee. Ted liebte jede Art von technischen Geräten – Männerspielzeug –, aber dieses war wirklich ganz sinnvoll. Man nahm diese Kapsel, steckte sie in die Maschine, schon hatte man Kaffee. Kein Video-Display, kein Touch-Pad, keine drahtlose Netzverbindung. Marcia liebte es.

Sie hatten vor kurzem den Anbau fertiggestellt – ein zusätzliches Schlafzimmer, ein Bad und eine verglaste Nische in der Küche. Die Küchennische bot reichlich Morgensonne und war sofort zu dem Platz im Haus geworden, an dem Marcia am liebsten saß. Sie nahm die Kaffeetasse und die Zeitung, legte einen Fuß auf den Stuhl und setzte sich darauf.

Ein kleines Stück vom Himmel.

Sie las die Zeitung und schlürfte den Kaffee. In ein paar Minuten würde sie auf den Tagesplan gucken müssen. Ryan, ihr Drittklässler, musste um acht zu einem Basketballspiel erscheinen. Ted trainierte die Mannschaft. Sie hatte seit über einem Jahr kein Spiel mehr gewonnen.

»Warum gewinnen deine Mannschaften nie?«, hatte Marcia ihn gefragt.

»Ich suche die Kids nach zwei Kriterien aus.«

»Die wären?«

»Wie nett der Vater ist – und wie scharf die Mutter.«

Sie hatte ihm einen leichten Klaps gegeben, und vielleicht wäre Marcia tatsächlich ein bisschen besorgt gewesen, wenn sie nicht die Mütter am Spielfeld gesehen hätte und seitdem hundertprozentig sicher war, dass er einen Witz gemacht hatte. Tatsächlich war Ted ein wunderbarer Trainer, allerdings nicht in Hinsicht auf Taktik oder Spielstärke seiner Mannschaft, sondern was den Umgang mit den Kindern betraf. Alle liebten ihn, und weil er die Kinder nicht gegeneinander ausspielte, kamen selbst die untalentiertesten Spieler, die normalerweise schnell entmutigt waren und schon während der Saison aufhörten, jede Woche wieder. Ted hatte sogar einen Song von Bon Jovi genommen und ihn umgedreht: »You give losing a good name« – bei euch bekommt das Verlieren einen guten Ruf. Die Kids lachten und feierten jeden Korb, und genau so musste das bei Drittklässlern auch sein.

Marcias vierzehnjährige Tochter Patricia musste zur Probe der Highschool-Theatergruppe, die eine gekürzte Fassung des Musicals *Les Misérables* aufführte. Sie spielte mehrere kleine Rollen und hatte damit offenbar reichlich zu tun. Und ihre Älteste, Haley, die kurz vor ihrem Highschool-Abschluss stand, leitete einen »Captains-Kursus« für ihre Mädchen im

Lacrosse-Team. Ein »Captains-Kursus« zählte offiziell nicht als Training, bot aber eine Möglichkeit, im Rahmen der für den Highschool-Sport geltenden Richtlinien noch ein paar Zusatzeinheiten zu absolvieren. Kurz gesagt: kein Trainer, nichts Offizielles, nur ein lockeres Treffen oder eben ein Trainingsspiel mit etwas hochtrabendem Namen, das von den Mannschaftsführerinnen geleitet wurde.

Wie die meisten Eltern in den Vororten empfand Marcia eine Art Hassliebe für den Sport. Einerseits wusste sie, wie unbedeutend das ganze Brimborium auf lange Sicht war, trotzdem ließ sie sich immer wieder davon mitreißen.

Eine ruhige halbe Stunde als Tagesauftakt. Mehr brauchte sie nicht.

Sie trank die erste Tasse Kaffee aus, machte sich eine zweite, nahm den »Lebensart«-Teil der Zeitung. Es war immer noch still im Haus. Sie stapfte die Treppe hinauf und sah nach ihren Schützlingen. Ryan schlief auf der Seite, das Gesicht praktischerweise der Tür zugewandt, so dass seine Mutter die Ähnlichkeit zu seinem Vater sah.

Daneben war Patricias Zimmer. Auch sie schlief tief und fest.

»Schatz?«

Patricia bewegte sich, gab womöglich sogar ein Geräusch von sich. Genau wie in Ryans Zimmer sah es auch hier aus, als ob jemand strategisch geschickt ein paar Dynamitstangen in den Schubladen verteilt und diese dann gezündet hätte, worauf ein paar der Kleidungsstücke tot auf dem Boden zurückgeblieben waren. Andere hatten sich verwundet noch ein Stück weitergeschleppt und klammerten sich jetzt an die Schränke wie die Gefallenen der Französischen Revolution an die Barrikaden.

»Patricia? In einer Stunde ist deine Probe.«

»Ich bin schon wach«, stöhnte ihre Tochter mit einer Stimme, die genau das Gegenteil besagte. Marcia ging zum nächsten Zimmer, Haleys, und sah kurz hinein.

Das Bett war leer.

Es war auch gemacht, was Marcia allerdings nicht überraschte. Im Gegensatz zu den Rumpelkammern ihrer Geschwister war dieses Zimmer ordentlich, sauber und perfekt aufgeräumt. Es hätte ein Ausstellungsraum in einem Möbelgeschäft sein können. Es lagen keine Kleidungsstücke auf dem Fußboden, und sämtliche Schubladen waren ordentlich geschlossen. Die Pokale – und davon gab es reichlich – standen sauber aufgereiht auf vier Regalbrettern. Das vierte hatte Ted erst vor kurzem angebracht, als Haleys Team das Ferienturnier in Franklin Lakes gewonnen hatte. Haley hatte die Pokale gewissenhaft auf alle vier Bretter verteilt, weil sie nicht wollte, dass auf dem neuen nur der eine stand. Warum, wusste Marcia auch nicht genau. Zum Teil lag es wohl daran, dass es nicht so aussehen sollte, als würde Haley nur auf weitere Pokale warten, aber der Hauptgrund war bestimmt ihr allgemeiner Widerwillen gegen Unordnung. Die Pokale standen alle im gleichen Abstand zueinander, und wenn einer dazukam, schob Haley alle etwas näher zusammen, so dass sie zuerst etwa sieben Zentimeter auseinanderstanden, dann fünf und schließlich nur noch drei. Bei Haley drehte sich alles um Ausgewogenheit. Sie war die gute Tochter, was natürlich wunderbar war – ein ehrgeiziges Mädchen, das seine Hausaufgaben machte, ohne dass man es dazu auffordern musste, das nicht wollte, dass andere schlecht über sie dachten, und das eine schon fast aberwitzige Leistungsbereitschaft an den Tag legte –, und doch sah Marcia darin auch eine gewisse Verklemmtheit, einen Anflug von Besessenheit, der ihr gelegentlich Sorgen bereitete.

Marcia fragte sich, wann Haley nach Hause gekommen war. Haley musste nicht zu einer bestimmten Zeit zu Hause sein, das war einfach nie notwendig gewesen. Sie war verantwortungsbewusst und hatte ihre Freiheiten bisher nie ausgenutzt. Außerdem hatte sie ihren Highschool-Abschluss sicher. Marcia war um zehn müde geworden und ins Bett gegangen. Ted war ihr, in seiner ewigen Lüsternheit, kurz darauf gefolgt.

Marcia wollte schon weitergehen, sich nicht weiter darum kümmern, als sie sich plötzlich – sie konnte gar nicht sagen, wie sie darauf kam – entschloss, eine Maschine Wäsche zu waschen. Sie ging in Haleys Bad. Die jüngeren Geschwister, Ryan und Patricia, glaubten offenbar, dass »Wäschekorb« nur ein anderes Wort für den Fußboden oder genaugenommen »alles außer dem Wäschekorb« war, aber Haley legte natürlich alles, was sie am Tag getragen hatte, pflichtbewusst und gewissenhaft in ihren hinein. Und als Marcia den öffnete, spürte sie zum ersten Mal etwas Schweres, Drückendes in ihrer Brust, etwas wie einen kleinen Stein.

Im Wäschekorb lag keine Kleidung.

Der Stein in ihrer Brust wuchs, als sie erst Haleys Zahnbürste, dann das Waschbecken und die Dusche prüfte.

Alles knochentrocken.

Der Stein verhärtete sich, als sie Ted rief und dabei versuchte, das Entsetzen aus ihrer Stimme fernzuhalten. Er wuchs, als sie zum Captains-Kursus fuhr, wo man ihr sagte, dass Haley nicht aufgetaucht wäre. Er wuchs, als sie Haleys Freundinnen und Freunde anrief, während Ted ihre Freunde mit E-Mails bombardierte – und keiner von ihnen wusste, wo Haley war. Er wuchs, als sie das örtliche Polizeirevier anrief und der Beamte, trotz Marcias und Teds eindringlicher Proteste, ganz offensichtlich davon ausging, dass Haley eine Ausreißerin wäre, eine Jugendliche, die mal ein bisschen Dampf ablassen musste. Er wuchs, als achtundvierzig Stunden später das FBI eingeschaltet wurde. Er wuchs, als man nach einer Woche noch immer keinen Hinweis auf Haleys Aufenthaltsort gefunden hatte.

Es war, als wäre sie vom Erdboden verschluckt worden.

Ein Monat verging. Nichts. Dann der zweite. Immer noch kein Wort. Und dann, im dritten Monat, war es schließlich soweit – und der Stein, der in Marcias Brust zu einem Felsbrocken herangewachsen war, der sie am Atmen hinderte und nachts wach hielt, hörte zu wachsen auf.

ERSTER TEIL

EINS

Drei Monate später

»Schwören Sie, die Wahrheit zu sagen, die reine Wahrheit und nichts als die Wahrheit, so wahr Ihnen Gott helfe?«

Wendy Tynes tat das, trat in den Zeugenstand und sah in den Saal. Sie kam sich vor, als stünde sie auf einer Bühne, was sie als Fernsehreporterin in gewisser Weise gewöhnt sein sollte. Aber dieses Mal fühlte sie sich dabei extrem unwohl. Sie ließ den Blick über die Zuschauer streifen und entdeckte die Eltern von Dan Mercers Opfern. Vier Paare. Sie kamen jeden Tag. Anfangs hatten sie Fotos ihrer Kinder mitgebracht und sie hochgehalten, aber das hatte die Richterin ihnen dann untersagt. Jetzt saßen sie nur noch schweigend da und hörten zu – und irgendwie war das noch viel verstörender.

Der Stuhl war unbequem. Wendy setzte sich zurecht, schlug ein Bein über das andere, stellte sie dann wieder nebeneinander und wartete.

Flair Hickory, der berühmte Starverteidiger, stand auf, und nicht zum ersten Mal fragte Wendy sich, woher Dan Mercer so viel Geld hatte, dass er sich ihn leisten konnte. Flair trug seinen üblichen grauen Anzug mit breiten, rosafarbenen Streifen, rosa Hemd und rosa Krawatte. Er durchquerte den Raum auf eine Art, die man – zurückhaltend – vielleicht als *theatralisch* bezeichnen konnte. In Wirklichkeit erinnerte sie eher an etwas, das Liberace in seine Show hätte eingebaut haben können, allerdings nur, wenn er all seinen Mut zusammengenommen und mal so richtig die Sau rausgelassen hätte.

»Ms. Tynes«, begann er mit einem freundlichen Lächeln. Das war Flairs Stil. Ja, er war schwul, im Gerichtssaal trieb er dieses Gehabe aber auf die Spitze wie Harvey Fierstein in Leder-Chaps, während er Liza Minellis Jazz-Hands aus *Cabaret* parodierte. »Mein Name ist Flair Hickory. Ich wünsche Ihnen einen guten Morgen.«

»Guten Morgen«, sagte sie.

»Sie arbeiten für eine reißerische Boulevard-Fernsehshow namens *In Flagranti*, ist das korrekt?«

Der Staatsanwalt, ein Mann namens Lee Portnoi, sagte: »Einspruch. Es ist eine Fernsehsendung. Es gibt keine Beweise für die Anschuldigung, dass die Sendung reißerisch oder dem Boulevard zuzuordnen ist.«

Flair lächelte. »Dürfte ich Ihnen ein paar Beweise präsentieren, Mr. Portnoi?«

»Das ist nicht nötig«, sagte Richterin Lori Howard in einem Tonfall, aus dem schon jetzt deutliche Erschöpfung sprach. Sie wandte sich an Wendy. »Bitte beantworten Sie die Frage.«

»Ich arbeite nicht mehr für diese Sendung«, sagte Wendy.

Flair tat so, als überraschte ihn diese Auskunft. »Nicht? Aber das haben Sie doch, oder?«

»Ja.«

»Was ist passiert?«

»Die Sendung wurde abgesetzt.«

»Wegen zu niedriger Einschaltquoten?«

»Nein.«

»Wirklich nicht? Warum dann?«

Portnoi sagte: »Euer Ehren, wir wissen alle, warum.«

Lori Howard nickte: »Fahren Sie fort, Mr. Hickory.«

»Kennen Sie meinen Mandanten, Dan Mercer?«

»Ja.«

»Und Sie sind in sein Haus eingebrochen, ist das korrekt?«

Wendy versuchte, seinem Blick standzuhalten, versuchte, nicht schuldig auszusehen, was immer das auch bedeuten mochte. »Das ist nicht ganz richtig, nein.«

»Ist es nicht? Nun gut, meine Liebe, wir wollen doch so akkurat vorgehen wie menschenmöglich, also lassen Sie uns noch einen Schritt zurückgehen, ja?« Er schlenderte durch den Gerichtssaal, als wäre es ein Laufsteg in Mailand. Er war sogar so unverschämt, den Familien der Opfer zuzulächeln. Die meisten sahen Flair ganz bewusst nicht an, aber ein Vater, Ed Grayson, durchbohrte ihn mit seinem Blick. Flair schien das nicht zu beeindrucken.

»Wie haben Sie meinen Klienten kennengelernt?«

»Er hat mich in einem Chatroom angesprochen.«

Flairs Augenbrauen schossen himmelwärts. »Tatsächlich?« Als wäre es das Faszinierendste, was je jemand gesagt hätte. »Was für ein Chatroom war das?«

»Ein Chatroom für Jugendliche.«

»Und Sie waren in diesem Chatroom?«

»Ja.«

»Sie sind keine Jugendliche, Ms. Tynes. Ich meine, Sie entsprechen zwar nicht meinem Geschmack, aber selbst ich erkenne, dass Sie eine sehr wohlproportionierte, erwachsene Frau sind.«

»Einspruch!«

Richterin Howard seufzte. »Mr. Hickory?«

Flair lächelte und entschuldigte sich mit einem kurzen Winken. Das konnte sich nur Flair erlauben. »Also, Ms. Tynes, als Sie in diesem Chatroom waren, haben Sie vorgegeben, ein minderjähriges Mädchen zu sein, ist das korrekt?«

»Ja.«

»Dann haben Sie andere in Gespräche verwickelt, die dem

Zweck dienten, Männer dazu zu verlocken, mit Ihnen Sex haben zu wollen.«

»Nein.«

»Wie bitte?«

»Ich habe nie den ersten Schritt gemacht, sondern ihn immer den anderen überlassen …«

Flair schüttelte den Kopf und ts-tste missbilligend. »Wenn ich auch nur einen Dollar für jedes Mal bekommen hätte, wo ich das gesagt habe …«

Verstohlenes Lachen ertönte im Gerichtssaal.

Die Richterin sagte: »Wir haben die Transkripte, Mr. Hickory. Wir können sie lesen und daraufhin unsere eigene Entscheidung treffen.«

»Ausgezeichneter Hinweis, Euer Ehren, vielen Dank.«

Wendy fragte sich, warum Dan Mercer nicht da war. Andererseits war das ziemlich offensichtlich. Dies war nur eine mündliche Anhörung zur Beweisaufnahme, also bestand keine Anwesenheitspflicht. Flair Hickory hoffte, die Richterin dazu bewegen zu können, das widerliche, ekelerregende Material nicht als Beweis zuzulassen, das die Polizei auf Mercers Laptop und an verschiedenen Stellen im Haus versteckt gefunden hatte. Wenn er damit durchkam – wobei sich alle einig waren, dass die Chancen dazu sehr gering waren –, würde der Fall Dan Mercer sich höchstwahrscheinlich in Wohlgefallen auflösen, und ein weiterer gefährlicher Perverser würde frei herumlaufen.

»Ach, übrigens…«, Flair wandte sich wieder Wendy zu, »… woher haben Sie gewusst, dass es sich bei Ihrem Gesprächspartner bei diesem Online-Chat um meinen Mandanten handelte?«

»Zu Anfang habe ich es nicht gewusst.«

»Oh? Und mit wem glaubten Sie da zu konversieren?«

»Ich kannte keinen Namen. Das macht auch für viele den Reiz dieser Chatrooms aus. Zu dem Zeitpunkt wusste ich nur, dass ich es mit jemandem zu tun hatte, der versucht, Kontakt zu minderjährigen Mädchen zu bekommen, um Sex mit ihnen zu haben.«

»Woher wussten Sie das?«

»Wie bitte?«

Flair zeichnete mit den Fingern Anführungszeichen in die Luft. »›Der versucht, Kontakt zu minderjährigen Mädchen zu bekommen, um Sex mit ihnen zu haben‹, wie Sie es gerade formuliert haben. Woher wussten Sie, was Ihr Chat-Partner beabsichtigte?«

»Wie die Richterin schon sagte, Mr. Hickory. Lesen Sie die Transkripte.«

»Oh, das habe ich. Und wissen Sie, zu welchem Schluss ich gekommen bin?«

Lee Portnoi sprang auf. »Einspruch. Es interessiert uns nicht, zu welchem Schluss Mr. Hickory gekommen ist. Er ist hier nicht als Sachverständiger geladen.«

»Stattgegeben.«

Flair ging an seinen Tisch zurück und blätterte in seinen Akten. Wendy blickte zur Besuchergalerie. Das half ihr, sich zu konzentrieren. Viele der Menschen da hinten hatten schwer gelitten, und Wendy unterstützte sie bei ihrer Suche nach Gerechtigkeit. Auch wenn sie vorgab, abgehärtet zu sein, oder öffentlich bekundete, nur ihren Job zu machen, war es für sie doch sehr wichtig, dass sie so viel Gutes getan hatte. Als sie jetzt jedoch Ed Grayson in die Augen blickte, lag darin etwas, das ihr ganz und gar nicht gefiel. Sie sah Wut, aber auch Provokation darin.

Flair legte die Akten zur Seite. »Dann möchte ich es folgendermaßen formulieren, Ms. Tynes: Wenn ein leidlich mit Verstand gesegneter Mensch diese Transkripte läse, würde er definitiv und zweifelsfrei zu dem Schluss kommen, dass es sich bei der Chat-Partnerin um eine wohlproportionierte, sechsunddreißigjährige Reporterin handelt ...«

»Einspruch!«

»... oder würde er vielleicht glauben, dass die Chat-Beiträge von einem dreizehnjährigen Mädchen geschrieben wurden?«

Wendy öffnete den Mund, schloss ihn wieder und wartete. Richterin Howard sagte: »Sie können die Frage beantworten.«

»Ich habe mich als dreizehnjähriges Mädchen ausgegeben.«

»Ach«, sagte Flair, »haben wir das nicht alle schon einmal?«

»Mr. Hickory«, sagte die Richterin tadelnd.

»Entschuldigung, Euer Ehren, da konnte ich einfach nicht widerstehen. Also, Ms. Tynes, wenn ich Ihre Beiträge in dem Chatroom ohne Vorwissen gelesen hätte, wäre mir nicht klar gewesen, dass Sie nur vorgeben, eine Dreizehnjährige zu sein, oder? Ich hätte Sie tatsächlich für einen Teenager gehalten.«

Lee Portnoi warf die Arme in die Luft. »Wo ist da die Frage?«

»Dazu wollte ich gerade kommen, mein Süßer, also passen Sie gut auf: Wurden diese Nachrichten von einem dreizehnjährigen Mädchen geschrieben?«

»Die Frage wurde schon gestellt und auch beantwortet, Euer Ehren.«

Flair sagte: »Sie ist mit einem schlichten Ja oder Nein zu beantworten. War der Schreiber dieser Nachrichten ein dreizehnjähriges Mädchen?«

Richterin Howard forderte Wendy mit einem Nicken auf, die Frage zu beantworten.

»Nein«, sagte Wendy.

»Tatsächlich haben Sie, wie schon erwähnt, vorgegeben, ein dreizehnjähriges Mädchen zu sein, richtig?«

»Richtig.«

»Und woher wollen Sie wissen, dass Ihr Chat-Partner nicht nur vorgegeben hat, ein Erwachsener zu sein, der Sex mit Minderjährigen sucht? Woher wollen Sie wissen, dass Sie nicht mit einer Albino-Nonne mit Herpes kommuniziert haben?«

»Einspruch.«

Wendy sah Flair in die Augen. »Im Haus der Dreizehnjährigen ist keine Albino-Nonne mit Herpes auf der Suche nach Sex aufgetaucht.«

So einfach ließ Flair sie nicht davonkommen. »Um welches Haus handelt es sich hierbei, Ms. Tynes? Das, in dem Sie Ihre Kameras aufgestellt hatten? Sagen Sie, hat dort ein minderjähriges Mädchen gewohnt?«

Wendy schwieg.

»Beantworten Sie bitte die Frage«, sagte die Richterin.

»Nein.«

»Aber Sie waren da, richtig? Vielleicht hat Ihr Partner in dem Online-Chat – und bisher wissen wir nicht, um wen es sich dabei handelte –, vielleicht hatte diese Person Ihre Sendung …«, Flair sprach das Wort aus, als hinterließe es einen schlechten Geschmack in seinem Mund, »… gesehen und beschlossen mitzuspielen, um einen wohlproportionierten, sechsunddreißigjährigen, weiblichen Fernsehstar kennenzulernen. Wäre das nicht möglich?«

Portnoi war aufgesprungen. »Einspruch, Euer Ehren. Für diese Fragen sind die Geschworenen zuständig.«

»Auch wieder wahr«, sagte Flair. »Dann können wir ja auch vor dem Geschworenengericht klären, ob mein Mandant nicht ganz offensichtlich in eine hinterhältige Falle gelockt wurde.« Er wandte sich wieder an Wendy. »Also bleiben wir doch lieber bei dem Abend des siebzehnten Januar. Was geschah, nachdem Sie sich meinem Mandanten in Ihrer Hausefalle zu erkennen gegeben haben?«

Wendy wartete auf den Einspruch des Staatsanwalts gegen das Wort Hausefalle, der meinte aber offenbar, schon genug getan zu haben. »Ihr Mandant ist weggerannt.«

»Nachdem Sie mit Ihren Kameras, Mikrofonen und Scheinwerfern urplötzlich auf ihn losgestürzt sind, korrekt?«

Wieder wartete sie auf einen Einspruch, bevor sie sagte »Ja.«

»Sagen Sie, Ms. Tynes, reagiert die Mehrheit der Männer, die Sie in Ihre Hausefalle locken, so?«

»Nein. Die meisten Männer bleiben da und versuchen, das Ganze zu erklären.«

»Und sind diese ›meisten Männer‹ schuldig?«

»Ja.«

»Mein Mandant hat sich also anders verhalten. Interessant.«

Portnoi sprang wieder auf. »Das mag für Mr. Hickory durchaus interessant sein. Wir anderen halten seinen billigen Klamauk …«

»Ja, schon gut, zurückgezogen«, sagte Flair, als wollte er sich um solche Kleinigkeiten jetzt nicht kümmern. »Immer mit der Ruhe, Herr Staatsanwalt, es sind ja keine Geschworenen im Saal. Glauben Sie nicht, dass die Richterin auch ohne Ihre Hilfe in der Lage ist, meinen billigen Klamauk zu durchschauen?« Er richtete einen Manschettenknopf. »Also, Ms. Tynes. Sie haben die Scheinwerfer und die Kameras angestellt und sich mit einem Mikrofon in der Hand auf ihn gestürzt, worauf Dan Mercer die Flucht ergriffen hat. Ist das Ihre Aussage?«

»Ja.«

»Was haben Sie dann getan?«

»Ich habe meine Assistenten aufgefordert, ihm zu folgen.«

Wieder zeigte Flair sich schockiert. »Sind Ihre Assistenten Polizisten, Ms. Tynes?«

»Nein.«

»Sind Sie der Ansicht, dass Privatleute ohne Hilfe von Polizeibeamten Verdächtige verfolgen sollten?«

»Wir hatten auch einen Polizisten dabei.«

»O bitte.« Aus Hickorys Miene sprach große Skepsis. »Ihre Show spricht die niedrigste Sensationsgier an. Das ist Schund der allerschlimmsten Sorte und …«

Wendy unterbrach ihn. »Wir sind uns schon einmal begegnet, Mr. Hickory.«

Er stockte. »Tatsächlich?«

»Als ich noch Produktionsassistentin bei *In Flagranti* war, habe ich Sie einmal als Experten für den Mordprozess gegen Robert Blake gebucht.«

Flair wandte sich den Zuschauern zu und verbeugte sich tief. »Also, meine Damen und Herren, damit hätten wir nun belegt, dass ich eine Medienhure bin. Touché.« Wieder erntete er Gelächter. »Und dennoch, Ms. Tynes, wollen Sie dem Gericht wirklich weismachen, dass die Polizei Ihr pseudojournalistisches Gewäsch in einem solchen Ausmaß unterstützt, dass sie mit Ihnen zusammenarbeitet?«

»Einspruch.«

»Ich lasse die Frage zu.«

»Aber, Euer Ehren …«

»Abgewiesen. Setzen Sie sich, Mr. Portnoi.«

Wendy sagte: »Wir standen mit der Polizei und der Staatsanwaltschaft in Kontakt. Wir haben großen Wert darauf gelegt, die Grenzen von Recht und Gesetz nicht zu überschreiten.«

»Verstehe. Daher haben Sie mit den Ermittlungsbehörden zusammengearbeitet, nicht wahr?«

»Eigentlich nicht, nein.«

»Also was denn nun, Ms. Tynes? Haben Sie diesen Hinterhalt in Zusammenarbeit mit den Ermittlungsbehörden gelegt? Oder waren die zumindest über Ihr Vorhaben informiert?«

»Nein.«

»Gut, in Ordnung. Haben Sie schon vor dem Abend des siebzehnten Januar hinsichtlich meines Mandanten Kontakt zur Polizei und zur Staatsanwaltschaft aufgenommen?«

»Wir haben Kontakt zur Staatsanwaltschaft aufgenommen, ja.«

»Wunderbar, vielen Dank. Jetzt sagten Sie gerade, dass Sie Ihre Assistenten losgeschickt hätten, um meinen Mandanten zu jagen, ist das korrekt?«

»So hat sie das nicht formuliert«, sagte Portnoi. »Sie sprach von ›folgen‹.«

Flair sah Portnoi an, als hätte er noch nie ein lästigeres Insekt gesehen. »Also gut, von mir aus – jagen, folgen. Können wir den Unterschied ein andermal diskutieren? Als mein Mandant geflohen war, Ms. Tynes, wo sind Sie dann hingegangen?«

»Zu seinem Haus.«

»Warum?«

»Weil ich davon ausging, dass Dan Mercer dort irgendwann auftauchen könnte.«

»Und dann haben Sie da vor seinem Haus auf ihn gewartet?«

»Ja.«

»Haben Sie draußen gewartet?«

Wendy wand sich. Jetzt ging es los. Sie ließ ihren Blick über die Gesichter streifen, sah Ed Grayson in die Augen, dessen neunjähriger Sohn eines der frühen Opfer von Dan Mercer war. Sie spürte die Last, die in diesem Blick lag, als sie sagte: »Ich habe Licht brennen sehen.«

»In Dan Mercers Haus.«

»Ja.«

»Wie eigentümlich«, sagte Flair voller Sarkasmus. »Ich

habe noch nicht ein einziges Mal gehört, dass jemand ein Licht brennen lässt, wenn er das Haus verlässt.«

»Einspruch!«

Richterin Howard seufzte. »Mr. Hickory.«

Flair sah Wendy weiter an. »Und was haben Sie dann getan, Ms. Tynes?«

»Ich habe an die Tür geklopft.«

»Hat mein Mandant geöffnet?«

»Nein.«

»Hat jemand anders geöffnet?«

»Nein.«

»Was haben Sie dann getan, Ms. Tynes?«

Wendy versuchte, ganz ruhig zu bleiben, als sie ihren nächsten Satz sagte: »Ich meinte, durchs Fenster so etwas wie eine Bewegung gesehen zu haben.«

»Sie meinten, durchs Fenster so etwas wie eine Bewegung gesehen zu haben«, wiederholte Flair. »Meine Güte, könnten Sie sich nicht noch etwas unbestimmter ausdrücken?«

»Einspruch!«

»Zurückgezogen. Was haben Sie dann getan?«

»Ich habe den Knauf gedreht. Die Tür war nicht abgeschlossen. Ich habe sie geöffnet.«

»Wirklich? Warum hätten Sie so etwas tun sollen?«

»Ich habe mir Sorgen gemacht.«

»Worüber haben Sie sich Sorgen gemacht?«

»Es gab Fälle, in denen Pädophile sich selbst etwas angetan haben, nachdem sie ertappt wurden.«

»Tatsächlich? Sie haben sich also Sorgen gemacht, dass Ihr Hinterhalt meinen Mandanten in den Selbstmord treiben könnte?«

»So etwas in der Art, ja.«

Flair legte die Hand auf die Brust. »Sie sehen mich gerührt.«

»Euer Ehren!«, rief Portnoi.

Wieder wischte Flair den Einspruch mit einer kurzen Geste beiseite. »Also wollten Sie meinen Mandanten retten?«

»Ja, ich wollte ihn aufhalten, wenn er wirklich in Gefahr gewesen wäre.«

»In Ihrer Sendung haben Sie Worte wie ›Perverser‹, ›Kranker‹, ›verkommen‹, ›monströs‹ und ›Abschaum‹ benutzt, um diejenigen zu beschreiben, die Sie in die Falle gelockt haben, ist das korrekt?«

»Ja.«

»Dann lautet Ihre Aussage also, dass Sie bereit waren, in sein Haus einzubrechen – also das Gesetz zu brechen –, um meinem Mandanten das Leben zu retten?«

»Das könnte man so sagen.«

Seine Stimme triefte nicht nur vor Sarkasmus, sie schien sogar tagelang darin mariniert worden zu sein. »Wie edelmütig.«

»Einspruch!«

»Es war kein Edelmut«, sagte Wendy. »Ich finde es besser, wenn diese Männer vor Gericht gestellt werden. Dadurch haben die Familien der Opfer zumindest in dieser Hinsicht das Gefühl, dass die Sache zu einem Abschluss gebracht wurde. Selbstmord ist ein zu einfacher Ausweg.«

»Verstehe. Also, was geschah, als Sie in das Haus meines Mandanten eingebrochen waren?«

»Einspruch«, sagte Portnoi. »Ms. Tynes sagte, die Tür wäre nicht abgeschlossen gewesen.«

»Ja, schon gut. Eingedrungen, eingebrochen, ganz wie es dem Manne dort drüben am besten mundet«, sagte Flair und stemmte die Hände in die Hüften. »Aber hören Sie bitte auf, mich dauernd zu unterbrechen. Was passierte, Ms. Tynes, als Sie ins Haus meines Mandanten einge*drungen* …«, wieder betonte er das Wort über alle Maßen, »… waren?«

»Nichts.«

»Mein Mandant war nicht dabei, sich selbst etwas anzutun?«

»Nein.«

»Was tat er stattdessen?«

»Er war nicht da.«

»War überhaupt jemand im Haus?«

»Nein.«

»Und diese ›Bewegung‹, die Sie gesehen zu haben meinten?«

»Ich weiß nicht.«

Flair nickte, wandte sich ab und schlenderte durch den Gerichtssaal. »Sie haben ausgesagt, dass Sie zum Haus meines Mandanten gefahren sind, direkt nachdem er geflohen war und Ihre Assistenten hinter ihm hergejagt sind. Glaubten Sie wirklich, er hätte genug Zeit gehabt, nach Hause zu fahren und einen Selbstmord vorzubereiten?«

»Er hätte wohl den schnellsten Weg gekannt, außerdem hatte er ein paar Minuten Vorsprung. Ja, ich habe geglaubt, dass er genug Zeit hatte.«

»Verstehe. Aber da lagen Sie offensichtlich falsch, nicht wahr?«

»Inwiefern?«

»Wie es aussieht, ist mein Mandant nicht direkt nach Hause gefahren?«

»Nein, richtig, das ist er nicht.«

»Aber Sie waren in Mr. Mercers Haus eingedrungen – bevor er oder die Polizei dort waren, korrekt?«

»Nur für einen kurzen Moment.«

»Wie lang ist so ein kurzer Moment?«

»Ich weiß nicht.«

»Na ja, immerhin mussten Sie ja in jedem Zimmer nachsehen, oder? Um sicherzugehen, dass er nicht an seinem Gürtel an einem Balken baumelte oder so etwas, korrekt?«

»Ich habe nur in das Zimmer geschaut, in dem Licht brannte. Also in die Küche.«

»Was bedeutet, dass Sie zumindest das Wohnzimmer durchqueren mussten. Sagen Sie, Ms. Tynes, was haben Sie getan, als Sie entdeckten, dass mein Mandant nicht zu Hause war?«

»Ich habe das Haus wieder verlassen und draußen gewartet.«

»Und worauf haben Sie dort gewartet?«

»Auf die Ankunft der Polizei.«

»Ist sie gekommen?«

»Ja.«

»Und die Polizei hatte dann einen Durchsuchungsbefehl für das Haus meines Mandanten dabei, korrekt?«

»Ja.«

»Während mir also inzwischen klar geworden ist, dass Sie aus edelmütigen Motiven ins Haus meines Mandanten eingebrochen sind, hat sich in Ihrem Inneren nicht doch eine leise Stimme gemeldet, die besorgt gefragt hat, ob dieser Hinterhalt, in den Sie meinen Mandanten gelockt haben, vor Gericht überhaupt standhalten wird?«

»Nein.«

»Seit der Sendung, die am neunzehnten Januar ausgestrahlt wurde, haben Sie sich intensiv mit der Vergangenheit meines Mandanten beschäftigt. Abgesehen von dem, was die Polizei in dieser Nacht in seinem Haus gefunden hat, haben Sie noch weitere belastende Hinweise auf illegale Aktivitäten meines Mandanten entdeckt?«

»Noch nicht.«

»Ich denke, das heißt ›Nein‹«, sagte Flair. »Kurz gesagt, ohne das Material, das die Polizei bei der Hausdurchsuchung gefunden hat, haben Sie bei meinem Mandanten nichts entdeckt, was auf irgendwelche verbotenen Tätigkeiten hindeutet, ist das korrekt?«

»Er ist in der Nacht im Haus aufgetaucht.«

»In der Hausefalle, in der überhaupt kein minderjähriges Mädchen wohnte. Also genaugenommen, Ms. Tynes, hängen der Fall und ... äh ... Ihr Ruf als Journalistin zur Gänze an dem Material, das im Haus meines Mandanten entdeckt wurde. Ohne dieses Material hätten Sie nichts in der Hand. Kurz gesagt: Sie hatten die Möglichkeit und einen hinreichenden Grund, diese vermeintlichen Beweismaterialien in die Wohnung zu schmuggeln, oder etwa nicht?«

Lee Portnoi war sofort aufgesprungen. »Euer Ehren, das ist doch lächerlich. Solche Entscheidungen obliegen den Geschworenen.«

»Ms. Tynes hat zugegeben, das Haus illegal und ohne Durchsuchungsbefehl betreten zu haben«, sagte Flair.

»Gut«, sagte Portnoi. »Dann zeigen Sie sie wegen Einbruchs an, wenn Sie glauben, das beweisen zu können. Und wenn Mr. Hickory gerne abstruse Theorien über Albino-Nonnen oder eingeschmuggelte Beweise präsentieren möchte, ist auch das sein gutes Recht – in der Hauptverhandlung. Bei der Hauptverhandlung und vor den Geschworenen. Dafür haben wir Gerichte und Prozesse. Ms. Tynes ist eine Privatperson – und für Privatpersonen gelten nicht dieselben Auflagen wie für Polizisten. Sie können die Beweiskraft der Fotos und Dateien, die wir im Computer gefunden haben, nicht ignorieren, Euer Ehren. Sie wurden bei einer rechtmäßigen Hausdurchsuchung mit korrekt ausgestelltem Durchsuchungsbefehl gefunden. Einige der ekelerregenden Fotos waren in der Garage und hinter einem Bücherregal versteckt – und es ist unmöglich, dass Ms. Tynes diese Sachen dort in den paar Minuten versteckt hat, die sie sich im Haus aufhielt.«

Flair schüttelte den Kopf. »Wendy Tynes ist mit bestenfalls vorgeschobenen und zweifelhaften Gründen ins Haus eingebrochen. Ein Licht brannte? Bewegung? Ach, kommen Sie. Außerdem hatte sie ein sehr gutes Motiv, Beweismaterial einzuschmuggeln, und natürlich auch die Gelegenheit dazu – des Weiteren wusste sie, dass Dan Mercers Haus kurz darauf durchsucht werden würde. Das ist ein weiter reichender Eingriff als das Sichern von ein paar Beweisen auf nicht ganz zulässige Art und Weise. Sämtliche Beweismaterialien, die in dem Haus gefunden wurden, müssen für unzulässig erklärt werden.«

»Wendy Tynes ist eine Privatperson.«

»Trotzdem hatte sie in diesem Fall nicht freie Hand. Sie hätte ohne weiteres den Laptop und die Fotos ins Haus schmuggeln können.«

»Auch dieses Argument können Sie in der Hauptverhandlung den Geschworenen präsentieren.«

»Euer Ehren, wenn das gefundene Material bekannt werden würde, käme das einer Vorverurteilung gleich. Laut ihrer eigenen Aussage ist Ms. Tynes in diesem Fall offensichtlich sehr viel mehr als nur eine Privatperson. Ich habe sie mehrmals nach ihren Verbindungen zur Staatsanwaltschaft gefragt. Nach ihren eigenen Angaben war sie gewissermaßen als Agentin für die Ermittlungsbehörden tätig.«

Lee Portnoi lief rot an. »Das ist doch lächerlich, Euer Ehren. Soll jetzt jeder Reporter, der sich mit einem Kriminalfall befasst, als Agent der Ermittlungsbehörden gelten?«

»Nach ihren eigenen Angaben hat Wendy Tynes in enger Abstimmung mit Ihrem Büro gearbeitet, Mr. Portnoi. Ich kann Ihnen die Stelle von der Gerichtsstenografin vorlesen lassen, in der sie zugibt, dass sowohl ein Polizist vor Ort als auch die Staatsanwaltschaft informiert war.«

»Das macht sie nicht zu einer Polizistin.«

»Das ist Wortklauberei, wie Mr. Portnoi ganz genau weiß. Ohne Wendy Tynes hätte sein Büro absolut nichts gegen meinen Mandanten in der Hand. Ihr ganzer Fall –, sämtliche Verbrechen, die meinem Mandanten zur Last gelegt werden –, beruhen auf Ms. Tynes' Versuch, ihn in einen Hinterhalt zu locken. Ohne ihr Eingreifen wäre niemals ein Haftbefehl ausgestellt worden.«

Portnoi durchquerte den Saal. »Euer Ehren, es mag stimmen, dass Ms. Tynes mein Büro auf Dan Mercer aufmerksam gemacht hat, wenn man das jedoch zugrunde legt, müsste praktisch jeder Zeuge oder Beschwerdeführer, der sich bei uns meldet, als Agent angesehen werden …«

»Ich habe genug gehört«, sagte Richterin Howard. Sie knallte ihren Hammer auf den Tisch und stand auf. »Morgen früh werde ich meine Entscheidung verkünden.«

ZWEI

»Na ja«, sagte Wendy im Flur zu Portnoi, »das ist ja mal echt bescheiden gelaufen.«

»Die Richterin wird die Beweise nicht für unzulässig erklären.«

Wendy war sich da nicht so sicher.

»Irgendwo hatte das gerade auch sein Gutes.«

»Wieso?«

»Der Fall an sich ist viel zu publicityträchtig, da kann man solche Beweise nicht einfach außen vor lassen«, sagte Portnoi und deutete auf den Verteidiger. »Im Prinzip hat Flair uns da eben nur gezeigt, welche Prozessstrategie er verfolgen wird.«

Vor ihnen beantwortete Jenna Wheeler, Dan Mercers Exfrau, Fragen vom Fernsehreporter eines Konkurrenzsenders. Selbst als die Beweise gegen Dan sich immer weiter verdichteten, hatte Jenna ihren Exmann standhaft verteidigt und behauptet, Dan wäre völlig zu Unrecht in eine Falle gelockt worden. Diese Haltung, in Wendys Augen gleichermaßen bewundernswert wie naiv, hatte Jenna in der Stadt zu einer Art Ausgestoßenen gemacht.

Noch weiter vorne hielt Flair Hickory für mehrere Reporter Hof. Natürlich liebten sie ihn – genau wie Wendy vor nicht allzu langer Zeit, als sie über seine Prozesse berichtet hatte. Er hatte dem Wort Extravaganz eine ganz neue Bedeutung verliehen. Aber jetzt, wo sie die Kehrseite der Medaille erlebte, wurde ihr bewusst, wie sehr diese Extravaganz an Skrupellosigkeit grenzte.

Wendy runzelte die Stirn. »Flair Hickory kommt mir nicht so vor, als würde er sich von anderen auf der Nase herumtanzen lassen.«

Flair erntete einen Lacher von den kriecherischen Pressevertretern, klopfte ein paar Leuten anerkennend auf den Rücken und ging. Als er schließlich allein war, stellte Wendy überrascht fest, dass Ed Grayson auf ihn zuging.

»Uh-oh«, sagte sie.

»Was ist?«

Wendy deutete mit dem Kinn auf die Szene. Portnoi sah hinüber. Grayson, ein kräftiger Mann mit kurzgeschorenen Haaren, baute sich direkt vor Flair Hickory auf. Die beiden Männer starrten sich an, während sie leise miteinander redeten. Grayson näherte sich immer weiter, rückte Flair auf die Pelle. Der wich keinen Millimeter zurück.

Portnoi trat ein paar Schritte auf die beiden zu. »Mr. Grayson?«

Der Abstand zwischen ihren Gesichtern betrug vielleicht gerade mal zehn Zentimeter. Grayson wandte Portnoi den Kopf zu und starrte ihn an.

»Ist alles in Ordnung?«, fragte Portnoi.

»Wunderbar«, sagte Grayson.

»Mr. Hickory?«

»Alles bestens, Herr Staatsanwalt. Nur ein Gespräch unter Freunden.«

Grayson sah Wendy an, und wieder gefiel es ihr nicht, was sie in diesem Blick sah. Hickory sagte: »Tja, wenn wir das damit also geklärt hätten, Mr. Grayson …?«

Grayson antwortete nicht. Hickory drehte sich um und ging. Grayson kam auf Portnoi und Wendy zu.

»Kann ich irgendetwas für Sie tun?«, fragte Portnoi.

»Nein.«

»Darf ich fragen, worüber Sie mit Mr. Hickory gesprochen haben?«

»Natürlich dürfen Sie das fragen.« Grayson sah Wendy an. »Glauben Sie, dass die Richterin Ihnen Ihr Märchen abgenommen hat, Ms. Tynes?«

»Das war kein Märchen«, sagte sie.

»Aber es war auch nicht die ganze Wahrheit, oder?« Ed Grayson drehte sich um und ging.

»Was um alles in der Welt war das denn?«, fragte Wendy.

»Keine Ahnung«, sagte Portnoi. »Aber machen Sie sich keine Sorgen über ihn. Und über Flair auch nicht. Er ist gut, aber diese Runde wird nicht an ihn gehen. Fahren Sie nach Hause, und genehmigen Sie sich einen Drink, das wird schon.«

Wendy fuhr nicht nach Hause. Sie fuhr in ihr Fernsehstudio nach Secaucus, New Jersey, von dem sie den Meadowlands Sports Complex überblicken konnte. Der Ausblick war weder hübsch noch beruhigend. Sie sah auf sumpfiges Marschgebiet hinab, das unter dem Gewicht der massigen Bauwerke ächzte. Sie checkte ihre E-Mails und sah, dass sie eine Mail von ihrem Boss Vic Garrett bekommen hatte. Es war vermutlich die längste Nachricht, die Vic je per E-Mail geschickt hatte: »KOMM SOFORT RÜBER.«

Es war halb vier. Ihr Sohn Charlie, der auf die Kasselton High School ging, würde inzwischen zu Hause sein. Sie rief trotzdem auf dem Handy an, weil er nie ans Festnetztelefon ging. Nach dem vierten Klingeln meldete er sich mit der üblichen Begrüßungsformel: »Was?«

»Bist du zu Hause?«, fragte sie ihren Sohn.

»Yep.«

»Was machst du gerade?«

»Nichts.«

»Hast du Hausaufgaben?«

»Ein paar.«

»Hast du sie schon gemacht?«

»Gleich.«

»Warum nicht jetzt?«

»Ist nicht viel. Dafür brauch ich höchstens zehn Minuten.«

»Darum geht's ja. Wenn es sowieso nicht viel ist, mach sie einfach, dann hast du es hinter dir.«

»Mach ich später.«

»Und was machst du jetzt?«

»Nichts.«

»Warum wartest du dann noch? Warum machst du die Hausaufgaben nicht sofort?«

Jeden Tag das gleiche Gespräch. Schließlich sagte Charlie, dass er sich »gleich« an die Arbeit machen würde, was die Kurzform war für: Wenn ich gleich sage, hörst du vielleicht auf, mich zu nerven.

»Ich komme wohl so gegen sieben nach Haus«, sagte Wendy. »Soll ich was vom Chinesen mitbringen?«

»Von Bamboo House«, sagte er.

»Okay. Denk dran, Jersey heute Nachmittag was zum Fressen hinzustellen.«

Jersey war ihre Katze.

»Okay.«

»Vergiss das nicht.«

»Mhm.«

»Und mach deine Hausaufgaben.«

»Tschüss.«

Klick.

Sie atmete tief durch. Charlie war jetzt siebzehn, im letzten Highschool-Jahr und eine absolute Nervensäge. Die aufreibende Suche nach der richtigen Universität – eine vorstädtische Aktivität, in deren Rahmen Eltern Skrupellosigkeiten begingen, die Dritte-Welt-Despoten die Schamesröte ins Gesicht getrieben hätte – war mit der Zusage vom Franklin & Marshall College in Lancaster, Pennsylvania, beendet worden. Wie alle Teenager reagierte Charlie mit Angst und Nervosität auf diese gewaltige Veränderung in seinem Leben – allerdings längst nicht so ängstlich und nervös wie seine Mutter. Charlie, ihr wunderbarer, trübsinniger, unerträglicher Sohn, war ihr Ein und Alles. Die beiden waren jetzt seit neun Jahren auf sich gestellt, die alleinerziehende Mutter und das Einzelkind gemeinsam in der Welt des großen, weißen Suburbia. Wie immer, wenn Kinder im Spiel waren, flogen die Jahre nur so dahin. Wendy wollte Charlie nicht gehen lassen. Jeden Abend sah sie ihn an, erblickte in ihm eine fast nervenzerreißende Perfektion und wünschte sich wie jeden Tag, seit er vier Jahre alt war, dass er genauso bleiben sollte – sie wollte ihren wunderbaren Sohn einfrieren, damit er keinen Tag älter oder jünger wurde, sondern so, wie er war, noch ein paar Tage länger bei ihr blieb.

Denn bald würde sie ganz allein sein.

Eine weitere E-Mail erschien auf dem Computer-Monitor. Wieder war sie von ihrem Boss. »WELCHEN TEIL VON ›KOMM SOFORT RÜBER‹ HAST DU NICHT VERSTANDEN?«

Sie klickte auf *Antworten* und tippte: »Komme.«

Da Vics Büro direkt gegenüberlag, wirkte der ganze E-Mail-Austausch etwas sinnlos und seltsam, aber so lief es eben heutzutage. Sie kommunizierte häufig mit Charlie per SMS, während sie beide zu Hause waren. Sie war zu erschöpft, ihn zu rufen, also simste sie »Zeit fürs Bett« oder »Lass Jersey raus« oder das immer wieder beliebte »Schluss mit dem Computer, lies ein Buch«.

Wendy war eine neunzehnjährige Studentin im zweiten Jahr auf der Tufts University gewesen, als sie schwanger wurde. Sie war auf eine Campus-Party gegangen, und nachdem sie zu viel getrunken hatte, war sie bei John Morrow hängengeblieben, ausgerechnet einem Sport-Ass, dem Quarterback der Football-Mannschaft, und wenn man ihn in Wendy Tynes' persönlichem Handbuch finden wollte, hätte man nur unter »nicht mein Typ« nachzusehen brauchen. Wendy sah sich als linksliberale Studentin und Underground-Journalistin, die knallenge, schwarze Kleidung trug, ausschließlich Alternative Rock hörte, zu Slam-Poetry-Lesungen und Cindy-Sherman-Ausstellungen ging. Aber das Herz will nichts von Alternative Rock, Slam-Poetry und Kunstausstellungen wissen. Am Ende gefiel ihr der fantastische Sportler. Was für eine Überraschung. Am Anfang war es keine große Sache gewesen. Sie waren ein paar Mal abends miteinander ausgegangen und hatten gerade angefangen, auch ansonsten etwas Zeit miteinander zu verbringen – echte Dates waren es noch nicht, aber sie verabredeten sich häufig. Das war vielleicht einen Monat so gegangen, als Wendy merkte, dass sie schwanger war.

Was jetzt zu geschehen hatte, war, wie man Wendy als durch und durch moderner Frau schon ihr Leben lang erzählt hatte, einzig und allein ihre Entscheidung. Mit noch zweieinhalb Jahren auf der Universität und ihrer angehenden Karriere als Journalistin hätte das Timing natürlich kaum schlechter sein können – für sie wurde die Antwort allerdings nur noch eindeutiger. Sie rief John an und sagte: »Wir müssen reden.« Er kam herüber in ihr kleines Zimmer, und sie forderte ihn auf, Platz zu nehmen. John setzte sich in den Sitzsack, und es sah ziemlich komisch aus, wie er es sich mit seinen muskulösen einssechsundneunzig zwar nicht bequem machte, aber doch immerhin versuchte, eine stabile Position einzunehmen. John hatte an ihrem Tonfall erkannt, dass es um etwas Ernstes ging, und bemühte sich, nicht zu lachen, während er auf dem Sitzsack balancierte, wobei er insgesamt jedoch wie ein kleiner Junge wirkte, der einen Erwachsenen spielte.

»Ich bin schwanger«, begann Wendy die Rede, die sie zwei Tage lang auswendig gelernt hatte. »Was jetzt passiert, ist ganz allein meine Entscheidung, und ich hoffe, du respektierst das.«

Wendy fuhr fort, während sie im kleinen Zimmer auf und ab ging, ihn nicht ansah und versuchte, so sachlich wie möglich zu sprechen. Sie beendete die vorbereitete Rede sogar damit, dass sie ihm für sein Kommen dankte und alles Gute wünschte. Schließlich riskierte sie es, einen kurzen Blick auf ihn zu werfen.

John Morrow sah mit Tränen in den blausten Augen, die sie je gesehen hatte, zu ihr hoch und sagte: »Aber ich liebe dich doch, Wendy.«

Eigentlich wollte sie lachen, fing aber stattdessen sofort an zu weinen, woraufJohn von dem verdammten Sitzsack rutschte, sich vor sie kniete und ihr auf der Stelle einen Heiratsantrag machte, während Wendy nicht aufhören konnte, gleichzeitig zu lachen und zu weinen. Trotz der Bedenken ihrer Freunde, Bekannten und Verwandten heirateten sie. Niemand gab ihnen wirklich eine Chance, aber die nächsten neun Jahre waren einfach wunderbar gewesen. John Morrow war liebenswert, fürsorglich, toll, witzig, clever und einfühlsam. Er war die Liebe ihres Lebens, mit allem, was dazugehörte. In ihrem vorletzten Jahr auf der Tufts wurde Charlie geboren. Zwei Jahre später gelang es John und Wendy, genug Geld zusammenzubekommen, um die Anzahlung für ein erstes, kleines Haus an einer verkehrsreichen Straße in Kasselton zu bezahlen. Wendy bekam einen Job bei einem lokalen Fernsehsender. John studierte weiter, um ein Doktor der Psychologie zu werden. Alles lief bestens.

Und dann, es kam ihr vor wie ein Fingerschnippen, starb

John. Das kleine Haus beherbergte jetzt nur noch Wendy, Charlie und das riesengroße Loch in ihrem Herzen.

Sie klopfte an Vics Tür und steckte den Kopf herein. »Sie haben geläutet?«

»Hab gehört, dass sie dir im Gericht den Hintern versohlt haben«, sagte ihr Boss.

»Unterstützung«, sagte Wendy. »Deshalb arbeite ich hier. Weil die Mitarbeiter einem hier so viel Halt geben.«

»Wenn du mehr Halt brauchst«, sagte Vic, »kauf dir einen BH.«

Wendy runzelte die Stirn. »Dir ist schon klar, dass das keinen Sinn ergibt.«

»Ja, ich weiß. Ich hab dein Memo gekriegt – korrigiere, die vielen Memos –, in denen du dich über deine Aufträge beschwerst.«

»Was für Aufträge? In den letzten beiden Wochen hast du mich zur Eröffnung eines Kräuterteeladens und zu einer Modenschau für Männerschals geschickt. Gib mir endlich mal wieder etwas zumindest halbwegs Reelles.«

»Moment.« Vic legte die Hand ans Ohr, als versuchte er angestrengt zu lauschen. Er war klein, hatte aber einen dicken Kugelbauch. Sein Gesicht hätte man als »frettchenartig« bezeichnen können, sofern man von einem wirklich hässlichen Frettchen sprach.

»Was ist?«, fragte sie.

»Kommt jetzt der Teil, wo du dich darüber beklagst, dass du die heiße Braut in einer von Männern dominierten Branche bist, und behauptest, dass ich dich nur als hübschen Blickfang benutze?«

»Würde mir das helfen, bessere Aufträge zu bekommen?«

»Nein«, sagte er. »Aber soll ich dir sagen, was helfen könnte?«

»Wenn ich in den Sendungen mehr Dekolleté zeige?«

»Ausgezeichnete Idee, aber nein, im Moment nicht. Im Moment lautet die Antwort: Dan Mercers Verurteilung. Du musst am Ende als diejenige dastehen, die einen perversen Pädophilen in den Knast gebracht hat, nicht als übermütige Reporterin, die mit schuld daran war, dass man ihn laufen lassen musste.«

»Mit schuld daran, dass man ihn laufen lassen musste?«

Vic zuckte die Achseln.

»Ohne mich hätte die Polizei überhaupt nichts von Dan Mercer gewusst.«

Vic klemmte sich eine Luftgeige unters Kinn, schloss die Augen und fing an zu spielen.

»Lass den Scheiß«, sagte sie.

»Soll ich ein paar von deinen Kollegen herbeordern, damit sie dich alle umarmen? Vielleicht könnt ihr euch auch die Hände geben und eine aufwühlende Fassung von *Kumbaya* singen.«

»Später vielleicht, nach eurem Gruppenwichsen.«

»Autsch.«

»Weiß irgendjemand, wo Dan Mercer sich versteckt hat?«, fragte sie.

»Nein. Er wurde seit zwei Wochen nicht mehr gesehen.«

Wendy wusste nicht, was sie davon halten sollte. Dan war aufgrund von Morddrohungen aus seinem Haus ausgezogen, trotzdem passte es nicht zu ihm, dass er heute nicht im Gericht gewesen war. Sie wollte eine weitere Frage stellen, als Vics Gegensprechanlage summte.

Vic hob kurz den Finger, damit Wendy einen Moment schwieg, dann drückte er auf die Sprechtaste. »Was ist?«

Die Rezeptionistin sagte leise: »Marcia McWaid ist hier. Sie möchte Sie sprechen.«

Alle waren still. Marcia McWaid wohnte im gleichen Ort wie Wendy, nur gut einen Kilometer von ihr entfernt. Vor drei Monaten war ihre Tochter Haley – eine Mitschülerin von Charlie – angeblich durchs Schlafzimmerfenster ausgerissen und seitdem nicht wieder aufgetaucht.

»Gibt's irgendwas Neues über ihre Tochter?«, fragte Wendy.

Vic schüttelte den Kopf. »Absolut nichts«, sagte er, was natürlich das Schlimmste war, was er sagen konnte. Drei oder vier Wochen lang war Haley McWaids Verschwinden *das* Thema in den lokalen Medien gewesen – entführter Teenager? Ausreißerin? – mitsamt Brennpunkt-Sendungen, Laufbändern am unteren Bildrand und Interviews mit diversen »Fernseh-Experten«, die versuchten zu rekonstruieren, was mit ihr passiert sein könnte. Aber im Endeffekt konnte keine Story, so sensationell sie auch sein mochte, überleben, wenn es kein neues Futter gab. Die Sender hatten es weiß Gott versucht. Sie waren allen erdenklichen Gerüchten nachgegangen, von weißer Sklaverei bis Teufelsanbetung, aber in dieser Branche waren »keine Nachrichten« tatsächlich »schlechte Nachrichten«. Die Kürze der menschlichen Aufmerksamkeitsspanne war wirklich jämmerlich, und natürlich konnte man auch daran den Medien die Schuld geben – aber im Prinzip bestimmten die Zuschauer, was weiter auf Sendung blieb. Solange die Leute die Berichte zu einem Thema ansahen, wurde weiter über dieses Thema berichtet, wenn nicht, suchte sich der Sender ein neues, schönes und noch richtig glänzendes Spielzeug, um das rastlose Auge der Zuschauer auf sich zu ziehen.

»Soll ich mit ihr reden?«, fragte Wendy.

»Nein, nein, ich mach das schon. Dafür geben sie mir ja schließlich richtig dick Kohle.«

Vic schickte Wendy weg, und sie ging den Flur hinab. Als sie sich umdrehte, stand Marcia McWaid vor Vics Tür. Wendy kannte Marcia nicht näher, war ihr aber im Ort ein paarmal an den üblichen Orten wie bei Starbucks, vor der Schule beim

Abholen der Kinder oder in der Videothek begegnet. Laut dem vorherrschenden Klischee hätte die flott wirkende Mutter, die scheinbar immer ein Kind bei sich hatte, jetzt zehn Jahre älter aussehen müssen. Doch das tat sie nicht. Marcia war immer noch eine recht attraktive Frau und sah nicht älter aus, als sie war, aber es wirkte, als ob jede ihrer Bewegungen sich etwas verlangsamt hätte, als ob selbst die Muskeln, die für das Mienenspiel verantwortlich waren, mit Sirup umhüllt wären. Marcia McWaid drehte sich um und sah Wendy an. Wendy nickte und lächelte kurz. Marcia wandte sich wieder ab und trat in Vics Büro.

Wendy ging zurück in ihr Büro und griff nach dem Telefon. Sie dachte an Marcia McWaid, die perfekte Mutter mit dem netten Ehemann und der tollen Familie, und wie schnell und einfach ihr das abhandengekommen war – wie schnell und einfach jedem so etwas abhandenkommen konnte. Sie wählte Charlies Nummer.

»Was?«

Der ungeduldige Tonfall tröstete sie doch tatsächlich. »Hast du deine Hausaufgaben schon gemacht?«

»Mach ich sofort.«

»Okay«, sagte Wendy. »Soll ich dir heute Abend immer noch was vom Bamboo House mitbringen?«

»Hatten wir das nicht schon geklärt?«

Sie legten auf. Wendy lehnte sich zurück und legte die Füße auf den Schreibtisch. Sie reckte den Hals und blickte aus dem Fenster mit der potthässlichen Aussicht. Wieder klingelte ihr Telefon.

»Hallo?«

»Wendy Tynes?«

Als sie die Stimme hörte, knallten ihre Füße zurück auf den Boden. »Ja?«

»Hier spricht Dan Mercer. Ich muss mit Ihnen reden.«

DREI

Im ersten Moment sagte Wendy gar nichts.

»Ich muss mit Ihnen reden«, wiederholte Dan Mercer.

»Bin ich nicht ein bisschen reif für Sie, Dan? Wissen Sie, ich bekomme schon meine Tage und habe einen richtigen Busen.«

Sie glaubte, ein Seufzen zu hören.

»Sie sind sehr zynisch, Wendy.«

»Was wollen Sie?«

»Sie müssen über ein paar Dinge Bescheid wissen«, sagte er.

»Zum Beispiel?«

»Zum Beispiel, dass hier nichts so ist, wie es aussieht.«

»Sie meinen, dass Sie ein irrer, kranker, heruntergekommener Perverser mit einem genialen Anwalt sind? So sieht es nämlich aus«, sagte sie.

Aber noch während sie das sagte, zögerte sie einen kleinen Moment. War dieses Zögern schon ein berechtigter Zweifel? Sie glaubte nicht. Beweismaterialien logen nicht. Das hatte sie oft genug erfahren, sowohl privat als auch beruflich. Sie wusste, dass ihre sogenannte weibliche Intuition normalerweise vollkommener Mist war.

»Wendy?«

Sie antwortete nicht.

»Man hat mich reingelegt.«

»Mhm. Die Ausrede höre ich übrigens zum ersten Mal, Dan. Ich notier das eben, geh zu meinem Produzenten, damit wir dann ein Laufband einblenden können: ›Aktuell: Perversling sagt: Ich wurde reingelegt.‹«

Schweigen. Einen Moment lang fürchtete sie, er hätte aufgelegt. Es war dumm von ihr, so emotional zu reagieren. Bleib ruhig. Rede mit ihm. Schließ Freundschaft. Sei nett. Sammel Informationen. Vielleicht kannst du ihn in die Falle locken?

»Dan?«

»Es war ein Fehler anzurufen.«

»Ich höre zu. Sie haben gesagt, man hätte Sie reingelegt?«

»Ich verzieh mich lieber wieder.«

Sie wollte widersprechen, schimpfte innerlich, dass sie den Sarkasmus zu sehr auf die Spitze getrieben hatte, aber irgendwie kam ihr das wie eine klassische Manipulation vor. Sie hatte seine Tänzchen schon früher mitgemacht, mehrfach sogar, angefangen im letzten Jahr, als sie ihn zum ersten Mal über seine Arbeit mit obdachlosen Jugendlichen im Jugendzentrum interviewen wollte, fast ein Jahr bevor sie ihn mit der Kamera auf frischer Tat ertappt hatten. Sie wollte nicht klein beigeben, andererseits wollte sie das Gespräch fortsetzen.

»*Sie* haben *mich* angerufen«, sagte sie.

»Ich weiß.«

»Ich bin also bereit zuzuhören.«

»Treffen Sie sich mit mir. Allein.«

»So richtig begeistert bin ich nicht von der Idee.«

»Dann vergessen Sie's.«

»Gut, Dan, ganz wie Sie wollen. Wir sehen uns vor Gericht.«

Schweigen.

»Dan?«

Sein tonloses Flüstern ging ihr durch Mark und Bein. »Sie haben keine Ahnung, stimmt's, Wendy?«

»Keine Ahnung? Wovon?«

Sie hörte einen Laut, bei dem es sich um ein Schluchzen

oder ein heiseres Lachen handeln konnte. Das ließ sich am Telefon kaum feststellen. Sie umklammerte den Hörer fester und wartete.

»Für den Fall, dass Sie sich mit mir treffen wollen«, sagte er, »schicke ich Ihnen per E-Mail eine Wegbeschreibung. Morgen Mittag um zwei. Kommen Sie allein. Wenn Sie nicht kommen, na ja, war nett, Sie kennengelernt zu haben.«

Dann legte er auf.

Vics Bürotür stand offen. Sie blickte kurz hinein. Er telefonierte, sah sie aber und bedeutete ihr mit einem kurzen Heben des Zeigefingers, dass sie noch einen Moment warten sollte. Dann verabschiedete er sich mürrisch von seinem Gesprächspartner und legte den Hörer auf.

»Ich habe gerade mit Dan Mercer telefoniert.«

»Er hat dich angerufen?«

»Ja.«

»Wann?«

»Gerade eben.«

Vic lehnte sich zurück und legte die Hände auf seine Wampe. »Dann hat er's dir gesagt?«

»Er hat gesagt, dass er reingelegt wurde, und will sich mit mir treffen.« Sie sah seinen Gesichtsausdruck. »Wieso? Gibt's sonst noch was?«

Vic seufzte. »Setz dich.«

»Uh-oh«, sagte Wendy.

»Ja. Uh-oh.«

Sie setzte sich.

»Die Richterin hat ihre Entscheidung gefällt. Sämtliche Beweise, die im Haus gefunden wurden, dürfen vor Gericht nicht verwendet werden, und aufgrund der Vorverurteilungen in den Medien hat sie die Klage dann abgewiesen.«

Wendy sackte in sich zusammen. »Sag bitte, dass das nicht wahr ist.«

Vic sagte nichts. Wendy schloss die Augen und hatte das Gefühl, die Welt stürze über ihr zusammen. Jetzt begriff sie auch, warum Dan so sicher war, dass sie zum Treffpunkt kommen würde.

»Und was jetzt?«, fragte sie.

Vic sah sie nur an.

»Ich bin gefeuert.«

»Yep.«

»Einfach so.«

»Ja, im Großen und Ganzen schon. Schlechte Wirtschaftslage. Die Herren im feinen Zwirn sind sowieso gerade dabei, Leute zu entlassen.« Er zuckte die Achseln. »Wen sollen sie sonst nehmen?«

»Mir würden da schon ein paar einfallen.«

»Mir auch, aber die sind nicht angeschlagen. Tut mir leid, Süße, so läuft das nun mal. Die Personalabteilung kümmert sich um die Abfindung. Du musst heute noch deine Sachen packen. Sie wollen nicht, dass du das Gebäude hinterher noch einmal betrittst.«

Wendy fühlte sich benommen. Schwankend erhob sie sich. »Hast du wenigstens für mich gekämpft?«

»Ich kämpfe nur, wenn ich eine Chance habe zu gewinnen. Sonst bringt das sowieso nichts.«

Wendy wartete. Vic sah nach unten und tat, als wäre er beschäftigt.

Ohne aufzublicken, fragte Vic: »Erwartest du jetzt einen zärtlichen Abschied?«

»Nein«, sagte Wendy. Und dann: »Vielleicht.«

»Triffst du dich mit Mercer?«, fragte Vic.

Sie drehte sich wieder zu ihm um. »Ja.«

»Und um die notwendigen Vorsichtsmaßnahmen hast du dich gekümmert?«

Sie rang sich ein Lächeln ab. »Mann, jetzt hab ich gerade ein Déjà-vu. Das hat meine Mutter zu mir gesagt, als ich auf die Uni gegangen bin.«

»Und soweit ich das beurteilen kann, hast du damals nicht auf sie gehört.«

»Stimmt.«

»Offiziell arbeitest du natürlich nicht für uns und hast keine Rückendeckung. Daher muss ich dir raten, einen großen Bogen um Dan Mercer zu machen.«

»Und inoffiziell?«

»Wenn du irgendeine Möglichkeit findest, ihn festzunageln … Na ja, Helden kann man leichter wieder einstellen als Sündenböcke.«

Es war still, als Wendy nach Hause kam, aber das hatte nichts zu bedeuten. In ihrer Jugend hatten ihre Eltern sofort gewusst, ob sie zu Hause war, weil die Musik aus dem Ghettoblaster in ihrem Zimmer durchs ganze Haus plärrte. Heutzutage benutzten die Kids rund um die Uhr Kopfhörer oder Ohrstöpsel oder wie auch immer sie das nannten. Sie ging davon aus, dass Charlie jetzt am Computer saß und die Stöpsel fest in seinen Ohren klemmten. Selbst wenn ein Feuer ausbrach, würde er nichts davon mitbekommen.

Trotzdem schrie sie, so laut sie konnte: »Charlie!«

Keine Antwort. Sie hatte seit mindestens drei Jahren keine Antwort mehr bekommen.

Wendy schenkte sich einen Drink ein – Granatapfelwodka mit einem Schuss Limone – und ließ sich in ihren alten Clubsessel fallen. Es war Johns Lieblingssessel gewesen, und ja, wahrscheinlich war es schon ein bisschen morbide, den Sessel zu behalten und sich nach der Arbeit mit einem Drink in der Hand hineinfallen zu lassen. Sie aber empfand es als wohltuend, wen kümmerte also, was die anderen dachten.

Schon vor diesem Tag hatte Wendy der Gedanke Sorgen bereitet, wie zum Teufel sie von ihrem aktuellen Gehalt Charlies Studiengebühren bezahlen sollte. Diese Sorgen war sie los – es war jetzt einfach unmöglich geworden. Sie trank noch einen Schluck, sah aus dem Fenster und überlegte, was sie nun tun sollte. Momentan wurden nirgends Leute eingestellt, und, wie Vic es so einfühlsam ausgedrückt hatte, ihre Reputation war schwer angeschlagen. Sie dachte darüber nach, was für Jobs sie noch machen könnte, stellte aber fest, dass sie keine Fähigkeiten hatte, mit denen man auf dem normalen Arbeitsmarkt punkten konnte. Sie war unordentlich, chaotisch, aggressiv und nicht teamfähig. Wenn sie sich ein Arbeitszeugnis ausstellen ließe, würde darin bestenfalls stehen »… war stets um Teamfähigkeit bemüht.« Für eine Reporterin auf der Jagd nach einer Story funktionierte das. In fast allen anderen Arbeitsbereichen nicht.

Sie sah nach der Post, entdeckte den dritten Brief von Ariana Nasbro und empfand einen stechenden Schmerz. Ihre Hände fingen an zu zittern. Sie brauchte den Brief nicht zu öffnen. Sie hätte sich fast übergeben, als sie vor zwei Monaten den ersten gelesen hatte. Mit zwei Fingern nahm sie den Umschlag, als ob ein übler Gestank von ihm aufstieg, ging in die Küche und steckte ihn ganz unten in den Mülleimer.

Zum Glück hatte Charlie nicht nach der Post gesehen. Er wusste natürlich, wer Ariana Nasbro war. Vor neun Jahren hatte Ariana Nasbro Charlies Vater ermordet.

Sie ging die Treppe hinauf und klopfte an Charlies Tür. Natürlich bekam sie keine Antwort, also öffnete sie sie.

Charlie blickte genervt auf und zog sich einen Stöpsel aus dem Ohr. »Was?«

»Hast du deine Hausaufgaben gemacht?«

»Ich wollte grad anfangen.«

Er sah, dass sie verstimmt war, also präsentierte er ihr das Lächeln, das dem seines Vaters so ähnlich war, dass es sie jedes Mal schmerzte. Sie wollte sich schon wieder mit ihm anlegen, ihn darauf aufmerksam machen, dass sie ihn gebeten hatte, zuerst die Hausaufgaben zu machen, aber wen interessierte das eigentlich? Es hatte keinen Sinn, sich über diese ganzen Kleinigkeiten zu streiten, wenn die Zeit mit ihm zusammen so dahinflog und er schon bald weg sein würde.

»Hast du Jersey das Futter hingestellt?«

»Äh ...«

Sie rollte die Augen. »Schon gut, ich mach das.«

»Mom?«

»Ja.«

»Hast du das Essen von Bamboo House mitgebracht?«

Abendessen. Sie hatte es vergessen.

Charlie rollte die Augen, imitierte sie.

»Fang mir nicht so an.« Sie hatte vorher beschlossen, ihm die schlechte Nachricht erst einmal zu verschweigen, lieber den richtigen Zeitpunkt abzuwarten. Trotzdem hörte sie sich jetzt sagen: »Ich bin heute gefeuert worden.«

Charlie sah sie nur an.

»Hast du mich verstanden?«

»Yep«, sagte er. »Scheiße.«

»Ja.«

»Soll ich das Essen holen?«

»Klar.«

»Äh, aber du bezahlst doch trotzdem, oder?«

»Erst mal noch, ja. Das kann ich mir wohl grade noch leisten.«

VIER

Marcia und Ted McWaid kamen um sechs in der Aula der Highschool an. Heute hätte der alte Sinnspruch »das Leben geht weiter« kaum zutreffender sein können, schließlich wurde am Abend die Premiere des Musicals *Les Misérables* in der Fassung der Kasselton High School aufgeführt, in der ihr zweites Kind, Patricia, die *Zuschauerin Nr. 4*, *Schülerin Nr. 6* und die immer heiß begehrte Rolle der *Prostituierten Nr. 2* spielte. Als Ted das erfuhr, damals noch in dem Leben vor Haleys Verschwinden, hatte er immer wieder Witze darüber gemacht, wie stolz er darauf wäre, seinen Freunden erzählen zu können, dass seine vierzehnjährige Tochter die Prostituierte Nr. 2 wäre. Das war Vergangenheit, eine Erinnerung an eine andere Welt und eine andere Zeit, in der andere Leute in einem anderen Land lebten.

Als sie eintraten, wurde es still in der Aula. Die Leute wussten nicht, wie sie sich in ihrer Gegenwart verhalten sollten. Marcia verstand das zwar, es interessierte sie aber nicht mehr.

»Ich muss nochmal eben einen Schluck Wasser trinken«, sagte sie.

Ted nickte. »Ich halte uns zwei Plätze frei.«

Sie ging den Schulkorridor entlang, trank einen Schluck am Wasserspender und ging dann weiter. Am nächsten Gang wandte sie sich nach links. Weiter hinten wischte ein Hausmeister mit einem Mopp. Er trug Ohrhörer und bewegte sich leicht im Takt eines Songs, den nur er hörte. Falls er sie bemerkt hatte, ließ er es sich nicht anmerken.

Marcia ging die Treppe hinauf zum ersten Stock. Das Licht war hier oben nicht ganz so grell. Das Klacken ihrer Absätze hallte durchs stille Gebäude, das am Tage vor Leben und Energie nur so strotzte. Es gab keinen unwirklicheren und leereren Ort als einen nächtlichen Schulkorridor.

Marcia warf einen kurzen Blick über die Schulter nach hinten, aber sie war allein. Sie beschleunigte ihren Schritt, weil sie ein Ziel vor Augen hatte.

Die Kasselton High School war groß. Die vier Jahrgänge wurden von fast zweitausend Jugendlichen besucht. Das Gebäude war vierstöckig, und, wie bei so vielen Highschools in Städten, deren Bevölkerung stetig wuchs, erkannte man kaum noch die ursprüngliche Struktur unter den vielen nachträglichen Anbauten. Die späteren Erweiterungen des einst malerischen Backsteinbaus zeigten, dass die Verwaltung mehr Wert auf effektive Raumausnutzung als auf Schönheit gelegt hatte. Inzwischen präsentierte sich der Gebäudekomplex als chaotischer Stilmix, der an etwas erinnerte, das ein Kind aus Legosteinen, Holzklötzen und Playmobil-Teilen zusammengebaut hatte.

Gestern Abend hatte ihr wunderbarer Ehemann in der unheimlichen Stille des McWaid-Hauses seit dreiundneunzig Tagen zum ersten Mal wieder richtig gelacht. Was für ein obszönes Geräusch. Ted hatte sofort wieder aufgehört, er hatte das Lachen abgewürgt und angefangen zu schluchzen. Marcia wollte ihn in den Arm nehmen, etwas tun, um diesen gepeinigten Mann, den sie so sehr liebte, zu trösten. Aber sie hatte es einfach nicht geschafft.

Ihre anderen beiden Kinder, Patricia und Ryan, schienen mit Haleys Verschwinden etwas besser zurechtzukommen, aber Kinder gewöhnten sich einfach schneller an neue Situationen als Erwachsene. Marcia versuchte, sich ganz auf sie zu konzentrieren und sie mit Aufmerksamkeit und Fürsorge zu überschütten, aber auch das gelang ihr nicht. Manche Freunde schoben es darauf, dass sie zu sehr unter Haleys Verschwinden litt. Da war etwas dran, aber es steckte noch mehr dahinter. Sie vernachlässigte Patricia und Ryan, weil sie ihre ganze Energie für Haley aufwandte, sich einzig und allein darauf konzentriere, ihre Tochter wieder zurück nach Hause zu holen. Dann, hinterher, würde sie es bei ihren anderen beiden Kindern wiedergutmachen.

Marcias Schwester, Merilee, die große Besserwisserin aus Great Neck, hatte sogar den Nerv gehabt zu sagen: »Du musst dich auf deinen Mann und die andern Kinder konzentrieren und aufhören, dich in deinem Elend zu suhlen«, und als sie dieses Wort aussprach – suhlen –, da wollte Marcia ihr direkt eine Ohrfeige geben und sagen, sie solle den Mund halten und sich um ihre eigene verdammte Familie kümmern, vor allem um ihren Sohn Greg, der Drogen nahm, und ihren Mann Hal, der wahrscheinlich eine Affäre hatte. Patricia und Ryan würden hoffentlich darüber hinwegkommen, Merilee – und weißt du was? Ihre beste Chance, da wieder heile herauszukommen, bestand nicht darin, eine Mutter zu haben, die dafür sorgte, dass die Pocket, das in den Schlägerkopf geknüpfte Netz, von Ryans Lacrosse-Stick weich genug war oder Patricias Kostüm den richtigen Grauton hatte. Nein, das Einzige, was ihnen wirklich half, war, wenn ihre ältere Schwester gesund wieder nach Hause kam.

Wenn das passierte, und nur dann, hatten die anderen eine Chance, als Familie zu überleben.

Die traurige Wahrheit aber war, dass Marcia gar nicht den ganzen Tag damit verbrachte, Haley zu suchen. Sie versuchte es, wurde aber immer wieder von einer furchtbaren Erschöpfung gelähmt. Marcia kam morgens kaum aus dem Bett. Ihre Glieder waren so furchtbar schwer. Selbst jetzt hatte sie Mühe, diese eigenartige Wallfahrt den Korridor entlang zu machen.

Dreiundneunzig Tage.

Vor sich sah Marcia Haleys Spind. Ein paar Tage nach Haleys Verschwinden hatten ihre Freunde angefangen, die Metalltür wie einen dieser Schreine am Straßenrand zu dekorieren, die oft an den Stellen errichtet werden, wo jemand bei einem Unfall ums Leben gekommen war. Fotos und welke Blumen, Kreuze und Notizen hingen dort. »Komm nach Hause, Haley!« »Wir vermissen dich!« »Wir warten auf dich.« »Wir lieben dich!«

Marcia blieb stehen und starrte den Spind an. Sie streckte die Hand aus, berührte das Zahlenschloss und dachte daran, wie oft Haley hier immer wieder die gleichen Dinge gemacht haben musste: die Bücher aus dem Rucksack nehmen, den Rucksack unten in den Spind stellen, die Jacke aufhängen, ein paar Worte mit einer Freundin sprechen über Lacrosse oder vielleicht auch über einen Jungen, in den sie verknallt war.

Marcia hörte etwas hinter sich auf dem Flur. Sie drehte sich um und sah, dass die Tür des Rektorzimmers geöffnet wurde. Pete Zecher, der Rektor der Highschool, trat heraus, gefolgt von, wie Marcia annahm, einem Elternpaar. Sie kannte die beiden nicht. Keiner sagte etwas. Pete Zecher streckte die Hand aus, die Eltern schüttelten sie jedoch nicht. Sie drehten sich wortlos um und gingen zur Treppe. Pete Zecher sah ihnen nach, schüttelte kurz den Kopf und sah den Flur entlang.

Er entdeckte sie. »Marcia?«

»Hi, Pete.«

Pete Zecher war ein guter Rektor, immer sehr offen und bereit, die Regeln zu beugen oder einen Lehrer ins Gebet zu nehmen, wenn es um das Wohl eines Schülers ging. Pete war hier in Kasselton aufgewachsen, auf ebendiese Highschool gegangen, und mit der Ernennung zum Rektor dieser Schule sah er seinen Lebenstraum verwirklicht.

Er kam auf sie zu: »Störe ich?«

»Überhaupt nicht.« Marcia rang sich ein Lächeln ab. »Ich wollte nur für einen Moment den Blicken entgehen.«

»Ich habe die Generalprobe gesehen«, sagte Pete. »Patricia macht das wirklich prima.«

»Schön, das zu hören.«

Er nickte. Beide sahen den Spind an. Marcia entdeckte ein Abziehbild mit den Worten »Kasselton Lacrosse« und zwei gekreuzten Sticks. Das gleiche klebte auch an der Heckscheibe ihres Wagens.

»Was war denn mit diesen Eltern?«, fragte sie.

Pete lächelte schwach. »Das ist vertraulich.«

»Oh.«

»Aber ich könnte Ihnen eine hypothetische Situation beschreiben.«

Sie wartete.

»Als Sie in der Highschool waren, haben Sie da mal Alkohol getrunken?«, fragte er.

»Ich war ein ziemlich braves Mädchen«, sagte Marcia und hätte fast hinzugefügt, *so wie Haley*. »Aber natürlich haben wir uns gelegentlich mal ein Bier besorgt.«

»Wie sind Sie da rangekommen?«

»An die Biere? Ein Onkel vom Nachbarjungen hatte einen Schnapsladen. Wie war das bei Ihnen?«

»Ein Freund von mir, Michael Wind, sah deutlich älter aus, als er war«, sagte Pete. »Sie wissen schon – so einer, der sich in der sechsten Klasse schon rasieren musste. Er hat das Zeug gekauft. Das ginge ja jetzt nicht mehr, weil inzwischen jeder einen Ausweis vorlegen muss.«

»Und was hat das mit Ihrem hypothetischen Elternpaar zu tun?«

»Die meisten Leute glauben, dass die Kids sich den Alkohol

heutzutage mit gefälschten Ausweisen besorgen. Das gibt's natürlich, aber seit ich Lehrer oder Rektor bin, habe ich gerade mal fünf gefälschte Ausweise konfisziert. Trotzdem ist der Alkohol bei den Jugendlichen ein größeres Problem denn je.«

»Und wie kommen sie dann daran?«

Pete sah zur Treppe, die die Eltern gerade hinuntergegangen waren. »Sie kriegen ihn von den Eltern.«

»Die Jugendlichen holen ihn sich heimlich aus dem Schrank der Eltern?«

»Schön wär's. Das Paar, mit dem ich eben gesprochen habe – rein hypothetisch –, waren die Milners. Nette Leute. Er verkauft Versicherungen in der Stadt. Sie hat eine Boutique in Glen Rock. Sie haben vier Kinder, zwei davon gehen bei uns auf die Highschool. Der Älteste ist in der Baseball-Mannschaft.«

»Und?«

»Und am Freitag haben diese beiden netten, fürsorglichen Eltern ein Fass Bier gekauft und im Keller eine Party für die Baseball-Mannschaft geschmissen. Zwei der Jungs waren betrunken und haben Eier auf das Haus eines anderen Mitschülers geworfen. Einer war so besoffen, dass man ihm fast den Magen auspumpen musste.«

»Moment. Die Eltern hatten das Fass gekauft?«

Pete nickte.

»Und darüber haben Sie mit ihnen gesprochen?«

»Ja.«

»Was haben sie zu ihrer Verteidigung gesagt?«

»Sie haben die Ausrede angeführt, die ich in solchen Fällen fast immer zu hören bekomme: Hey, die Kids trinken sowieso – da kann ich wenigstens dafür sorgen, dass sie es in einer sicheren Umgebung machen. Die Milners wollten verhindern, dass ihre Kinder in New York oder an einem anderen gefährlichen Ort trinken und dann womöglich hinterher noch Auto fahren oder so etwas. Also haben sie der Mannschaft erlaubt, sich bei ihnen im Keller zu besaufen. Bei ihnen im Haus, wo sie nicht so schnell in größere Schwierigkeiten kommen.«

»Klingt schon irgendwie logisch.«

»Würden Sie es machen?«, fragte er.

Marcia überlegte. »Nein. Aber letztes Jahr waren wir mit Haley und einer Freundin von ihr in der Toskana. Auf den Weingütern haben wir ihnen erlaubt, Wein zu trinken. War das falsch?«

»In Italien verstößt es nicht gegen das Gesetz.«

»Das ist ein sehr schmaler Grat, Pete.«

»Dann finden Sie das Verhalten dieser Eltern nicht verkehrt?«

»Ich finde, es war absolut verkehrt«, sagte Marcia. »Und ihre Ausrede finde ich auch ein bisschen dünn – Jugendlichen Alkohol zu kaufen? Ich glaube nicht, dass es den Eltern wirklich um die Sicherheit der Kinder ging. Ich glaube, sie wollten coole, angesagte Eltern sein. Sie wollten nicht so sehr Eltern sein als vielmehr Freunde ihrer Kinder.«

»Das sehe ich auch so.«

»Andererseits«, sagte Marcia, drehte sich um und betrachtete Haleys Spind, »wie komme ausgerechnet ich dazu, anderen Eltern gute Ratschläge erteilen zu wollen?«

Schweigen.

»Pete?«

»Ja?«

»Was sagt die Gerüchteküche?«

»Was meinen Sie damit?«

»Das wissen Sie ganz genau. Wenn sie sich über Haley unterhalten – Lehrer, Schüler, ganz egal –, glauben die meisten, dass Haley entführt wurde oder dass sie ausgerissen ist?«

Wieder entstand eine Pause. Sie wusste, was er dachte.

»Ungefiltert, Pete. Und bitte sagen Sie nichts, weil Sie meinen, dass ich es hören will.«

»Das tu ich nicht.«

»Also?«

»Ich kann nur aus dem Bauch heraus urteilen.«

»Verstehe.«

An den Wänden des Flurs hingen Plakate. Bald war der Abschlussball. Und natürlich auch die Abschlussfeier. Wieder wanderte Pete Zechers Blick über Haleys Spind. Marcia folgte dem Blick und entdeckte ein Foto, das sie ins Stutzen brachte. Die ganze Familie außer ihr – Ted, Haley, Patricia und Ryan – gemeinsam mit Micky Maus in Disney World. Marcia hatte das Foto mit Haleys iPhone in der rosa Hülle mit Blumenmuster gemacht. Das war drei Wochen vor Haleys Verschwinden gewesen. Die Polizei hatte einen kurzen Blick auf den Urlaub geworfen und überprüft, ob Haley da vielleicht jemanden kennengelernt hatte, der ihr dann womöglich nach Hause gefolgt war, allerdings ohne Ergebnis. Als sie jetzt das Foto sah, erinnerte Marcia sich daran, wie glücklich Haley in Florida gewesen war, wo sie einmal nicht unter Druck gestanden hatte und wo sie alle für ein paar Tage zu fröhlichen Kindern geworden waren. Das Foto war ganz spontan entstanden. Normalerweise musste man für ein Foto mit Micky mindestens eine halbe Stunde lang anstehen, besonders viele der kleineren Kinder kamen mit ihren »Autogramm«-Heften zu Micky, um sich einen Stempel abzuholen. Dann war Haley dieser Micky im Epcot Center aufgefallen, vor dem sich keine Schlange gebildet hatte. Sie hatte breit gelächelt, sich ihre Geschwister geschnappt und gesagt: »Los, kommt! Wir machen schnell ein Foto.« Marcia hatte darauf bestanden, das Foto zu machen, und sie erinnerte sich noch an das Glücksgefühl, das sie erfasst hatte, als ihre ganze Familie, ihr Ein und Alles, sich in heiterer Harmonie um

Micky versammelt hatte. Sie sah das Foto an, dachte an diesen kurzen, perfekten Augenblick und betrachtete Haleys herzerweichendes Lächeln.

»Auch wenn man glaubt, einen Jugendlichen sehr gut zu kennen«, sagte Pete Zecher, »darf man nicht vergessen, dass sie alle ihre Geheimnisse haben.«

»Selbst Haley?«

Pete hob die Hände. »Sehen Sie sich diese ganzen Spinde an. Ich weiß, dass das banal klingt, aber jeder davon gehört einem Jugendlichen voller Hoffnungen und Träume, der eine verrückte und sehr schwierige Lebensphase durchlebt. Die Pubertät ist ein Krieg voller Zwänge und Nöte, nicht alle real, manche nur eingebildet, aber das spielt keine Rolle. Und es betrifft alle Lebensbereiche, den Umgang miteinander, den Sport, auch die Schule. Und das alles, während Körper und Psyche eine grundlegende Änderung durchmachen und die Hormone Amok laufen. All diese Spinde, all diese verängstigten Individuen, die Tag für Tag mehrere Stunden hier in dieser Schule eingepfercht sind. Ich komme aus der Naturwissenschaft, und immer, wenn ich hier bin, denke ich an Moleküle in einem geschlossenen Behälter, der immer weiter erhitzt wird. Dann steigt der Druck höher und höher – sie wollen einfach nur raus.«

»Also«, sagte Marcia, »glauben Sie, dass Haley ausgerissen ist?«

Pete Zecher starrte weiter das Foto aus Disney World an. Auch er schien sich auf das herzerweichende Lächeln zu konzentrieren. Dann wandte er den Blick ab, und Marcia sah, dass er Tränen in den Augen hatte.

»Nein, Marcia. Ich glaube nicht, dass Haley ausgerissen ist. Ich glaube, ihr ist etwas zugestoßen. Etwas Schlimmes.«

FÜNF

Wendy wachte morgens auf und schaltete den Panini-Maker an – eigentlich nur ein einfacher Sandwich-Toaster oder Kontaktgrill mit einem hochtrabenden Namen. Trotzdem war er schnell zum wichtigsten Gerät im Haus geworden, weil sie und Charlie sich hauptsächlich von Paninis ernährten. Sie legte ein paar Scheiben Bacon und Käse zwischen zwei Scheiben *Trader Joe's*-Vollkornbrot und klappte die vorgeheizte Oberseite herunter.

Wie jeden Morgen kam Charlie die Treppe heruntergetrampelt wie ein übergewichtiges Pferd mit Ambossen an den Füßen. Er setzte sich nicht hin, sondern sackte vielmehr auf dem Küchenstuhl zusammen und verschlang das Sandwich.

»Wann gehst du zur Arbeit?«, fragte Charlie.

»Ich hab gestern meinen Job verloren.«

»Stimmt. Hatte ich vergessen.«

Der Egoismus von Teenagern. Manchmal, wie in diesem Moment, konnte er richtig liebenswert sein.

»Fährst du mich zur Schule?«, fragte Charlie.

»Klar.«

Der Stau vor dem morgendlichen Schüler-Absetzpunkt der Highschool war absurd lang. Manchmal hielt Wendy es kaum aus, an anderen Tagen hingegen war die gemeinsame Fahrt die einzige Zeit, in der sie sich mit ihrem Sohn unterhielt. Manchmal sprach er dabei sogar über seine Gedanken und Wünsche – natürlich nicht offen oder direkt, aber wenn sie genau zuhörte, erfuhr sie doch eine ganze Menge. Heute saß Charlie allerdings mit gesenktem Kopf neben ihr und simste auf seinem Handy. Er sagte die ganze Zeit kein Wort. Seine Finger flogen über das winzige Tastenfeld.

Als sie vor der Schule hielten, stieg Charlie aus dem Wagen, ohne das Simsen zu unterbrechen.

Wendy rief ihm hinterher: »Danke, Mom!«

»Yep, 'tschuldigung.«

Als Wendy zu Hause wieder in ihre Einfahrt einbog, fiel ihr der Wagen auf, der direkt vor ihrem Haus parkte. Sie hielt an, stellte den Motor aus und griff nach ihrem Handy. Eigentlich rechnete sie nicht damit, Schwierigkeiten zu bekommen, aber man konnte nie wissen. Sie tippte 9-1-1 ein, legte den Finger auf die Anrufen-Taste und stieg aus.

Er hockte hinten an ihrer Stoßstange.

»Der Reifen ist ziemlich platt«, sagte er.

»Kann ich Ihnen helfen, Mr. Grayson?«

Ed Grayson erhob sich, wischte sich die Hände ab und sah blinzelnd in die Sonne. »Ich war vorhin bei Ihrem Fernsehsender. Die meinten, Sie wären gefeuert.«

Sie sagte nichts.

»Ich nehme mal an, dass es mit der Entscheidung der Richterin zusammenhängt.«

»Kann ich etwas für Sie tun, Mr. Grayson?«

»Ich möchte mich für das entschuldigen, was ich gestern nach dem Gerichtstermin zu Ihnen gesagt habe.«

»Vielen Dank«, sagte sie.

»Und falls Sie ein bisschen Zeit haben«, fuhr Ed Grayson fort, »dann sollten wir uns wirklich mal unterhalten.«

Nachdem beide im Haus waren und Ed Grayson das angebotene Getränk abgelehnt hatte, setzte Wendy sich an den

Küchentisch und wartete. Ed Grayson ging noch einen Moment lang auf und ab, dann zog er den anderen Küchenstuhl heran und stellte ihn direkt vor sie, so dass er nicht einmal einen Meter von ihr entfernt saß.

»Zuerst einmal«, sagte er, »möchte ich mich noch einmal entschuldigen.«

»Nicht nötig. Ich versteh schon, wie Sie sich fühlen.«

»Wirklich?«

Sie antwortete nicht.

»Mein Sohn heißt E. J., Ed Junior. Er war ein glücklicher Junge. Hat viel Sport gemacht. Am liebsten Eishockey gespielt. Ich selbst hab absolut keine Ahnung von dem Spiel. Als ich jung war, hab ich Basketball gespielt. Aber Maggie, meine Frau, stammt aus Québec. Ihre ganze Familie spielt Eishockey. Liegt ihnen im Blut. Irgendwann hab ich auch angefangen, mich dafür zu begeistern. Wegen des Jungen. Aber jetzt, tja, jetzt hat E. J. kein Interesse mehr daran. Wenn ich mit ihm in die Nähe eines Eishockeyfelds gehe, rastet er aus. Er will lieber zu Hause bleiben.«

Er brach ab und sah zur Seite. Wendy sagte: »Tut mir leid.«

Schweigen.

Wendy versuchte, das Thema zu wechseln. »Worüber haben Sie sich mit Flair Hickory unterhalten?«

»Sein Mandant ist seit mehr als zwei Wochen nicht mehr gesehen worden«, sagte er.

»Und?«

»Und daher habe ich versucht rauszubekommen, wo er wohl sein könnte. Aber Mr. Hickory hat es mir nicht verraten.«

»Hat Sie das überrascht?«

»Nein, eigentlich nicht.«

Wieder Schweigen.

»Und was kann ich für Sie tun, Mr. Grayson?«

Grayson fing an, mit seiner Uhr herumzuspielen, einer Timex mit elastischem Metallarmband. Wendys Vater hatte früher auch mal so eine gehabt. Wenn er sie abnahm, hatte er immer einen roten Streifen am Arm gehabt. Schon komisch, an was man sich noch erinnerte, obwohl ihr Dad doch schon so lange tot war.

»Ihre Fernsehsendung«, sagte Grayson. »Sie haben ein Jahr damit verbracht, Pädophile zu jagen. Warum?«

»Warum was?«

»Warum Pädophile?«

»Welche Rolle spielt das?«

Er versuchte zu lächeln, was ihm allerdings nicht recht gelang. »Verraten Sie es mir einfach«, sagte er.

»Wahrscheinlich, weil ich gute Quoten hatte.«

»Klar, das versteh ich. Aber es steckt noch mehr dahinter, oder?«

»Mr. Grayson …«

»Ed«, sagte er.

»Bleiben wir besser bei Mr. Grayson. Es wäre mir lieb, wenn Sie jetzt auf den Punkt kommen könnten.«

»Ich weiß, was mit Ihrem Mann passiert ist.«

Einfach so. Wendy spürte einen stechenden Schmerz, sagte aber nichts.

»Sie ist jetzt wieder draußen, wissen Sie? Ariana Nasbro.«

Als er den Namen laut aussprach, zuckte Wendy zusammen. »Ich weiß.«

»Glauben Sie, dass sie jetzt geheilt ist?«

Wendy dachte an die Briefe, daran, dass sich ihr beim Lesen fast der Magen umgedreht hatte.

»Möglich wäre es«, sagte Grayson. »Ich kenne Leute, die es in dem Stadium geschafft haben, vom Alkohol wegzukommen. Aber eigentlich interessiert Sie das nicht, oder, Wendy?«

»Das geht Sie nichts an.«

»Stimmt. Aber Dan Mercer geht mich was an. Sie haben einen Sohn, stimmt's?«

»Auch das geht Sie nichts an.«

»Typen wie Dan«, fuhr er fort. »Eins wissen wir ganz genau über die. Die werden nicht geheilt.« Er rückte etwas näher heran und legte den Kopf auf die Seite. »Ist das nicht der springende Punkt bei der Sache, Wendy?«

»Der springende Punkt bei welcher Sache?«

»Der Grund dafür, dass Sie sich auf die Jagd nach Pädophilen gemacht haben. Alkoholiker, na ja, die können aufhören. Pädophile sind einfacher – da gibt es praktisch keine Chance auf Erlösung und damit auch nicht auf Vergebung.«

»Tun Sie mir einen Gefallen, Mr. Grayson. Versuchen Sie nicht, mich einer Psychoanalyse zu unterziehen. Sie wissen absolut nichts über mich.«

Er nickte. »Guter Einwand.«

»Dann erzählen Sie mir jetzt endlich, was Sie wollen?«

»Das ist eigentlich ganz einfach. Wenn sich niemand findet, der Dan Mercer aufhält, wird er irgendwann einem weiteren Kind etwas antun. Das ist Fakt. Wir beide wissen es.«

»Das müssten Sie dann aber wohl der Richterin klarmachen.«

»Die kann mir im Moment nicht helfen.«

»Und ich kann das?«

»Sie sind Reporterin. Und zwar eine gute.«

»Eine gefeuerte.«

»Noch ein Grund, das zu tun.«

»Was zu tun?«

Ed Grayson beugte sich vor. »Helfen Sie mir, ihn zu finden, Wendy.«

»Damit Sie ihn umbringen können?«

»Er wird nicht aufhören.«

»Das sagten Sie schon.«

»Aber?«

»Aber ich will nichts mit Ihren Rachegelüsten zu tun haben.«

»Sie glauben, es geht mir um Rache?«

Wendy zuckte die Achseln.

»Es geht nicht um Rache«, sagte Grayson. »Eigentlich sogar ganz im Gegenteil.«

»Ich kann Ihnen nicht folgen.«

»Diese Entscheidung ist sehr genau durchdacht. Sie ist pragmatisch. Es geht darum, kein Risiko einzugehen. Ich will sicherstellen, dass Dan Mercer nie wieder jemandem etwas antut.«

»Indem Sie ihn töten?«

»Sehen Sie eine andere Möglichkeit? Es geht hier nicht um Blutgier oder Gewalt. Wir sind alle Menschen, aber wenn man so etwas tut – wenn die Gene oder das eigene erbärmliche Leben so versaut sind, dass man einem Kind Schaden zufügen muss –, na ja, das Humanste, was man da tun kann, ist, einen solchen Menschen zur Strecke zu bringen.«

»Muss nett sein, wenn man gleichzeitig Richter und Geschworener ist.«

Der Satz schien Ed Grayson fast zu belustigen. »Hat Richterin Howard etwa die richtige Entscheidung getroffen?«

»Nein.«

»Wer sollte es dann tun außer uns – die wir Bescheid wissen?«

Sie dachte darüber nach. »Gestern, nach dem Gerichtstermin, warum haben Sie da gesagt, dass ich gelogen hätte?«

»Weil Sie es getan haben. Sie haben sich keine Sorgen darüber gemacht, dass Mercer Selbstmord begehen könnte. Sie sind in seine Wohnung eingedrungen, weil Sie fürchteten, er würde die Beweise vernichten.«

Schweigen.

Ed Grayson stand auf, durchquerte die Küche und blieb vor der Spüle stehen. »Hätten Sie einen Schluck Wasser für mich?«

»Bedienen Sie sich. Die Gläser stehen links.«

Er nahm eins aus dem Schrank und drehte das Wasser auf. »Ich habe einen Freund«, fing Grayson an und beobachtete, wie das Wasser ins Glas lief. »Netter Kerl und ein sehr erfolgreicher Anwalt. Er hat mir vor ein paar Jahren erzählt, dass er von ganzem Herzen für den Irakkrieg ist. Hat mir jede Menge Gründe genannt, die dafür sprächen, außerdem hätten die Iraker eine Chance verdient, in Freiheit zu leben. Ich habe zu ihm gesagt: ›Du hast doch einen Sohn, stimmt's?‹ Er sagte: ›Ja, er geht auf die Wake Forest University.‹ Ich habe ihn gefragt: ›Sei ehrlich, würdest du das Leben deines Sohns für diesen Krieg opfern?‹ Ich habe ihn aufgefordert, wirklich tief in sich zu gehen. Sich vorzustellen, dass Gott vom Himmel herunterkäme und zu ihm sagen würde: ›Okay, ich mache dir folgenden Vorschlag: Die USA gewinnen den Krieg im Irak, was immer das auch bedeuten mag, aber dafür bekommt dein Sohn eine Kugel in den Kopf und stirbt. Nur er. Niemand sonst. Alle anderen kehren sicher wieder nach Hause zurück, aber dein Sohn stirbt.‹ ›So‹, habe ich dann meinen Freund gefragt, ›würdest du auf den Deal eingehen?‹«

Ed Grayson drehte sich um und trank einen kräftigen Schluck Wasser.

»Was hat er geantwortet?«, fragte sie.

»Was hätten Sie geantwortet, Wendy?«

»Ich bin nicht Ihr Freund, der Anwalt, der den Irakkrieg unterstützt hat.«

»So kann man der Frage auch ausweichen.« Grayson lächelte. »In Wahrheit, wenn wir ganz in Ruhe darüber nachdenken, würde keiner von uns darauf eingehen, stimmt's? Niemand würde sein eigenes Kind opfern.«

»Weltweit schicken Menschen jeden Tag Kinder in den Krieg.«

»Klar, natürlich sind manche Leute bereit, ihre Kinder in den Krieg zu schicken, allerdings nicht in den sicheren Tod. Das ist ein Riesenunterschied, selbst wenn dafür in manchen Fällen eine ordentliche Dosis Selbstverleugnung erforderlich ist. Man mag bereit sein, ein Risiko einzugehen, abzuwarten, wie die Würfel fallen, weil man eigentlich nicht daran glaubt, dass das eigene Kind zu denjenigen gehört, die im Krieg fallen. Das ist etwas anderes. Man wird nicht vor die gleiche Wahl gestellt wie in der Situation, die ich beschrieben habe.«

Er sah sie an.

»Erwarten Sie jetzt Applaus?«, fragte sie.

»Sind Sie anderer Ansicht?«

»Mit Ihrer Hypothese setzen Sie die Opferbereitschaft dieser Menschen herab«, sagte Wendy. »Außerdem ist das Unsinn.«

»Na ja, ganz fair ist es nicht, das will ich Ihnen gerne zugestehen. Aber für unsere Situation enthält dieses Szenarium ein sehr bedeutendes Element, Wendy. Dan wird meinem Kind nicht noch einmal etwas antun, und Ihr Sohn ist zu alt für ihn. Lassen Sie ihn davonkommen, weil Ihr Kind vor ihm sicher ist? Haben Sie oder ich das Recht, unsere Hände in Unschuld zu waschen, weil es nicht um unsere Kinder geht?«

Sie sagte nichts.

Ed Grayson stand auf. »Allein dadurch, ihn wegzuwünschen, werden Sie ihn nicht los, Wendy.«

»Ich bin kein Freund von Selbstjustiz, Mr. Grayson.«

»Darum geht es hier nicht.«

»Klingt aber so.«

»Dann denken Sie mal über Folgendes nach.« Grayson starrte sie an, wartete, bis sie ihn ansah und ihm ihre volle Aufmerksamkeit schenkte. »Wenn Sie in die Vergangenheit zurückreisen und Ariana Nasbro aufhalten könnten …«

»Stopp«, sagte sie.

»Wenn Sie sich zu ihrer ersten Alkoholfahrt in der Vergangenheit begeben könnten. Oder zu ihrer zweiten oder der dritten …«

»Sie sollten jetzt endlich den Mund halten.«

Ed Grayson nickte, offensichtlich zufrieden darüber, ins Schwarze getroffen zu haben.

»Ich muss wieder los.« Er verließ die Küche und ging zur Haustür. »Denken Sie drüber nach, okay? Mehr will ich ja gar nicht. Wir stehen beide auf derselben Seite, Wendy. Und das wissen Sie selbst am besten.«

Ariana Nasbro.

Als Grayson gegangen war, versuchte Wendy, den verdammten Brief zu vergessen, der in ihrem Papierkorb steckte.

Sie schaltete ihren iPod an, schloss die Augen und ließ die Musik auf sich wirken. Sie wählte den Ordner mit beruhigender Musik aus, in dem unter anderem »Angels on the Moon« von Thriving Ivory, »Please Forgive Me« von William Fitzsimmons und »High Heels and All« von David Berkeley waren. Aber auch diese Songs übers Vergeben und Vergessen halfen nicht. Sie probierte es anders herum, zog sich Trainings-Klamotten an, drehte die Lautstärke hoch und versuchte sich zu allen möglichen anderen Songs abzureagieren – von Stücken aus ihrer Kindheit – »Shout« von Tears for Fears – über The Hold Steadys »First Night« bis Eminems »Lose Yourself«.

Es funktionierte nicht. Ed Graysons Worte gingen ihr nicht aus dem Kopf …

»Wenn Sie in die Vergangenheit zurückreisen und Ariana Nasbro aufhalten könnten …«

Sie würde es tun. Ohne jede Frage. Wendy würde zurück in die Vergangenheit reisen, das Miststück zur Strecke bringen, ihr den Kopf abschneiden und um ihren zuckenden Körper herumtanzen.

Netter Einfall - aber was sollte man machen.

Wendy sah in ihre E-Mails. Wie versprochen hatte Dan Mercer ihr den Treffpunkt für zwei Uhr mittags geschickt: eine Adresse in Wykertown, New Jersey. Sie hatte noch nie davon gehört. Sie ging auf Google-Maps und sah sich die Strecke an. Es war eine einstündige Fahrt. Gut. Sie hatte noch fast vier Stunden Zeit.

Sie duschte und zog sich an. Der Brief. Der verdammte Brief. Sie rannte nach unten, durchwühlte den Müll und entdeckte den schlichten, weißen Umschlag. Sie betrachtete die Schrift, als ob sie daraus irgendwelche Schlüsse ziehen könnte. Vergeblich. Dann nahm sie ein Gemüsemesser und öffnete den Brief. Wendy zog zwei Seiten liniertes, weißes Schreibpapier heraus, wie sie es in der Schule benutzt hatte.

Im Stehen neben der Küchenspüle las Wendy Ariana Nasbros Brief – jedes verdammte schreckliche Wort. Es stand nichts Überraschendes drin, sie sah keine echte Einsicht, nur den Es-geht-immer-um-mich-Scheiß, der einem Tag für Tag eingetrichtert wird. Jedes Klischee, jede rührselige Empfindung, jeder abgedroschene Vorwand … Alles war vorhanden und wurde pflichtgemäß abgehakt. Jedes Wort bohrte sich wie eine Klinge tief in Wendys Fleisch. Ariana Nasbro schrieb von »der Erneuerung meines eigenen Selbstbildes«, dass sie »Wiedergutmachung leisten« wollte und nach »einem Sinn im Leben« suchte und »ganz unten angekommen« wäre. Erbärmlich. Sie hatte sogar den Nerv, über »den Missbrauch in meinem Leben und wie ich gelernt habe zu vergeben« und »das Wunder dieser Vergebung« zu schreiben und dass sie dieses Wunder »auch anderen, wie Ihnen und Charlie, zuteilwerden lassen« wollte.

Als sie sah, dass die Frau den Namen ihres Sohns geschrieben hatte, packte Wendy eine Wut, wie sie sie noch nie empfunden hatte.

»Ich werde immer Alkoholikerin sein«, schrieb Ariana Nasbro gegen Ende ihrer Schmähschrift. Noch ein *Ich. Ich* werde, *Ich* bin, *Ich* will. Der Brief war voll davon.

Ich, ich, ich.

Ich weiß, dass ich ein unvollkommenes Wesen und der Vergebung würdig bin.

Wendy hätte kotzen können.

Und dann die letzte Zeile des Briefs.

Das ist der dritte Brief, den ich Ihnen schreibe. Bitte melden Sie sich, damit mein Heilungsprozess beginnen kann. Gott segne Sie.

O Mann, dachte Wendy. Ich werde mich melden. Und zwar sofort.

Sie schnappte sich ihr Schlüsselbund und stürmte zum Wagen. Nachdem sie den Absender des Briefs in ihr Navigationssystem eingegeben hatte, fuhr sie los zu dem Rehabilitationszentrum, in dem Ariana Nasbro derzeit wohnte.

Das Reha-Zentrum war in New Brunswick, was normalerweise eine Stunde entfernt lag, aber sie trat ordentlich aufs Gas, so dass sie nach knapp fünfundvierzig Minuten dort war. Sie parkte den Wagen und stürmte durch die Eingangstür, nannte der Frau an der Rezeption ihren Namen und sagte, dass sie zu Ariana Nasbro wolle. Die Rezeptionistin bat sie, Platz zu nehmen. Wendy sagte, sie würde lieber stehen bleiben, aber trotzdem herzlichen Dank auch.

Kurz darauf erschien Ariana Nasbro. Wendy hatte sie seit neun Jahren nicht mehr gesehen, seit dem Prozess wegen Fahrlässiger Tötung im Straßenverkehr. Ariana hatte damals verängstigt und mitleiderregend gewirkt mit ihren gesenkten Schultern, den struppigen, mattbraunen Haaren und ihren Augen, die immer blinzelten, als rechnete sie jederzeit damit, überraschend eine Ohrfeige zu bekommen.

Diese Frau, die Wendy jetzt gegenüberstand, *die* Ariana Nasbro, die ihre Gefängnisstrafe verbüßt hatte, wirkte vollkommen anders. Sie hatte kurze, weiße Haare. Sie stand ruhig und aufrecht vor Wendy und sah ihr in die Augen. Sie streckte eine Hand aus und sagte: »Danke, dass Sie gekommen sind, Wendy.«

Wendy beachtete die ausgestreckte Hand nicht. »Ich bin nicht Ihretwegen gekommen.«

Ariana versuchte zu lächeln. »Wollen wir einen Spaziergang machen?«

»Nein, Ariana, ich will keinen Spaziergang machen. In Ihren Briefen – ich habe die ersten beiden ganz bewusst ignoriert, aber diesen Wink mit dem Zaunpfahl wollten Sie wohl nicht verstehen – haben Sie mich gefragt, wie Sie Wiedergutmachung leisten könnten.«

»Ja.«

»Daher bin ich gekommen, um es Ihnen zu verraten: Schicken Sie mir keinen ichbezogenen AA-Unsinn. Der interessiert mich nicht. Ich will Ihnen nicht vergeben, damit Sie geheilt werden, sich erholen können oder wie immer Sie das nennen. Ich will nicht, dass es Ihnen besser geht. Das ist nicht das erste Mal, dass Sie bei den Anonymen Alkoholikern sind, oder?«

»Nein«, sagte Ariana Nasbro mit hoch erhobenem Kopf, »das ist es nicht.«

»Sie haben es schon zwei Mal versucht, bevor Sie meinen Mann umgebracht haben, stimmt's?«

»Ja, das stimmt«, sagte sie in zu ruhigem Tonfall.

»Sind Sie vorher schon einmal bis zum achten Schritt gekommen?«

»Das bin ich, aber diesmal ist es etwas Anderes, weil ich …«

Wendy unterbrach sie, indem sie die Hand hob. »Ist mir egal. Die Tatsache, dass es diesmal anders sein könnte, bedeutet mir nichts. Weder Sie noch Ihre Erholung oder der achte Schritt interessieren mich, aber wenn Sie wirklich Wiedergutmachung leisten wollen, schlage ich vor, dass Sie rausgehen, am Straßenrand warten und sich dann vor den nächsten vorbeikommenden Bus werfen. Ich weiß, dass das hart klingt, aber wenn Sie das schon beim letzten Mal gemacht hätten, als Sie beim achten Schritt angekommen waren – wenn eine der Personen, denen Sie damals so einen Ich-ich-ich-Scheiß geschrieben haben, Ihnen nicht vergeben, sondern Ihnen stattdessen diesen Ratschlag gegeben hätte, hätten Sie ja vielleicht auf diesen Rat gehört, was zur Folge gehabt hätte, dass Sie tot wären und mein John noch am Leben. Ich hätte einen Ehemann, und Charlie hätte einen Vater. Das ist mir wichtig. Sie sind es nicht. Auch Ihre Feier nach sechsmonatiger Trockenheit bei den AA nicht, genauso wenig wie Ihre spirituelle Reise zur Nüchternheit. Wenn Sie also wirklich Wiedergutmachung leisten wollen, Ariana, hören Sie dieses eine Mal auf, sich selbst in den Mittelpunkt zu stellen. Sind Sie geheilt – hundertprozentig geheilt und absolut überzeugt davon, dass Sie nie wieder Alkohol trinken werden?«

»Man ist nie geheilt«, sagte Ariana.

»Klar, noch mehr von diesem AA-Mist. Schließlich wissen wir alle nicht, was morgen geschieht. So sollten Sie also Ihre Wiedergutmachung leisten. Hören Sie auf, Briefe zu schreiben, hören Sie auf, in den Gruppensitzungen über sich selbst zu reden, hören Sie auf, *immer nur für heute* zu denken. Stattdessen tun Sie das, was sicherstellt, dass Sie nie wieder den Vater eines Kindes ermorden: Warten Sie auf diesen Bus, und werfen Sie sich davor. Und ansonsten lassen Sie mich und meinen Sohn in Ruhe. Wir werden Ihnen nie vergeben. Niemals. Außerdem ist es unglaublich selbstsüchtig und widerlich von Ihnen zu erwarten, dass wir das tun, damit ausgerechnet Sie geheilt werden.«

Dann drehte Wendy sich um, ging zurück zum Wagen und fuhr los.

Mit Ariana Nasbro war sie fertig. Jetzt war es Zeit, sich mit Dan Mercer zu treffen.

SECHS

Marcia McWaid setzte sich neben Ted auf die Couch. Ihnen gegenüber saß Frank Tremont, ein Ermittler der Staatsanwaltschaft von Essex County, der wie jede Woche gekommen war, um sie über den neuesten Stand der Suche nach ihrer Tochter zu unterrichten. Marcia wusste bereits, was er sagen würde.

Frank Tremont trug einen graubraunen Anzug und eine abgewetzte Krawatte, die aussah, als wäre sie die letzten vier Monate zu einer festen Kugel zusammengeknüllt gewesen. Er war über sechzig, stand kurz vor der Pensionierung und war umgeben von dieser Ich-habe-alles-erlebt-Aura, die fast alle Leute mit sich herumtrugen, die zu lange im gleichen Job tätig waren. Als Marcia sich zu Anfang nach ihm erkundigt hatte, waren ihr Gerüchte zu Ohren gekommen, dass Frank seine beste Zeit wohl schon hinter sich hätte und nur noch die letzten paar Monate seines Jobs absäße.

Aber das merkte Marcia ihm nicht an, und Tremont kam immerhin noch jede Woche, um Kontakt zu halten und sie zu informieren. Am Anfang war er fast immer in Begleitung gekommen – mal mit FBI-Agenten, mal mit Experten für vermisste Jugendliche oder mit anderen Mitgliedern unterschiedlicher Ermittlungsorgane. Die Anzahl seiner Begleiter hatte in den letzten vierundneunzig Tagen stetig abgenommen, bis dieser einsame, alternde Cop im hässlichen Anzug schließlich alleine kam.

In den ersten Wochen hatte Marcia noch versucht, sich zu beschäftigen, indem sie den Beamten Kaffee und Kekse anbot. Jetzt versuchte sie nicht mehr, sich abzulenken, indem sie die perfekte Hausfrau spielte. Frank Tremont saß diesen offensichtlich leidenden Eltern in ihrem reizenden Vororthaus gegenüber und überlegte, da war sich Marcia sicher, wie er ihnen wieder einmal mitteilen sollte, dass er nichts Neues über ihre vermisste Tochter zu berichten wusste.

»Tut mir leid«, sagte Frank Tremont.

Wie erwartet. Fast aufs Stichwort.

Marcia sah, wie Ted sich zurücklehnte. Er legte den Kopf in den Nacken, sah nach oben und blinzelte, um die Tränen zu verbergen. Sie wusste, dass Ted ein guter Mann war, ein wundervoller Mann, ein großartiger Ehemann, Familienvater und Versorger. Aber er war, wie sie gelernt hatte, kein besonders starker Mann.

Marcia ließ Tremont nicht aus den Augen. »Und was jetzt?«, fragte sie.

»Wir suchen weiter«, antwortete er.

»Wie?«, fragte Marcia. »Ich meine, was kann man sonst noch machen?«

Tremont öffnete den Mund, zögerte, schloss ihn wieder. »Ich weiß es nicht, Marcia.«

Ted McWaid ließ seinen Tränen freien Lauf. »Ich versteh das nicht«, sagte er, wie schon so oft zuvor. »Wie kommt es, dass Sie von der Polizei überhaupt nichts finden?«

Tremont wartete einfach ab.

»Mit Ihrer ganzen Technik, all dem Fortschritt und dem Internet …«

Teds Stimme verklang. Er schüttelte den Kopf. Er verstand es nicht. Immer noch nicht. Marcia verstand es. So einfach war das alles nicht. Vor Haleys Verschwinden waren sie eine typische amerikanische Familie gewesen, deren Wissen über (und damit auch der Glaube an) die Ermittlungsbehörden dem jahrelangen Konsum von Fernsehserien entstammte, in denen alle Fälle gelöst wurden. Die gut frisierten Schauspieler fanden ein Haar, einen Fußabdruck oder eine Hautschuppe, die sie unter ein Mikroskop legten, und im Nu, nach nicht einmal einer Stunde, war die Lösung gefunden. Aber das war nicht die Realität. Die Realität sah man, wie Marcia inzwischen wusste, eher in den Nachrichten. So hatte zum Beispiel die Polizei in Colorado den Mörder der Kinder-Schönheitskönigin JonBenét Ramsey immer noch nicht gefunden. Und Marcia erinnerte sich auch noch gut an die Schlagzeilen, die es gegeben hatte, als Elizabeth Smart, ein hübsches, vierzehnjähriges Mädchen, spätnachts aus ihrem Schlafzimmer entführt worden war. Die Medien waren groß in das Kidnapping eingestiegen, die ganze Welt hatte gebannt zugeschaut, als Polizisten, FBI-Agenten und diese ganzen Experten für Spurensuche Elizabeths Haus in Salt Lake City auf der Suche nach der Wahrheit durchkämmt hatten – trotzdem war mehr als neun Monate lang niemand auf den Gedanken gekommen, den irren, größenwahnsinnigen Obdachlosen zu überprüfen, der gelegentlich ein paar Kleinigkeiten im Haus erledigt hatte, obwohl Elizabeths Schwester ihn an dem Abend gesehen hatte. Wenn man das bei *CSI* oder *Law & Order* gebracht hätte, wären diverse Fernbedienungen durchs Wohnzimmer geflogen, weil es angeblich so »unrealistisch« sei. Aber auch wenn man versuchte, es zu beschönigen, so etwas passierte eben immer wieder.

Die Realität war, das hatte Marcia inzwischen gelernt, dass selbst Idioten immer wieder mit Kapitalverbrechen davonkamen.

Die Realität war, dass sich keiner von uns sicher fühlen durfte.

»Können Sie mir noch irgendetwas sagen?«, versuchte es Tremont jetzt. »Irgendetwas, das Ihnen aufgefallen ist?«

»Wir haben Ihnen schon alles erzählt«, sagte Ted.

Tremont nickte. Seine Miene wirkte heute noch zerknirschter als sonst. »Wir haben schon andere vergleichbare Fälle gehabt, wo ein vermisster Teenager dann einfach wieder aufgetaucht ist. Die mussten dann einfach mal Dampf ablassen, oder sie hatten insgeheim einen Freund.«

Das hatte er ihnen schon einmal einzureden versucht. Wie alle anderen, einschließlich Ted und Marcia, hoffte auch Frank Tremont, dass Haley eine Ausreißerin war.

»Erinnern Sie sich an dieses junge Mädchen aus Connecticut?«, fuhr Tremont fort. »Sie hatte sich mit dem falschen Typen eingelassen und ist abgehauen. Sie ist dann drei Wochen später einfach wieder nach Hause gekommen.«

Ted nickte, sah dann Marcia an, damit sie seinen neu aufkeimenden Optimismus bestärkte. Marcia versuchte, etwas hoffnungsvoller dreinzublicken, schaffte es aber nicht. Teddy wandte sich ab, als hätte er sich verbrüht, entschuldigte sich kurz und verließ das Zimmer.

Es war seltsam, dachte Marcia, dass ausgerechnet sie den klarsten Blick hatte. Natürlich wollten Eltern nie wahrhaben, dass sie so wenig über ihr Kind wussten und nichts von seinem Unglück, seiner Verzweiflung oder seiner Verwirrung bemerkt hatten, die so angewachsen waren, dass das Kind ausriss und drei Monate lang wegblieb. Andererseits hatte die Polizei sämtliche Enttäuschungen, die Haley in ihrem jungen Leben erlebt hatte, viel zu sehr aufgebauscht: Nein, Haley hatte die Zulassung zur Universität ihrer Wahl, der University of Virginia, nicht bekommen. Nein, sie hatte weder den Aufsatzwettbewerb ihres Jahrgangs gewonnen noch war sie zum interdisziplinären AHLISA-Studiengang zugelassen worden. Und ja, womöglich hatte sie sich kurz vor ihrem Verschwinden von einem Jungen getrennt. Aber – na und? Das ging doch jedem Teenager so.

Marcia kannte die Wahrheit, hatte sie vom ersten Tag an gekannt. Um es mit den Worten von Rektor Zecher zu sagen: Ihrer Tochter war irgendetwas zugestoßen. Etwas Schlimmes.

Tremont saß da und wusste nicht recht, was er machen sollte.

»Frank?«, sagte Marcia.

Er sah sie an.

»Ich möchte Ihnen etwas zeigen.«

Marcia nahm das Micky-Maus-Foto, das sie am Spind ihrer Tochter entdeckt hatte, und reichte es ihm. Tremont ließ sich Zeit. Er sah sich das Foto genau an. Es war still im Wohnzimmer. Marcia hörte seinen pfeifenden Atem.

»Das Foto habe ich vor einem halben Jahr mit Haleys iPhone gemacht.«

Tremont studierte das Bild, als könnte es einen Hinweis auf Haleys Verschwinden enthalten. »Ich erinnere mich. Der Familienausflug nach Disney World.«

»Sehen Sie ihr ins Gesicht, Frank.«

Das tat er. Er musterte es ausgiebig.

»Glauben Sie, dass ein Mädchen mit diesem Lächeln einfach beschlossen hat auszureißen und niemandem etwas davon zu sagen? Glauben Sie wirklich, dass dieses Mädchen ganz alleine weggerannt ist und so clever war, nicht ein einziges Mal ihr iPhone, einen Geldautomaten oder ihre Kreditkarte zu benutzen?«

»Nein«, sagte Frank Tremont. »Nein, das glaube ich nicht.«

»Suchen Sie bitte weiter, Frank.«

»Das werde ich, Marcia. Ich verspreche es Ihnen.«

Wenn die Leute an die Straßen New Jerseys denken, haben sie entweder den Garden State Parkway im Sinn, der zwischen heruntergekommenen Lagerhäusern, ungepflegten Friedhöfen und alten Doppelhäusern hindurchführt, oder sie denken an den New Jersey Turnpike mit den alten Fabriken rechts und links, mit Schornsteinen und riesigen Industriekomplexen, die an die albtraumhafte Zukunftsvision der *Terminator*-Filme erinnern. Niemand hat dabei die Route 15 in Sussex County vor Augen, das Farmland, durch das sie führt, die alten Seedörfer mit den Antiquitäten-Scheunen, die Plätze des 4-H-Jugendclubs oder das alte Zweitliga-Baseball-Stadion.

Wendy folgte den Anweisungen ihres Navigationsgeräts die Route 15 entlang, bis sie zur 206 wurde, bog rechts in eine unbefestigte Straße ein, an den U-Store-It-Lagerhäusern vorbei, bis sie zur Wohnwagensiedlung in Wykertown kam. Es war eine ruhige, kleine Siedlung, die ziemlich verlassen wirkte und daher etwas Geisterhaftes an sich hatte – man rechnete jederzeit damit, eine rostige Kinderschaukel im Wind pendeln zu sehen. Die Grundstücke waren rechteckig. Reihe D, Grundstück 7 war hinten in der Ecke, ziemlich nah an der Umzäunung aus Maschendraht.

Sie stieg aus dem Wagen und war fasziniert von der Ruhe. Nichts zu hören. Zwar wehten keine Tumbleweeds über die unbefestigten Wege, gepasst aber hätte es. Die ganze Siedlung erinnerte an eine postapokalyptische Stadt aus einem Katastrophenfilm – die große Bombe war gefallen und hatte sämtliche Einwohner verdampft. Ein paar Wäscheleinen waren aufgespannt, auf denen jedoch keine Wäsche hing. Auf einem Grundstück lagen Klappstühle mit zerfetzten Sitzen. Auf einem anderen wirkten der Holzkohlegrill und das herumliegende Kinderspielzeug, als wären sie gerade eben noch benutzt worden.

Wendy prüfte den Handy-Empfang. Kein Netz. Na toll. Sie ging die beiden Betonstufen hinauf und blieb vor der Tür des Wohnwagens stehen. Etwas in ihr – der vernünftige Teil, der wusste, dass sie eine Mutter und keine Superheldin war – forderte sie auf umzukehren und sich nicht wie eine Idiotin zu benehmen. Sie hätte noch länger darüber nachgedacht, wäre die Fliegengittertür nicht plötzlich geöffnet worden und Dan Mercer vor ihr aufgetaucht.

Als sie sein Gesicht sah, trat sie unwillkürlich einen Schritt zurück.

»Was ist denn mit Ihnen passiert?«

»Kommen Sie rein«, murmelte Dan Mercer zwischen geschwollenen Lippen hindurch. Seine Nase war platt, sein Gesicht grün und blau, aber das war längst nicht das Schlimmste. Das Schlimmste waren die Gruppen kreisrunder Verbrennungen im Gesicht und auf dem Arm. Eine schien direkt durch die Wange in den Mundraum zu gehen.

Sie deutete auf die Kreise. »Waren das Zigaretten?«

Er zuckte die Achseln. »Ich hab ihnen gesagt, dass Rauchen in meinem Wohnwagen verboten ist. Da sind sie wütend geworden.«

»Wer?«

»Das war ein Witz. Das mit dem Rauchverbot.«

»Ja, das hatte ich schon verstanden. Wer hat Ihnen das angetan?«

Dan Mercer schüttelte den Kopf. »Wollen Sie nicht reinkommen?«

»Warum bleiben wir nicht hier draußen?«

»Herrje, Wendy, fühlen Sie sich in meiner Gegenwart nicht sicher? Dabei haben Sie doch selbst schon ziemlich unverblümt festgestellt: Sie sind gar nicht mein Typ.«

»Trotzdem.«

»Ich bin wirklich nicht scharf darauf, mich so hier draußen blicken zu lassen.«

»Oh, aber ich muss darauf bestehen.«

»Dann wünsche ich Ihnen noch einen schönen Tag. Tut mir leid, dass Sie umsonst den weiten Weg hier raus gekommen sind.«

Dan ließ die Tür zufallen und verschwand im Wohnwagen. Wendy wartete einen Moment, wollte sehen, ob er nur bluffte. Aber er kam nicht wieder heraus. Sie kümmerte sich nicht weiter um die Alarmglocken – im Moment sah er sowieso nicht so aus, als könnte er ihr viel anhaben –, öffnete die Tür und trat ein.

»Ihre Haare«, sagte sie.

»Was ist damit?«

Dans ursprünglich braune, wellige Haare leuchteten jetzt in einem unsäglichen Gelbton, den man mit viel gutem Willen vielleicht als blond bezeichnen konnte.

»Haben Sie sie selbst gefärbt?«

»Nein, ich bin zu Dionne gefahren, meinem Lieblings-Haar-Coloristen in der Stadt.«

Sie musste fast lächeln. »Die perfekte Tarnung, um in der Masse unterzutauchen.«

»Ich weiß. Ich seh aus wie aus einem Glam-Rock-Video aus den Achtzigern.«

Dan trat von der Tür in die hinterste Ecke des Wohnwagens, fast so, als wollte er seine Verletzungen verstecken. Wendy ließ die Tür los. Sie fiel mit einem Knall zu. Drinnen herrschte ein trübes Halbdunkel. Ein paar Sonnenstrahlen zerteilten den Raum. Der Fußboden unter ihr bestand aus abgewetztem Linoleum, im hinteren Teil des Raums lag allerdings ein schlecht zugeschnittener, orangefarbener, langfloriger Teppichboden – etwas, das in der Fernsehserie *Drei Mädchen und drei Jungen* als zu schrill ausgesondert worden wäre.

Dan wirkte klein, wie er da gebeugt und gebrochen in der Ecke stand. Das Aberwitzige an der Geschichte war – und darüber hatte sie sich sehr aufgeregt –, dass sie, ein Jahr bevor ihr Trick seine wahren Vorlieben zutagegebracht hatte, einen Bericht über Dan Mercer und seine »guten Taten« machen wollte. Damals schien Dan Mercer dieser extrem seltenen Menschengattung anzugehören: den echten Weltverbesserern. Er schien ein Mann zu sein, der wirklich etwas bewegen wollte, ohne – und das hatte fast schon etwas Erschreckendes – gleichzeitig seine eigene Person in den Mittelpunkt zu stellen.

Sie war – wagte sie es wirklich, sich das einzugestehen? – darauf reingefallen. Dan war ein attraktiver Mann mit widerspenstigen, braunen Haaren und tiefblauen Augen, und er konnte einen auf diese Art und Weise ansehen, dass man das Gefühl hatte, der einzige Mensch auf der Welt zu sein. Er wirkte konzentriert, charmant und machte sich auch gerne über sich selbst lustig, hatte also einen Humor, der den gebeutelten Jugendlichen, mit denen er arbeitete, gefallen haben musste.

Aber wieso hatte sie, die schon fast krankhaft skeptische Reporterin, ihn nicht durchschaut?

Sie hatte sogar – gestand sie sich auch das ein? – darauf gehofft, dass er sie zum Essen einlud. Sie hatte sich sehr, sehr stark zu ihm hingezogen gefühlt, als er sie ansah. Bei ihr hatte es damals wie ein Blitz eingeschlagen, und sie war sich sicher gewesen, dass auch bei ihm zumindest ein leichtes Gewitter aufgezogen war.

Wenn sie jetzt daran dachte, fand sie es mehr als nur gruselig.

Von seinem Platz in der Ecke aus versuchte Dan, sie mit der ihm eigenen Intensität anzusehen, aber es bewirkte nichts. Die scheinbar faszinierende Klarheit, von der sie sich damals hatte täuschen lassen, war verschwunden. Der verbliebene Rest war jämmerlich, und trotzdem sagten Wendys Instinkte ihr selbst jetzt, wo sie Bescheid wusste, dass Dan einfach nicht das Monster sein konnte, das er ganz offensichtlich war.

Aber, leider Gottes, war das völliger Unsinn. Sie war einem Blender auf den Leim gegangen – nicht mehr und nicht weniger. Er hatte diese vermeintliche Bescheidenheit nur benutzt, um sein wahres Ich dahinter zu verbergen. Man konnte es Instinkt nennen, weibliche Intuition oder ein Bauchgefühl – ganz egal, was Wendy da empfunden hatte, es war falsch gewesen.

»Ich hab es nicht getan, Wendy.«

Schon wieder ein *Ich*. Das war ja wirklich ein toller Tag.

»Stimmt, das haben Sie am Telefon schon gesagt«, erwiderte sie. »Könnten Sie das noch etwas näher erläutern?«

Er sah verloren aus, wusste nicht, wie er fortfahren sollte. »Sie haben doch Nachforschungen über mich angestellt, seit ich nach Ihrer Sendung festgenommen wurde, oder?«

»Und?«

»In der Zeit haben Sie bestimmt mit vielen Kids geredet, mit denen ich im Jugendzentrum gearbeitet habe? Wie viele waren das?«

»Welche Rolle spielt das?«

»Mit wie vielen Jugendlichen haben Sie gesprochen, Wendy?«

Sie konnte sich schon denken, worauf er hinauswollte. »Mit siebenundvierzig«, sagte sie.

»Und wie viele von ihnen haben behauptet, dass ich sie missbraucht hätte?«

»Null. Öffentlich. Aber es sind mehrere anonyme Hinweise eingegangen.«

»Anonyme Hinweise«, wiederholte Dan. »Sie meinen diese anonymen Blogs, die jeder schreiben könnte, sogar Sie selbst.«

»Oder ein verängstigter Teenager.«

»Sie haben selbst so wenig Vertrauen in diese Blogs, dass Sie sie in Ihrer Sendung gar nicht erst erwähnt haben.«

»Ein Beweis für Ihre Unschuld ist das aber trotzdem nicht, Dan.«

»Komisch.«

»Was?«

»Ich dachte, das ginge andersherum. Man wäre unschuldig, bis das Gegenteil bewiesen ist.«

Sie versuchte, die Augen zu rollen. Auf solche Spielchen wollte sie sich nicht einlassen. Es wurde Zeit, dem Gespräch eine andere Richtung zu geben. »Wissen Sie, auf was ich bei meinen Nachforschungen noch gestoßen bin?«

Dan Mercer schien noch weiter wegzurücken, verschwand fast vollständig in der Ecke. »Was?«

»Nichts. Keine Freunde, keine Familie, keine echten Bindungen. Abgesehen von Ihrer Exfrau Jenna Wheeler und dem Jugendzentrum sind Sie so eine Art Geist.«

»Meine Eltern sind gestorben, als ich noch klein war.«

»Ja, ich weiß. Sie sind in einem Waisenhaus in Oregon aufgewachsen.«

»Und?«

»Und daher gibt es große Löcher in Ihrem Lebenslauf.«

»Ich wurde reingelegt, Wendy.«

»Klar. Und trotzdem sind Sie zum richtigen Zeitpunkt im von Ihrem Anwalt als ›Hausefalle‹ bezeichneten Haus aufgetaucht, stimmt's?«

»Ich dachte, ich wäre auf dem Weg zu einer Jugendlichen, die in Schwierigkeiten steckt.«

»Mein Held. Und da sind Sie einfach so ins Haus gegangen?«

»Chynna hat mich gerufen.«

»Sie hieß Deborah, nicht Chynna. Sie arbeitet als Produktionsassistentin beim Sender. Was für ein Zufall, dass ihre Stimme genauso klingt wie die Ihres geheimnisvollen Mädchens.«

»Sie war ziemlich weit weg«, sagte er. »Die Falle haben Sie sich doch selbst ausgedacht, oder? Vor der Kamera den Eindruck zu erwecken, als ob sie gerade aus der Dusche käme?«

»Verstehe. Sie dachten, sie wäre ein Mädchen namens Chynna aus Ihrem Jugendzentrum, richtig?«

»Ja.«

»Natürlich habe ich mich auf die Suche nach dieser Chynna gemacht, Dan. Nach Ihrem geheimnisvollen Mädchen. Um auch die letzten Zweifel zu beseitigen. Sie haben sich ja sogar mit unserem Zeichner zusammengesetzt, um ein Phantombild zu machen.«

»Selbstverständlich.«

»Und soll ich Ihnen was sagen? Ich habe das Bild allen Leuten in der Umgebung gezeigt – den Angestellten und Bewohnern des Jugendzentrums natürlich sowieso. Keiner kannte Ihre Chynna oder hatte sie schon einmal gesehen. Niemand.«

»Ich habe Ihnen doch schon gesagt, dass sie sich vertraulich an mich gewandt hatte.«

»Wie praktisch. Außerdem hat jemand den Laptop in Ihrem Haus benutzt, um diese schrecklichen Texte von dort zu verschicken?«

Er sagte nichts.

»Und – helfen Sie mir, Dan – dieser Jemand hat auch diese Fotos auf den Laptop heruntergeladen, stimmt's? Ach, und dann hat noch jemand – wenn wir Ihrem Anwalt glauben schenken, müsste ich das wohl gewesen sein – ekelerregende Bilder von Kindern in Ihrer Garage versteckt.«

Dan Mercer schloss niedergeschlagen die Augen.

»Wissen Sie, was Sie tun sollten, Dan? Jetzt, wo Sie frei sind und der Arm des Gesetzes Sie nicht mehr zu fassen bekommt, sollten Sie sich Hilfe suchen. Gehen Sie zu einem Therapeuten.«

Dan rang sich ein Lächeln ab und schüttelte den Kopf.

»Was ist?«

Er sah sie an. »Sie haben jetzt zwei Jahre lang Pädophile gejagt. Sie müssten es doch besser wissen.«

»Was müsste ich besser wissen?«

Er flüsterte nur in der Ecke: »Pädophile kann man nicht heilen.«

Wendy erschauerte. Und in diesem Moment wurde die Wohnwagentür so heftig aufgestoßen, dass sie hinten gegen die Wand knallte.

Wendy sprang zur Seite, als die Fliegengittertür sie nur knapp verfehlte. Ein Mann mit einer Skimaske kam herein. In der rechten Hand hielt er eine Pistole.

Dan hob die Hände und ging noch weiter nach hinten in die Ecke. »Tun Sie …«

Der Mann mit der Skimaske richtete die Pistole auf ihn. Wendy versuchte, in Deckung zu gehen, und dann, einfach so, schoss der Mann mit der Skimaske.

Er hatte Dan nicht gewarnt oder ihn aufgefordert, sich nicht zu bewegen oder die Hände hochzuheben. Nichts dergleichen. Er hatte einfach abgedrückt.

Dan wurde zur Seite geschleudert und fiel aufs Gesicht.

Wendy schrie. Sie ließ sich flach hinter eine alte Couch fallen, als ob die sie schützen könnte. Sie konnte unter der Couch durchsehen. Dan lag auf dem Boden. Er bewegte sich nicht. Um seinen Kopf herum bildete sich eine Blutlache auf dem Teppich. Der Scharfrichter durchquerte den Raum. Ohne jede Hast. Er schlenderte fast. Wie bei einem Spaziergang im Park. Er blieb direkt vor Dan stehen. Er richtete die Pistole auf Dans Kopf.

Und in diesem Moment sah Wendy die Armbanduhr.

Es war eine Timex mit einem elastischen Metallarmband.

Genauso eine wie ihr Dad sie gehabt hatte. Die Zeit schien stillzustehen. Die Größe kam hin. Das Gewicht auch. Und dazu diese Uhr.

Es war Ed Grayson.

Er schoss noch zwei Mal in Dans Kopf. Zwei Mal hörte Wendy ein kurzes, abgeschnittenes Dröhnen. Dans Körper zuckte zusammen beim Aufprall der Kugel. Panik ergriff sie. Sie versuchte, dagegen anzukämpfen. Klar denken. Das war jetzt das Wichtigste.

Sie hatte zwei Möglichkeiten.

Die erste war, mit Grayson darüber zu sprechen. Ihn davon zu überzeugen, dass sie auf seiner Seite war.

Die zweite Möglichkeit war Flucht. Sie musste durch die Tür, weiter zum Wagen und losfahren.

Beide Möglichkeiten waren problematisch. Nummer eins: Würde Grayson ihr glauben? Erst vor ein paar Stunden hatte sie seinen Vorschlag abgelehnt, ihn außerdem belogen, und schon war sie hier, zu einem Geheimtreffen mit Dan Mercer, einem Mann, den er gerade kaltblütig erschossen hatte …

Das klang nicht gut, also blieb nur Nummer zwei …

Sie rappelte sich auf und startete in Richtung der offen stehenden Tür.

»Halt!«

Sie blieb tief geduckt und stolperte mehr aus der Tür, als sie hinausrannte.

»Warten Sie!«

Keine Chance, dachte sie. Sie kam ins Sonnenlicht. Renn, dachte sie. Nicht langsamer werden.

»Hilfe!«, rief sie.

Keine Antwort. Die Wohnwagensiedlung lag immer noch völlig verlassen da.

Ed Grayson folgte ihr aus dem Wohnwagen. Er hatte die

Pistole in der Hand. Wendy rannte weiter. Die anderen Wohnwagen waren zu weit entfernt.

»Hilfe!«

Schüsse.

Die einzige Deckung bot ihr Auto. Wendy lief darauf zu. Wieder eine Salve Schüsse. Sie hechtete hinter den Wagen.

Sollte sie es riskieren?

Sie hatte keine Wahl. Schließlich konnte sie nicht hierbleiben und warten, bis er um den Wagen herumkam und sie erschoss.

Sie griff in die Tasche und holte den Autoschlüssel heraus. Mit einem Knopfdruck entriegelte sie die Tür. Dann ließ sie den Motor an – als Charlie seinen Führerschein bekommen hatte, hatte er darauf bestanden, einen Fernanlasser für den Wagen zu besorgen, damit sie den Wagen an kalten Wintermorgen anlassen und warmlaufen lassen konnten. Natürlich hatte sie sich über ihren verwöhnten und verhätschelten Sohn beklagt, der es nicht fertigbrachte, ein paar Minuten lang in der Kälte zu stehen. Jetzt hätte sie ihn dafür küssen können.

Der Motor sprang an.

Wendy öffnete die Fahrertür und kletterte auf den Fahrersitz. Sie sah kurz aus dem Fenster. Die Pistole war direkt aufs Auto gerichtet. Sie duckte sich wieder.

Mehr Schüsse.

Sie erwartete, Glas splittern zu hören. Nichts. Darum konnte sie sich jetzt nicht kümmern. Noch auf dem Sitz liegend schaltete sie den Automatikhebel auf *Drive*. Der Wagen setzte sich in Bewegung. Mit der linken Hand drückte sie aufs Gaspedal und fuhr blind. Sie hoffte nur, dass sie nirgends gegenfuhr.

Zehn Sekunden vergingen. Wie weit war sie gefahren?

Weit genug, dachte sie.

Wendy setzte sich hin und rutschte auf den Sitz. Im Rückspiegel sah sie den maskierten Grayson mit erhobener Pistole hinter ihr herrennen.

Sie trat das Gaspedal durch, ihr Kopf wurde nach hinten gepresst, sie preschte nach vorne, bis im Rückspiegel niemand mehr zu sehen war. Dann griff sie nach ihrem Handy. Immer noch keine Balken. Trotzdem wählte sie 9-1-1 und drückte *Verbinden*, worauf ein Piepton ertönte und im Display die Nachricht *Kein Empfang* erschien. Sie fuhr einen guten Kilometer. Immer noch kein Balken. Sie fuhr weiter, zurück zur Route 206, und versuchte es noch einmal. Nichts.

Nach weiteren fünf Kilometern hatte sie ein Netz und konnte telefonieren.

»Was für einen Notfall wollen Sie melden?«

»Es wurde jemand erschossen.«

SIEBEN

Als Wendy schließlich gewendet hatte und zu Dan Mercers Wohnwagen zurückgefahren war, sah sie drei Streifenwagen am Tatort. Ein Polizist fing sie an der Einfahrt zur Wohnwagensiedlung ab.

»Sind Sie die Dame, die das gemeldet hat?«, fragte der Polizist.

»Ja.«

»Ist mit Ihnen alles in Ordnung, Ma'am?«

»Mir geht's gut.«

»Brauchen Sie ärztliche Hilfe?«

»Nein, alles okay.«

»Sie sagten am Telefon, der Täter wäre bewaffnet gewesen?«

»Ja.«

»Kommen Sie bitte mit.«

Er führte sie zu einem Streifenwagen und öffnete die hintere Tür. Sie zögerte.

»Das ist nur zu Ihrer Sicherheit, Ma'am. Sie sind nicht festgenommen oder so etwas.«

Sie setzte sich hinein. Der Polizist schloss die Tür und setzte sich auf den Fahrersitz. Er ließ den Motor nicht an, sondern bombardierte sie weiter mit Fragen. Gelegentlich unterbrach er sie, indem er die Hand hob, und übermittelte per Funk ein paar Einzelheiten von dem, was sie gesagt hatte, vermutlich an einen anderen Polizisten. Sie erzählte ihm alles, was sie wusste, einschließlich des Verdachts, dass Ed Grayson der Täter war.

Nach mehr als einer halben Stunde kam ein anderer Polizist auf den Streifenwagen zu. Ein Schwarzer, riesengroß und dick, mindestens hundertfünfzig Kilo schwer, der ein Hawaiihemd über der Hose trug, das ein normal gebauter Mensch als Muumuu hätte nutzen können. Er öffnete die hintere Wagentür.

»Ms. Tynes, ich bin Sheriff Mickey Walker vom Sussex County Police Department. Darf ich Sie bitten mitzukommen?«

»Haben Sie ihn?«

Walker antwortete nicht. Er watschelte auf die Einfahrt der Wohnwagensiedlung zu. Wendy beeilte sich, hinter ihm herzukommen. Sie sah einen weiteren Polizisten, der einen Mann in einem Unterhemd und Boxershorts befragte.

»Sheriff Walker?«

Er verlangsamte seinen Schritt nicht. »Hatten Sie gesagt, dass Sie glaubten, der Mann mit der Skimaske hieße Ed Grayson?«

»Ja.«

»Und der ist erst nach Ihnen angekommen?«

»Ja.«

»Wissen Sie, was für einen Wagen er fuhr?«

Sie überlegte. »Das habe ich nicht gesehen, nein.«

Walker nickte, als wäre das die Antwort, die er erwartet hatte. Sie erreichten den Wohnwagen. Walker stieß die Tür auf, beugte sich etwas herunter und quetschte sich hinein. Wendy folgte ihm. Zwei weitere uniformierte Polizisten waren schon da. Wendy sah in die Ecke, in der Dan zu Boden gefallen war.

Nichts.

Sie sah Walker an. »Haben Sie die Leiche schon entfernt?« Aber sie kannte die Antwort. Sie hatte weder Kranken- noch Leichenwagen oder Fahrzeuge von der Spurensicherung gesehen.

»Hier war keine Leiche«, erwiderte er.

»Das verstehe ich nicht.«

»Auch kein Ed Grayson oder sonst irgendjemand. Wir haben hier nichts verändert. Der Wohnwagen sieht genauso aus, wie in dem Moment, als wir ihn betreten haben.«

Wendy deutete in die hintere Ecke. »Da lag er. Dan Mercer. Ich hab mir das nicht ausgedacht.«

Sie starrte auf die Stelle, an der die Leiche gelegen hatte, und dachte: O nein, das ist doch unmöglich. Eine Filmszene schoss ihr durch den Kopf, die man schon tausendmal gesehen hatte: Die Leiche ist verschwunden, und die Frau fleht: *»Aber Sie müssen mir doch glauben!«* Natürlich völlig vergeblich. Wendy sah den großen Polizisten fragend an. Sie hatte mit Skepsis gerechnet, doch Walker überraschte sie.

»Ich weiß, dass Sie sich das nicht ausgedacht haben«, sagte er.

Innerlich hatte sie sich schon auf eine längere Diskussion vorbereitet. Das war jetzt überflüssig geworden. Sie wartete.

»Atmen Sie mal tief ein«, sagte Walker. »Riechen Sie etwas?«

Das tat sie. »Schießpulver.«

»Ja. Und meiner Meinung nach ist es auch ziemlich frisch. Wir haben auch noch mehr. Da drüben ist ein Loch in der Wand. Die Kugel ist direkt durchgegangen. Wir haben sie draußen in einem Gasbetonstein gefunden. Sieht aus wie eine Achtunddreißiger, aber das erfahren wir später noch genauer. Ich möchte jetzt, dass Sie sich hier umsehen und mir sagen, ob sich irgendetwas verändert hat, seit Sie den Wohnwagen verlassen haben.« Er wartete und gestikulierte ungelenk. »Abgesehen von der Leiche und so.«

Wendy sah es sofort. »Der Teppich ist weg.«

Wieder nickte Walker, als hätte er schon gewusst, was sie sagen würde. »Was für ein Teppich?«

»Ein orangefarbener, langfloriger Teppichboden. Mercer ist da draufgefallen, nachdem er getroffen worden war.«

»Und der Teppich lag auch dahinten in der Ecke? Auf die Sie vorhin gezeigt haben?«

»Ja.«

»Ich möchte Ihnen etwas zeigen.«

Walker beanspruchte viel Platz in dem kleinen Wohnwagen. Sie durchquerten den Raum, und er deutete mit einem fleischigen Finger auf die Wand. Wendy sah das kleine, runde Loch, das die Kugel hinterlassen hatte. Walker schnaufte, als er sich an der Stelle, wo die Leiche zu Boden gefallen war, herunterbeugte.

»Sehen Sie das?«

Auf dem Boden lagen ein paar kleine, runde orangefarbene Fusseln. Das war wunderbar – ein weiterer Hinweis darauf, dass sie die Wahrheit gesagt hatte –, aber das hatte Walker gar nicht gemeint. Sie musterte die Stelle, auf die er zeigte.

Blut.

Nicht viel. Gewiss nicht alles, was Mercer verloren hatte, als er von der Kugel getroffen worden war. Aber genug. In der Flüssigkeit klebten noch ein paar orangefarbene Fusseln.

»Das Blut muss durch den Teppich gesickert sein«, sagte Wendy.

Walker nickte. »Draußen ist ein Zeuge, der gesehen hat, wie ein Mann einen zusammengerollten Teppich hinten in seinen Wagen gepackt hat – in einen schwarzen Acura MDX mit einem Kennzeichen aus New Jersey. Wir haben uns schon bei der Zulassungsstelle nach Edward Grayson aus Fair Lawn, New Jersey, erkundigt. Er besitzt einen schwarzen Acura MDX.«

Zuerst lief die Titelmelodie. Sehr dramatisch: *Bah-dah-daaahm …*

Hester Crimstein öffnete die Tür zum Gerichtssaal und schritt in ihrer schwarzen Robe bedächtig wie eine Löwin zum

Richterstuhl. Je näher sie ihm kam, desto lauter wurden die Trommelschläge. Der berühmte Voice-over-Sprecher – der, der bis zu seinem noch nicht lange zurückliegenden Ableben zahllose Kinotrailer gesprochen hatte und dessen Anfangszeile »In einer Welt …« aus dem amerikanischen Kino nicht mehr wegzudenken war –, dieser Sprecher sagte: »Die Anwesenden möchten sich bitte erheben: die Vorsitzende Richterin Hester Crimstein.«

Mit einem lauten Paukenschlag würde dann an dieser Stelle der Titel eingeblendet werden: CRIMSTEIN'S COURT.

Hester setzte sich. »Ich bin zu einem Urteil gekommen.«

Der Frauenchor, der sonst die Zahlen in dem Radio-Jingle »Eins Null Zwei Komma Sieben … New Yoooorrrk« trällerte, intonierte jetzt: »Die Urteilsverkündung!«

Hester versuchte, nicht zu seufzen. Sie war jetzt seit drei Monaten mit den Aufzeichnungen für ihre neue Fernsehshow beschäftigt, nachdem sie die engen Vorgaben ihrer auf den Kabel-Nachrichtensendern laufenden Show *Crimstein on Crime* hinter sich gelassen hatte. Dort waren nur »echte Fälle« besprochen worden – wobei es sich bei diesen »echten Fällen« fast ausschließlich um Vergehen von Prominenten, vermisste weiße Teenager oder fremdgehende Politiker gehandelt hatte.

Ihr »Gerichtsdiener« hieß jetzt Waco. Er war ein ehemaliger Stand-up-Comedian, der sich zur Ruhe gesetzt hatte. Schließlich drehten sie in echten Fernsehkulissen, nicht in einem Gerichtssaal, auch wenn alles danach aussah. Und auch wenn sie keine echte Gerichtsverhandlung abhielten, war Hester doch Vorsitzende einer Art juristischen Verfahrens. Beide Streitparteien hatten sich vertraglich verpflichtet, das Urteil eines unabhängigen Schiedsgerichts anzuerkennen. Die Produzenten übernahmen sämtliche »Verfahrenskosten«, außerdem bekamen sowohl die Klägerin als auch der Beklagte hundert Dollar am Tag. Es handelte sich um eine klassische Win-win-Situation.

Realityshows haben, vollkommen zu Recht, einen schlechten Ruf, aber besonders diejenigen, in denen es entweder um Gerichtshöfe oder ums Hofieren geht, belegen sehr deutlich, dass wir in einer Männerwelt leben. Nehmen wir den Beklagten Reginald Pepe. Big Reg, wie er am liebsten genannt wurde, hatte sich angeblich zweitausend Dollar von der Klägerin Miley Badonis geliehen, die damals seine Freundin war. Big Reg behauptete, es hätte sich um ein Geschenk gehandelt, und sagte dem Gericht: »Bräute schenken mir gern mal was – was soll ich machen?« Big Reg war fünfzig Jahre alt, brachte mit Schmerbauch und allem wohl gut hundertzehn Kilo auf die Waage und trug ein Netzhemd, das seiner Brustbehaarung genug Platz ließ, sich durch die breiten Maschen an die frische Luft zu winden. Einen BH trug er nicht, obwohl das durchaus angemessen gewesen wäre. Die Haare hatte er sich zu einem Stachel hochgegelt, der an den neusten japanischen Zeichentrick-Gauner gemahnte, außerdem hatte er sich mit zig goldenen Ketten behängt. Der traurigen Tatsache, dass Hesters Show jetzt in HD aufgezeichnet wurde, war es geschuldet, dass die vielen Krater in Big Regs Gesicht bestens zur Geltung kamen und die Suche nach einem Mondfahrzeug auf seiner rechten Wange durchaus lohnend erschien.

Miley Badonis, die Klägerin, war mindestens zwanzig Jahre jünger, und obwohl niemand bei ihrem Anblick sofort die Elite-Modelagentur angerufen hätte, war sie doch, na ja, ansehnlich. Sie war jedoch so begierig darauf gewesen, einen Mann abzubekommen, irgendeinen, dass sie Big Reg Geld gegeben hatte, ohne irgendwelche Fragen zu stellen.

Big Reg hatte zwei Scheidungen hinter sich, lebte getrennt von seiner dritten Frau und war heute in Begleitung zweier anderer Frauen im »Gerichtssaal« erschienen. Beide Frauen trugen bauchnabelfreie Tube Tops, allerdings ohne die dafür passende Figur zu haben. Die Stretch-Oberteile saßen so eng, dass sie das ganze Fleisch nach unten zu drücken schienen, wodurch die Frauen die Gestalt von Flaschenkürbissen annahmen.

»Sie.« Hester deutete auf die rechte Tube-Top-Frau.

»Ich?«

Irgendwie gelang es ihr, mitten in diesem einsilbigen Wort noch einen Kaugummi knallen zu lassen.

»Ja. Treten Sie vor. Was tun Sie hier?«

»Hä?«

»Warum sind Sie mit Mr. Pepe hergekommen?«

»Hä?«

Waco, Hesters ausgelassener »Gerichtsdiener«, fing an »If I only had a brain …« aus *Der Zauberer von Oz* zu singen. Hester sah ihn finster an. »Ein sehr passender Kommentar, Waco.«

Waco verstummte.

Die linke Tube-Top-Frau trat vor. »Wenn das Gericht darauf besteht, Euer Ehren, wir sind als Freundinnen von Big Reg gekommen.«

Hester sah Big Reg an. »Freundinnen?«

Big Reg zog eine Augenbraue hoch, als wollte er sagen: Klar, logisch, Freundinnen.

Hester beugte sich vor. »Meine Damen, ich möchte Ihnen beiden einen Rat geben. Wenn dieser Mann hart daran arbeitet, sich zu bilden und sein Leben zu verbessern, könnte er eines Tages den Status eines totalen Losers erreichen.«

Big Reg protestierte: »Hey, Richterin!«

»Seien Sie ruhig, Mr. Pepe.« Sie sah die beiden Frauen weiter an. »Ich weiß nicht, was Sie vorhaben, meine Damen, aber eins weiß ich ganz genau: Auf die Art können Sie sich nicht an Daddy rächen. Weiß eine von Ihnen, was ein *Skank* ist?«

Die beiden Frauen sahen sich verdutzt an.

»Dann will ich es Ihnen sagen«, fuhr Hester fort. »Sie beide sind Skanks.«

Miley Badonis rief: »Machen Sie sie fertig, Richterin.«

Hester richtete den Blick auf die Stimme. »Ms. Badonis, haben Sie je etwas vom Umgang mit Steinen in einem Glashaus gehört?«

»Äh, nein.«

»Dann seien Sie still, und hören Sie zu.« Hester wandte sich wieder an die Tube-Tops. »Sagt Ihnen der Begriff Skank nun etwas?«

»Das ist so was wie ne Schlampe«, sagte die linke Tube-Top-Frau.

»Richtig. Und doch nicht ganz. Eine Schlampe ist eine Frau mit häufig wechselnden Geschlechtspartnern. Ein Skank, und meiner Ansicht nach ist das viel schlimmer, ist eine Frau, die einen Mann wie Reginald Pepe anrühren würde. Kurz gesagt, Ms. Badonis ist auf dem besten Wege, ihr Skank-Dasein zu beenden. Auch Ihnen bietet sich diese Gelegenheit. Ich würde Ihnen raten, sie zu nutzen.«

Sie würden das natürlich nicht tun. Hester hatte das schon oft genug gesehen. Sie wandte sich wieder dem Beklagten zu.

»Mr. Pepe?«

»Ja, Richterin?«

»Ihnen würde ich einen Rat geben, den ich von meiner Großmutter habe: Man kann mit einem Hintern nicht gleichzeitig auf zwei Pferden reiten.«

»Ach, wenn man das richtig macht, geht das schon, Frau Richterin, he he he.«

O Mann.

»Ich *würde* Ihnen diesen Rat gern geben«, fuhr Hester fort, »aber leider ist bei Ihnen Hopfen und Malz verloren. Ich würde

Sie als Abschaum bezeichnen, Mr. Pepe, aber wäre das fair dem Abschaum gegenüber? Abschaum tut eigentlich niemandem etwas, während Sie, als schlechte Karikatur eines menschlichen Wesens, auf Ihrem ganzen Lebensweg nichts als Schmutz und Zerstörung hinterlassen werden. Ach, und ein paar Skanks natürlich.«

»Hey«, sagte Big Reg lächelnd und breitete die Arme aus. »Sie verletzen meine Gefühle.«

Yep, dachte Hester. Eine Männerwelt. Sie wandte sich wieder an die Klägerin. »Unglücklicherweise, Ms. Badonis, ist es kein Verbrechen, die schlechte Karikatur eines menschlichen Wesens zu sein. Sie haben ihm das Geld gegeben. Es gibt keinerlei Hinweise darauf, dass es sich um ein Darlehen handelte. Bei umgekehrter Rollenverteilung – wenn Sie ein potthässlicher Mann wären, der einer halbwegs attraktiven, wenn auch recht naiven jungen Frau Geld gegeben hätte – wäre niemand auch nur auf die Idee gekommen, einen Prozess zu führen. Kurz gesagt, ich entscheide für den Beklagten. Ich weise die Klage ab und außerdem noch einmal darauf hin, dass ich ihn widerwärtig finde. Die Sitzung ist geschlossen.«

Big Reg jauchzte vor Freude. »Hey, Richterin, falls Sie nichts vorhaben …«

Die Titelmusik setzte wieder ein, aber Hester achtete nicht darauf. Ihr Handy klingelte. Als sie die Nummer im Display sah, eilte sie von der Bühne und meldete sich.

»Ich fahre gerade zu Hause vor«, sagte Ed Grayson. »Und wie's aussieht, wird man mich wohl festnehmen.«

»Warst du an dem Ort, den ich dir vorgeschlagen hatte?«, fragte Hester.

»War ich.«

»Okay, alles klar. Beruf dich auf dein Recht, einen Anwalt hinzuzuziehen, und ansonsten schweig. Ich bin unterwegs.«

ACHT

Wendy war überrascht, als sie Pops' Harley Davidson in ihrer Einfahrt sah. Erschöpft von der langen Befragung – gar nicht zu reden von der Konfrontation mit der Frau, die Wendys Mann umgebracht hatte, und davon, Zeugin eines Mords geworden zu sein – stapfte sie an Pops' alter Maschine vorbei. Die ausgebleichten Aufkleber – eine amerikanische Flagge, der Mitgliedsaufkleber der National-Rifle-Association und das VFW-Abzeichen der Kriegsveteranen – zauberten ein Lächeln auf ihr Gesicht.

Sie öffnete die Eingangstür. »Pops?«

Er kam aus der Küche. »Da ist kein Bier im Kühlschrank«, sagte er.

»Hier trinkt auch niemand Bier.«

»Schon klar, aber man kann ja nie wissen, wer zu Besuch kommt.«

Sie lächelte ihm zu, ihrem … wie nannte man den Vater des verstorbenen Ehemanns? … ehemaligen Schwiegervater. »Auch wieder wahr.«

Pops durchquerte den Raum und umarmte sie kräftig. Der schwache Geruch nach Leder, nach Straße, Zigaretten und, tja, Bier stieg ihr in die Nase. Ihr Schwiegervater – scheiß auf das »ehemaliger« – strahlte diese haarige, bärbeißige Aura aus, mit der sich viele Vietnam-Veteranen umgaben. Er war dick, wog wohl an die hundertzwanzig Kilo, schnaufte beim Atmen und hatte einen grauen Schnurrbart mit nikotingelben Stellen.

»Hab gehört, dass du deinen Job verloren hast«, sagte er.

»Von wem?«

Pops zuckte die Achseln. Wendy überlegte. Es gab nur eine Möglichkeit: Charlie.

»Bist du deshalb gekommen?«, fragte sie.

»Ich war gerade in der Gegend und brauchte einen Ort zum Pennen. Wo ist mein Enkel?«

»Bei einem Freund. Er müsste jeden Moment kommen.«

Pops musterte sie. »Du siehst aus wie der fünfte Kreis der Hölle.«

»Charmebolzen.«

»Willst du darüber reden?«

Das wollte sie. Pops mixte ihnen zwei Cocktails. Sie setzten sich auf die Couch, und als sie ihm von der Schießerei erzählte, wurde Wendy klar, dass ihr, so ungern sie es auch zugab, ein Mann im Haus fehlte.

»Ein ermordeter Kinderficker?«, sagte Pops. »Wow, da werd ich wohl wochenlang in Sack und Asche gehen müssen.«

»Das ist schon ein bisschen herzlos, findest du nicht?«

Pops zuckte die Achseln. »Wenn man einmal gewisse Grenzen überschritten hat, kann man nicht mehr zurück. Übrigens, gehst du überhaupt mal mit Männern aus?«

»Schöner Übergang.«

»Weich der Frage nicht aus.«

»Nein, tu ich nicht.«

Pops schüttelte den Kopf.

»Was ist?«

»Menschen brauchen Sex.«

»Das schreib ich mir auf.«

»Das ist mein Ernst. Du stehst doch noch voll im Saft, Mädel. Geh raus und besorg dir einen Kerl.«

»Ich dachte, ihr rechten NRA-Typen seid gegen vorehelichen Sex.«

»Nein, wir predigen nur Enthaltsamkeit, damit mehr für uns bleibt.«

Sie lächelte. »Genial.«

Pops sah sie an. »Hast du sonst noch irgendwelche Probleme?«

Wendy hatte eigentlich nicht darüber sprechen wollen, aber dann sprudelten die Worte einfach aus ihr heraus.

»Ich habe ein paar Briefe von Ariana Nasbro gekriegt«, sagte sie.

Schweigen.

John war Pops' einziges Kind gewesen. So schwer es für Wendy auch gewesen war, ihren Mann zu verlieren, so mochte sie doch gar nicht darüber nachdenken, was es für einen Vater oder eine Mutter heißen mochte, ein Kind zu verlieren. Der Schmerz hatte Pops' Gesicht tief gezeichnet. Er war zu einem Teil seines Lebens geworden.

»Und was wollte die liebreizende Ariana?«, fragte er.

»Sie macht die zwölf Schritte der AA.«

»Aha. Und du bist einer davon?«

Wendy nickte. »Schritt acht oder neun. Ich weiß es nicht mehr genau.«

Die Haustür sprang auf und unterbrach ihr Gespräch. Sie hörten, wie Charlie hereinstürmte – offenbar hatte auch er die Harley in der Einfahrt gesehen. »Ist Pops hier?«

»Wir sind hier, Kiddo.«

Breit lächelnd kam Charlie ins Wohnzimmer gesprintet. »Pops!«

Pops war der Einzige von Charlies Großeltern, der noch am Leben war – Wendys Eltern waren schon vor Charlies Geburt gestorben, und Rose, Johns Mutter, war vor zwei Jahren dem

Krebs erlegen. Die beiden Männer – auch wenn Charlie noch ein Jugendlicher war, war er doch schon größer als sein Großvater – umarmten sich innig. Beide kniffen dabei die Augen zu. So umarmte Pops immer Leute. Er ließ alles aus sich heraus. Als Wendy sie so sah, spürte sie wieder den Schmerz darüber, keinen Mann in ihrem und Charlies Leben zu haben.

Als die Begrüßung beendet war, versuchte Wendy, Normalität einkehren zu lassen. »Wie war's denn in der Schule?«

»Lahm.«

Pops legte Charlie den Arm auf die Schulter. »Was dagegen, wenn Charlie und ich noch einen kleinen Zug durch die Gemeinde machen?«

Sie wollte erst Protest einlegen, bremste sich aber, als sie Charlies erwartungsvolle Miene sah. Der trotzige Teenager war verschwunden. Ihr Sohn sah jetzt wieder aus wie ein Kind.

»Hast du einen Ersatzhelm?«, fragte sie Pops.

»Klar, aber immer doch.« Er zog eine Augenbraue hoch und sah Charlie an. »Man kann nie wissen, wann man eine sicherheitsbewusste Motorradbraut trifft.«

»Aber macht nicht zu lange«, sagte Wendy. »Ach, und bevor ihr fahrt, sollten wir vielleicht noch eine Warnmeldung herausgeben.«

»Eine Warnmeldung?«

»Dass man die Ladys einschließen soll«, sagte Wendy. »Wenn ihr beiden auf die Piste geht.«

Pops und Charlie stießen die Fingerknöchel der Fäuste kurz gegeneinander. »Oh, yeah.«

Männer.

Wendy brachte die beiden zur Tür, umarmte sie noch einmal, merkte, dass ein Teil dessen, was sie vermisste, einfach die körperliche Anwesenheit eines Manns und die Wohltat war, die sie empfand, wenn sie umarmt oder im Arm gehalten wurde.

Sie sah ihnen nach, wie sie auf Pops' Maschine losröhrten, und als sie sich umdrehte, um wieder nach drinnen zu gehen, hielt ein Wagen vor dem Haus.

Wendy kannte den Wagen nicht. Sie wartete. Die Fahrertür wurde geöffnet, und eine Frau stürmte heraus. Sie hatte rote Augen und tränenüberströmte Wangen. Wendy erkannte sie sofort – es war Jenna Wheeler, Dan Mercers Exfrau.

Wendy hatte Jenna am Tag nach der Ausstrahlung der Sendung mit Dan kennengelernt.

Sie war zu den Wheelers gefahren und hatte in deren Haus auf Jennas hellgelber Couch mit hellblauen Blumen gesessen, während Jenna ihren Ex – öffentlich und unüberhörbar – verteidigte. Und Jenna hatte dafür bezahlen müssen. Die Leute im Ort – Jenna wohnte keine drei Kilometer von Wendy entfernt, und ihre Tochter ging sogar auf die gleiche Highschool wie Charlie – waren natürlich schockiert. Dan Mercer war öfter im Haus der Wheelers gewesen. Unter anderem sogar zum Babysitten für Jennas Kinder aus ihrer zweiten Ehe. Wie, fragten sich die Nachbarn, konnte eine fürsorgliche Mutter es bloß zulassen, dass dieses Monster zu ihnen in die Nachbarschaft kam, und wie konnte sie ihn nur verteidigen, wo die Wahrheit doch für jedermann ersichtlich war?

»Sie wissen es schon«, sagte Wendy.

Jenna nickte. »Ich bin als seine engste Verwandte aufgeführt.«

Die beiden Frauen standen sich vor dem Haus gegenüber.

»Ich weiß nicht, was ich sagen soll, Jenna.«

»Sie waren dabei?«

»Ja.«

»Haben Sie Dan in einen Hinterhalt gelockt?«

»Was?«

»Sie haben mich schon verstanden.«

»Nein, Jenna. Ich habe ihn nicht in einen Hinterhalt gelockt.«

»Was haben Sie dann bei ihm gemacht?«

»Er hatte mich angerufen. Er wollte mit mir reden.«

Jenna sah sie skeptisch an. »Mit Ihnen?«

»Er behauptete, dass er neue Beweise für seine Unschuld hätte.«

»Aber die Richterin hatte die Klage doch schon abgewiesen.«

»Ich weiß.«

»Und warum ...?« Jenna stockte. »Was waren das für Beweise?«

Wendy zuckte die Achseln, als wäre damit alles gesagt, und vielleicht war es das auch. Die Sonne war untergegangen. Bis auf eine kühle Brise war es eine warme Nacht.

»Ich habe noch weitere Fragen«, sagte Jenna.

»Wollen Sie dann nicht mit reinkommen?«

Wendys Angebot, mit ins Haus zu kommen, war nicht ganz uneigennützig. Nachdem der Schock langsam nachließ, Zeuge einer furchtbaren Gewalttat geworden zu sein, gewann die Reporterin in ihr wieder die Oberhand.

Drinnen fragte sie Jenna: »Darf ich Ihnen eine Tasse Tee anbieten oder so etwas?«

Jenna schüttelte den Kopf. »Ich habe immer noch nicht verstanden, was da passiert ist.«

Also erzählte Wendy es ihr. Sie fing mit Dans Anruf an und hörte mit der Rückkehr zum Wohnwagen in Begleitung von Sheriff Walker auf. Ed Graysons Besuch bei ihr am Tag zuvor erwähnte sie nicht. Walker wusste davon, aber hier musste sie das Feuer nicht noch weiter schüren.

Jenna hörte mit feuchten Augen zu. Als Wendy fertig war, sagte Jenna: »Er hat Dan einfach so erschossen?«

»Ja.«

»Wortlos, ohne etwas zu sagen?«

»Ja.«

»Er hat einfach …« Jenna sah sich um, als suche sie nach Hilfe. »Wie kann ein Mensch einem anderen so etwas antun?«

Wendy wusste eine Antwort auf diese Frage, sagte aber nichts.

»Sie haben ihn doch gesehen, stimmt's? Ed Grayson? Sie können ihn eindeutig identifizieren.«

»Er hat eine Maske getragen. Aber, ja, ich bin mir ziemlich sicher, dass es Ed Grayson war.«

»Ziemlich sicher?«

»Die Maske, Jenna. Er hat eine Maske getragen.«

»Sein Gesicht haben Sie also gar nicht gesehen?«

»Nein, das habe ich nicht.«

»Woher wissen Sie dann, dass er es war?«

»Ich habe seine Uhr erkannt. Größe und Körperbau stimmten. Und die Haltung.«

Jenna runzelte die Stirn. »Und Sie glauben, das reicht vor Gericht?«

»Ich weiß es nicht.«

»Die Polizei hat ihn in Gewahrsam genommen, wussten Sie das?«

Wendy hatte es nicht gewusst, sagte aber nichts. Jenna fing wieder an zu weinen. Wendy hatte keine Ahnung, wie sie damit umgehen sollte. Tröstende Worte wären bestenfalls nutzlos. Also wartete sie.

»Was war mit Dan?«, fragte Jenna. »Haben Sie sein Gesicht gesehen?«

»Wie bitte?«

»Als Sie bei ihm waren, haben Sie gesehen, was die mit seinem Gesicht gemacht haben?«

»Meinen Sie die Blutergüsse? Ja, die hab ich gesehen.«

»Sie haben ihn grün und blau getreten.«

»Wer?«

»Dan hat versucht, dem Ganzen zu entkommen. Aber egal, wohin er auch geflüchtet ist, irgendjemand aus der Nachbarschaft hat es immer herausbekommen, und dann haben sie Jagd auf ihn gemacht. Er bekam Anrufe, Drohbriefe, sein Haus wurde mit üblen Graffiti verschmiert, und er wurde zusammengeschlagen. Es war schrecklich. Er ist dann immer wieder abgehauen, aber nach kurzer Zeit haben sie seinen neuen Aufenthaltsort ausfindig gemacht, und es ging wieder von vorne los.«

»Wer hat ihn beim letzten Mal zusammengeschlagen?«, fragte Wendy.

Jenna hob den Blick und sah Wendy an. »Sein Leben war die Hölle auf Erden.«

»Wollen Sie *mir* jetzt die Schuld daran geben?«

»Finden Sie, dass Sie sich absolut richtig verhalten haben?«

»Ich wollte nicht, dass man ihn zusammenschlägt.«

»Nein, Sie wollten nur, dass man ihn ins Gefängnis steckt.«

»Erwarten Sie, dass ich mich dafür entschuldige?«

»Sie sind Reporterin, Wendy. Da können Sie nicht auch noch Richterin und Jury sein. Nachdem die Sendung gelaufen war, glauben Sie etwa, dass es da noch eine Rolle spielte, dass die Richterin die Klage abgewiesen hat? Dachten Sie, Dan könnte einfach wieder in seine Wohnung zurückkehren und sein altes Leben fortsetzen? Oder mal eben ein neues Leben anfangen?«

»Ich habe nur berichtet, was passiert ist.«

»Das ist doch Unsinn, und das wissen Sie ganz genau. Sie haben diese Story gemacht. Sie haben ihm eine Falle gestellt.«

»Dan Mercer hat mit einem minderjährigen Mädchen geflirtet …« Wendy brach ab. Es hatte keinen Sinn, das Ganze noch einmal durchzukauen. Sie hatten dieses Gespräch schon einmal geführt. Die Frau, so naiv sie auch sein mochte, trauerte um einen Freund. Das musste Wendy respektieren.

»Sind wir fertig?«, fragte Wendy.

»Er hat es nicht getan.«

Wendy sparte sich die Antwort.

»Ich habe vier Jahre lang mit ihm zusammengewohnt. Ich war mit dem Mann verheiratet.«

»Und dann haben Sie sich von ihm scheiden lassen.«

»Na und?«

Wendy zuckte die Achseln. »Warum?«

»In diesem Land wird rund die Hälfte aller Ehen geschieden.«

»Und warum wurde Ihre geschieden?«

Jenna schüttelte den Kopf. »Was soll das? Glauben Sie, es läge daran, dass ich von seinen pädophilen Neigungen erfahren habe?«

»Haben Sie das?«

»Er ist der Pate meiner Tochter. Er kommt zum Babysitten unserer Kinder zu uns nach Hause. Die Kinder nennen ihn Onkel Dan.«

»Stimmt. Das ist alles ziemlich außergewöhnlich. Also noch einmal, warum haben Sie beide sich scheiden lassen?«

»Es beruhte auf Gegenseitigkeit.«

»Mhm. Haben Sie sich einfach ›entliebt‹?«

Jenna nahm sich einen Moment Zeit zum Überlegen. »Eigentlich nicht.«

»Warum dann? Hören Sie, ich weiß, dass Sie sich das nicht eingestehen wollen, aber vielleicht haben Sie gespürt, dass irgendetwas mit ihm nicht stimmte.«

»Nicht in diesem Sinne.«

»In welchem Sinne denn?«

»Es gab da etwas in Dan, an das ich einfach nicht herankam. Und bevor Sie jetzt das Naheliegende sagen, nein, es lag nicht daran, dass er sexuell von der Norm abweichendes Verhalten gezeigt hat. Dan hatte eine sehr schwere Kindheit durchgemacht. Er war Waise und wurde von einer Pflegefamilie zur nächsten weitergereicht …«

Ihre Stimme verklang. Wieder verkniff Wendy sich die naheliegenden Erklärungen: Waise, Pflegefamilien, womöglich Missbrauch oder Misshandlung. Wenn man sich die Vergangenheit von Pädophilen genauer ansah, fand man dort fast immer irgendetwas in dieser Art. Sie wartete.

»Ich weiß, was Sie denken. Aber es stimmt nicht.«

»Warum? Weil Sie den Mann so gut kannten?«

»Ja. Aber nicht nur deshalb.«

»Warum dann?«

»Es war immer so … Ich weiß nicht, wie ich es sagen soll. Irgendwas ist an der Uni mit ihm passiert. Sie wissen bestimmt, dass er in Princeton war, oder?«

»Ja.«

»Der arme Waise, der hart gearbeitet und es so geschafft hat, auf eine berühmte Ivy-League-Universität zu kommen.«

»Ja. Und weiter?«

Jenna stockte und sah sie an.

»Was ist?«

»Sie sind ihm etwas schuldig.«

Wendy sagte nichts.

»Ganz egal, was Sie glauben«, sagte Jenna, »ganz egal, was hier Wahrheit ist und was nicht, eins ist sicher.«

»Und zwar?«

»Sie sind dafür verantwortlich, dass er getötet wurde.«

Schweigen.

»Vielleicht haben Sie noch mehr getan. Sein Anwalt hat Sie

vor Gericht bloßgestellt. Dan konnte das Gericht als freier Mann verlassen. Das wird Sie geärgert haben.«

»Sie begeben sich gerade auf sehr dünnes Eis, Jenna.«

»Warum? Sie waren wütend. Sie hatten den Eindruck, das Gericht hätte einen Fehler gemacht. Sie treffen sich mit Dan, und plötzlich, durch einen unglaublichen Zufall, erscheint Ed Grayson dort. Irgendetwas müssen Sie damit zu tun haben – zumindest sind Sie eine Komplizin. Oder man hat Ihnen eine Falle gestellt.«

Sie stockte. Wendy wartete. Dann fragte sie: »Sie sagen jetzt nicht ›Genau wie Dan‹, oder?«

Jenna zuckte die Achseln. »Ist schon ein seltsamer Zufall.«

»Ich glaube, Sie sollten jetzt besser gehen, Jenna.«

»Da haben Sie wohl Recht.«

Die beiden Frauen gingen zur Tür. Jenna sagte: »Eine Frage hätte ich aber noch.«

»Und die lautet?«

»Dan hat Ihnen gesagt, wo er war, oder? Das muss er ja, sonst wären Sie ja schließlich nicht zur Wohnwagensiedlung gekommen.«

»Richtig.«

»Haben Sie das Ed Grayson erzählt?«

»Nein.«

»Wie kommt es dann, dass auch er da war – zur gleichen Zeit wie Sie?«

Wendy zögerte, dann sagte sie: »Ich weiß es nicht. Wahrscheinlich ist er mir gefolgt.«

»Woher wusste er, dass er das tun sollte?«

Wendy hatte keine Ahnung. Und sie erinnerte sich daran, auf den einsamen Straßen mehrmals in den Rückspiegel geblickt zu haben. Da hatte sie kein anderes Auto gesehen.

Wie hatte Ed Grayson Dan Mercer gefunden?

»Sehen Sie. Die plausibelste Antwort ist, dass Sie ihm geholfen haben.«

»Habe ich aber nicht.«

»Okay. Und Sie würden sich wahrscheinlich echt beschissen fühlen«, sagte Jenna, »wenn Ihnen das niemand glauben würde, oder?«

Sie drehte sich um und ging. Ihre Frage hing weiter im Raum. Wendy sah ihr nach, als sie wegfuhr. Dann ging sie zurück zum Haus, zuckte aber plötzlich zusammen.

Ihr Autoreifen. Der, der angeblich ziemlich platt sein sollte. Hatte Ed Grayson das nicht gesagt?

Sie lief zur Einfahrt. Der Reifen war in Ordnung. Sie bückte sich und fuhr mit der Hand die hintere Stoßstange entlang. Fingerabdrücke, dachte sie. In der Eile hatte sie nicht daran gedacht. Sie zog die Hand zurück, beugte sich tief hinunter und sah nach.

Nichts.

Sie hatte keine Wahl. Sie legte sich wie ein Automechaniker auf den Rücken. In der Einfahrt waren ein paar Strahler mit Bewegungsmeldern installiert, die genug Licht lieferten. Sie schlängelte sich auf dem Asphalt unters Auto. Nicht sehr weit. Nur ein kleines Stück. Da sah sie es auch schon. Es war klein, nicht größer als eine Streichholzschachtel. Es wurde von einem Magneten gehalten, einem von denen, die viele Leute dazu verwendeten, einen Ersatzschlüssel an einer versteckten Stelle am Auto anzubringen. Aber das hier war kein Ersatzschlüssel. Und es erklärte vieles.

Ed Grayson hatte sich nicht gebückt, um sich den Reifen anzusehen. Er hatte sich gebückt, um ein magnetisches GPS-Gerät innen an ihrer Stoßstange zu befestigen.

NEUN

»Möchte Ihr Mandant eine Aussage machen?«

Rechtsanwältin Hester Crimstein saß mit Ed Grayson, einem riesigen Sheriff namens Mickey Walker und einem jungen Polizisten namens Tom Stanton im Vernehmungsraum des Präsidiums der Sussex County Police. Sie antwortete: »Verstehen Sie mich jetzt bitte nicht falsch, aber das ist ja wirklich verdammt witzig hier.«

»Freut mich, dass es Ihnen gefällt.«

»Das tut es. Wirklich. Diese Verhaftung ist einfach lächerlich.«

»Ihr Mandant ist nicht verhaftet«, sagte Walker. »Wir wollen uns nur ein bisschen mit ihm unterhalten.«

»Ach so, dann ist das eher so eine Art gesellschaftliches Beisammensein? Wie nett. Trotzdem haben Sie Durchsuchungsbefehle für sein Haus und sein Auto beantragt, stimmt's?«

»Ja, das stimmt.«

Hester nickte. »Gut, super. Hier, bevor wir anfangen.« Sie schob einen Zettel und einen Kugelschreiber über den Tisch.

»Was soll das?«, fragte Walker.

»Ich möchte, dass Sie Ihre Namen, Dienstgrade, die Adressen Ihrer Dienststellen, die Privatadressen und sämtliche Telefonnummern aufschreiben, dazu vielleicht noch ein paar Dinge, die Sie lieben und hassen, und alles andere, was mir bei einer Vorladung helfen könnte, wenn wir Sie wegen unrechtmäßiger Verhaftung verklagen.«

»Ich habe Ihnen doch schon gesagt, dass hier niemand verhaftet wurde.«

»Und was ich Ihnen gerade gesagt habe, mein Hübscher, ist, dass Sie trotzdem Durchsuchungsbefehle beantragt haben.«

»Ich vermute, dass Ihr Mandant gern eine Aussage machen würde.«

»Tun Sie das?«

»Wir haben eine Zeugin, die gesehen hat, wie Ihr Mandant einen Mann exekutiert hat«, sagte Walker.

Ed Grayson öffnete den Mund, aber Hester Crimstein brachte ihn sofort zum Schweigen, indem sie ihm eine Hand auf den Arm legte.

»Was Sie nicht sagen.«

»Eine glaubwürdige Zeugin.«

»Und Ihre glaubwürdige Zeugin hat gesehen, wie mein Mandant einen Mann exekutiert hat? Tolles Wort übrigens, nicht getötet, ermordet oder erschossen, sondern exekutiert.«

»Ja, das hat sie gesehen.«

Hester lächelte übertrieben freundlich. »Hätten Sie denn irgendwelche Einwände dagegen, dass wir einfach Schritt für Schritt vorgehen, Sheriff?«

»Schritt für Schritt?«

»Ja. Erstens, wer ist der Mann? Das Opfer Ihrer sogenannten Exekution?«

»Dan Mercer.«

»Der Pädophile?«

»Es spielt keine Rolle, was oder wer er war. Außerdem wurde die Klage abgewiesen.«

»Tja, mit diesem letzten Punkt haben Sie allerdings Recht. Das haben Ihre Kollegen verbockt. Aber kein Problem. Schritt für Schritt. Schritt eins: Sie sagen, Dan Mercer wurde exekutiert.«

»Ja.«

»Also dann: Zeigen Sie uns die Leiche.«

Schweigen.

»Haben Sie Probleme mit den Ohren, mein Großer? Die Leiche. Ich würde sie gern von meinem Arzt untersuchen lassen.«

»Jetzt kommen Sie mir nicht so, Hester. Sie wissen ganz genau, dass sie noch nicht gefunden wurde.«

»Nicht gefunden?« Hester gab sich schockiert. »Na ja, dann können Sie mir ja vielleicht sagen, welche Beweise Sie dafür haben, dass Dan Mercer tot ist? Warten Sie, ist auch egal. Ich bin ein bisschen in Eile. Also, keine Leiche, richtig?«

»Noch nicht.«

»Okay. Der zweite Schritt. Obwohl Sie keine Leiche vorweisen können, behaupten Sie, dass Dan Mercer exekutiert wurde.«

»Ja.«

»Dann gehe ich einmal davon aus, dass dafür eine Waffe verwendet wurde. Könnten wir die dann vielleicht untersuchen?«

Wieder Stille.

Hester legte die Hand hinters Ohr. »Hallo?«

»Wir haben sie noch nicht gefunden«, sagte Walker.

»Keine Waffe?«

»Keine Waffe.«

»Keine Leiche, keine Waffe.« Hester breitete die Arme aus und grinste. »Verstehen Sie jetzt, was ich mit den Worten ›das ist verdammt witzig hier‹ meinte?«

»Wir hatten gehofft, dass Ihr Mandant eine Aussage machen möchte.«

»Worüber? Über die Sonnenenergie und deren Bedeutung im einundzwanzigsten Jahrhundert? Warten Sie, ich bin noch nicht fertig. Die Punkte mit der Leiche und der Waffe hätten wir soweit geklärt – was haben wir noch vergessen? Ach ja, richtig. Die Zeugin.«

Schweigen.

»Ihre Zeugin hat gesehen, wie mein Mandant Dan Mercer exekutiert haben soll, richtig?«

»Richtig.«

»Dann hat sie sein Gesicht gesehen?«

Erneute Stille.

Wieder hielt Hester sich die Hand hinters Ohr. »Kommen Sie, mein Großer. Reden Sie mit mir.«

»Er trug eine Maske.«

»Wie bitte?«

»Er trug eine Maske.«

»Eine Maske, die sein Gesicht verdeckt hat?«

»Das war die Aussage, ja.«

»Und wie konnte sie meinen Mandanten dann identifizieren?«

»Durch seine Armbanduhr.«

»Seine Armbanduhr?«

Walker räusperte sich. »Außerdem anhand der Größe und des Körperbaus.«

»Einszweiundachtzig und fünfundachtzig Kilo? Ach, und diese äußerst seltene Timex. Wissen Sie, warum ich jetzt nicht mehr lächle, Sheriff Walker?«

»Das werden Sie uns sicher gleich verraten.«

»Ich lächle nicht mehr, weil das hier viel zu einfach ist. Wissen Sie, was ich pro Stunde nehme? Für das Geld erwarte ich eine Herausforderung. Wollen Sie mich beleidigen? Denn Ihr Fall, wenn Sie es denn so nennen wollen, ist ja der reinste Pipifax. Ich will jetzt nicht mehr hören, was Sie alles *nicht* haben. Erzählen Sie mir endlich, was Sie *haben*.«

Sie wartete. Bisher hatte Walker ihr nur Altbekanntes gesagt.

Nur aus einem einzigen Grund war sie noch hier – sie wollte erfahren, was die Polizei sonst noch wusste.

»Wir hoffen, dass Ihr Mandant eine Aussage macht«, wiederholte Walker.

»Nicht, wenn das alles ist, was Sie in der Hand haben.«

»Das ist es nicht.«

Pause.

»Warten Sie noch auf einen Trommelwirbel?«, fragte Hester.

»Wir haben eindeutige Beweise dafür, dass sowohl Dan Mercer als auch Ihr Mandant sich am Tatort befunden haben.«

»O prima. Erzählen Sie.«

»Ich muss darauf hinweisen, dass die Tests noch nicht abgeschlossen sind. Die Einzelheiten erfahren wir im Lauf der nächsten Wochen. Wir sind uns jedoch ziemlich sicher, was die Ergebnisse der Tests betrifft. Deshalb haben wir Ihren Mandanten zu uns geholt. Damit er das erklären und einen aufkeimenden Verdacht schon im Vorfeld ausräumen kann.«

»Wie nett von Ihnen.«

»Wir haben im Wohnwagen Blutspuren gefunden. Genau wie in Mr. Graysons Acura MDX. Das endgültige Ergebnis des DNA-Tests liegt noch nicht vor, erste Daten zeigen aber, dass die Blutspuren zusammenpassen. Das heißt, das Blut, das wir an der Stelle gefunden haben, an der Mr. Mercer laut Aussage unserer Zeugin erschossen wurde, stammt von derselben Person wie das Blut, das wir im Fahrzeug Ihres Mandanten gefunden haben. Wir haben auch die Blutgruppe bestimmt. Sie ist null negativ, also die, die auch Mr. Mercer hat. Des Weiteren haben wir Teppichfasern gefunden. Ohne allzu sehr ins Detail zu gehen, kann ich Ihnen sagen, dass wir die gleichen Fasern im Wohnwagen, den Mr. Mercer gemietet hatte, und im Acura MDX Ihres Mandanten gefunden haben. Auch an der Sohle

Ihres Mandanten befanden sich diese Fasern. Schließlich haben wir noch eine Schmauchspuren-Analyse an den Händen Ihres Mandanten vorgenommen. Dabei haben sich Rückstände von Schießpulver gezeigt. Das bedeutet, dass Ihr Mandant vor kurzem eine Schusswaffe abgefeuert hat.«

Hester saß nur da und starrte ihn an. Walker starrte zurück.

»Ms. Crimstein?«

»Ich warte, bis Sie fertig sind. Denn das kann ja wohl nicht alles sein.«

Walker sagte nichts.

Hester wandte sich an Ed Grayson. »Komm. Wir gehen.«

»Ohne eine Antwort?«, fragte Walker.

»Auf was? Mein Mandant ist ein hoch dekorierter U.S. Marshal im Ruhestand. Mr. Grayson ist Familienmensch, eine Stütze der Gemeinde, ein Mann ohne jeden Eintrag im Vorstrafenregister. Mit diesem Unsinn verschwenden Sie nur unsere Zeit. Allerhöchstens – also in dem Fall, dass sämtliche Tests die von Ihnen avisierten Ergebnisse bestätigen und es mir nicht gelingen sollte, all Ihre sogenannten eindeutigen Beweise mit meinen Experten, im Kreuzverhör und mit den Vorwürfen von Befangenheit und Unfähigkeit in der Luft zu zerreißen –, wenn alles für Sie also perfekt laufen sollte, was ich doch ganz stark bezweifele, könnten Sie am Ende vielleicht, aber auch nur ganz vielleicht, die Existenz einer vagen Verbindung zwischen meinem Mandanten und Dan Mercer belegen. Aber das ist dann auch schon alles. Und das ist lächerlich. Keine Leiche, keine Waffe, keine Zeugen, die meinen Mandanten eindeutig identifizieren können. Sie haben nicht einmal einen Beweis dafür, dass überhaupt ein Verbrechen stattgefunden hat – und dafür, dass mein Mandant etwas damit zu tun hat, schon überhaupt nicht.«

Als Walker sich zurücklehnte, knarzte der Stuhl unter seinem Gewicht. »Dann haben Sie also eine Erklärung für die Fasern und das Blut im Auto?«

»Die brauche ich nicht, nein.«

»Ich dachte nur, Sie würden uns vielleicht helfen, Ihren Mandanten ein für alle Mal von dem Verdacht reinzuwaschen.«

»Ich sag Ihnen, was ich tue.« Hester notierte eine Telefonnummer und gab sie ihm.

»Was ist das?«

»Eine Telefonnummer.«

»Das sehe ich. Von wem?«

»Vom Gun-O-Rama Schießstand.«

Walker sah sie nur an. Er wurde blass.

»Rufen Sie dort an«, sagte Hester. »Mein Mandant ist heute Nachmittag dort gewesen, ungefähr eine Stunde, bevor Sie ihn abgeholt haben. Hat ein bisschen zielen geübt.« Hester winkte kurz mit den Fingern. »Ciao-ciao, Schmauchspuren-Analyse.«

Walkers Unterkiefer sackte herab. Er sah Stanton an, um sich wieder zu sammeln. »Was für ein Zufall.«

»Kaum. Mr. Grayson ist ein hoch dekorierter U.S. Marshal im Ruhestand. Das sollten Sie nicht vergessen. Er geht öfter mal schießen. Sind wir jetzt fertig?«

»Keine Aussage?«

»Essen Sie keinen gelben Schnee. Das ist unsere Aussage. Komm, Ed.«

Hester und Ed Grayson standen auf.

»Wir werden weitersuchen, Ms. Crimstein. Das sollten Sie beide wissen. Wir haben einen ziemlich genauen zeitlichen Ablauf des Ganzen. Wir werden Mr. Graysons Schritte zurückverfolgen. Wir werden die Leiche und die Waffe finden. Ich kann verstehen, warum er das getan hat. Aber wir dürfen nicht den Scharfrichter spielen. Also werde ich den Fall weiterverfolgen. Darauf können Sie sich verlassen.«

»Darf ich ganz offen sein, Sheriff Walker?«

»Natürlich.«

Hester sah in die Kamera über seinem Kopf. »Schalten Sie die Kamera ab.«

Walker drehte sich um und nickte. Das rote Lämpchen an der Kamera erlosch.

Hester stützte die Hände auf den Tisch und beugte sich zu ihm herunter. Das waren nur ein paar Zentimeter. Selbst im Sitzen war Walker fast so groß wie sie im Stehen. »Sie könnten die Leiche und die Waffe und, ach, zum Teufel, selbst eine Live-Aufnahme von meinem Mandanten haben, wie er diesen Kinderschänder im Giants Stadium vor achtzigtausend Menschen erschießt – und trotzdem bräuchte ich keine zehn Minuten vor einer Jury, um ihn freizubekommen.«

Sie drehte sich um. Ed Grayson hatte die Tür schon geöffnet.

»Einen angenehmen Tag wünsche ich noch«, sagte Hester.

Um zehn Uhr abends schickte Charlie eine Mail.

POP WILL WISSEN, WO DIE NÄCHSTE OBEN-OHNE-BAR IST.

Sie lächelte. Das war seine Art, ihr mitzuteilen, dass alles in Ordnung war. Charlie meldete sich sowieso ziemlich regelmäßig bei ihr.

Sie antwortete: KEINE AHNUNG. ABER DIE NENNT MAN NICHT MEHR SO. DIE HEISSEN JETZT GENTLEMEN'S CLUBS.

Charlie: POPS SAGT, ER HASST POLITISCH KORREKTEN SCH**SS.

Sie lächelte noch, als das Festnetztelefon klingelte. Sheriff Walker rief zurück, nachdem sie ihm eine Nachricht hinterlassen hatte.

»Ich habe an meinem Wagen etwas entdeckt«, sagte sie.

»Was?«

»Einen GPS-Sender. Ich glaube, Ed Grayson hat ihn da angebracht.«

»Ich bin gerade bei Ihnen um die Ecke«, sagte er. »Es ist zwar schon spät, aber hätten Sie etwas dagegen, wenn ich mir das gleich mal angucke?«

»Nein, das ist okay.«

»Ich bin in fünf Minuten da.«

Sie ging ihm zum Wagen entgegen. Walker beugte sich herunter, während Wendy ihm noch einmal von Ed Graysons Besuch erzählte und dabei jetzt auch das scheinbar unwichtige Detail hinzufügte, dass er sich hinten an ihrem Wagen gebückt und den Reifen angesehen hatte. Er nahm den Sender in Augenschein und nickte. Es dauerte eine Weile, bis er wieder auf den Beinen war.

»Ich schicke einen Techniker, damit er ein paar Fotos macht und den Sender dann entfernt.«

»Wie ich hörte, haben Sie Ed Grayson verhaftet?«

»Wer hat das gesagt?«

»Mercers Exfrau, Jenna Wheeler.«

»Das ist nicht ganz richtig. Wir haben ihn zur Befragung aufs Revier gebracht. Er wurde nicht verhaftet.«

»Ist er noch auf dem Revier?«

»Nein, er durfte wieder gehen.«

»Und jetzt?«

Walker räusperte sich. »Jetzt setzen wir unsere Ermittlungen fort.«

»Wow, das klingt aber sehr nach einer offiziellen Verlautbarung.«

»Sie sind Reporterin.«

»Nicht mehr, aber okay, sagen wir, es handelt sich um ein inoffizielles Gespräch.«

»Inoffiziell haben wir überhaupt keinen Fall. Wir haben keine Leiche. Wir haben keine Waffe. Wir haben eine Zeugin, Sie, die jedoch das Gesicht des Angreifers nicht gesehen hat und ihn daher nicht eindeutig identifizieren kann.«

»Das ist Blödsinn.«

»Wieso?«

»Wenn Dan Mercer ein angesehener Bürger wäre und man ihn nicht verdächtigen würde, ein Pädophiler zu sein …«

»Und wenn ich hundert Pfund abnehmen würde, weiß und gutaussehend wäre, dann wäre es nicht ausgeschlossen, dass mich jemand für Hugh Jackman hält. Das ändert alles nichts daran, dass wir mit leeren Händen dastehen, solange wir nicht die Leiche oder die Waffe finden.«

»Klingt, als würden Sie schon aufgeben.«

»Das tu ich nicht, keine Angst. Aber meine Vorgesetzten haben nicht das geringste Interesse daran, diese Sache weiterzuverfolgen. Sowohl mein Boss als auch die Anwältin der Gegenseite haben mich heute darauf aufmerksam gemacht, dass wir bestenfalls Klage gegen einen pensionierten U.S. Marshal erheben können, dessen Sohn vom Opfer sexuell missbraucht wurde.«

»Und das wäre den politischen Ambitionen dieser Personen abträglich?«

»Das ist eine recht zynische Sichtweise«, sagte Walker.

»Gibt es noch eine andere?«

»Die realistische. Uns stehen nur eine begrenzte Menge an Mitteln und Ressourcen zur Verfügung. Ein Kollege von mir, ein Veteran namens Frank Tremont, ist immer noch auf der Suche nach der vermissten Haley McWaid, aber nach so langer Zeit … na ja, irgendwo drauf muss man sich schließlich konzentrieren, oder? Und wer will zum Beispiel Leute von so etwas abziehen, um, erstens, einem Schwein, das es absolut nicht verdient hat, Gerechtigkeit zuteilwerden zu lassen, und, zweitens, Zeit und Geld in einen Fall zu investieren, den wir aller Wahrscheinlichkeit nach sowieso nicht gewinnen können, weil die Geschworenen den Täter nicht schuldig sprechen würden.«

»Ich wiederhole es noch einmal: Es klingt, als würden Sie schon aufgeben.«

»Nicht ganz. Ich habe vor, seine Schritte zurückzuverfolgen, will versuchen herauszukriegen, wo Mercer sich in der Zwischenzeit aufgehalten hat.«

»War er nicht in dem Wohnwagen?«

»Nein. Ich habe mit seinem Anwalt und seiner Exfrau gesprochen. Mercer war ziemlich viel unterwegs – wahrscheinlich hat er keinen Platz gefunden, an dem er sich sicher fühlte. Aber den Wohnwagen hatte er sich erst am Morgen gemietet. Es war nichts drin, nicht einmal Kleidung zum Wechseln.«

Wendy verzog das Gesicht. »Und was erhoffen Sie sich davon, dass Sie seinen Aufenthaltsort finden?«

»Ich habe keinen Schimmer.«

»Und was haben Sie noch vor?«

»Ich werde versuchen herauszubekommen, woher dieser GPS-Sender an Ihrem Wagen kommt. Ich kann mir allerdings nicht vorstellen, dass wir da was erfahren. Und selbst wenn wir ganz viel Glück haben und beweisen können, dass Grayson ihn dort befestigt hat, na ja, dann beweist das nur, dass er Sie überwacht hat. Viel weiter wären wir damit immer noch nicht.«

»Sie müssen die Leiche finden«, sagte sie.

»Genau, das hat jetzt oberste Priorität. Ich muss herausbekommen, welche Strecke Grayson gefahren ist – und ich glaube sogar, dass ich das so halbwegs hinkriege. Wir wissen, dass Grayson zwei Stunden, nachdem er den Wohnwagen verlassen hat, am Schießstand war.«

»Das soll doch wohl ein Witz sein.«

»So habe ich auch reagiert. Eigentlich war es aber ziemlich genial. Zeugen haben gesehen, wie er mit einer Pistole auf Ziele geschossen hat, womit das Ergebnis der Schmauchspuren-Analyse wertlos ist. Wir haben die Waffe überprüft, die er zum Schießstand mitgebracht hatte, aber wie nicht anders zu erwarten, stammte die Kugel, die wir an der Wohnwagensiedlung gefunden haben, nicht aus dieser Waffe.«

»Wow. Grayson wusste, dass er zum Schießstand gehen musste, um das Testergebnis unbrauchbar zu machen?«

»Er war früher U.S. Marshal. Er weiß, was er tut. Überlegen Sie mal. Er trug eine Maske, er hat die Leiche verschwinden lassen, er hat die Tatwaffe verschwinden lassen, er hat unsere Schmauchspuren-Analyse unbrauchbar gemacht – und er hat sich Hester Crimstein als Anwältin besorgt. Verstehen Sie, womit ich es zu tun habe?«

»Ja.«

»Wir wissen, dass Grayson die Leiche irgendwo auf dem Rückweg entsorgt haben muss, allerdings hatte er dafür ein paar Stunden Zeit, und in der Gegend, durch die er gefahren ist, gibt es reichlich Wald und Brachland.«

»Und Sie bekommen nicht so viele Leute, dass Sie das alles absuchen können.«

»Nein, es geht hier, wie gesagt, nicht um ein vermisstes Mädchen. Es geht um die Leiche eines Pädophilen. Und wenn Grayson das Ganze wirklich so gut geplant hat – und bisher sieht es ganz danach aus –, hatte er womöglich schon ein Loch ausgehoben, bevor er Mercer umgebracht hat. Gut möglich, dass wir die Leiche nie finden.«

Wendy sah zur Seite und schüttelte den Kopf.

»Was ist?«

»Ich war sein Lockvogel. Grayson hat versucht, mich auf

seine Seite zu ziehen. Als er das nicht geschafft hat, ist er mir einfach gefolgt – und ich habe ihn direkt zu Mercer geführt.«

»Das war nicht Ihre Schuld.«

»Das ist mir dabei völlig egal. Ich lasse mich einfach nicht gerne so benutzen.«

Walker sagte nichts.

»Das ist ein beschissenes Ende«, sagte Wendy.

»Manche Leute würden es wohl eher als saubere Lösung bezeichnen.«

»Wieso?«

»Der Pädophile entkommt zwar dem Arm des Gesetzes, nicht aber der Gerechtigkeit. Das hat fast schon etwas Biblisches, wenn man darüber nachdenkt.«

Wendy schüttelte den Kopf. »Es fühlt sich nicht richtig an.«

»Was davon?«

Sie behielt es für sich. Die Antwort lautete jedoch: Alles. Vielleicht hatte Mercers Exfrau tatsächlich irgendwie Recht. Vielleicht hatte die ganze Geschichte von Anfang an zum Himmel gestunken. Vielleicht hätte sie doch von vorneherein auf ihre weibliche Intuition oder ihr Bauchgefühl oder wie immer man das auch nannte hören sollen.

Plötzlich kam es ihr vor, als hätte sie geholfen, einen unschuldigen Mann zu töten.

»Finden Sie ihn einfach«, sagte Wendy. »Ganz egal, was er auch war, das sind Sie ihm schuldig.«

»Ich versuch's. Aber Ihnen muss klar sein, dass der Fall nie oberste Priorität haben wird.«

ZEHN

Leider lag Walker mit dieser Einschätzung absolut daneben. Wendy erfuhr erst am nächsten Tag von der schrecklichen Entdeckung, als schon alle Medien Eilmeldungen eingeblendet hatten oder sogar in Sondersendungen darüber berichtet hatten. Weil Pops und Charlie noch schliefen und ihr Jennas Bemerkung über Princeton nicht aus dem Kopf ging, hatte Wendy beschlossen, eigene Ermittlungen aufzunehmen. Erster Halt: Phil Turnball, ein Mitbewohner Dan Mercers von der Uni. Es war an der Zeit, dachte sie, Dan Mercers Vergangenheit einmal ganz genau unter die Lupe zu nehmen. Und Phil Turnball schien der beste Ausgangspunkt zu sein.

Aber genau zu dem Zeitpunkt, als Wendy den Starbucks Coffee Shop in Englewood, New Jersey, betrat, durchsuchten Mickey Walker, der Sheriff von Sussex County, und sein jüngster Hilfssheriff, Tom Stanton, im vierzig Kilometer entfernten Newark das Zimmer 204 in den recht eigenwillig benannten Freddy's Deluxe Luxury Suites. Ein absolutes Rattenloch. Freddy musste wirklich viel Humor gehabt haben, dachte Walker, denn sein Motel bot gar nichts der im Namen genannten Dinge. Weder konnte man irgendetwas darin als »Deluxe« bezeichnen, noch gab es irgendeine Form von Luxus oder auch nur Suiten.

Walker war damit beschäftigt herauszubekommen, wo Dan Mercer sich in den letzten beiden Wochen seines Lebens aufgehalten hatte. Es gab nur sehr wenige Hinweise. So hatte Dan

Mercer von seinem Handy aus mit gerade einmal drei Leuten telefoniert: mit seinem Anwalt, Flair Hickory, seiner Exfrau Jenna Wheeler und gestern mit der Reporterin Wendy Tynes. Flair hatte seinen Mandanten nie gefragt, wo er war – je weniger er darüber wusste, desto besser. Jenna wusste es auch nicht. Wendy, na ja, die hatte bis gestern keinen Kontakt zu ihm gehabt.

Trotzdem war es nicht sehr schwer, seiner Spur zu folgen. Dan Mercer war zwar abgetaucht, hatte sich aber, laut Auskunft sowohl seines Anwalts als auch seiner Exfrau, nur vor den Drohungen übermäßig »besorgter« Bürger und Quasi-Bürgerwehren versteckt und nicht vor den Ermittlungsbehörden. Die Leute duldeten es nicht, wenn sich ein Raubtier in ihrer Nachbarschaft einnistete. Also war er von einem Hotel ins nächste gezogen und hatte immer mit Bargeld bezahlt, das er sich aus einem nahegelegenen Geldautomaten gezogen hatte. Aufgrund des möglichen Prozesses hatte Mercer New Jersey nicht verlassen dürfen.

Vor sechzehn Tagen hatte er in einem Motel 6 in Wildwood eingecheckt. Dann war er drei Tage im Court Manor Inn in Fort Lee gewesen, darauf im Fair Motel in Ramsey und gestern war er ins Zimmer 204 von Freddy's Deluxe Luxury Suites im Zentrum von Newark gezogen.

»Wollen wir doch mal sehen, was wir da so finden«, sagte Walker.

Stanton nickte: »Okay.«

Walker sagte: »Was dagegen, wenn ich dir eine Frage stelle?«

»Nee.«

»Kein anderer Cop wollte diesen Fall mit mir bearbeiten. Die dachten sich alle, den sind wir jetzt gottlob endlich los.«

Stanton nickte: »Und ich hab mich freiwillig gemeldet.«

»Genau.«

»Und jetzt willst du wissen, wieso.«

»Genau.«

Stanton schloss die oberste Schublade und öffnete die nächste. »Vielleicht weil ich neu bin, vielleicht stumpfe ich ja auch noch ab in Zukunft. Aber das Gericht hat den Kerl laufen lassen. Mehr ist dazu nicht zu sagen. Wenn einem das nicht passt, muss man die Gesetze ändern. Wir von der Polizei müssen unvoreingenommene Schiedsrichter sein. Wenn die Geschwindigkeitsbegrenzung bei fünfundfünfzig Meilen pro Stunde liegt, kriegt einer, der sechsundfünfzig fährt, einen Strafzettel. Wenn man denkt, ach was, solange er nicht fünfundsechzig fährt, geb ich ihm keinen Strafzettel, dann soll man das Gesetz dahingehend ändern, dass man fünfundsechzig fahren darf. Und andersherum ist es das Gleiche. Die Richterin hat sich an die Regeln gehalten und Dan Mercer laufen lassen. Wenn einem das nicht passt, soll man versuchen, die Gesetze zu ändern. Man beugt das Recht nicht, man ändert die zugehörigen Gesetze.«

Walker lächelte. »Du bist wirklich neu im Geschäft.«

Stanton zuckte die Achseln, während er weiter die Kleidungsstücke durchwühlte. »Na ja, wahrscheinlich steckt auch noch ein bisschen mehr dahinter.«

»Das hatte ich mir schon gedacht. Dann erzähl schon, ich hör zu.«

»Ich habe einen großen Bruder. Pete. Toller Kerl, fantastischer Sportler. Er ist direkt nach der Schule ins Trainingsteam der Buffalo Bills gekommen. Als Tight End.«

»Okay.«

»Pete ist also zu Beginn seiner dritten Saison im Trainingslager. Er denkt, dass es sein Jahr werden kann. In den Ferien hat er wie ein Verrückter trainiert und Gewichte gestemmt und hat eine echte Chance, in die erste Mannschaft zu rutschen. Er ist sechsundzwanzig Jahre alt und da oben in Buffalo. Eines Abends geht er aus und lernt in einem Bennigan's diese Frau kennen. Sie wissen schon, diese Restaurantkette.«

»Ja, kenn ich.«

»Gut, Pete bestellt sich also eine Portion Hähnchenflügel, und diese heiße Braut kommt zu ihm rübergeschlendert und fragt, ob sie einen abhaben kann. Er sagt, na klar. Sie macht eine große Show aus dem Essen. Du weißt schon, was ich meine. Mit viel Zunge und so, außerdem sitzt sie da in so einem hautengen Top, bei dem man einfach hingucken muss. Na ja, sie war eben eine total scharfe Braut. Die beiden fangen an zu flirten. Sie setzt sich zu ihm. Eins führt zum anderen – und Pete nimmt sie mit zu sich und gibt ihr, was sie haben wollte.«

Stanton ballte eine Faust, bewegte sie vor und zurück und machte so deutlich, was sie hatte haben wollen – nur für den Fall, dass Walker es nicht verstanden hatte.

»Hinterher stellt sich heraus, dass sie fünfzehn ist. Im zweiten Jahr auf der Highschool, aber Mann, das hat man ihr nicht angesehen. Du weißt ja, wie die Mädels auf der Highschool heutzutage rumlaufen. Sie hat sich aufgedonnert, als ob sie in einer Striptease-Bar Drinks servieren würde – oder sich den Männern, wenn du verstehst, was ich meine.«

Stanton sah Walker an und wartete. Um das Gespräch in Gang zu halten, sagte Walker: »Ich versteh schon, was du meinst.«

»Okay, jedenfalls erfährt der Vater von dem Mädel das. Er dreht durch, behauptet, dass Pete sein kleines Mädchen verführt hat – obwohl sie wahrscheinlich gerade deswegen mit meinem Bruder gebumst hat, weil sie sich an ihrem alten Herrn rächen wollte. Also wird Pete wegen Unzucht mit Minderjährigen angeklagt. Gerät in die Mühlen des Systems. Des gleichen Systems, das ich so sehr schätze. Ich verstehe das vollkommen. So ist nun mal das Gesetz. Pete gilt jetzt als Sexualstraftäter, als Pädophiler und so weiter. Und das ist einfach ein schlechter Witz. Mein Bruder ist ein anständiger Bürger, ein prima Kerl, und nun will keine Mannschaft mehr etwas mit ihm zu tun haben. Und vielleicht hat der Typ hier, dieser Dan Mercer, na ja, irgendwie hatte die ihn ja auch in die Falle gelockt, oder? Vielleicht hat der es ja auch verdient, dass man im Zweifel für den Angeklagten entscheidet. Vielleicht muss auch da gelten, dass man unschuldig ist, bis die Schuld bewiesen ist.«

Walker wandte sich ab, weil er nicht zugeben wollte, dass an Stantons Argumentation womöglich etwas dran sein könnte. Man war so oft gezwungen, Entscheidungen zu treffen, die man gar nicht treffen wollte – da behalfen sich viele damit, diese Entscheidungen möglichst einfach zu gestalten. Man wollte die Menschen ordentlich in Schubladen stecken, sie zu Monstern oder Engeln machen. Und lag damit fast immer daneben. Denn eigentlich bewegte man sich in Grauzonen, und genau das nervte. Es war viel einfacher, in Extremen zu denken.

Als Tom Stanton sich bückte, um unters Bett zu gucken, versuchte Walker, sich wieder auf die wichtigen Dinge zu konzentrieren. Vielleicht war es im Moment besser, die Sache in Schwarz-Weiß-Kategorien zu belassen und auf moralische Relativierungen zu verzichten. Ein Mann war verschwunden. Wahrscheinlich war er tot. Sie mussten ihn finden. Das war alles. Ganz egal, wer er war oder was er getan hatte. Sie mussten ihn einfach finden.

Walker ging ins Bad und checkte den Toilettentisch. Zahnpasta, Zahnbürste, Rasierer, Rasiercreme, Deodorant. Sehr faszinierend.

Im Nebenraum sagte Stanton: »Bingo! Unterm Bett. Ich hab sein Handy gefunden.«

Walker wollte schon »na toll« rufen, stutzte dann aber.

Er kannte Mercers Handynummer, daher hatten sie sein Handy geortet und erfahren, dass das letzte Telefonat von diesem Handy nicht lange vor dem Mord etwa fünf Kilometer von der Wohnwagensiedlung entfernt an der Route 15 geführt worden war – das war mindestens eine Stunde Fahrzeit von hier entfernt.

Wie war das Handy dann wieder hier ins Motel gekommen?

Er hatte nicht viel Zeit, darüber nachzudenken. Aus dem anderen Zimmer hörte er, wie Stanton fast schon gequält flüsterte: »O nein …«

Als er Stantons Tonfall hörte, lief ihm ein kalter Schauer über den Rücken. »Was ist?«

»O mein Gott …«

Walker eilte zurück ins Schlafzimmer. »Was gibt's? Was hast du?«

Stanton hielt das Handy in der Hand. Er war leichenblass. Er starrte das Bild auf dem Display an. Walker sah das Handy in der rosafarbenen Hülle.

Es war ein iPhone. Er hatte das gleiche Model.

»Was ist los?«

Das Display auf dem iPhone wurde dunkel. Stanton sagte nichts. Er hob das Handy hoch und drückte auf den Knopf. Der Bildschirm leuchtete auf. Walker trat einen Schritt näher und sah es sich an.

Sein Mut sank.

Er kannte das Bild auf dem Handy. Es war ein typisches Urlaubsfoto. Vier Personen – drei Kinder, ein Erwachsener –, die lächelnd in die Kamera blickten. In der Bildmitte stand Micky Maus. Und links von Micky, vielleicht mit dem breitesten Lächeln von allen, stand ein vermisstes Mädchen namens Haley McWaid.

ELF

Wendy rief Mercers Universitäts-Mitbewohner Phil Turnball an. Nach seinem Abschluss in Princeton hatte Turnball den Expresszug direkt zur Hochfinanz der Wall Street genommen. Er wohnte im exklusiveren Teil von Englewood.

Als die Folge von *In Flagranti* mit Dan gelaufen war, hatte sie schon einmal versucht, Turnball zu erreichen. Er hatte es abgelehnt, mit ihr zu reden. Sie hatte es dabei belassen. Aber jetzt, wo Mercer tot war, würde Turnball sich vielleicht offener zeigen.

Mrs. Turnball – Wendy hatte ihren Vornamen nicht verstanden – meldete sich am Telefon. Wendy erklärte, wer sie war. »Ich weiß, dass Ihr Mann eigentlich nicht mit mir reden wollte, aber glauben Sie mir, was ich ihm heute zu sagen habe, wird er erfahren wollen.«

»Er ist gerade nicht da.«

»Kann ich ihn irgendwie erreichen?«

Sie zögerte.

»Es ist wichtig, Mrs. Turnball.«

»Er ist bei einem Meeting.«

»In seinem Büro in Manhattan? Ich habe die Adresse noch aus meinen alten …«

»Starbucks«, sagte sie.

»Wie bitte?«

»Das Meeting. Es ist nicht das, was Sie denken. Es ist bei Starbucks.«

Wendy fand einen Parkplatz vor dem Baumgart's, einem ihrer Lieblingsrestaurants, und ging an vier Läden vorbei zum Starbucks. Mrs. Turnball hatte ihr erzählt, dass Phil im Zuge der Wirtschaftskrise entlassen worden war. Sein Meeting, wenn man es denn so nennen wollte, war eher ein Kaffeeklatsch für ein paar ehemalige *Masters of the Universe* – eine Gruppe, die Phil gegründet und *Fathers Club* genannt hatte. Mrs. Turnball hatte ihr erklärt, dass der Club den »urplötzlich arbeitslos gewordenen Workoholics« dabei half, »diese für sie extrem schwierige Situation zu bewältigen und neue Freunde und Kameraden zu finden«, trotzdem war der Sarkasmus in der Stimme der Frau nicht zu überhören. Aber vielleicht bildete Wendy sich das auch nur ein. Eine Gruppe blutsaugender, überbezahlter, narzisstischer Yuppies, die sich einst als Herrscher des Universums gefühlt hatten, sich selbst immer noch viel zu wichtig nahmen und sich über die Wirtschaftslage beklagten, für deren schlechten Zustand sie zu einem nicht unerheblichen Teil durch ihr Parasitentum mitverantwortlich waren – und das alles, während sie Kaffee für fünf Dollar pro Becher tranken.

Wirklich unglaublich tragisch!

Als sie den Starbucks betrat, sah sie Phil Turnball hinten rechts in der Ecke. Er trug einen frisch gebügelten Anzug und saß mit drei anderen Männern um einen Tisch herum. Einer trug weiße Tenniskleidung und drehte einen Tennisschläger in der Hand, als wartete er darauf, dass Roger Federer endlich aufschlug. Ein anderer hatte ein Babytuch um die Schultern gebunden, komplett mit, äh, einem Baby drin. Er wippte es sanft auf und ab, zweifelsohne damit es ruhig und zufrieden blieb. Der vierte Mann, dem alle gerade wie gebannt lauschten, trug eine übergroße Baseballkappe, deren flacher Schirm verwegen nach oben rechts gerichtet war.

»Gefällt es euch nicht?«, fragte Schrägkappe.

Jetzt, wo sie näher dran war, sah sie, dass Schrägkappe wie Jay-Z aussah – wenn Jay-Z nie Krafttraining gemacht hätte, plötzlich zehn Jahre gealtert und ein käsigweißer Typ wäre, der krampfhaft versuchte, wie Jay-Z auszusehen.

»Nein, nein, Fly, versteh mich nicht falsch«, sagte der Kerl in Tenniskleidung. »Es ist voll aufrichtig und so. Total aufrichtig.«

Wendy runzelte die Stirn. Aufrichtig?

»Aber – und das ist nur eine kleine Anregung – ich glaube nicht, dass die Zeile so hinhaut. Du weißt schon, mit den schwingenden Möpsen und so?«

»Hm. Zu plastisch?«

»Vielleicht.«

»Weil ich einfach ich selbst sein muss, alles klar? Voll authentisch, okay? Heute Abend im Blend. Open Mike. Total krass. Da kann ich vor den Leuten nicht abkacken.«

»Ich hab schon verstanden, Fly, alles paletti. Und du reißt den anderen voll den Arsch auf, kein Problem. Aber Halskette?« Tenniskleidung breitete die Arme aus. »Das passt vom Thema her nicht. Du brauchst einen andern Verweis auf Möpse. Und Hunde tragen schließlich keine Halsketten, oder?«

Beifälliges Gemurmel am Tisch.

Der Möchtegern-Jay-Z – Fly? – bemerkte die sich zögernd nähernde Wendy. Er senkte den Kopf. »Yo, checkt's ab, Shawty auf fünf Uhr.«

Alle drehten sich zu ihr um. Außer Phil entsprachen sie nicht dem, was Wendy erwartet hatte. Man hätte denken sollen, dass Mrs. Turnball sie vor dieser peinlichen Ansammlung von Ex-Herrschern des Universums hätte warnen müssen.

»Moment.« Der Mann in Tenniskleidung. »Ich kenne Sie. NTC News. Wendy irgendwas, stimmt's?«

»Wendy Tynes, ja.«

Alle außer Frank Turnball lächelten.

»Sind Sie hergekommen, um über Flys Gig heute Abend zu berichten?«

Wendy dachte, dass eine Story über diese Gestalten nach einer echten Irrsinnsidee klang. »Später vielleicht«, sagte sie. »Aber im Moment bin ich hier, weil ich mit Phil sprechen wollte.«

»Ich habe Ihnen nichts zu sagen.«

»Sie brauchen überhaupt nichts zu sagen. Kommen Sie. Ich muss Ihnen etwas unter vier Augen erzählen.«

Als sie den Starbucks verließen und die Straße zurückgingen, sagte Wendy: »Das ist also der Fathers Club?«

»Wer hat Ihnen davon erzählt?«

»Ihre Frau.«

Er sagte nichts.

»Und was ist das für eine Sache«, fuhr Wendy fort, »mit diesem Vanilla Ice da drin?«

»Norm ... na ja, eigentlich sollen wir ihn Fly nennen.«

»Fly?«

»Kurzform von Ten-A-Fly. Das ist sein Rap-Name.«

Wendy versuchte, nicht zu seufzen. Tenafly war ein nahegelegener Ort in New Jersey.

»Norm ... Fly ... war ein brillanter Marketing-Manager bei Benevisti Vance in Manhattan. Er ist jetzt seit, äh, ungefähr zwei Jahren arbeitslos, meint aber, ein neues Talent in sich entdeckt zu haben.«

»Welches?«

»Das Rappen.«

»Bitte sagen Sie mir, dass das ein Witz ist.«

»Das ist wie beim Trauern«, sagte Phil. »Alle gehen das ein bisschen anders an. Fly glaubt, dass er eine ganz neue Marktnische auftun kann.«

Sie kamen zu Wendys Auto. Sie entriegelte die Türen. »Rappen?«

Phil nickte. »Er ist der einzige weiße Rapper mittleren Alters aus New Jersey. Behauptet er jedenfalls.« Sie setzten sich auf die Vordersitze. »Also, was wollen Sie von mir?«

Es gab sowieso keine einfache Möglichkeit, es ihm mitzuteilen, also sagte sie es ganz direkt.

»Dan Mercer wurde gestern ermordet.«

Phil Turnball hörte ihr zu, ohne ein Wort zu sagen. Er starrte mit blassem Gesicht und feuchten Augen durch die Windschutzscheibe. Wendy fiel auf, dass er perfekt rasiert war. Auch der Scheitel saß perfekt, außerdem hatten seine Haare noch eine leichte Welle über der Stirn, so dass man sich gut vorstellen konnte, wie er als kleiner Junge ausgesehen hatte. Wendy wartete einen Moment lang, damit er das, was sie ihm erzählt hatte, verarbeiten konnte.

»Soll ich Ihnen irgendetwas holen?«, fragte Wendy.

Phil Turnball schüttelte den Kopf. »Ich weiß noch, wie ich Dan bei einer Einführungsveranstaltung am ersten Tag an der Uni kennengelernt habe. Er war unglaublich witzig. Wir anderen waren ziemlich nervös und verklemmt, wollten Eindruck schinden. Er fühlte sich einfach wohl da und hatte dabei eine ganz eigenartige Ausstrahlung.«

»Inwiefern eigenartig?«

»Als ob er schon alles gesehen hätte und wüsste, dass es sich nicht lohnte, darum ein großes Affentheater zu machen. Außerdem wollte Dan die Welt verbessern. Ja, ich weiß, das klingt komisch, aber er hat das mehrmals so gesagt. Er ist viel auf Partys gegangen, genau wie wir alle, aber er hat dabei auch immer wieder betont, dass er Gutes tun will. Wir haben alle unsere Pläne gehabt. Wie alle anderen auch. Und jetzt ...«

Seine Stimme versiegte.

»Tut mir leid«, sagte Wendy.

»Ich nehme an, dass Sie nicht nur deswegen nach mir gesucht haben, um mir diese schlechte Nachricht zu überbringen.«

»Nein.«

»Sondern?«

»Ich stelle Nachforschungen über Dans ...«

»Hatten Sie das nicht schon?« Er sah sie an. »Jetzt kann man doch eigentlich nur noch auf seiner Leiche herumhacken.«

»Das habe ich nicht vor.«

»Was dann?«

»Ich hatte schon einmal bei Ihnen angerufen. Als wir die erste Sendung über Dan ausgestrahlt haben.«

Er sagte nichts.

»Warum haben Sie mich nicht zurückgerufen?«

»Was hätte ich denn sagen sollen?«

»Was Sie wollten.«

»Ich habe eine Frau und zwei Kinder. Ich wüsste nicht, wie es jemandem hätte helfen sollen, wenn ich öffentlich für einen Pädophilen – selbst für einen zu Unrecht beschuldigten – eingetreten wäre.«

»Glauben Sie, dass Dan zu Unrecht der Pädophilie beschuldigt wurde?«

Phil kniff die Augen zu. Wendy wollte ihn trösten, aber wieder hatte sie das Gefühl, dass es der falsche Schritt wäre. Sie beschloss, das Thema zu wechseln.

»Warum gehen Sie im Anzug zu Starbucks?«, fragte sie.

Phil lächelte fast. »Ich konnte den ›Casual Friday‹ schon früher nicht ausstehen.«

Wendy starrte den attraktiven und doch zutiefst verletzten Mann an. Er wirkte ausgelaugt, blutleer, und es war fast, als würden nur der edle Anzug und die polierten Schuhe ihn noch aufrecht halten.

Als sie ihm ins Gesicht sah, nahm ihr die Erinnerung an ein anderes Gesicht fast den Atem. Wendys geliebter Vater, der mit sechsundfünfzig im Flanellhemd mit hochgekrempelten Ärmeln am Küchentisch saß und seinen ziemlich dünnen Lebenslauf in einen Umschlag steckte. Sechsundfünfzig Jahre alt und zum ersten Mal im Leben ohne Arbeit. Ihr Dad war Gewerkschaftsführer gewesen und hatte achtundzwanzig Jahre die Druckmaschine einer großen New Yorker Zeitung bedient. Er hatte gute Verträge für seine Leute ausgehandelt, nur ein Mal gestreikt, 1989, und wurde von allen in der Firma geliebt.

Dann fusionierte die Zeitung. Es war einer der vielen Unternehmenszusammenschlüsse in diesen an Fusions- und Übernahmeaktivitäten so reichen Neunzigern, die die Anzugträger an der Wall Street wie, tja, Phil Turnball, so liebten, weil die Aktienkurse ein paar Prozentpunkte stiegen, wobei ihnen völlig egal war, was das sonst noch für Konsequenzen hatte. Die Stelle ihres Vaters wurde wegrationalisiert. Er musste gehen. Plötzlich war er zum ersten Mal im Leben arbeitslos. Am nächsten Tag setzte er sich an den Küchentisch und fing an, Bewerbungen und Lebensläufe zu schreiben. Und dabei hatte sein Gesicht fast genauso ausgesehen wie Phil Turnballs in diesem Moment.

»Bist du gar nicht wütend?«, hatte sie ihren Vater gefragt.

»Wut ist doch nur Energieverschwendung.« Ihr Vater steckte einen weiteren Brief in den Umschlag. Er sah zu ihr hoch. »Soll ich dir einen Rat geben – oder bist du schon zu alt dafür?«

»Man ist nie zu alt«, hatte Wendy gesagt.

»Arbeite für dich selbst. Du bist der einzige Boss, dem du wirklich vertrauen kannst.«

Ihr Vater hätte nicht mehr die Chance bekommen, für sich selbst zu arbeiten. Er fand keinen anderen Job. Zwei Jahre später, mit achtundfünfzig, starb er an einem Herzanfall an dem Küchentisch, an dem er immer noch Tag für Tag saß, Stellenanzeigen las und Bewerbungsbriefe schrieb.

»Also wollen Sie mir nicht helfen?«, fragte Wendy.

»Wobei? Dan ist tot.«

Phil Turnball streckte seine Finger nach dem Türgriff aus.

Wendy legte ihm die Hand auf den Arm. »Eine Frage noch, bevor Sie gehen: Warum glauben Sie, dass Dan zu Unrecht beschuldigt wurde?«

Er überlegte, bevor er antwortete. »Ich glaube, man bekommt ein Gefühl dafür, wenn es einem widerfährt.«

»Ich versteh nicht, was Sie meinen.«

»Kein Problem. Es ist auch nicht weiter wichtig.«

»Ist Ihnen etwas widerfahren, Phil? Was habe ich übersehen?«

Er gluckste, allerdings ohne jeden Anflug von Humor. »Kein Kommentar, Wendy.« Er öffnete die Tür.

»Aber …«

»Jetzt nicht«, sagte er und öffnete die Tür. »Jetzt mache ich erst einmal einen Spaziergang und denke ein bisschen an meinen alten Freund. Zumindest das hat Dan wirklich verdient.«

Phil Turnball stieg aus dem Wagen, strich sein Jackett glatt und entfernte sich in Richtung Norden, weg von ihr und weg von seinen Freunden im Starbucks.

ZWÖLF

Schon wieder eine tote Hure.

Frank Tremont, Ermittler in Essex County, zog seine Hose am Gürtel hoch, sah auf die junge Frau hinab und seufzte. Immer die gleiche Leier. Newark, South Ward, nicht weit entfernt vom Beth Israel Hospital und doch eine ganz andere Welt. Der Geruch von Verwesung lag in der Luft, aber er stammte nicht nur von der Leiche. Hier roch es immer so. Hier räumte nie jemand auf. Das versuchte nicht einmal jemand. Alle lungerten einfach faul im Niedergang herum.

Also noch eine tote Hure.

Sie hatten ihren Zuhälter schon wegen des Mordes festgenommen. Die Hure hatte ihn »gedisst« oder so was, also hatte er ihr beweisen müssen, was für ein toller Kerl er doch war, indem er ihr die Kehle durchschnitt. Er hatte das Messer bei seiner Festnahme noch bei sich. Cleverer Bursche, ein echtes Genie. Es dauerte ungefähr sechs Sekunden, bis Frank ihm ein Geständnis entlockt hatte. Er hatte nur gesagt: »Ich hab gehört, dass du nicht den Mumm hast, eine Frau zu verletzen.« Das hatte dem Zuhälter-Genie schon gereicht, um ihm mal klar zu sagen, wie das bei ihm alles lief.

Er starrte die tote Frau an, die irgendwas zwischen fünfzehn und dreißig Jahre alt war. Das ließ sich hier draußen am Straßenrand zwischen dem üblichen Müll wie zerquetschten Getränkedosen, alten McDonald's-Packungen und leeren Bierflaschen nicht sagen. Frank musste an seinen letzten Fall zurückdenken, bei dem es um eine tote Hure ging. Da war ihm die Ermittlung nach kurzer Zeit um die Ohren geflogen. Und das war einzig und allein sein Fehler gewesen. Er hatte sich von Anfang an auf den Holzweg locken lassen und dadurch alles versaut. Wahrscheinlich waren deswegen dann noch mehr Menschen gestorben, aber es hatte keinen Sinn, sich darüber jetzt noch den Kopf zu zerbrechen. Er hatte den Fall vermasselt und daraufhin seinen Job verloren. Der Bezirksstaatsanwalt und die Chefermittlerin hatten ihm nahegelegt, in den Ruhestand zu gehen. Er hatte dafür auch schon alles geregelt.

Aber dann hatte er noch den Fall der vermissten Haley McWaid zugewiesen bekommen.

Er war zu seinen Bossen gegangen und hatte darum gebeten, noch so lange im Dienst bleiben zu dürfen, bis der Fall gelöst war. Seine Bosse hatten Verständnis gezeigt. Aber das war inzwischen drei Monate her. Frank hatte sich intensiv mit der Suche nach dem Teenager beschäftigt. Er hatte andere Dienststellen hinzugezogen, das FBI, Kollegen, die sich mit dem Internet auskannten, und auch Profiler, eigentlich alle, die seiner Meinung nach womöglich helfen konnten. Er wollte weder Ruhm noch Ehre einheimsen, er wollte nur, dass das Mädchen gefunden wurde.

Aber sie hatten überhaupt keine Spur.

Frank Tremont musterte die Leiche. So etwas begegnete man oft in diesem Job. Man hatte es mit Junkies und Huren zu tun, die ihr Leben einfach wegwarfen, sich besoffen oder bekifften oder sich durchschnorrten, außerdem wurden sie zusammengeschlagen oder schwanger, setzten Gott weiß wie viele Kinder von Gott weiß wie vielen verschiedenen Vätern in die Welt, und all das ergab einfach keinen Sinn. Die meisten mogelten sich irgendwie durch, schlurften teilnahmslos durch ihr jämmerliches Leben und hinterließen keinen bleibenden

Eindruck – und wenn sie doch einmal auffielen, dann allenfalls durch etwas Unangenehmes. Aber die meisten überlebten. Sie waren Eitergeschwüre der Gesellschaft. Trotzdem erlaubte Gott ihnen zu überleben, manchmal sogar bis ins hohe Alter.

Und dann, weil Gott ein verdammter Chaot war, hatte er stattdessen Franks Tochter genommen.

Eine Menschenmenge sammelte sich hinter dem gelben Absperrband, allerdings keine sehr große. Die Leute guckten einmal kurz, was da los war, dann gingen sie weiter.

»Bist du fertig, Frank?«

Das war die Gerichtsmedizinerin. Frank nickte. »Sie gehört dir.«

Kasey, sein kleines Mädchen. Siebzehn Jahre alt. So süß, klug und liebevoll. Es gab diese alte Redewendung über ein Lächeln, das in der Lage war, ein ganzes Zimmer zu erleuchten. Kasey hatte so ein Lächeln. *Wamm*, ein Strahl, der jede Dunkelheit sofort vertrieb. Sie hatte nie irgendjemandem auch nur den Hauch eines Problems bereitet oder gar weh getan. Ihr ganzes Leben nicht. Kasey hatte nie Drogen genommen, war nicht auf den Strich gegangen und hatte sich auch nicht schwängern lassen. Diese Junkies und Huren streiften herum wie wilde Tiere – und Kasey musste sterben.

Das Wort unfair beschrieb es nicht einmal ansatzweise.

Kasey war sechzehn, als bei ihr ein Ewing-Sarkom diagnostiziert wurde. Knochenkrebs. Der Tumor hatte sich in ihrem Becken gebildet und breitete sich immer weiter aus. Sein kleines Mädchen starb unter unerträglichen Schmerzen, und Frank musste es mit ansehen. Mit trockenen Augen hatte er neben ihr am Bett gesessen, hatte sich fest an ihre zerbrechliche Hand und seine geistige Gesundheit geklammert. Er hatte die Narben der vielen Operationen gesehen und auch die tief eingesunkenen Augen der langsam Dahinsiechenden. Er hatte gespürt, wie ihre Körpertemperatur vom Fieber in die Höhe schnellte. Früher, als kleines Kind, hatte Kasey oft böse Träume gehabt und war zitternd zu Maria und ihm ins Bett gekrochen, wo sie dann im Schlaf gesprochen, sich häufig gedreht oder herumgeworfen hatte. Das hörte in dem Moment auf, als die Krankheit diagnostiziert wurde. Vielleicht waren ihre nächtlichen Albträume geflohen vor den Schreckens des Tages. Auf jeden Fall hatte Kasey dann ruhiger geschlafen, wobei er im Nachhinein den Gedanken nicht loswurde, dass sie während dieser Nächte schon für den Tod probte.

Er hatte gebetet, aber das war nutzlos gewesen, fühlte sich zumindest so an. Schließlich wusste Gott, was er tat. Er hatte doch einen Plan, oder etwa nicht? Wenn man wirklich an ihn glaubte, dann glaubte man doch an ein allwissendes, allmächtiges Wesen – und erwartete wirklich irgendjemand, dass er dieses Wesen, diesen Gott mit jämmerlichem Flehen und Beten von seinem großen Plan abbringen konnte? So lief das nicht, das war Tremont klar. Im Krankenhaus hatte er eine andere Familie kennengelernt, die für ihren Sohn gebetet hatte. Die gleiche Krankheit. Der Sohn war trotzdem gestorben. Ihr zweiter Sohn war in den Irak gegangen und da gefallen. Wie man so etwas hören und dennoch an die Macht von Gebeten glauben konnte, das war ihm einfach zu hoch.

Derweil waren die Straßen da draußen übersät mit den Nutzlosen. Sie lebten – und Kasey war gestorben. Ja, Mädchen mit Familie, Mädchen wie Haley McWaid und Kasey Tremont, Mädchen, die von ihren Angehörigen geliebt wurden und ihr Leben noch vor sich hatten, ein richtiges Leben, ein Leben, das mehr hervorbrachte als solchen Schrott, waren einfach wichtiger. Das war die Wahrheit. Nur dass niemand sich traute, es auszusprechen. Diese rückgratlosen Heuchler erzählten einem, dass man sich bei einer toten Hure in ihrem schäbigen Fummel ebenso viel Mühe geben musste wie für eine Haley McWaid oder eine Kasey Tremont. Zwar wussten alle, dass das kompletter Schwachsinn war, aber erzählt wurde es trotzdem. Man ging mit einer Lüge hausieren, obwohl alle die Wahrheit kannten.

Mit diesem Unsinn sollte Schluss sein. Über die tote Hure würde vielleicht in zwei Absätzen auf der zwölften Seite des *Star-Ledgers* berichtet werden. Eine kurze Meldung, über die die Leser missbilligend den Kopf schütteln konnten. Über Haley McWaids Verschwinden war landesweit in sämtlichen Nachrichtensendungen berichtet worden. Offenbar wussten also alle Bescheid, oder? Warum durfte man es dann nicht aussprechen?

Die Haley McWaids dieser Welt waren wichtiger.

Deswegen war die tote Hure ja nicht unwichtig. Aber Haley war wichtiger. Und das hatte nichts mit der Rasse, der Hautfarbe oder einem dieser sogenannten Vorurteile zu tun, die die Leute ihm immer wieder andichten wollten. Einen Menschen als intolerant abzustempeln war immer das Einfachste. Purer Blödsinn. Ob Weiße, Schwarze, Asiaten, Lateinamerikaner, das war egal – es gab überall wichtigere und unwichtigere Menschen. Alle wussten das, trauten sich aber nicht, es zu sagen.

Wie in letzter Zeit so oft, musste Frank auch jetzt an Haley McWaids Mutter Marcia und ihren schwer gezeichneten Vater Ted denken. Diese Hure, die hier noch untersucht wurde, war tot. Vielleicht trauerte ja jemand um sie, aber in neun von zehn Fällen war das nicht der Fall. Ihre Eltern, sofern sie die überhaupt gekannt hatte, hatten sie längst aufgegeben. Marcia und Ted hingegen warteten und hofften immer noch. Und natürlich war das von Bedeutung. Vielleicht machte genau das den Unterschied aus zwischen den toten Huren dieser Welt und den Haley McWaids. Nicht die Hautfarbe, das Geld oder die gepflegten Vorgärten, sondern die Leute, die sich Sorgen um einen machten, die Familien, die am Boden zerstört waren, die Eltern, die nie wieder ganz die alten wurden.

Also würde Frank Tremont nicht aufhören, bis er herausbekommen hatte, was mit Haley McWaid passiert war.

Wieder dachte er an Kasey, versuchte, sich das glückliche kleine Mädchen ins Gedächtnis zurückzurufen, das Aquarien lieber mochte als Zoos und Blau lieber als Rosa. Aber diese Bilder waren verblasst, und, so ungeheuerlich das auch für ihn war, es war schwierig, sie heraufzubeschwören, weil sich immer wieder die Bilder von Kasey im Krankenhaus darüberlegten, wie sie sich mit der Hand durch die Haare gefahren war und diese büschelweise ausfielen, wie sie die Haare in ihrer Hand angesehen und angefangen hatte zu weinen, während ihr hilf- und machtloser Vater neben ihr saß.

Die Gerichtsmedizinerin war fertig mit der ersten Untersuchung der toten Hure. Zwei Männer hoben die Leiche an und ließen sie wie einen Sack Torf auf die Bahre fallen.

»Vorsichtig«, sagte Frank.

Einer der Männer drehte sich zu ihm um. »Tut ihr nicht mehr weh.«

»Seid einfach ein bisschen vorsichtig.«

Als sie die Leiche wegschoben, spürte Frank Tremont, dass sein Handy vibrierte.

Er blinzelte ein paarmal, um die Tränen aus den Augen zu bekommen, dann drückte er die Annehmen-Taste. »Tremont.«

»Frank?«

Es war Mickey Walker, der Sheriff vom nahegelegenen Sussex County. Ein großer und massiger Schwarzer, mit dem Frank in Newark zusammengearbeitet hatte. Anständiger Kerl, sehr guter Ermittler. Einer seiner Lieblingskollegen. Walkers Dienststelle hatte sich den Fall mit dem Kinderficker-Mörder unter den Nagel gerissen – offensichtlich hatte ein Vater das Problem mit dem Pädophilen mit der Waffe gelöst. In Franks Augen ein gutes Beispiel für jemanden, den man gottlob endlich los war, wobei er sicher war, dass Walker sich die Sache ganz genau ansehen würde.

»Ja, ich bin's, Mickey.«

»Du kennst doch Freddy's Deluxe Luxury Suites?«

»Das Stundenhotel an der Williams Street?«

»Genau das. Du musst sofort herkommen.«

Tremont spürte einen Stich in der Magengegend. Er nahm das Handy in die andere Hand. »Wieso, was gibt's?«

»Ich habe in Mercers Zimmer was gefunden«, sagte Walker mit Grabesstimme. »Ich glaube, es gehört Haley McWaid.«

DREIZEHN

Als Wendy nach Hause kam, war Pops in der Küche und machte sich ein paar Rühreier.

»Wo ist Charlie?«

»Liegt noch im Bett.«

»Es ist ein Uhr mittags.«

Pops sah auf die Uhr. »Stimmt. Hunger?«

»Nein. Wo wart ihr gestern Nacht?«

Pops, der fachgerecht wie ein Frühstückstheken-Profi in der Pfanne herumrührte, zog eine Augenbraue hoch.

»Habt ihr euch gegenseitig Geheimhaltung geschworen?«

»So was in der Art«, sagte Pops. »Und wo bist du gewesen?«

»Ich habe mir heute Morgen ein bisschen die Zeit mit dem Fathers Club vertrieben.«

»Willst du darüber sprechen?«

Das tat sie.

»Traurig«, sagte er.

»Aber ich finde, die lassen sich auch etwas zu sehr gehen.«

Pops zuckte die Achseln. »Wenn ein Mann nicht mehr in der Lage ist, für seine Familie zu sorgen – da kann man ihm schon fast ebenso gut die Eier abschneiden. Er fühlt sich einfach nicht mehr wie ein echter Mann. Das ist traurig. Wenn sie ihren Job verlieren, bricht für den Yuppie-Abschaum genauso die Welt zusammen wie für den Lohnarbeiter. Der Yuppie-Abschaum kann vielleicht sogar noch weniger damit umgehen. Die Gesellschaft hat sie gelehrt, sich über ihre Arbeit zu definieren.«

»Und die ist dann plötzlich weg?«

»Ja.«

»Vielleicht wäre es dann besser, sich einen anderen Job zu suchen«, sagte Wendy. »Und es wäre wohl auch besser, die Männlichkeit auf eine andere Art zu definieren.«

Pops nickte. »Weise.«

»Und scheinheilig?«

»Stimmt genau«, sagte Pops, und streute geriebenen Käse in die Pfanne. »Aber wenn du mir gegenüber schon nicht die Scheinheilige raushängen lassen könntest, wem gegenüber dann?«

Wendy lächelte. »Niemandem, Pops.«

Er stellte die Flamme aus. »Bist du ganz sicher, dass du keine Huevos de Pops willst? Ist meine Spezialität. Und ich hab sowieso genug für zwei gemacht.«

»Na gut.«

Sie setzten sich und aßen. Sie erzählte ihm mehr über Phil Turnball und den Fathers Club und auch von dem Gefühl, dass Phil ihr irgendetwas verschwieg. Als sie fertig waren, erschien ein verschlafener Charlie in alten Boxershorts, einem riesigen, weißen T-Shirt und vollkommen verstrubbelten Haaren in der Küche. Wendy dachte gerade, wie erwachsen er schon aussah, als Charlie sich die Augen rieb und dann mit den Fingern etwas wegschnippte.

»Alles okay mit dir?«, fragte sie.

»Schlaf in den Augen«, erklärte er.

Wendy schüttelte den Kopf und ging die Treppe hinauf, um sich dort an den Rechner zu setzen. Sie googelte Phil Turnball. Nur wenige Treffer. Eine Parteispende. Einen Treffer bei der Bildersuche. Ein Gruppenfoto mit Phil und seiner Frau Sherry, einer hübschen, zierlichen Blondine, bei einer Wohltätigkeits-Weinverkostung vor zwei Jahren. Phil Turnball war als Mitarbeiter der Finanzberatungsgesellschaft Barry Brothers Trust aufgeführt. In der Hoffnung, dass sie das Passwort noch nicht geändert hatten, loggte Wendy sich in die Medien-Datenbank ein, die ihr Sender nutzte. Angeblich war heutzutage zwar alles über Gratis-Suchmaschinen zu finden, aber Wendy wusste, dass das Unsinn war. Für die wirklich guten Informationen musste man immer noch zahlen.

Sie durchsuchte die Meldungen nach Turnball. Immer noch nichts. Barry Brothers Trust wurde allerdings in ein paar wenig schmeichelhaften Artikeln erwähnt. Die Firma war zum Beispiel aus ihrem langjährigen Domizil in der Park Avenue Ecke 46th-Street ausgezogen. Wendy kannte die Adresse. Das Lock-Horne-Building. Sie lächelte und griff nach ihrem Handy. Yep, die Nummer war auch nach zwei Jahren noch im Speicher. Sie schloss die Tür und drückte die Anrufen-Taste.

Schon nach dem ersten Klingeln meldete sich jemand.

»Ich höre.«

Die Stimme klang arrogant, vornehm und, wenn man es in einem Wort sagen wollte, blasiert.

»Hey, Win. Hier ist Wendy Tynes.«

»Das stand schon im Display.«

Schweigen.

Sie hatte Win fast vor Augen, das aberwitzig hübsche Gesicht, die blonden Haare, die aneinandergelegten Fingerspitzen, die durchdringenden, blauen Augen, hinter denen sich anscheinend nur wenig Seele verbarg.

»Ich könnte einen Gefallen gebrauchen«, sagte sie. »Eine Information.«

Schweigen.

Win – Kurzform von Windsor Horne Lockwood III. – machte es ihr nicht leicht.

»Kennst du den Barry Brothers Trust?«, fragte sie.

»Ja, das tue ich. Ist das die Information, die du brauchtest?«

»Du bist ein Klugscheißer, Win.«

»Liebt mich mit all meinen Fehlern.«

»Das hab ich ja wohl schon«, sagte sie.

»Oh, miau.«

Schweigen.

»Barry Brothers hat einen Angestellten namens Phil Turnball gefeuert. Ich möchte wissen weshalb. Kannst du das rausfinden?«

»Ich rufe zurück.«

Klick.

Win. Auf den Gesellschafts-Seiten wurde er häufig als »Internationaler Playboy« bezeichnet, und irgendwie stimmte das wohl auch. Er stammte aus einer blaublütigen, alten Gelddynastie, einer sehr alten Gelddynastie, die nach dem Ausschiffen von der Mayflower sofort nach einem Caddie und dem Nachmittagstee verlangt hatte. Sie hatte ihn vor zwei Jahren auf einem Smoking-Empfang kennengelernt. Win war erfrischend direkt gewesen. Er wollte Sex mit ihr haben. Ohne irgendwelches Tamtam, ohne jede Umstände, ohne weitere Verpflichtungen. Nur eine Nacht. Zuerst war sie bestürzt gewesen, dann hatte sie gedacht, na ja, warum eigentlich nicht? Ein One-Night-Stand war für sie etwas ganz Neues, und wo dieser aberwitzig attraktive und auch einnehmende Mann schon vor ihr stand und die perfekte Gelegenheit bot … Man lebte schließlich nur einmal. Sie war eine alleinstehende, moderne Frau, und, wie Pops es vor kurzem formuliert hatte, Menschen brauchten Sex. Also fuhr sie mit ihm zu seiner Wohnung im Dakota Building am Central Park West. Wie sich herausstellte, war Win freundlich, aufmerksam, witzig und fantastisch, und als sie am nächsten Morgen nach Hause gekommen war, hatte sie sich erst einmal zwei Stunden lang die Augen aus dem Kopf geheult.

Ihr Handy klingelte. Wendy sah auf die Uhr und schüttelte den Kopf. Win hatte keine Minute gebraucht.

»Hallo?«

»Phil Turnball wurde wegen der Unterschlagung von zwei Millionen Dollar gefeuert. Einen angenehmen Tag noch.«

Klick.

Win.

Ihr fiel etwas ein. Das Blend, oder? Da sollte doch der Auftritt sein. Sie war einmal zu einem Konzert dort gewesen. Es war in Ridgewood. Sie suchte sich die Website und klickte auf *Programm*. Yep, heute war der Open-Mike-Abend. Es gab sogar den Zusatz: »Gaststar heute: die neue Rap-Sensation Ten-A-Fly.«

Es klopfte an der Tür. Sie rief: »Herein«, und Pops steckte seinen Kopf ins Zimmer. »Alles okay bei dir?«, fragte er.

»Klar. Magst du Rap?«

Pops runzelte die Stirn. »Meinst du diese runden, aufgewickelten Sandwichs?«

»Äh, nein. Nicht Wraps. Rap, die Musik.«

»Da würde ich lieber einer gewürgten Katze beim Schleim raushusten zuhören.«

»Na, dann komm mit heute Abend. Wird langsam Zeit, dass wir deinen Horizont mal ein bisschen erweitern.«

Ted McWaid beobachtete seinen Sohn auf dem Lacrosse-Feld der Kasselton High School. Die Sonne war schon untergegangen, aber der Platz, der irgendeinen neumodischen Kunststoffbelag hatte, war mit einer hochwertigen Flutlichtanlage ausgestattet. Ted war zum Lacrosse-Spiel seines neunjährigen Sohns gegangen, weil, na ja, was hätte er sonst tun sollen? Zu Hause herumhängen und den ganzen Tag weinen? Seine ehemaligen Freunde – »ehemaligen« war vielleicht etwas polemisch, aber

Ted hatte keine Lust, sich großzügig zu geben – nickten ihm freundlich zu, mieden aber jeden Augenkontakt und machten einen großen Bogen um ihn, als ob es irgendwie ansteckend wäre, eine vermisste Tochter zu haben.

Ryan war in der Schulmannschaft des dritten Jahrgangs. Die Fähigkeiten der Spieler im Umgang mit dem Stick lagen, um es freundlich auszudrücken, irgendwo zwischen »ausbaufähig« und »nicht vorhanden«. Der Ball verbrachte die meiste Zeit auf dem Boden, weil keiner der Jungs in der Lage war, ihn lange in der Pocket des Sticks zu halten, so dass das Spiel eher an ein Eishockeyspiel mit einem Rugby-Gedränge erinnerte. Außerdem wirkten die Helme viel zu groß auf den Köpfen der Jungs, fast wie bei Galaxius vom Saxilus aus *Familie Feuerstein*, und so war es fast unmöglich festzustellen, wer da wer war. Ted hatte seinen Sohn einmal ein ganzes Spiel lang angefeuert und sich über dessen Fortschritte gefreut, bis der Junge seinen Helm abgenommen hatte und Ted feststellen musste, dass es gar nicht Ryan war.

Als er so etwas abseits von den anderen Eltern stand und an diesen Tag dachte, hätte Ted fast angefangen zu lächeln. Dann drängte sich die Realität wieder mit Macht in den Vordergrund und nahm ihm den Atem. So ging das immer. Manchmal konnte er für einen kurzen Moment in eine Art Normalität gleiten – aber immer, wenn er das tat, bezahlte er hinterher dafür.

Er dachte an Haley – die zur Eröffnung des Platzes hier gespielt hatte – und die vielen Stunden, die sie daran gearbeitet hatte, ihre linke Hand zu verbessern. In der hinteren Platzecke stand ein Lacrosse-Rebounder, und Haley war immer wieder dort gewesen, um mit der linken Hand zu üben – sie war überzeugt, dass die Talentscouts ganz genau auf ihre Linke achten würden, die verdammte Linke war ihr Schwachpunkt, und wenn sie den Stick nicht locker in die Linke wechseln könnte, würde die University of Virginia sie nie nehmen. Und nicht nur hier auf dem Platz hatte sie ununterbrochen an ihrer Linken gearbeitet, sondern auch im Alltag. Hatte viele Dinge mit links gemacht statt mit rechts, sich die Zähne geputzt, Notizen geschrieben und so weiter. Viele andere Eltern im Ort trieben ihre Kids ununterbrochen an, verlangten ihnen Tag und Nacht bessere Zensuren oder größere sportliche Leistungen ab – immer in der Hoffnung, dass sie dann womöglich auf eine der vermeintlich begehrenswerteren Elite-Universitäten kamen. Bei Haley war das gar nicht nötig. Sie hatte sich selbst angetrieben. Vielleicht zu sehr? Möglich. Am Ende hatte die University of Virginia sie nicht genommen. Ihre Linke war zwar verdammt gut geworden, sie war auch sehr schnell für ein Highschool-Team und vielleicht für eine Uni-Mannschaft in einer niedrigeren Spielklasse. Aber nicht schnell genug für die University of Virginia. Haley war am Boden zerstört gewesen. Untröstlich. Wieso? Wen interessierte das eigentlich? Welchen Unterschied machte das auf lange Sicht?

Er vermisste sie so wahnsinnig.

Nicht das hier – nein, nicht, dass er ihr nicht mehr beim Lacrosse-Spielen zuschauen konnte. Er vermisste sie, weil er nicht mit ihr Fernsehen gucken konnte und weil sie ihm ihre Musik nicht mehr vorspielte, damit er sie endlich »checkte«. Er vermisste die YouTube-Videos, die sie witzig fand und ihm unbedingt zeigen wollte. Er vermisste es, mit ihr herumzualbern – ihr seinen besten »Moonwalk« vorzumachen, während Haley die Augen verdrehte, oder absichtlich übertrieben mit Marcia herumzuknutschen, bis eine beschämte Haley die Stirn runzelte und rief: »Halloooo, Schluss jetzt, das ist ja voll eklig, ey, hier sind Kinder anwesend!«

Ted und Marcia hatten sich seit drei Monaten nicht angerührt – in diesem Punkt bestand ein unausgesprochener, aber eindeutiger Konsens. Haleys Verschwinden war einfach wie eine offene Wunde. Und das Fehlen körperlicher Nähe führte nicht wirklich zu Spannungen. Zwar spürte er eine größere Distanz zwischen ihnen, aber es schien einfach nicht so wichtig zu sein, etwas dagegen zu tun, zumindest im Moment nicht.

Die Unwissenheit. Die lastete auf ihnen. Man suchte nach einer Antwort, irgendeiner Antwort, und dadurch fühlte man sich noch schuldiger und furchtbarer. Die Schuld nagte an ihm, hielt ihn jede Nacht wach. Ted konnte ja noch nicht einmal gut streiten. Sein Herz fing sofort an zu rasen. Eine Auseinandersetzung mit einem Nachbarn über den Verlauf der Grundstücksgrenzen hatte ihm letztes Jahr wochenlang den Schlaf geraubt. Immer wieder war er aufgestanden, hatte sich alles durch den Kopf gehen lassen und war ins Grübeln geraten.

Es war seine Schuld.

Männerregel Nummer eins: Deine Tochter ist in deinem Haus in Sicherheit. Du kümmerst dich um deine Familie. Wie immer man diese ganze Horrorgeschichte auch drehte und wendete, eins war Fakt: Ted hatte seine Aufgabe nicht erfüllt. War jemand eingebrochen und hatte seine Haley entführt? Tja, das ginge dann ja wohl auf jeden Fall auf ihn, oder? Ein Vater beschützte seine Familie. Das war das Wichtigste. Und falls Haley das Haus in der Nacht von sich aus verlassen hatte, irgendwie heimlich herausgeschlichen war? Das ging dann auch auf ihn. Schließlich war er nicht der Vater gewesen, an den sich seine Tochter wenden konnte, um ihm zu erzählen, was in ihrem Leben passierte oder auch schieflief.

Die Grübeleien nahmen kein Ende. Wie gerne wäre er in die Vergangenheit zurückgekehrt, hätte ein paar Dinge geändert, die universelle Zeitstruktur verschoben oder so etwas. Haley war immer das starke, unabhängige und kompetente Kind gewesen. Mit Staunen hatte er wahrgenommen, was sie alles konnte. Da kam sie eindeutig auf ihre Mutter. Hatte auch das eine Rolle gespielt? Hatte er gedacht, na ja, um Haley muss ich mich nicht so intensiv kümmern, auf die muss ich nicht so sehr achten wie auf Patricia und Ryan?

Ewige, nutzlose Grübeleien.

Er neigte nicht zu Niedergeschlagenheit, ganz und gar nicht, aber es gab Tage, dunkle, öde Tage, an denen Ted daran dachte, wo sein Dad die Pistole versteckt hatte. Jetzt stellte er sich die ganze Szene vor – wie er sicherging, dass niemand zu Hause war, das Haus betrat, in dem er aufgewachsen war und in dem seine Eltern noch immer wohnten, den Schuhkarton oben vom Schrank herunterholte, die Pistole herausnahm und damit in den Keller hinunterging, in dem er in der siebten Klasse mit Amy Stein zum ersten Mal herumgemacht hatte, wie er sich dort im Wäscheraum, der einen leicht zu reinigenden Estrichboden hatte, auf den Boden setzte, den Rücken an die alte Waschmaschine lehnte, die Pistole in den Mund steckte – und der Schmerz hätte ein Ende.

Ted würde das niemals tun. Er würde das Leid seiner Familie nicht noch auf diese Art vergrößern. So etwas tat ein Vater nicht. Er ertrug seinen Schmerz. Aber in den angsteinflößenden Momenten, in denen er ehrlich zu sich war, fragte er sich, was es bedeutete, dass die Gedanken an diese Erlösung, an dieses Ende, ihm so verdammt verlockend vorkamen.

Ryan war eingewechselt worden. Ted versuchte, sich auf ihn zu konzentrieren, auf das Gesicht seines Jungen hinter dem Schutzgitter mit dem vom Mundschutz verzerrten Lippen. Er versuchte, ein bisschen Freude an diesem ziemlich kindlichen Spiel zu empfinden. Er hatte die Lacrosse-Regeln für Herren immer noch nicht ganz verstanden – das Herrenspiel schien vollkommen anders zu sein als das der Damen –, er wusste nur, dass Ryan im Angriff spielte. Das war die Position, auf der man die beste Chance hatte, ein Tor zu erzielen.

Ted nahm die Hände zum Mund, formte einen Trichter und rief: »Vorwärts, Ryan!«

Er hörte den dumpfen Widerhall seiner Worte. Die letzte Stunde hatten natürlich auch die anderen Väter immer wieder geschrien, aber Ted kam seine eigene Stimme dünn und deplatziert vor. Er hörte auf und versuchte zu klatschen, aber auch das wirkte unangebracht, seine Hände schienen viel zu groß zu sein. Er wandte sich einen kurzen Moment ab, und da sah er ihn.

Frank Tremont kam auf ihn zu, als müsste er durch tiefen Schnee stapfen. Ein großer Schwarzer ging neben ihm – ganz eindeutig ein weiterer Cop. Einen Moment lang breitete die Hoffnung ihre Flügel aus und stieg auf. Ein Hochgefühl erfüllte ihn. Doch im nächsten Moment verpuffte beides auch schon wieder.

Frank hielt den Kopf gesenkt. Ted erkannte, dass die Körpersprache des Polizisten anders war als sonst. Er spürte, wie seine Knie zu zittern anfingen. Eins knickte weg, dennoch gelang es Ted, sich auf den Beinen zu halten. Er ging über die Auslinie, um schneller zu den beiden zu kommen.

Als sie nah genug waren, fragte Frank ihn: »Wo ist Marcia?«

»Sie besucht ihre Mutter.«

»Wir müssen sie holen«, sagte Frank. »Sofort.«

VIERZEHN

Als sie das Blend betraten, breitete sich ein Lächeln in Pops' Gesicht aus.

»Was ist?«, fragte Wendy.

»Auf diesen Barhockern sitzen mehr *Cougars*, als man im Discovery Channel zu sehen kriegt.«

Das Licht in der Bar war gedämpft, es gab dunkle Spiegel, und alle trugen Schwarz. Was die Klientel anging, hatte er Recht. Gewissermaßen.

»Mal abgesehen von der Raubkatze«, sagte Wendy, »ist ein *Cougar* per Definition eine ältere Frau, die sich in Bars oder Clubs herumtreibt, um *jüngere* Männer aufzureißen.«

Pops runzelte die Stirn. »Aber irgendeine steht doch immer auf den väterlichen Typ, oder?«

»In deinem Alter musst du schon fast auf einen Vater-*Komplex* hoffen. Ich korrigiere – auf einen Großvater-Komplex.«

Pops sah sie enttäuscht an, als wäre das ein extrem lahmer Spruch. Sie nickte entschuldigend, weil, na ja, da hatte er schon Recht.

»Was dagegen, wenn ich mich unters Volk mische?«, fragte Pops.

»Würde ich dir die Show vermasseln?«

»Du bist der heißeste Cougar hier. Also schon. Andererseits stehen manche Bräute auch auf so was. Die glauben dann, sie würden mich dir ausspannen.«

»Aber bring keine mit nach Hause. Ich habe da einen leicht zu beeindruckenden Sohn im Teenager-Alter.«

»Ich geh sowieso immer mit zu ihnen«, sagte Pops. »Ich mag's nicht, wenn sie wissen, wo ich zu finden bin. Außerdem erspar ich ihnen so das morgendliche Spießrutenlaufen.«

»Wie rücksichtsvoll.«

Das Blend war dreigeteilt, vorn eine Bar, in der Mitte ein Restaurant und hinten ein Club. Die Open-Mike-Night fand im Club statt. Wendy zahlte den Eintritt – fünf Dollar einschließlich eines Drinks für Männer, einen Dollar einschließlich eines Drinks für Frauen – und ging hinein. Drinnen hörte sie Norm, auch bekannt als Ten-A-Fly, rappen:

Hey, Ladys, ich sag euch wie das abgeht,
Auch wenn ihr nicht in Tenafly abhängt,
Habt ihr Ten-A-Fly bald krass in euch drin …

Oy, dachte sie. Vierzig bis fünfzig kreischende Personen standen um die Bühne herum. Ten-A-Fly trug so viele goldene Ketten, dass Mr. T neidisch hätte werden können, dazu eine Trucker-Kappe mit flachem Schirm, den er um fünfundvierzig Grad gekippt hatte. Mit einer Hand hielt er seine Schlabberhose fest – vielleicht, weil sie zu groß war, vielleicht, weil er absolut keinen Arsch hatte –, mit der anderen umklammerte er das Mikrofon.

Als Norm dieses besonders romantische Liedchen mit der Schlusszeile beendete, dass Ten-A-Fly so fett in ihr wäre, da passe auch kein Engle-Wood mehr rein, bedachte ihn das Publikum – mittelalt, so Anfang vierzig – mit reichlich Applaus. Eine rot gekleidete Frau in der ersten Reihe – in anderen Kreisen bezeichnete man solche, wenn auch im Allgemeinen etwas jüngere Frauen wohl als Groupie – schleuderte etwas auf die Bühne, und Wendy erschrak richtig, als sie sah, dass es ein Slip war.

Ten-A-Fly hob ihn auf, hielt ihn an die Nase und holte tief Luft. »Yo, yo, ich liebe die Ladys da draußen, die heißen Shawtys, Ten-A-Fly and the FC in da House!«

Das alternde Groupie streckte die Hände in die Luft. Sie trug, Gott schütze sie, ein T-Shirt mit der Aufschrift: »Ten-A-Fly's Main Ho!«

Pops trat neben Wendy. Er sah aus, als würde er unter extremen Schmerzen leiden. »Gott sei uns gnädig.«

Wendy ließ den Blick durch den Raum schweifen. Sie entdeckte den Rest vom Fathers Club – FC? – ziemlich weit vorne. Phil war auch dabei. Sie jubelten ihrem Rapper laut zu. Wendys Blick wanderte weiter durch den Saal und blieb an einer zierlichen Blondine hängen, die einsam und allein ziemlich weit hinten saß. Sie starrte auf ihren Drink.

Sherry Turnball, Phils Frau.

Wendy drängte sich durch die Menschenmenge zu ihr. »Mrs. Turnball?«

Sherry Turnball drehte sich langsam von ihrem Drink zur Seite.

»Ich bin Wendy Tynes. Wir haben telefoniert.«

»Die Reporterin?«

»Ja.«

»Mir war nicht klar, dass Sie diejenige waren, die den Bericht über Dan Mercer gemacht hat.«

»Kannten Sie ihn?«

»Ich bin ihm ein Mal begegnet.«

»Wie?«

»Er und Phil haben in Princeton zusammen in einem Apartment gewohnt. Er war auf der Party, die wir letztes Jahr gegeben haben, um Geld zur Unterstützung von Farleys Wahlkampf zu sammeln.«

»Farley?«

»Noch ein Kommilitone.« Sie trank einen Schluck von ihrem Drink. Auf der Bühne bat Ten-A-Fly um Ruhe. »Ich muss euch was über das nächste Stück erzählen.« Es wurde still im Saal. Ten-A-Fly riss sich die Sonnenbrille vom Kopf, als hätte sie ihm etwas getan. Sein finsterer Blick sollte wohl einschüchternd wirken, deutete aber eher auf eine Verstopfung hin.

»Ich hab also letztens mit meinen Jungs vom FC bei Starbucks gesessen«, begann er.

Der Fathers Club johlte, als er erwähnt wurde.

»Ich saß da, hab meinen Latte oder wasweißich getrunken, da kommt diese krasse Shawty vorbei, voll der fette Feueralarm, und mannomann, die bringt ihn voll hoch, wenn ihr versteht, was ich meine.«

Der Jubel besagte: Wir wissen, was du meinst.

»Und ich war grad auf der Suche nach Inspiration, für einen neuen Song und wasweißich, als ich diese Alarmstufe-Rot-Shawty im rückenfreien Oberteil abchecke, da schießt mir der Satz einfach so durch den Kopf: ›Schwing die Möpse.‹ Einfach so. Sie schlendert vorbei, mit hocherhobenem Kopf, bringt ihn gut hoch und ich denk mir: ›Yeah, Baby, schwing die Möpse.‹«

Ten-A-Fly machte eine Pause, um seine Worte wirken zu lassen. Dann rief jemand: »Genial.«

»Danke, Brother, und das mein ich ernst.« Er deutete auf seinen »Fan«, indem er die Finger wie eine auf die Seite gedrehte Pistole hielt. »Jedenfalls haben meine Homeboys vom FC mir geholfen, aus dem Rap einen geilen Song zu machen. Der ist also für euch, Jungs. Und natürlich auch für alle Shawtys, die oben fett was zum Schwingen haben. Ihr seid Ten-A-Flys Inspiration.«

Applaus.

Sherry Turnball fragte Wendy: »Sie finden das Ganze wohl ziemlich erbärmlich, oder?«

»Darüber steht mir kein Urteil zu.«

Ten-A-Fly führte etwas auf, das manche vielleicht als »Tanz« bezeichnen würden, Mediziner jedoch vermutlich als »Anfall« oder »extreme Ausfallerscheinungen« klassifizieren würden.

Yo, Girl, schwing die Möpse,
Schwing sie, bist ne geile Braut,
Schwing die Möpse,
Schwing, die voll aufs Auge haut,
Schwing die Möpse,
Hey mein Schweif ist prall und rund,
Schwing die Möpse,
kein Protest vom Tierschutzbund …

Wendy rieb sich die Augen, blinzelte ein paarmal, dann öffnete sie sie wieder.

Inzwischen waren die anderen Mitglieder des Fathers Clubs aufgestanden, sangen den »Swing dem Puppies«-Refrain mit und überließen Ten-A-Fly die Verse dazwischen.

Schwing die Möpse,

Ten-A-Fly: »*Bringst mich fast um den Verstand.*«

Schwing die Möpse,

Ten-A-Fly: »*Kriegst von mir ein Perlenhalsband …*«

Wendy verzog das Gesicht. Die Männer standen jetzt. Der Tennisklamotten-Typ hatte sich mit einem hellgrünen Polohemd aufgebrezelt. Phil trug Khakis und ein blaues Hemd mit Button-down-Kragen. Er stand und klatschte und war scheinbar völlig im Rap-Song verloren. Sherry Turnball starrte zur Seite.

»Alles okay mit Ihnen?«, fragte Wendy.

»Es ist schön, Phil lächeln zu sehen.«

Der Rap ging noch ein paar Strophen weiter. Wendy entdeckte Pops hinten in der Ecke, wie er auf zwei Ladys einredete. Seinen Biker-Look sah man in den Vororten nur selten – und irgendeine aufgetakelte Clubgängerin wollte immer den bösen Jungen mit nach Hause nehmen.

Sherry sagte: »Sehen Sie die Frau da ganz vorne?«

»Die, die ihren Slip auf die Bühne geworfen hat?«

Sie nickte. »Das ist Norms – äh, Ten-A-Flys – Frau. Sie haben drei Kinder. Außerdem müssen sie ihr Haus verkaufen und bei ihren Eltern einziehen. Aber sie unterstützt ihn, wo sie nur kann.«

»Nett«, sagte Wendy, aber als sie noch einmal hinguckte, kam ihr der Jubel doch etwas zu krampfhaft vor, es sah eher nach einer typischen Überkompensation aus als nach echter Begeisterung.

»Was wollen Sie hier?«, fragte Sherry Turnball.

»Ich versuche, die Wahrheit über Dan Mercer herauszubekommen.«

»Ist es dafür nicht ein bisschen spät?«

»Wahrscheinlich schon. Aber Phil hat heute etwas Eigenartiges zu mir gesagt. Er sagte, er wüsste, wie es ist, wenn man zu Unrecht beschuldigt wird.«

Sherry Turnball spielte mit ihrem Drink.

»Sherry?«

Sie hob den Blick und sah Wendy in die Augen. »Ich will nicht, dass er noch mehr durchmachen muss.«

»Ich will ihm nicht schaden.«

»Phil wacht jeden Morgen um sechs auf. Er steht auf und

zieht sich Anzug und Krawatte an. Als ob er zur Arbeit ginge. Dann kauft er sich sämtliche Lokalzeitungen und fährt runter zum Suburban Diner an der Route 17. Er bestellt sich einen Kaffee und sieht die Stellenanzeigen durch. Jeden Morgen. Ganz alleine. In Anzug und Krawatte. Tag für Tag.«

Wieder ging Wendy das Bild ihres Vaters durch den Kopf, der am Küchentisch saß und Bewerbungen in Umschläge steckte.

»Ich versuche, ihm zu helfen, das geht schon«, sagte Sherry. »Aber wenn ich vorschlage, dass wir in ein kleineres Haus umziehen, sieht Phil das als persönliches Versagen. Männer, was?«

»Was ist mit ihm passiert, Sherry?«

»Phil hat seinen Job geliebt. Er war Finanzberater. Ein Vermögensmanager. Heutzutage sind das negativ besetzte Begriffe. Aber Phil hat immer gesagt: ›Die Menschen vertrauen mir ihre Lebensersparnisse an.‹ Überlegen Sie mal. Er war für das Geld der Menschen zuständig. Sie haben die Früchte ihrer Arbeit, die Ausbildung ihrer Kinder und ihre Rente in seine Hände gelegt. Er sagte immer: ›Stell dir vor, was für eine Verantwortung ich trage – und was für eine Ehre das ist.‹ Bei ihm drehte sich fast alles um Vertrauen. Um Ehrlichkeit und Ehre.«

Sie schwieg. Wendy wartete. Als Sherry nicht weitersprach, sagte Wendy: »Ich habe ein paar Nachforschungen angestellt.«

»Ich werde wieder arbeiten gehen. Phil will das nicht, aber ich werde es trotzdem tun.«

»Sherry, hören Sie mir zu. Ich weiß von dem Unterschlagungs-Vorwurf.«

Sie erstarrte, als hätte sie eine Ohrfeige bekommen. »Woher?«

»Das spielt keine Rolle. Hat Phil das gemeint, als er zu mir sagte, er sei zu Unrecht beschuldigt worden?«

»Das Ganze ist vollkommen frei erfundener Unsinn. Ein

Vorwand, um einen ihrer bestbezahlten Mitarbeiter loszuwerden. Wenn er schuldig war, wieso wurde dann nie Anzeige erstattet?«

»Ich würde gern mit Phil darüber sprechen.«

»Warum?«

Wendy öffnete den Mund, stockte und schloss ihn wieder.

Sherry sagte: »Das hat doch nichts mit Dan zu tun.«

»Vielleicht doch.«

»Inwiefern?«

Gute Frage.

»Können Sie ihn für mich darauf ansprechen?«, fragte Wendy.

»Und was soll ich ihm sagen?«

»Dass ich ihm helfen will.«

Aber dann fiel Wendy etwas auf – etwas, das nicht nur Jenna, sondern auch Phil und Sherry gesagt hatten. Etwas, das sich auf die Vergangenheit bezog. Auf Princeton. Und auf Farley. Sie musste nach Hause, sich an den Computer setzen und der Sache nachgehen. »Reden Sie mit ihm, okay?«

Ten-A-Fly fing den nächsten Song an, eine Ode an eine MILF namens Charisma, und plagiierte sich gewissermaßen selbst mit dem Witz, dass er zwar kein Charisma in sich hätte, aber gern in Charisma wäre. Wendy machte sich auf den Weg zu Pops.

»Komm mit«, sagte sie.

Pops deutete auf die beschwipste Frau mit dem verführerischen Lächeln und dem tiefen Ausschnitt. »Sie arbeitet hier.«

»Lass dir ihre Telefonnummer geben, und sag ihr, sie kann später für dich die Möpse schwingen. Wir müssen los.«

FÜNFZEHN

Die erste Aufgabe von Ermittler Frank Tremont und Sheriff Mickey Walker bestand darin, eine Verbindung zwischen dem Kinderschänder Dan Mercer und der vermissten Haley McWaid zu entdecken.

Auf Haleys Handy hatten sie bisher keine weiteren Hinweise gefunden – keine neuen SMS, E-Mails oder Anrufe. Jetzt hatte sich Tom Stanton, ein junger Cop vom Sussex County Police Department, der sich mit Technik auskannte, drangesetzt, um es sich genauer anzusehen. Immerhin hatten sie mit Hilfe des verheulten Ted und der stahlharten Marcia erste Anzeichen dafür gefunden, dass Haley und Dan Mercer sich gekannt haben konnten. Haley McWaid war in ihrem letzten Jahr auf der Kasselton High School gewesen – zusammen mit Amanda Wheeler, der Stieftochter von Jenna Wheeler, Dans Exfrau. Dan Mercer war mit seiner Exfrau befreundet und angeblich ziemlich häufig bei den Wheelers zu Besuch gewesen.

Die Verbindung war da.

Jetzt saß Frank Tremont Jenna und Noel auf der Couch in ihrem klassischen Siebziger-Jahre-Haus gegenüber. Von den vielen Tränen in der letzten Zeit waren Jennas Augen geschwollen. Sie war klein und hatte einen gut durchtrainierten Körper, sah aus, als ginge sie regelmäßig zum Fitnesstraining, sah wahrscheinlich überhaupt allerliebst aus, wenn ihr Gesicht vom Weinen nicht so aufgedunsen war. Ihr Mann Noel war, wie Tremont erfahren hatte, Chefarzt der Herzchirurgie im Valley

Medical Center. Er hatte dunkle, widerspenstige und etwas zu lange Haare – und sah damit fast aus wie ein Konzertpianist.

Noch eine feudale Couch in noch einem tollen Haus in den Vororten. Wie bei den McWaids. Beide Couchs waren hübsch und wahrscheinlich ziemlich teuer gewesen. Diese hier war hellgelb mit blauen Blumen. Frühlingshaft. Frank stellte sich vor, wie die beiden, Noel und Jenna Wheeler (oder Ted und Marcia McWaid) irgendwo an einer Ausfallstraße – wahrscheinlich an der Route 4 – in ein Möbelgeschäft gingen, ein paar Couchs Probe saßen und überlegten, welche sie am liebsten in ihrem schönen Haus im Vorort hätten, welche sowohl zur Einrichtung als auch zu ihrem Lebensstil passte, sowohl bequem als auch haltbar war, wie sie mit der Designer-Tapete, dem Orientteppich und den kleinen Mitbringseln von ihrer Europareise harmonierte. Sie hatten sich das ausgewählte Exemplar liefern lassen, es immer wieder hin- und hergerückt, bis alles perfekt war, sich dann darauffallen lassen, die Kinder gerufen, um das neue Möbelstück gemeinsam auszuprobieren, und vielleicht waren sie sogar spätnachts einmal heruntergeschlichen, um sie einzuweihen.

Der Sheriff von Sussex County saß schräg neben ihm und verdeckte das Fenster. Jetzt, wo es eine Überschneidung der beiden Fälle gab, würden sie zusammenarbeiten – wenn es um ein vermisstes Mädchen ging, gab es keine Streitereien um Zuständigkeiten. Sie hatten sich vorher geeinigt, dass Frank diese Befragung leiten sollte.

Frank Tremont hustete in seine Hand. »Vielen Dank, dass Sie sich bereiterklärt haben, mit uns zu sprechen.«

»Haben Sie etwas Neues über Dan erfahren?«, fragte Jenna.

»Ich wollte Sie beide fragen, in welcher Beziehung Sie zu Dan Mercer standen.«

Jenna sah ihn verwirrt an. Noel Wheeler rührte sich nicht. Er saß vornübergebeugt vor ihnen, die Unterarme auf die Oberschenkel gestützt, die Hände zwischen den Knien verschränkt.

»Was soll denn mit unserer Beziehung sein?«, fragte Jenna.

»Standen Sie ihm nahe?«

»Ja.«

Frank sah Noel an. »Beide? Immerhin ist er der Exmann Ihrer Frau.«

Wieder antwortete Jenna. »Ja, beide. Dan ist … war … der Patenonkel unserer Tochter Kari.«

»Wie alt ist Kari?«

»Was hat das denn jetzt damit zu tun?«

Frank sprach mit etwas härterer Stimme. »Wenn Sie bitte meine Frage beantworten würden, Mrs. Wheeler.«

»Kari ist sechs.«

»War sie auch gelegentlich mit Dan Mercer allein?«

»Wenn Sie damit andeuten wollen …«

»Ich habe Ihnen eine Frage gestellt«, unterbrach Frank sie. »War Ihre sechsjährige Tochter gelegentlich mit Dan Mercer allein?«

»Ja, das war sie«, sagte Jenna mit erhobenem Kopf. »Und sie hat ihn von ganzem Herzen geliebt. Sie hat ihn Onkel Dan genannt.«

»Sie haben noch eine Tochter, oder?«

Jetzt antwortete Noel. »Ich habe eine Tochter aus meiner ersten Ehe, ja. Sie heißt Amanda.«

»Ist sie zu Hause?«

Das hatte Frank schon überprüft, daher kannte er die Antwort.

»Ja, sie ist oben.«

Jenna sah den schweigenden Walker an. »Ich verstehe nicht, was das Ganze damit zu tun haben soll, dass Ed Grayson Dan ermordet hat.«

Walker erwiderte den Blick stumm und mit verschränkten Armen.

Frank fragte: »Wie oft war Dan hier im Haus?«

»Warum wollen Sie das wissen?«

»Mrs. Wheeler, haben Sie etwas zu verbergen?«

Jennas Unterkiefer klappte herunter. »Wie bitte?«

»Warum versuchen Sie die ganze Zeit, mir das Leben schwer zu machen?«

»Das versuche ich ja gar nicht. Ich will nur wissen ...«

»Warum? Was stört Sie an diesen Fragen?«

Noel Wheeler legte seiner Frau zur Beruhigung eine Hand aufs Knie. »Er kam ziemlich häufig vorbei. Vielleicht ein Mal die Woche, bevor ...«, er machte eine kurze Pause, »... bevor diese Sendung über ihn lief.«

»Und seitdem?«

»Selten. Vielleicht insgesamt ein oder zwei Mal.«

Frank sah Noel an. »Warum so viel seltener? Haben Sie geglaubt, dass die Anschuldigungen zutreffen?«

Noel Wheeler nahm sich Zeit. Jenna sah ihn an, ihr Körper war plötzlich angespannt. Schließlich antwortete er: »Nein, ich habe nicht geglaubt, dass die Anschuldigungen zutreffen.«

»Aber?«

Noel Wheeler schwieg. Er sah seine Frau nicht an.

»Aber Sie wollten lieber auf Nummer sicher gehen?«

Jenna sagte: »Dan selbst hielt es für besser, wenn er nicht so oft vorbeikommt. Damit sich die Nachbarn nicht den Mund zerreißen.«

Noel starrte weiter auf den Teppich.

»Und außerdem«, fuhr sie fort, »möchte ich immer noch wissen, was das mit der ganzen Sache zu tun hat.«

»Wir würden gerne Ihre Tochter Amanda sprechen«, sagte Frank.

Jetzt hatte er ihre ungeteilte Aufmerksamkeit. Jenna sprang zuerst darauf an, bremste sich dann aber. Sie sah Noel an. Tremont fragte sich, warum. Stiefmutter-Syndrom, dachte er dann. Schließlich war Noel Wheeler der eigentliche Vater.

Noel sagte: »Detective ... Tremont, das ist doch richtig, oder?«

Frank nickte. Er versuchte nicht, die Terminologie zu korrigieren – er war Ermittler der Staatsanwaltschaft, kein Detective, aber das warf sogar er manchmal durcheinander.

»Wir waren bereit, mit Ihnen zusammenzuarbeiten«, fuhr Noel fort. »Ich werde sämtliche Fragen beantworten, die Sie mir stellen. Aber jetzt wollen Sie meine Tochter da mit hineinziehen. Haben Sie ein Kind, Detective?«

Am Rande seines Gesichtsfelds sah Frank Tremont, dass Mickey Walker unbehaglich die Füße zurückzog. Walker wusste Bescheid, obwohl Tremont es ihm nie erzählt hatte. Tremont sprach nie über Kasey.

»Nein, habe ich nicht.«

»Bevor Sie mit Amanda reden, muss ich wirklich wissen, worum es geht.«

»In Ordnung.« Tremont ließ sich Zeit, wartete einen Moment, ließ das unbehagliche Schweigen im Raum stehen. Als der richtige Zeitpunkt gekommen war, fragte er: »Kennen Sie Haley McWaid?«

»Ja, natürlich«, sagte Jenna.

»Wir haben Grund zu der Annahme, dass Ihr Exmann ihr etwas angetan haben könnte.«

Schweigen.

Jenna sagte: »Wenn Sie ›etwas angetan‹ sagen, meinen Sie ...«

»Entführt, missbraucht, vergewaltigt, ermordet«, fauchte Frank. »Ist Ihnen das deutlich genug, Mrs. Wheeler?«

»Ich will bloß wissen …«

»Und mich interessiert es nicht, was Sie wissen wollen. Mir geht auch Dan Mercer am Allerwertesten vorbei, genau wie sein Ruf oder sogar, wer ihn umgebracht hat. Mich interessiert einzig und allein, ob es eine Verbindung zwischen ihm und Haley McWaid gab.«

»Dan würde nie jemandem etwas tun.«

Frank spürte, wie die Ader auf seiner Stirn pulsierte. »Ach, warum haben Sie das nicht gleich gesagt? Dann kann ich Ihnen ja einfach glauben und wieder nach Hause gehen, oder? Oh, gut dass ich Sie sehe, Mr. und Mrs. McWaid, den Haufen Beweise, dass Dan Mercer Ihre Tochter entführt hat, den können wir vergessen – seine Exfrau hat gesagt, dass er nie jemandem etwas tun würde.«

»Es gibt keinen Grund, sarkastisch zu werden«, sagte Noel mit seiner Arztstimme, die er wahrscheinlich auch oft bei Patienten anwandte.

»Wenn ich ehrlich bin, Dr. Wheeler, gibt es reichlich Gründe, sarkastisch zu werden. Wie Sie vorhin schon deutlich gesagt haben, sind Sie Vater, oder?«

»Ja, selbstverständlich.«

»Also, dann stellen Sie sich mal vor, Ihre Amanda würde seit drei Monaten vermisst werden – und die McWaids würden so mit mir umspringen. Wie fänden Sie das?«

Jenna sagte: »Wir versuchen nur zu verstehen …«

Aber wieder unterbrach ihr Mann sie, indem er ihr die Hand aufs Knie legte. Er schüttelte den Kopf und rief: »Amanda.«

Jenna Wheeler lehnte sich zurück, als die mürrische Stimme eines Teenagers von oben antwortete: »Komme!«

Sie warteten. Jenna sah Noel an. Noel sah auf den Teppich hinab.

»Eine Frage hätte ich noch an Sie beide«, sagte Frank Tremont. »Ist Ihnen bekannt, ob Dan Mercer Haley McWaid je begegnet ist?«

Jenna sagte: »Nein.«

»Dr. Wheeler?«

Er schüttelte den Kopf mit den widerspenstigen Haaren, dann erschien seine Tochter. Amanda war groß und mager. Ihr Körper und ihr Kopf wirkten langgestreckt, als ob riesige Hände sie wie eine Lehmform gepackt und auf beiden Seiten gedrückt hätten. Wenn man es unfreundlich formulieren wollte, dann hätte man sie wohl als linkisch und unbeholfen bezeichnet. Sie stellte sich hin, mit ihren großen Händen direkt vor dem Körper, als ob sie nackt wäre und ihre Blöße bedecken wollte. Ihr Blick sauste überall im Zimmer herum, wobei sie jeglichen Augenkontakt vermied.

Noel stand auf und ging zu ihr. Er legte ihr beruhigend einen Arm um die Schulter, führte sie zur Couch und setzte seine Tochter zwischen Jenna und sich. Auch Jenna legte einen Arm um ihre Stieftochter. Frank wartete einen Moment, während sie sich beruhigende Worte zuflüsterten.

»Amanda, ich bin Ermittler Frank Tremont. Das ist Sheriff Walker. Wir müssen dir ein paar Fragen stellen. Es geht nicht um dich, du hast nichts getan, also kannst du dich entspannen. Wir möchten dich bitten, unsere Fragen so ehrlich und direkt wie möglich zu beantworten, in Ordnung?«

Amanda nickte kurz. Ihr Blick irrte weiter im Zimmer herum wie ein Vogel auf der Suche nach einem sicheren Nest. Ihre Eltern rückten näher an sie heran, beugten sich etwas vor, bereit, jedweden Angriff abzuwehren.

»Kennst du Haley McWaid?«, fragte Frank.

Die Jugendliche schien vor ihren Augen zusammenzuschrumpfen. »Ja.«

»Woher?«

»Schule.«

»Würdest du euch als Freundinnen bezeichnen?«

Amanda antwortete mit einem Teenager-Achselzucken. »Wir beide waren eine Zweier-Arbeitsgruppe in Chemie für Fortgeschrittene.«

»Dieses Jahr?«

»Ja.«

»Wie kam es dazu?«

Die Frage schien Amanda zu verwirren.

»Durftet ihr euch die Partner selbst aussuchen?«

»Nein. Mrs. Walsh hat die Gruppen eingeteilt.«

»Verstehe. Habt ihr euch gut verstanden?«

»Ja, klar. Haley ist echt nett.«

»Ist sie mal hier im Haus gewesen?«

Amanda zögerte kurz. »Ja.«

»Oft?«

»Nein, nur ein Mal.«

Frank Tremont lehnte sich zurück und überlegte einen Moment. »Kannst du mir sagen, wann das war?«

Das Mädchen sah ihren Vater an. Er nickte. »Das ist in Ordnung.«

Amanda wandte sich an Tremont. »An Thanksgiving.«

Frank sah Jenna Wheeler an. Sie ließ sich nichts anmerken, aber er sah, dass es ihr schwerfiel. »Warum war Haley hier?«

Wieder ein Teenager-Achselzucken. »Wir haben einfach nur abgehangen«, sagte Amanda.

»Aber an Thanksgiving? Warum war sie da nicht bei ihrer Familie?«

Jenna Wheeler erklärte: »Das war hinterher. Die Mädchen waren alle zum Thanksgiving-Dinner bei ihren Familien und sind dann hinterher noch zu uns rübergekommen. Am nächsten Tag war schulfrei.«

Jennas Stimme schien von sehr weit weg zu kommen. Sie klang hohl, leblos. Frank sah Amanda weiter an. »Um welche Zeit war das ungefähr?«

Amanda überlegte. »Ich weiß nicht genau. Sie ist so gegen zehn gekommen.«

»Wie viele Mädchen waren hier insgesamt?«

»Vier. Bree und Jody waren auch noch da. Wir sind in den Keller gegangen.«

»Nach dem Thanksgiving-Dinner?«

»Ja.«

Frank wartete. Als keiner von sich aus etwas sagte, stellte er die naheliegende Frage: »Ist Onkel Dan an Thanksgiving hier gewesen?«

Amanda antwortete nicht. Jenna saß ganz still da.

»War er hier?«, wiederholte Tremont.

Noel Wheeler beugte sich vor und schob die Hände vors Gesicht. »Ja«, sagte er dann. »Ja, Dan war an Thanksgiving hier.«

SECHZEHN

Pops nörgelte den ganzen Weg nach Hause. »Ich hatte diese Shawty schon in der Hand.«

»'tschuldigung.« Dann: »Shawty?«

»Ich versuch bei den Namen für meine Bräute immer auf der Höhe der Zeit zu bleiben.«

»Ist immer gut, wenn man noch auf der Höhe ist.«

»Ich wollt's nur gesagt haben.«

»Bitte erspar mir die Details.«

»Sowieso«, sagte Pops. »Es geht also um was Wichtiges, was?«

»Yep. Tut mir leid, dass du deine Shawty zurücklassen musstest.«

»Fische, Meer.« Pops zuckte die Achseln. »Du weißt schon, was ich meine.«

»Klar.«

Wendy eilte ins Haus. Charlie saß mit seinen beiden Kumpeln Clark und James im Wohnzimmer vor dem Fernseher und zappte herum. Sie lümmelten auf den verschiedenen Sitzgelegenheiten herum, wie nur männliche Teenager es konnten – als ob sie ihre Skelette herausgenommen, sie an die nächste Garderobe gehängt hätten, sich dann zum nächsten Sessel geschleppt und da irgendwie hineingefallen wären.

»Hey«, sagte Charlie, ohne irgendetwas anderes als seine Lippen zu bewegen. »Ihr kommt aber früh nach Hause.«

»Stimmt. Bleibt ruhig sitzen.«

Er grinste. Clark und James murmelten: »Hey, Mrs. Tynes.« Auch sie bewegten ihre Körper nicht, drehten aber wenigstens ihre Hälse so weit, dass sie einen Blick auf sie erhaschen konnten. Charlie ließ ihren inzwischen ehemaligen Sender etwas länger da. Die NTC-Nachrichten liefen. Michele Feisler, die unangenehme, neue und sehr junge Sprecherin, die sie anstelle von Wendy hätten feuern sollen, berichtete über die neuesten Entwicklungen in einem Vorfall, der vor ein paar Tagen stattgefunden hatte. Ein gewisser Arthur Lemaine war beim Verlassen der South Mountain Arena in West Orange in beide Knie geschossen worden.

»Autsch«, sagte Clark.

»Hätte eins nicht auch gereicht?«

Auf Arthur Lemaine, fasste Michele im pseudo-seriösen Nachrichtensprecherinnenton zusammen, den Wendy nicht zu haben hoffte, war nach einem spätabendlichen Training geschossen worden. Die Kamera schwenkte über die South Mountain Arena und verharrte sogar auf einem Schild, dem zufolge hier die Eishockeymannschaft der New Jersey Devils trainierte – als ob das irgendetwas von Bedeutung zu dem Bericht beigetragen hätte.

Dann wurde wieder die sehr grimmig dreinblickende Michele Feisler an ihrem Sprechertisch eingeblendet.

»Ich hasse sie«, sagte James.

»Ihr Kopf ist irgendwie viel zu groß für den Körper«, ergänzte Clark.

Feisler fuhr mit dieser Stimme fort, die Milch sofort zum Gerinnen bringen konnte. »Arthur Lemaine war nicht bereit, mit der Polizei oder der Staatsanwaltschaft über den Vorfall zu reden.« Das kommt jetzt aber furchtbar überraschend, dachte Wendy. Wenn einem jemand in beide Knie schoss, war es vermutlich am besten, nichts zu sehen, nichts zu hören und nichts zu sagen. Selbst James legte den Zeigefinger seitlich an die Nase, als wollte er andeuten, dass es die Mafia wäre. Charlie zappte weiter.

James drehte sich zu Wendy um und sagte: »Diese Michele hat nicht Ihre Klasse, Mrs. T.«

»Yep«, fügte Clark hinzu. »Die lahmarschige Kuh stecken Sie locker in die Tasche.«

Offenbar hatte Charlie ihnen von ihren Arbeitsplatzproblemen erzählt, trotzdem war sie dankbar. »Danke, Jungs.«

»Ehrlich«, sagte Clark. »Ihr Kopf sieht aus wie ein Wasserball.«

Charlie sagte nichts. Er hatte seiner Mutter einmal erklärt, dass seine Freunde sie für eine affengeile MILF hielten. Er hatte dabei weder verlegen noch erschrocken geklungen, und Wendy wusste nicht, ob sie das gut oder schlecht fand.

Sie ging nach oben und setzte sich an den Computer. Farley war ein ungewöhnlicher Vorname. Sherry Turnball hatte etwas über eine Party zur Unterstützung seines Wahlkampfs gesagt. Sie erinnerte sich an den Namen und dass sie etwas von einem Sex-Skandal gehört hatte.

An die Geschwindigkeit und Gründlichkeit des Internets sollte sie sich eigentlich mittlerweile gewöhnt haben, trotzdem erschreckte sie manchmal beides immer noch. Schon nach zwei Klicks hatte Wendy gefunden, was sie suchte:

Vor einem halben Jahr hatte Farley in Pennsylvania für die Wahl zum Kongress kandidiert, bis er von einem Skandal, bei dem es um Prostitution ging, aus der Bahn geworfen wurde. Die Medien hatten nur kurz darüber berichtet – Sex-Skandale von Politikern waren heutzutage keine Seltenheit –, Farley hatte sich aber gezwungen gesehen, seine Kandidatur zurückzuziehen. Wendy sah sich die ersten paar Seiten an, die die Suchmaschine auf ihre Anfrage anzeigte.

Offensichtlich hatte eine »Erotische Tänzerin« (sprich: Stripperin) namens »Desire« (womöglich nicht ihr Taufname) einer Lokalzeitung die Story zugespielt. Von da hatte sie sich verbreitet. »Desire« hatte ein Blog eingerichtet, in dem sie ihre Rendezvous mit Farley Parks bis in die erschütterndsten Einzelheiten beschrieb. Wendy hielt sich für halbwegs welterfahren, bei diversen Einzelheiten jedoch wurde auch sie rot, und es zog sich ihr alles zusammen. Hoppla. Es gab sogar ein Video. Mit halb geschlossenen Augen klickte sie darauf. Keine Nacktszene. Gott sei Dank. Von »Desire« war nur die Silhouette zu sehen. Eindringlich beschrieb sie mit gehauchter, durch einen Computer unkenntlich gemachter Stimme weitere Details. Nach dreißig Sekunden hielt Wendy das Video an.

Es reichte. Es war bereits allzu klar geworden, worum es ging.

Okay, immer mit der Ruhe. Reporter haben gelernt, nach Mustern zu suchen, und dieses hier war wirklich unübersehbar. Trotzdem musste sie noch ein paar Nachforschungen anstellen. Auf der ersten Seite, die die Suchmaschine bei der Suche nach »Farley Parks« ausgespuckt hatte, ging es praktisch nur um den Skandal. Sie klickte auf die zweite und fand dort eine schlichte, trockene Biographie. Ja, da war es – Farley Parks hatte vor zwanzig Jahren in Princeton seinen Abschluss gemacht. Im gleichen Jahr wie Phil Turnball und Dan Mercer.

Zufall?

Die Leben dreier Männer desselben Studienjahrgangs von derselben Elite-Universität waren im Laufe des letzten Jahrs durch Skandale zerstört worden – wobei man zugestehen musste, dass die Reichen und Mächtigen solche Probleme auch anzogen. Damit konnte es immer noch ein Zufall sein.

Oder diese drei Männer waren doch mehr als nur Kommilitonen des gleichen Studienjahrgangs.

»Mitbewohner.« So hatte Phil Turnball Dan bezeichnet. Hätten sie in einem normalen Studentenwohnheim gewohnt, wo sich zwei Studenten ein Zimmer teilten, hätte er wahrscheinlich von seinem »Zimmergenossen« gesprochen. Wahrscheinlich handelte es sich also um kleine universitätseigene Wohnungen auf dem Campus, die sich drei, vier oder vielleicht sogar noch mehr Studenten teilten.

Aber wie konnte sie herausfinden, ob Farley Parks auch dort gewohnt hatte?

Wendy hatte nur die Festnetznummer der Turnballs. Die waren aber wahrscheinlich noch im Blend. Wer könnte sonst noch etwas über mögliche Mitbewohner wissen?

Vielleicht Jenna Wheeler, Dans Exfrau.

Es war schon ziemlich spät, aber es war nicht der Zeitpunkt, sich Sorgen über Telefon-Etikette zu machen. Wendy wählte die Nummer der Wheelers. Nach dem dritten Klingeln meldete sich ein Mann – wahrscheinlich Jennas Ehemann Noel.

»Hallo?«

»Hier ist Wendy Tynes. Ich würde gerne mit Jenna sprechen.«

»Sie ist nicht zu Hause.«

Klick.

Wendy starrte den Hörer an. Hm. Das war ziemlich schroff. Sie zuckte die Achseln und legte den Hörer auf. Als sie sich wieder zum Computer umdrehte, kam ihr ein neuer Gedanke: Facebook. Als der Druck von Freunden und Kollegen einfach lästig geworden war, hatte Wendy sich vor rund einem Jahr eine Facebook-Seite eingerichtet, ein paar Freundschaftsanfragen angenommen und eine Freundesliste erstellt, und seitdem war sie so gut wie gar nicht mehr auf ihrer Seite gewesen. Vielleicht lag es am Alter, obwohl auch jede Menge Leute, die älter waren als sie, in diesem sozialen Netzwerk aktiv zu sein schienen. Trotzdem – bevor sie einen Mann anschrieb, fand sie es interessanter, ihn anzusprechen. Intelligente Menschen, die sie respektierte, schickten ihr unablässig ihre albernen Quizze, wollten ihr etwas zeigen, luden sie ein, bei *Mafia Wars* mitzuspielen, oder hinterließen Nachrichten an ihrer Pinnwand. Wendy verstand es einfach nicht.

Aber jetzt fiel ihr wieder ein, dass ihr Abschlussjahrgang von der Tufts University eine eigene Facebook-Seite hatte, mitsamt alten und neuen Fotos und Informationen über die Kommilitonen. Gab es so eine Seite auch für die Leute, die vor zwanzig Jahren in Princeton ihren Abschluss gemacht hatten?

Sie loggte sich bei Facebook ein und startete eine Suche.

Volltreffer.

Achtundneunzig Mitglieder des Princeton-Jahrgangs hatten sich angemeldet. Acht von ihnen hatten winzige Fotos auf die Startseite gestellt. Es gab Diskussionsforen und Links. Wendy überlegte gerade, wie sie der Gruppe beitreten könnte, damit sie Zugang zu den Daten auf der Seite bekam, als ihr Handy summte. Auf dem Display zeigte ein Logo einen unbeantworteten Anruf an. Den musste sie bekommen haben, als sie im Blend war. Wendy sah die Anrufliste durch und stellte fest, dass der letzte Anruf von ihrem ehemaligen Sender stammte. Wahrscheinlich ging es um ihre vollkommen unerhebliche Abfindung.

Obwohl, nein – der Anruf war vor weniger als einer Stunde eingegangen. Um die Zeit arbeitete in der Personalabteilung längst niemand mehr.

Wendy rief die Mailbox an und war überrascht, als sie die Stimme von Vic Garrett hörte, dem Mann, der sie gefeuert hatte vor … war es wirklich erst zwei Tage her?

»Hey, Süße, hier ist Vic. Ruf mich doch mal pronto an. Extrem wichtig.«

Wendy spürte ein Kribbeln in ihrem ganzen Körper. Vic neigte nicht zu Übertreibungen. Sie wählte seine Durchwahl im Büro. Wenn er weg war, leitete er die Gespräche zu seinem Handy weiter. Er meldete sich schon nach dem ersten Klingeln.

»Hast du's schon gehört?«, fragte Vic.

»Was?«

»Du wirst vielleicht wieder eingestellt. Zumindest als freie Mitarbeiterin. Auf jeden Fall will ich, dass du das machst.«

»Was soll ich machen?«

»Die Cops haben Haley McWaids Handy gefunden.«

»Was hat das mit mir zu tun?«

»Es lag in Dan Mercers Hotelzimmer. Wie es aussieht, ist dein Kinderschänder für das verantwortlich, was mit ihr passiert ist.«

Ed Grayson lag allein in seinem Bett.

Während er wegen der Ermordung Dan Mercers vernommen worden war, hatte Maggie, mit der er seit sechzehn Jahren verheiratet war, ihre Sachen gepackt und war gegangen. Auch egal. Die Ehe war sowieso erledigt und zwar schon seit einer ganzen Weile, dachte er, aber man machte sich immer Hoffnungen auf bessere Zeiten und lebte einfach weiter wie bisher – und jetzt war diese Hoffnung endgültig gestorben. Maggie würde ihn nicht verraten. Da war er sich sicher. Sie versuchte Probleme zu lösen, indem sie sie wegwünschte. Sie steckte alles Schwierige und Böse in einen Koffer, den sie dann ganz oben auf ein Regal in der hintersten Kammer ihres Gehirns packte. Dann schloss sie die Tür zu dieser Kammer und setzte ein Lächeln auf. Maggies Lieblingssatz hatte sie von ihrer Mom in

Québec übernommen: »Zum Picknick bringt man am besten sein eigenes Wetter mit.« Beide Frauen lächelten viel – und ihr Lächeln war so mitreißend, dass man manchmal fast vergaß, wie bedeutungslos es war.

Maggies Lächeln hatte viele Jahre lang seine Wirkung getan. Es hatte den jungen Ed Grayson bezaubert, ihn sprichwörtlich umgehauen. Er hatte Güte in diesem Lächeln gesehen und wollte ihm nah sein. Aber dieses Lächeln enthielt gar keine Güte. Es war eine Fassade, eine Maske, mit der die Frau dahinter das Böse von sich fernhalten wollte.

Als die ersten Nacktfotos von ihrem Sohn E. J. auftauchten, hatte Maggies Reaktion ihn schockiert: Sie wollte sie ignorieren. Niemand braucht etwas davon zu erfahren, hatte sie gesagt. Anscheinend geht es ihm gut, war sie fortgefahren. Er ist erst acht Jahre alt. Und wirklich angerührt hat ihn doch keiner – oder, falls doch, ist es ihm nicht anzumerken. Der Kinderarzt hatte nichts gefunden. E. J. wirkte normal und sorgenlos. Er machte nicht ins Bett, hatte keine Albträume und litt nicht an Angstzuständen.

»Lass es gut sein«, hatte Maggie ihn gedrängt. »Er kommt zurecht.«

Ed Grayson war explodiert. »Willst du nicht, dass das Schwein weggesperrt wird? Soll er das noch anderen Kindern antun?«

»Andere Kinder interessieren mich nicht. Mich interessiert nur E. J.«

»Und das willst du ihm fürs Leben mitgeben? ›Lass es gut sein‹?«

»So ist es am besten. Die Welt braucht nicht zu erfahren, was ihm passiert ist.«

»Er hat nichts Falsches gemacht, Maggie.«

»Glaubst du, das wüsste ich nicht? *Ich* weiß das. Aber die

Leute werden ihn mit anderen Augen ansehen. Er wird das nie wieder loswerden. Aber wenn wir uns einfach ganz ruhig verhalten, niemandem etwas davon erzählen …«

Maggie hatte ihn angesehen und gelächelt. Und zum ersten Mal war ihm dieses Lächeln unheimlich gewesen.

Er stand auf und schenkte sich noch einen Scotch mit Soda ein. Er schaltete ESPN ein und sah sich *SportsCenter* an. Er schloss die Augen und dachte an das Blut. Er dachte an den Schmerz und den Terror, den er im Namen der Gerechtigkeit ausgeübt hatte. Er glaubte das alles, was er zu dieser Reporterin, Wendy Tynes, gesagt hatte: Der Gerechtigkeit musste Genüge getan werden. Wenn nicht von den Gerichten, tja, dann mussten Männer wie er das in die Hand nehmen. Doch das hieß nicht, dass diejenigen, die diese Gerechtigkeit in die Hand nahmen, nicht vielleicht einen hohen Preis dafür zahlten.Den Satz, dass Freiheit nicht umsonst zu haben sei, hörte man häufig. Das Gleiche galt eben auch für die Gerechtigkeit.

Er war allein, trotzdem hatte er Maggies erschrockene Stimme noch im Ohr, als sie bei seiner Rückkehr geflüstert hatte:

»Was hast du getan?«

Und statt sich lange und ausführlich zu verteidigen, hatte er es kurz gemacht:

»Es ist vorbei.«

Und das hätte er auch über ihre Beziehung sagen können, über die Ehe zwischen Ed und Maggie Grayson. Dann hatte er angefangen zurückzublicken und zu überlegen, ob es je echte Liebe gewesen war. Es war leicht, die Trennung auf das zu schieben, was E. J. widerfahren war – aber stimmte das überhaupt? Verursachten solche Tragödien Risse in einer Beziehung oder vergrößerten sie nur die schon vorhandenen? Oder warfen sie gewissermaßen grelles Scheinwerferlicht auf diesen einen Punkt, an dem die Risse schon immer vorhanden gewesen waren? Vielleicht lebten wir im Dunkeln, geblendet vom Lächeln und einer gutmütigen Fassade. Vielleicht riss einem so eine Tragödie nur die Scheuklappen von den Augen?

Es klingelte. Ziemlich spät. Gleich darauf wurde ungeduldig mit einer Faust an die Tür getrommelt. Ed reagierte sofort, ohne nachzudenken, sprang auf und nahm seine Pistole vom Nachttisch. Wieder klingelte es, und er hörte Schläge an der Tür.

»Mr. Grayson? Polizei. Machen Sie die Tür auf.«

Ed sah aus dem Fenster. Zwei Cops von der Sussex County Police in braunen Uniformen – der große, schwarze Sheriff Walker war nicht dabei. Das war ziemlich schnell gegangen, dachte Grayson. Er war eher etwas überrascht als wirklich schockiert. Er legte die Pistole weg, ging die Treppe hinunter und öffnete die Tür.

Die Cops sahen aus, als wären sie ungefähr zwölf Jahre alt.

»Mr. Grayson?«

»Die richtige Anrede lautet Federal Marshal Grayson, mein Sohn.«

»Sir, Sie sind verhaftet wegen der Ermordung Daniel J. Mercers. Bitte nehmen Sie Ihre Hände hinter den Rücken, während ich Ihnen Ihre Rechte vorlese.«

SIEBZEHN

Leicht benommen verabschiedete Wendy sich von ihrem alten (und wieder aktuellen?) Boss Vic Garrett und legte den Hörer auf.

Die Polizei hatte Haley McWaids iPhone unter Dan Mercers Bett gefunden.

Sie versuchte, diese Information zu verarbeiten, und spürte dabei ihren Empfindungen nach. Ihr erster Gedanke war ganz natürlich: Das Schicksal der McWaids ging ihr wahnsinnig nah. Sie hoffte inbrünstig, dass es für sie irgendwie noch ein gutes Ende nahm. Okay, sieh tiefer in dich hinein. Ja, Wendy war schockiert. Genau das war es. Vielleicht sogar zu schockiert. Hätte sie nicht in irgendeiner Form erleichtert sein müssen? War das nicht der Beweis, dass ihre Einschätzung in Bezug auf Dan von Anfang an richtig gewesen war? Dass nicht doch der Gerechtigkeit Genüge getan worden war? Und dass sie *nicht* ein Werkzeug in einem ausgefeilten Plan gewesen war, der dazu diente, einen unschuldigen Mann zu zerstören, der eigentlich nur Gutes tun wollte?

Auf dem Bildschirm vor sich war immer noch die Facebook-Seite von Dans Abschlussjahrgang in Princeton geöffnet. Sie schloss die Augen und lehnte sich zurück. Dachte an Dans Gesicht am Tag ihrer ersten Begegnung, an das erste Interview im Jugendzentrum, an die Begeisterung, mit der er von den Jugendlichen sprach, die er von der Straße geholt hatte, an die Ehrfurcht, mit der diese Kids ihn ansahen, und auch daran, wie sie sich zu ihm hingezogen gefühlt hatte. Sie dachte daran, wie sie ihn gestern in dieser verdammten Wohnwagensiedlung gesehen hatte, an die schrecklichen Blutergüsse in seinem Gesicht, die Trauer in seinen Augen, und dass sie ihm, trotz alldem, was sie wusste, eine helfende Hand reichen wollte.

Konnte sie ihre Intuition wirklich einfach so abtun?

Sie wusste natürlich, dass das Böse in allen Verkleidungen auftreten konnte. Zigmal hatte sie sich das Beispiel des berüchtigten Serienmörders Ted Bundy vor Augen geführt. Andererseits hatte sie Ted Bundy nie auch nur ansatzweise attraktiv gefunden. Vielleicht auch deswegen, weil sie ihn von Anfang an als Mörder wahrgenommen hatte und man im Nachhinein immer klüger war, aber sie hatte die Leere in seinem Blick gesehen. Sie war überzeugt davon, dass sie ihn für einen schmierigen, schleimigen und absolut uncharmanten Schurken gehalten hätte. Man konnte das Böse spüren. Das ging einfach. Sie glaubte es zumindest.

Bei Dan war es ihr jedenfalls nicht so ergangen. Selbst kurz vor seiner Ermordung hatte er noch Freundlichkeit und Wärme ausgestrahlt. Und inzwischen war es ja auch mehr als reine Intuition. Diese Sache mit Phil Turnball und Farley Parks kam dazu. Irgendwo da draußen lief etwas anderes ab, etwas Hinterhältiges, Undurchschaubares.

Sie öffnete die Augen und beugte sich vor. Okay, Facebook. Sie hatte sich eingeloggt, die Seite des Princeton-Abschlussjahrgangs gefunden – wie konnte sie jetzt Mitglied dieser Gruppe werden? Es musste eine Möglichkeit geben.

Frag doch einfach den heimischen Facebook-Experten, dachte sie.

»Charlie!«

Von unten: »Was?«

»Kannst du mal raufkommen?«

»Ich versteh dich nicht.«

»Komm hier rauf!«

»Was?« Dann: »Weshalb?«

»Komm doch bitte einfach mal eben rauf.«

»Sag doch einfach, was du von mir willst.«

Sie nahm ihr Handy und schickte ihm eine SMS, in der sie ihm mitteilte, dass sie dringend Hilfe am Computer bräuchte, und wenn er nicht sofort käme, würde sie all seine Online-Konten löschen, obwohl sie gar nicht wusste, wie sie das hätte machen sollen. Einen Moment später hörte sie ein tiefes Seufzen, dann kamen ein paar schwere Schritte die Treppe herauf. Charlie steckte den Kopf durch die Tür.

»Was?«

Sie deutete auf den Computer-Monitor. »Ich muss Mitglied dieser Gruppe werden.«

Charlie sah sich die Seite an. »Du warst nicht in Princeton.«

»Vielen Dank für die eingehende Analyse. Das wusste ich ja noch gar nicht.«

Charlie lächelte. »Ich steh drauf, wenn du mir sarkastisch kommst.«

»Ja, ja, wie die Mutter, so der Sohn.« Gott, wie sie dieses Kind liebte. Wendy durchströmte einer dieser Gefühlsschübe, die Eltern manchmal bekommen. Sie wollte ihren Sohn ganz fest umarmen, jetzt, sofort, und nie wieder loslassen.

»Was?«, fragte Charlie.

Sie riss sich zusammen. »Also, wie werde ich Mitglied dieser Gruppe, wenn ich gar nicht in Princeton studiert habe?«

Charlie verzog das Gesicht. »Das soll jetzt ein Witz sein, oder?«

»Seh ich aus, als würde ich Witze reißen?«

»Schwer zu sagen, bei deinem Sarkasmus und so.«

»Ich mache gerade weder Witze, noch bin ich sarkastisch. Wie komme ich da rein?«

Charlie seufzte, beugte sich vor und deutete auf die rechte Seite des Monitors. »Siehst du den Link da, auf dem steht ›Gruppe beitreten‹? Da klickst du drauf.« Er richtete sich auf.

»Und dann?«

»Das ist alles«, sagte ihr Sohn. »Du bist drin.«

Jetzt verzog Wendy das Gesicht. »Aber, wie du schon so clever angemerkt hast, ich war doch gar nicht in Princeton.«

»Ist egal. Das ist eine offene Gruppe. Bei geschlossenen Gruppen steht da ›Beitrittsanfrage senden‹. In diese kann jeder rein. Klick einfach drauf, dann bist du drin.«

Wendy sah ihn unschlüssig an.

Wieder seufzte Charlie. »Mach einfach«, sagte er.

»Okay, aber warte so lange.« Wendy klickte auf den Link – und wurde damit, voilà, einfach so Mitglied des Studienjahrgangs von Princeton, wenn auch nur in seiner Facebook-Version. Charlie sah sie mit einem »Hab ich doch gleich gesagt«-Blick an, schüttelte den Kopf und trampelte wieder die Treppe hinunter. Ihr wurde wieder einmal bewusst, wie sehr sie ihn liebte. Dann musste sie unwillkürlich daran denken, wie Marcia und Ted McWaid sich gefühlt haben mussten, als sie von der Polizei informiert wurden, dass Haleys iPhone – ein wahrscheinlich einst sehnlichst herbeigewünschtes Geschenk – unter dem Bett eines fremden Manns gefunden worden war.

Das half ihr jetzt nicht unbedingt weiter.

Die Seite war geladen, also zurück an die Arbeit. Erst überflog Wendy kurz die achtundneunzig Mitglieder. Weder Dan noch Phil oder Farley. Durchaus plausibel. Wahrscheinlich übten sich inzwischen alle drei bei solch öffentlich zugänglichen Medien in Zurückhaltung. Falls sie je Mitglied bei Facebook waren, hatten sie ihr Konto inzwischen wohl wieder gelöscht. Wendy kannte keinen der Namen.

Okay, und was jetzt?

Sie sah sich die Diskussionsforen an. In einem wurde erkrankten Ex-Kommilitonen Hilfe angeboten. In einem anderen wurden regionale Treffen der Gruppenmitglieder organisiert. Interessierte sie alles nicht. Dann entdeckte sie ein Diskussionsforum über die nächste Jubiläumsfeier. Sie klickte darauf und fand einen Link, der vielversprechend klang:

»Wohnheimbilder – Erstes Jahr!«

Auf dem fünften Foto der Diashow entdeckte sie die drei Gesuchten. Die Bildunterschrift lautete »Stearns House«. Es zeigte rund hundert Studenten vor einem Backsteingebäude. Zuerst erkannte sie Dan. Er hatte sich sehr gut gehalten – die Locken waren im Lauf der Jahre kürzer geworden, aber ansonsten sah er noch aus wie damals. Keine Frage – er war ein hübscher Bursche gewesen.

Die Namen waren unten aufgelistet. Vorne in der Mitte stand Farley Parks – schon ganz Politiker. Phil Turnball war rechts. Während Dan Jeans und ein T-Shirt trug, hätte man Farley und Phil in ihrem Outfit direkt für die Titelseite einer Zeitschrift für arrogante Eliteschüler ablichten können. Khakis, Polohemden, Mokassins, keine Socken – eigentlich fehlte nur der elegant um den Hals geworfene Kaschmirpullover.

Okay, damit kannte sie jetzt den Namen des Studentenwohnheims. Und wie weiter?

Sie konnte die Namen sämtlicher anderer Personen auf dem Bild googeln, aber das würde ziemlich lange dauern und womöglich nichts bringen. Schließlich verkündeten die meisten Leute nicht im Internet, mit wem sie in ihrem ersten Jahr auf der Universität zusammengewohnt hatten.

Wendy ging zurück auf die Facebook-Seite und stöberte

weiter herum. Nach zehn Minuten landete sie einen Volltreffer:

Unser Erstsemester-Jahrbuch mit Fotos auf Facebook.

Sie klickte auf den Link, lud eine PDF-Datei herunter und öffnete sie mit Adobe Acrobat. Das Erstsemester-Jahrbuch – bei der Erinnerung lächelte Wendy. Auf der Tufts University hatten sie natürlich auch eins gehabt. Unter den Fotos standen der Heimatort, die Highschool, von der man kam, und – was ihr in diesem Fall am meisten half – das Zimmer, das einem zugewiesen worden war. Wendy klickte auf den Buchstaben *M* und dann noch zwei Seiten weiter, bis sie zu Dan Mercer kam. Da war sein Erstsemester-Foto.

Daniel J. Mercer
Riddle, Oregon
Riddle High School
Stearns Suite 109

Auf dem Foto grinste Dan, der damals glaubte, sein ganzes langes Leben noch vor sich zu haben. Falsch. Wahrscheinlich war er achtzehn Jahre alt, als das Foto gemacht wurde. Sein Lächeln sagte, dass er bereit war, die Welt zu erobern, und, yep, er würde seinen Abschluss in Princeton machen, heiraten, sich scheiden lassen … und dann?

Ein Pädophiler werden und sterben?

Passte das? War Dan mit achtzehn schon ein Pädophiler? Hatte er jemanden missbraucht? Waren schon auf der Universität solche Tendenzen erkennbar gewesen – oder gar mehr? Hatte er wirklich ein Mädchen im Teenager-Alter entführt?

Warum wollte ihr das nicht so richtig in den Kopf gehen?

Ganz egal. Konzentrier dich. Sie wusste jetzt, wo er im Stearns gewohnt hatte. In Suite 109. Sie klickte auf den Buchstaben *P*, um sicherzugehen. Ja, Farley Parks aus Bryn Mawr, Pennsylvania, von der Lawrenceville School war auch in Suite 109 im Stearns. Philip Turnball aus Boston, Massachusetts von der Phillips Academy Andover, der auch immer noch fast genauso aussah wie damals – yep, auch Stearns 109.

Wendy klickte auf den Suchen-Button und gab »Stearns Suite 109« ein.

Fünf Treffer.

Philip Turnball, Daniel Mercer, Farley Parks – und dann die beiden Neuen: Kelvin Tilfer, ein Afroamerikaner mit zurückhaltendem Lächeln, und Steven Miciano, ein Mann, der eine dicke Halskette mit einer großen Glasperle in der Mitte trug.

Die beiden neuen Namen sagten ihr nichts. Sie öffnete ein neues Browserfenster und gab »Kelvin Tilfer« in die Suchmaschine ein.

Nichts. Fast zumindest. Es gab gerade mal einen Treffer in einer Liste mit Personen, die in Princeton ihren Abschluss gemacht hatten – und das war auch schon alles. Keine LinkedIn-Seite. Kein Facebook. Kein Twitter. Kein MySpace.

Wendy fragte sich, was sie davon halten sollte. Über die meisten Menschen, selbst die unauffälligsten, fand man irgendetwas im Internet. Kelvin Tilfer war ein Geist – besonders im Vergleich zu seinen ehemaligen Mitbewohnern.

Was sagte ihr das?

Vielleicht gar nichts. Es war zu früh, um eine Hypothese aufzustellen. Sie brauchte noch mehr Informationen.

Wendy tippte »Steven Miciano« in die Suchmaschine. Als sie die Ergebnisse sah, wusste sie schon Bescheid, bevor sie auch nur auf einen der Links geklickt hatte, um sich die Einzelheiten anzusehen.

»Scheiße«, sagte sie laut.

Hinter ihr: »Was?«

Charlie. »Nichts. Was gibt's?«

»Hast du was dagegen, wenn wir zu Clark rübergehen?«

»Ich denk, das ist in Ordnung.«

»Cool.«

Charlie ging. Wendy wandte sich wieder dem Computer zu. Sie klickte auf den ersten Treffer, einen vier Monate alten Artikel aus einer Zeitung namens *West Essex Tribune:*

> Steven Miciano, ein Mitbürger unserer Gemeinde und orthopädischer Chirurg am St. Barnabas Medical Center in Livingston, New Jersey, wurde gestern Abend unter Verdacht des Handels mit verschreibungspflichtigen Medikamenten verhaftet. Die Polizei, die einen anonymen Tipp bekommen hatte, entdeckte eine »große Menge illegal erworbener Schmerzmittel« im Kofferraum seines Autos. Dr. Miciano wurde bis zur Gerichtsverhandlung auf Kaution entlassen. Ein Sprecher des St. Barnabas Medical Centers sagte, Dr. Miciano sei von der Arbeit freigestellt, bis sämtliche Vorwürfe geklärt wären.

Das war alles. Wendy suchte in der *West Essex Tribune* nach weiteren Berichten zu diesem Thema. Als sie im Netz weitersuchte, entdeckte sie mehrere Treffer in Blogs und sogar in Twitter. Der erste stammte von einem ehemaligen Patienten, der schrieb, dass Dr. Miciano ihm heimlich Medikamente besorgt hätte. Ein anderer von einem »Drogen-Lieferanten«, der sich als Kronzeuge zur Verfügung gestellt und so zu Dr. Micianos Verhaftung beigetragen hatte. Ein weiterer Blog-Eintrag stammte von einem Patienten, der schrieb, dass Dr. Miciano »sich unangemessen verhalten« hätte und »eindeutig von irgendetwas high gewesen« wäre.

Wendy machte sich Notizen, prüfte die Blogs, prüfte die

Tweets, die Nachrichten in den unterschiedlichen Foren, die Links zu MySpace und Facebook.

Es war total verrückt.

Fünf Kommilitonen von Princeton, die zusammen in einem Apartment gewohnt hatten. Über einen, Kelvin Tilfer, war nichts zu finden. Den ließ sie erst einmal außen vor. Die anderen vier: ein Finanzberater, ein Politiker, ein Sozialarbeiter – und jetzt ein Arzt. Alle vier waren im letzten Jahr durch Skandale aus der Bahn geworfen worden.

Das war schon ein unglaublicher Zufall.

ACHTZEHN

Mit dem einen Anruf, der ihm zustand, weckte Ed Grayson seine Anwältin Hester Crimstein. Er erzählte ihr, dass er verhaftet worden war.

Hester sagte: »Das klingt so dämlich, dass ich normalerweise nur einen meiner Mitarbeiter schicken würde.«

»Aber?«, fragte Ed.

»Aber das Timing gefällt mir nicht.«

»Mir auch nicht«, sagte Ed.

»Ich habe doch erst Walker den Arsch aufgerissen. Warum lässt er dich jetzt festnehmen und beantragt einen Haftbefehl?« Sie schwieg einen Moment. »Oder habe ich mein magisches Händchen verloren?«

»Ich glaube nicht, dass es daran liegt.«

»Ich auch nicht. Dann bedeutet das also, dass sie etwas Neues haben.«

»Der Bluttest?«

»Das dürfte nicht reichen.« Hester zögerte. »Ed, bist du sicher, dass die keine, äh, weiteren belastenden Fakten gefunden haben können?«

»Ausgeschlossen.«

»Absolut?«

»Hundertprozentig.«

»Okay, du kennst das Spielchen. Du sagst kein Wort. Ich lass mich von meinem Fahrer rausfahren. Um diese Tageszeit sollte ich in spätestens einer Stunde da sein.«

»Da ist noch etwas, was mich ein bisschen beunruhigt«, sagte er.

»Und das wäre?«

»Ich bin dieses Mal nicht auf dem Polizeirevier in Sussex County. Ich bin in Newark. Das gehört aber zu Essex County, liegt also in einem anderen Gerichtsbezirk.«

»Irgendeine Ahnung wieso?«

»Nein.«

»Okay, lass dich nicht beirren. Ich werf mir schnell ein paar Sachen über. Dieses Mal werde ich in Höchstform sein. Kein Pardon mit diesen Arschkriechern.«

Eine Dreiviertelstunde später saß Hester mit ihrem Mandanten Ed Grayson in einem kleinen Vernehmungsraum mit Kunststoffboden und einem daran festgeschraubten Tisch. Sie warteten. Sie warteten eine lange Zeit. Hester wurde wütend. Sie fing an, im Raum hin- und herzulaufen.

Schließlich öffnete sich die Tür. Sheriff Walker kam herein. Er trug seine Uniform. Ein Mann – Bauch, um die sechzig, in einem mausgrauen Anzug, der aussah, als ob er ihn absichtlich zerknittert hätte – folgte ihm.

»Entschuldigen Sie, dass Sie etwas warten mussten«, sagte Walker. Er lehnte sich an die hintere Wand. Der andere Mann setzte sich auf den Stuhl gegenüber von Grayson. Hester ging immer noch auf und ab.

»Wir gehen«, sagte sie.

Walker winkte ihr mit den Fingern zu. »Bis später, Frau Anwältin, wir werden Sie vermissen. Ach, aber Ihr Mandant bleibt hier. Er ist verhaftet. Wir werden die üblichen Maßnahmen einleiten und ihn hierbehalten. Jetzt ist es schon zu spät. Vermutlich wird er morgen früh gleich als Erstes dem Haftrichter vorgeführt und die Kaution festgesetzt, aber machen Sie sich keine Sorgen, wir haben hier sehr nette Unterkünfte.«

Hester ließ sich nicht darauf ein. »Entschuldigen Sie, Sheriff, aber wurden Sie nicht in einer direkten Wahl in Ihr Amt gewählt?«

»Das wurde ich.«

»Dann stellen Sie sich mal vor, ich würde meinen ganzen Apparat in Bewegung setzen, um Sie zur Schnecke zu machen. Aber so schwer kann das eigentlich nicht sein, wenn Sie einen Mann verhaften lassen, dessen Sohn das Opfer eines abscheulichen …«

Der zweite Cop meldete sich auch endlich zu Wort. »Könnten wir die Drohungen vielleicht noch einen Moment lang zurückstellen?«

Hester sah ihn an.

»Tun Sie, was Sie wollen, Ms. Crimstein, okay? Das interessiert mich nicht. Wir haben Fragen. Sie werden diese Fragen beantworten, oder Ihr Mandant verschwindet in den Mühlen des Systems. Haben Sie mich verstanden?«

Hester Crimstein sah ihn mit zusammengekniffenen Augen an. »Und Sie sind?«

»Mein Name ist Frank Tremont. Ich bin Ermittler der Staatsanwaltschaft von Essex County. Und wenn wir einen Moment lang mit dem Grabenkrieg aufhören könnten, würden Sie vielleicht auch verstehen, warum Sie hier sind.«

Hester sah aus, als wollte sie sofort zum Angriff übergehen, bremste sich dann aber doch noch. »Okay, mein Großer, was haben Sie?«

Walker übernahm wieder. Er knallte eine Akte auf den Tisch. »Das Ergebnis eines Bluttests.«

»Der besagt?«

»Wie Sie wissen, haben wir im Wagen Ihres Mandanten Blutspuren gefunden.«

»Das sagten Sie bereits.«

»Das Blut im Wagen passt genau zu dem des Opfers Dan Mercer.«

Hester tat so, als müsste sie gähnen.

Walker sagte: »Vielleicht können Sie uns verraten, wie das kommt?«

Hester zuckte die Achseln. »Vielleicht haben sie zusammen eine Spazierfahrt gemacht. Vielleicht hat Dan Mercer sich dabei ganz von selbst eine blutige Nase geholt?«

Walker verschränkte die Arme. »Fällt Ihnen da wirklich nichts Besseres ein?«

»O doch, Sheriff Walker. Wenn Sie wollen, fällt mir etwas viel Besseres ein. Soll ich Ihnen eine Hypothese präsentieren?«

»Fakten wären mir lieber.«

»Tut mir leid, mein Hübscher, aber mehr habe ich im Moment leider nicht zu bieten.«

»Gut, dann lassen Sie hören.«

»Also, das Ganze ist rein hypothetisch. Sie haben doch einen Zeugen für die angebliche Ermordung Dan Mercers, richtig?«

»Das ist richtig.«

»Also, sagen wir, rein hypothetisch, ich hätte die Aussage Ihrer Zeugin gelesen, die von dieser Fernsehreporterin, Wendy Tynes.«

»Das wäre unmöglich«, sagte Walker. »Sowohl die Aussage als auch die Identität der Zeugin sind geheim.«

»O weh, Schreck lass nach, mein Fehler. Ich meine natürlich die *hypothetische* Aussage, die von einer *hypothetischen* Fernsehreporterin gemacht wurde. Kann ich jetzt fortfahren?«

Frank Tremont sagte: »Sprechen Sie weiter.«

»Super. Also, laut ihrer hypothetischen Aussage hat sie bei ihrem Treffen mit Dan Mercer in seinem Wohnwagen gesehen, dass er ein oder zwei Tage vorher zusammengeschlagen worden war. Das war vor der Schießerei und nicht zu übersehen.«

Keiner sagte etwas.

»Ich freue mich immer, wenn ich eine Rückmeldung bekomme«, sagte Hester. »Könnte einer von Ihnen beiden kurz nicken?«

»Gehen Sie doch einfach mal davon aus, dass wir beide es getan hätten«, sagte Frank.

»Okay, in Ordnung. Jetzt nehmen wir einmal an – wieder rein hypothetisch –, dass Dan Mercer sich ein paar Tage vorher mit dem Vater eines seiner Opfer getroffen hätte. Sagen wir, bei diesem Treffen kam es zu einer Schlägerei. Und dabei ist dann womöglich etwas Blut geflossen. Und von diesem Blut könnte vielleicht etwas ins Auto geraten sein.«

Sie brach ab, breitete die Arme aus und zog eine Augenbraue hoch. Walker sah Tremont an.

Frank Tremont sagte: »Gut, gut.«

»Gut, gut, was?«

Er versuchte, die Anspannung mit einem Lächeln zu überspielen. »Wenn es zu einer hypothetischen Schlägerei gekommen ist, hätte Ihr Mandant doch auf jeden Fall ein Motiv, oder?«

»Entschuldigung, wie hießen Sie nochmal?«

»Frank Tremont, Ermittler in Essex County.«

»Sind Sie neu in dem Job, Frank?«

Jetzt breitete er die Arme aus. »Seh ich so aus, als ob ich neu wäre?«

»Nein, Frank, Sie sehen aus, als ob Sie seit hundert Jahren falsche Entscheidungen getroffen haben, aber Ihre Aussage über ein Motiv würde zu den Dingen gehören, die ein Neuling mit unzureichend durchblutetem Gehirn einem hirntoten Rechtshelfer vorhalten könnte. Erstens – und passen Sie bitte gut auf – ist normalerweise der Verlierer eines Kampfs derjenige, der auf Rache sinnt, richtig?«

»Meistens, ja.«

»Also …«, Hester gestikulierte wie der Showmaster einer Quizshow in Richtung ihres Mandanten, »… sehen Sie sich diesen feschen Burschen an, den ich meinen Mandanten nenne. Sehen Sie irgendwelche Blutergüsse oder Abschürfungen? Nein. Wenn es also zu einer körperlichen Auseinandersetzung gekommen sein sollte, hat mein Mann hier offensichtlich die Oberhand behalten, meinen Sie nicht?«

»Das beweist gar nichts.«

»Glauben Sie mir, Frank, Sie wollen mit mir gewiss keinen Streit über Beweise anfangen. Aber ganz egal, ob der Kampf gewonnen oder verloren wurde, auch das spielt eigentlich keine Rolle. Sie reden von der Suche nach einem Motiv, als ob das neu wäre oder Ihnen irgendwie weiterhelfen würde. Sie sind ganz neu an diesem Fall beteiligt, Frank, also werde ich Ihnen kurz auf die Sprünge helfen – Dan Mercer hat Nacktfotos vom achtjährigen Sohn meines Mandanten gemacht. Das ist schon ein Motiv. Verstehen Sie? Wenn jemand Ihr Kind sexuell missbraucht, wäre das ein mögliches Motiv für Sie, Rache zu üben. Schreiben Sie sich das auf. Erfahrene Ermittler müssen so etwas wissen.«

Frank grummelte: »Darum geht es doch überhaupt nicht.«

»Unglücklicherweise, Frank, geht es genau darum. Sie präsentieren uns das Ergebnis eines Bluttests und behaupten, das wäre ein großer Durchbruch. Sie holen uns mitten in der Nacht aus dem Bett hierher, weil Sie davon angeblich so beeindruckt sind. Ich sage Ihnen, Ihre sogenannten Beweise – und ich überspringe den Teil, in dem ich Ihre Leute von der Spurensicherung und die Handlungsabfolge in der Luft zerreiße, wenn Sie das hören möchten, kann Walker Ihnen ja das Band von unserem ersten Tête-à-Tête vorspielen – belegen absolut gar nichts und sind so leicht erklärbar, dass nichts mehr davon übrig bleibt.«

Hester sah Walker an. »Ich will hier wirklich keine kühnen Drohungen aussprechen, aber muss dieser idiotische Bluttest wirklich dafür herhalten, um meinen Mandanten zu Unrecht wegen Mordes zu verhaften?«

»Nicht wegen Mordes«, sagte Tremont.

Hester wich etwas zurück. »Nicht?«

»Nein. Nicht wegen Mordes. Ich dachte da eher an Begünstigung einer Straftat.«

Hester sah Ed Grayson an. Er zuckte die Achseln. Sie wandte sich wieder Tremont zu. »Tun wir so, als hätte ich nach Luft geschnappt, wäre sofort darauf angesprungen und hätte gefragt, was Sie denn in diesem Fall unter Begünstigung verstehen.«

»Wir haben Dan Mercers Motelzimmer durchsucht«, sagte Frank Tremont. »Dies haben wir dabei gefunden.«

Er schob ein zwanzig mal fünfundzwanzig Zentimeter großes Foto zu ihnen hinüber. Hester sah es an – ein rosa iPhone. Sie zeigte es Ed Grayson und legte ihm dabei die Hand auf den Unterarm, als wollte sie ihn ermahnen, keine Reaktion zu zeigen. Hester sagte nichts. Grayson auch nicht. Hester hatte ein paar grundlegende Dinge gelernt. Es gab Momente, in denen man angreifen musste, und Momente, in denen Schweigen gefordert war. Sie neigte gelegentlich dazu, welch Überraschung, zu oft anzugreifen – und dadurch auch zu viel zu reden. Aber die beiden Cops warteten offensichtlich auf eine Reaktion. Irgendeine Reaktion. Die würden sie nicht bekommen. Sie würde es einfach aussitzen.

Eine Minute verging, dann sagte Frank Tremont: »Dieses Handy wurde unter Mercers Bett in seinem Motelzimmer in Newark gefunden. Hier ganz in der Nähe.«

Hester und Grayson schwiegen.

»Es gehört einem vermissten Mädchen namens Haley McWaid.«

Ed Grayson, Federal Marshal im Ruhestand, der es besser hätte wissen müssen, stöhnte laut auf. Hester sah ihn an. Die Farbe wich aus Graysons Gesicht, als hätte jemand einen Stöpsel gezogen und das Blut herauslaufen lassen. Erneut packte Hester ihn am Arm, damit er sich wieder fing.

Hester versuchte, Zeit zu gewinnen. »Sie glauben doch wohl nicht, dass mein Mandant …«

»Wissen Sie, was ich glaube, Hester?«, unterbrach Frank Tremont sie. Er hatte wieder Selbstvertrauen gewonnen, seine Stimme klang entschieden. »Ich glaube, Ihr Mandant hat Dan Mercer umgebracht, weil Mercer mit dem davongekommen ist, was er dem Sohn Ihres Mandanten angetan hat. Das glaube ich. Ich glaube, Ihr Mandant hat beschlossen, das Recht in seine eigenen Hände zu nehmen – und irgendwo kann ich ihm das gar nicht verdenken. Wenn jemand meinem Kind so etwas antun würde, dann würde ich ihn auch nicht einfach so davonkommen lassen. Bei Gott nicht. Und hinterher würde ich mir den besten Anwalt nehmen, den ich finden kann. Es ist nämlich tatsächlich so, dass das Opfer in diesem Fall so verhasst ist – ein solcher Drecksack –, dass man ihn im voll besetzten Giants Stadium erschießen könnte und dafür nicht verurteilt werden würde.«

Er starrte Hester an. Die verschränkte die Arme und wartete.

»Aber es gibt ein Problem, wenn man das Recht in die eigenen Hände nimmt. Man weiß nicht, wohin das führt. Und jetzt – ach, und das ist ja alles rein hypothetisch, was wir hier sagen, oder? – hat Ihr Mandant die einzige Person ermordet, die uns vielleicht erzählen könnte, was mit dem siebzehnjährigen Mädchen passiert ist.«

»O Gott«, sagte Grayson. Er senkte den Kopf und legte das Gesicht in beide Hände.

Hester sagte: »Ich möchte kurz allein mit meinem Mandanten reden.«

»Warum?«

»Machen Sie einfach, dass Sie rauskommen.« Dann überlegte sie es sich anders, beugte sich vor und flüsterte Grayson ins Ohr: »Weißt du irgendetwas darüber?«

Grayson lehnte sich zur Seite und sah sie schockiert an. »Natürlich nicht.«

Hester nickte. »Okay.«

»Hören Sie, wir glauben nicht, dass Ihr Mandant Haley McWaid etwas getan hat«, fuhr Frank fort. »Aber wir sind uns ziemlich sicher, dass Dan Mercer das hat. Also brauchen wir jetzt alle Informationen, die uns bei der Suche nach Haley helfen können. Alle. Also auch, wo Mercers Leiche liegt. Außerdem läuft uns die Zeit davon. Soweit wir wissen, hat Dan sie an einem geheimen Ort festgesetzt. Haley könnte gefesselt sein, verängstigt oder auch verletzt, das kann keiner genau sagen. Wir werden Mercers Garten umgraben. Wir fragen die Nachbarn, Mitarbeiter, Freunde, selbst seine Exfrau nach Plätzen, an denen er gerne war. Aber die Uhr tickt – und das Mädchen könnte allein irgendwo festsitzen und verhungern oder Schlimmeres.«

»Und Sie glauben tatsächlich«, sagte Hester, »dass die Leiche Ihnen verraten könnte, wo das Mädchen ist?«

»Das wäre durchaus möglich, ja. Vielleicht finden wir am Körper oder in seinen Taschen irgendwelche Hinweise. Ihr Mandant muss uns sagen, wo Dan Mercer ist.«

Hester schüttelte den Kopf. »Denken Sie wirklich, dass ich meinem Mandanten erlauben würde, sich selbst zu belasten?«

»Ich erwarte von Ihrem Mandanten, dass er das Richtige tut.«

»Soweit ich das beurteilen kann, könnten Sie sich das alles ausgedacht haben.«

Frank Tremont sprang auf. »Was?«

»Ich habe schon früher mit Cops und ihren Tricks zu tun gehabt. Gestehen Sie, dann können wir das Mädchen retten.«

Frank beugte sich zu ihr herunter. »Schauen Sie sich mein Gesicht genau an. Glauben Sie wirklich, dass das ein Trick ist?«

»Möglich wär's.«

Walker sah sie an. »Das ist kein Trick.«

»Und ich soll mich einfach auf Ihr Wort verlassen?«

Walker und Tremont sahen sie an. Alle wussten, dass Frank Tremont die Wahrheit gesagt hatte. Nicht einmal Robert De Niro hätte es so gut spielen können.

»Trotzdem«, sagte Hester, »werde ich meinem Mandanten nicht erlauben, sich selbst zu belasten.«

Tremont wandte sich mit rotem Gesicht an Grayson: »Sehen Sie das auch so, Ed?«

»Reden Sie mit mir, nicht mit meinem Mandanten.«

Frank beachtete sie nicht. »Sie waren Marshal.« Er beugte sich direkt vor Graysons gesenkten Kopf. »Dadurch, dass Sie Dan Mercer getötet haben, könnten Sie unmittelbar für den Tod von Haley McWaid verantwortlich sein.«

»Gehen Sie weg von ihm«, sagte Hester.

»Können Sie damit leben, Ed? Was sagt Ihr Gewissen dazu? Wenn Sie glauben, dass ich hier meine Zeit mit irgendwelchen juristischen Tricksereien vergeude ...«

»Einen Moment«, sagte Hester, plötzlich mit ruhiger Stimme. »Basiert diese Verbindung zwischen Dan Mercer und Haley McWaid einzig und allein auf dem Handy?«

»Was?«

»Ist das das Einzige, was Sie haben? Das Handy aus dem Motelzimmer?«

»Was soll das? Glauben Sie, das reicht nicht?«

»Das war nicht meine Frage, Frank. Ich wollte wissen, was Sie sonst noch haben.«

»Wieso wollen Sie das wissen?«

»Beantworten Sie einfach meine Frage.«

Frank Tremont sah Walker an. Der nickte. »Seine Exfrau«, sagte Frank. »Mercer kam gelegentlich zu Besuch. Und Haley McWaid offenbar auch.«

»Und Sie glauben, dass Mercer diesem Mädchen da begegnet ist?«

»Ja.«

Hester nickte. Dann: »Lassen Sie meinen Mandanten jetzt bitte gehen.«

»Das soll doch wohl ein Witz sein.«

»Sofort.«

»Ihr Mandant hat unsere einzige Spur umgebracht!«

»Falsch«, fauchte Hester. Ihre Stimme donnerte durch den Raum. »Wenn das, was Sie sagen, zutrifft, hat Ed Grayson Ihnen Ihre einzige Spur zukommen lassen.«

»Was reden Sie da für einen Quatsch?«

»Wie haben Sie herumstümpernde Idioten dieses Handy denn gefunden?«

Sie bekam keine Antwort.

»Sie haben Dan Mercers Zimmer durchsucht. Wieso? Weil Sie glaubten, mein Mandant hätte ihn ermordet. Und ohne ihn hätten Sie gar nichts. Sie haben drei Monate lang ermittelt und hatten nichts in der Hand. Bis gestern Abend. Bis mein Mandant Ihnen Ihren einzigen Hinweis präsentiert hat.«

Stille. Aber Hester war noch nicht fertig.

»Und wo wir schon gerade beim Thema sind, Frank, ich kenne Sie. Essex County Ermittler Frank Tremont. Sie haben vor ein paar Jahren diese Mordermittlung verpfuscht, über die alle Medien berichtet haben. Sie sind erledigt, abgehalftert, Ihre Chefin Loren Muse hat Sie wegen Faulheit und Inkompetenz ausrangiert, stimmt's? Und dies ist jetzt also aller Wahrscheinlichkeit nach Ihr letzter Fall, und was passiert? Statt sich aus dem Sumpf zu ziehen und Ihre jämmerliche Karriere zu einem halbwegs versöhnlichen Ende zu bringen, kommen Sie nicht einmal auf die Idee, einen allseits bekannten Pädophilen unter die Lupe zu nehmen, dessen Wege sich mit denen des Opfers ganz eindeutig gekreuzt haben. Wie um alles in der Welt konnten Sie das übersehen, Frank?«

Nun war es Frank Tremont, dem die Farbe aus dem Gesicht wich.

»Und jetzt, fauler Cop, der Sie sind, erdreisten Sie sich, meinem Mandanten Begünstigung einer Straftat vorzuwerfen? Dabei sollten Sie sich bei ihm bedanken. Sie arbeiten seit Monaten an dem Fall und haben nichts gefunden. Und genau *wegen* dem, was Sie meinem Mandanten jetzt vorwerfen, haben Sie überhaupt erst eine Chance, das arme Mädchen zu finden.«

Frank Tremont wurde immer kleiner.

Hester nickte Grayson zu. Die beiden standen auf.

Walker sagte: »Wo wollen Sie hin?«

»Wir gehen.«

Walker sah Tremont an und wartete auf dessen Einspruch. Der hatte sich aber noch nicht wieder gesammelt. Also übernahm Walker. »Das können Sie vergessen. Ihr Mandant ist verhaftet.«

»Jetzt hören Sie mir bitte einmal ganz genau zu«, sagte Hester. Ihre Stimme klang jetzt sanfter, fast entschuldigend. »Sie vergeuden hier Ihre Zeit.«

»Woher wissen Sie das?«

Sie sah ihm direkt in die Augen. »Wenn wir irgendetwas

wüssten, das dem Mädchen helfen könnte, würden wir es Ihnen sagen.«

Schweigen.

Walker versuchte, das Heft in der Hand zu behalten, klang aber nicht sehr überzeugend, als er sagte: »Warum lassen Sie uns nicht entscheiden, was uns helfen könnte?«

»Aber sicher doch«, sagte Hester, richtete sich zu ihrer vollen Größe auf, warf Tremont noch einen kurzen Blick zu und sah Walker wieder in die Augen. »Sie haben ja auch bisher alles dafür getan, um mein Vertrauen in Sie zu bestärken. Sie sollten sich lieber darauf konzentrieren, das arme Mädchen zu finden – und nicht ausgerechnet den Mann verfolgen, der womöglich der einzige Held in dieser ganzen Geschichte ist.«

Es klopfte an der Tür. Ein junger Polizist öffnete sie und steckte den Kopf herein. Alle sahen ihn an. Walker sagte: »Was gibt's, Stanton?«

»Ich habe etwas auf ihrem Handy gefunden. Ich glaube, das solltet ihr euch ansehen.«

NEUNZEHN

Frank Tremont und Mickey Walker folgten Stanton den Flur entlang. »Hester Crimstein ist ein schamloses Biest, das deutlich weniger Skrupel als eine Straßendirne hat«, sagte Walker zu ihm. »Du weißt doch, dass sie dir die Inkompetenz nur vorgeworfen hat, um uns aus dem Konzept zu bringen.«

»Mhm.«

»Du hast alles für diesen Fall getan. Viel mehr, als es sonst irgendjemand gekonnt hätte.«

»Klar.«

»Das FBI, die Profiler und deine ganze Dienststelle haben sich voll reingehängt. Das hier hätte wirklich niemand ahnen können.«

»Mickey?«

»Ja.«

»Wenn ich Streicheleinheiten brauche«, sagte Frank, »such ich mir jemanden, der deutlich schärfer und femininer ist als du, okay?«

»Okay.«

Stanton führte sie hinten in den Keller zu einem Raum, in dem die Techniker ihre Geräte hatten. Haley McWaids iPhone war an einen Computer angeschlossen. Stanton deutete auf den Bildschirm. »Im Prinzip sehen wir hier das Display ihres Handys. Wir haben es nur vergrößert, damit man es besser erkennen kann.

»Okay«, sagte Frank Tremont. »Also, was gibt's?«

»Ich habe etwas in einem App entdeckt.«

»In einem was?«

»Einem App. Einer Handy-Applikation.«

Tremont zog seine Hose am Gürtel hoch. »Tu mal so, als ob ich ein Fossil wäre, das seinen Betamax-Videorekorder immer noch nicht richtig programmieren kann.«

Stanton drückte eine Taste. Der Bildschirm wurde schwarz bis auf drei Reihen ordentlich aufgereihter Symbole. »Das sind Apps für das iPhone. Kleine Programme mit bestimmten Funktionen. Seht ihr, in iCal, einem Kalender-Programm, hat sie ihre Termine wie den Stundenplan, die Lacrosse-Spiele und Hausaufgabengruppen verwaltet. Tetris ist ein Spiel, genau wie Moto Chaser. Safari ist ihr Internet-Browser. Mit iTunes hat sie sich Musik runtergeladen. Haley liebt Musik. Dann ist da noch dieses andere Musik-App namens Shazam. Damit kann man …«

»Ich glaub, das Prinzip haben wir jetzt verstanden«, sagte Walker.

»Klar, 'tschuldigung.«

Frank starrte Haleys iPhone an. Welchen Song, dachte er, hatte sie wohl zuletzt gehört? Stand sie auf schnelle Rockmusik oder eher auf herzzerreißende Balladen? Ganz der alte Knacker hatte Frank sich über diese Geräte lustig gemacht, wenn die Kids sich SMS oder E-Mails schrieben oder mit ihren Stöpseln im Ohr herumliefen, aber in gewissem Sinne befand sich fast ihr ganzes Leben auf diesen Dingern. Ihre Freunde waren im Adressbuch verzeichnet, Stundenplan und Termine im Kalender, ihre Lieblingssongs in der Playlist, Fotos, die sie zum Lächeln brachten – wie das mit Micky Maus –, im Foto-Ordner.

Hester Crimsteins Vorwurf war nicht von der Hand zu weisen. Es gab zwar wirklich keine Hinweise darauf, dass Dan Mercer Gewalt angewandt oder gar irgendjemanden vergewaltigt hatte, außerdem waren seine bisher bekannten Opfer deutlich jünger als Haley, und ehrlich gesagt konnte man auch die Tatsache, dass seine Exfrau im gleichen Ort wohnte, nicht als Alarmzeichen werten - trotzdem machten Crimsteins Worte über seine Inkompetenz ihm zu schaffen. Besonders, weil er ahnte, dass darin ein Anflug von Wahrheit enthalten war.

Er hätte das prüfen müssen.

»Also«, sagte Stanton, »ich werde jetzt nicht zu sehr ins Detail gehen, aber das hier ist etwas seltsam. Wie jeder Teenager hat Haley sich eine Menge Songs aus dem Internet heruntergeladen, aber nur bis zu ihrem Verschwinden. Seitdem ist sie auch nicht mehr im Internet gesurft. Na ja, also man sieht jede Seite, die sie sich auf ihrem iPhone angesehen hat, weil das beim Provider auf dem Server gespeichert wurde. Die Liste habt ihr ja schon bekommen, daher wisst ihr das, was ich in ihrem eigenen Browser gefunden habe, bereits. Sie hatte sich ein paar Mal die Website der University of Virginia angeguckt – es hat sie wohl ziemlich mitgenommen, dass die sie nicht genommen haben, oder?«

»Das stimmt.«

»Außerdem hat sie eine Lynn Jalowski gegoogelt, eine Lacrosse-Spielerin aus West Orange, die einen Studienplatz in Virginia gekriegt hat. Wahrscheinlich hat Haley die als ihre große Rivalin angesehen.«

»Ja, das wissen wir alles schon«, sagte Frank.

»Stimmt, der Server – dann wisst ihr auch über die Chats, die SMS und so weiter Bescheid, wobei ich dazusagen muss, dass Haley da weniger aktiv war als viele ihrer Altersgenossinnen. Aber hier ist ein weiteres App, und das konnten wir uns noch nicht ansehen. Es ist für Google Earth. Das kennt ihr doch, oder?«

»Erklär's ruhig nochmal.«

»Im Prinzip ist das ein eingebautes GPS-Programm.«

Stanton nahm Haleys iPhone und tippte auf ein Bild der Erde. Die Kugel fing an zu rotieren, dann zoomte eine Satellitenkamera herunter, während der Planet immer näher kam – erst die USA, dann die Ostküste, dann New Jersey –, bis sie schließlich etwa hundert Meter von dem Gebäude, in dem sie sich gerade befanden, stoppte. Unter dem Bild stand: »50 W Market Street, Newark, NJ.«

Franks Unterkiefer klappte herunter. »Zeigt das Ding uns jeden Ort an, an dem das iPhone war?«

»Schön wär's«, sagte Stanton. »Nein. Nur, wenn das Programm läuft. Das tat es bei Haley nicht. Aber man kann jede Adresse oder jeden Ort angeben und sich das Satellitenfoto davon auf der Karte anzeigen lassen. Na ja, ich hab nochmal bei ein paar Fachleuten nachgefragt, wie das genau funktioniert, aber ich glaube, Google Earth läuft direkt auf dem iPhone hier, so dass ihr auf dem Server nichts von der Suche mitgekriegt habt. Leider lässt sich im Verlauf des Browsers auch nicht feststellen, wann diese Suche durchgeführt wurde.«

»Und Haley hat sich auf Google Earth ein paar Orte angeguckt?«

»Genau zwei, seit sie sich dieses App heruntergeladen hat.«

»Und?«

»Der erste war ihr Zuhause. Ich nehme an, dass sie es nach dem Herunterladen mal ausprobiert hat, worauf das Programm ihren aktuellen Standort angezeigt hat. Das zählt also nicht so richtig.«

»Und der zweite?«

Stanton klickte, und der Google-Earth-Globus drehte sich wieder. Sie sahen, wie New Jersey immer weiter herangezoomt wurde. Dann verharrte das Bild in einem Waldgebiet mit einem einzelnen Gebäude in der Mitte.

»Ringwood State Park«, verkündete Stanton. »Das ist ungefähr sechzig Kilometer von hier. Mitten in den Ramapo Mountains. Das Gebäude da ist das Skyland Manor mitten im Park. Drumherum sind mindestens zwanzig Quadratkilometer Wald.«

Einen Moment lang waren alle still. Frank spürte, wie sein Herz zu rasen anfing. Er sah Walker an. Niemand sagte etwas. Sie wussten, was jetzt passieren musste. Wenn einem so etwas in den Schoß fiel, konnte man gar nicht anders handeln. Der Park war verdammt groß. Frank wusste noch, wie sich da vor ein paar Jahren eine Gruppe Abenteurer über einen Monat versteckt gehalten hatte. Da konnte man zwischen Bäumen und Sträuchern unentdeckt einen kleinen Unterschlupf bauen und jemanden darin einsperren.

Und ebenso gut konnte man dort auch jemanden begraben, und die Leiche würde womöglich nie gefunden werden.

Tremont sah als Erster auf die Uhr. Mitternacht. Es war noch ein paar Stunden dunkel. Panik erfasste ihn. Dann griff er zum Telefon und rief Jenna Wheeler an. Wenn sie nicht an den Apparat ging, würde er notfalls auch mit dem Streifenwagen durch die Haustür fahren, um eine Antwort zu bekommen.

»Hallo?«

»Dan ist doch gern gewandert, oder?«

»Ja.«

»Hatte er so etwas wie ein Lieblings-Wandergebiet?«

»Früher ist er oft den Weg in Watchung gegangen.«

»Was ist mit dem Ringwood State Park?«

Schweigen.

»Jenna?«

Es dauerte einen Moment, bis sie antwortete.

»Ja«, sagte sie leise. »Ich meine, vor Jahren, als wir noch verheiratet waren, da sind wir immer wieder den Cupsaw Brook Loop gegangen.«

»Ziehen Sie sich an. Ich lasse Sie mit einem Wagen abholen.« Frank Tremont legte auf und wandte sich an Walker und Stanton. »Hubschrauber, Hunde, Bulldozer, Lampen, Schaufeln, Rettungsmannschaften, Park Ranger, alles, was verfügbar ist. Auch Freiwillige vor Ort. Los geht's.«

Walker und Stanton nickten.

Frank Tremont klappte sein Handy wieder auf. Er atmete tief durch, spürte den Tiefschlag noch, den Hester Crimstein ihm mit ihren Worten versetzt hatte, dann wählte er die Nummer von Ted und Marcia McWaid.

Um fünf Uhr morgens riss das Telefon Wendy aus dem Schlaf. Sie hatte sich höchstens zwei Stunden vorher ins Bett gelegt. Sie hatte noch bis tief in die Nacht im Internet gesurft und sich ein Bild gemacht. Über Kelvin Tilfer war wirklich nichts zu finden. War er die Ausnahme, die die Regel bestätigte? Das konnte sie noch nicht sagen. Aber je mehr sie über die anderen erfuhr, je gründlicher sie sich in ihre Vergangenheit einarbeitete, desto seltsamer fand sie den Princeton-Mitbewohner-Skandal.

Wendy tastete blind nach dem Telefon und krächzte: »Hallo?«

Vic sparte sich die Begrüßungsfloskeln. »Kennst du den Ringwood State Park?«

»Nein.«

»Er ist in Ringwood.«

»Du musst früher wirklich sehr informative Reportagen gemacht haben, Vic.«

»Fahr hin.«

»Warum?«

»Die Cops suchen da die Leiche von dem Mädchen.«

Sie setzte sich auf. »Von Haley McWaid?«

»Yep. Sie glauben, dass Mercer sie da irgendwo im Wald verscharrt hat.«

»Gibt es irgendwelche neuen Hinweise in diese Richtung?«

»Meine Quelle hat etwas von Google Earth auf ihrem iPhone erwähnt. Ich schick dir auch ein Kamerateam hin.«

»Vic?«

»Was ist?«

Wendy fuhr sich mit der Hand durch die Haare und versuchte, ihre hektischen Gedanken zur Ruhe zu bringen. »Ich weiß nicht, ob mich das nicht alles zu sehr mitnimmt.«

»Na dann heul doch ’ne Runde. Aber setz deinen Hintern in Bewegung.«

Er legte auf. Wendy kämpfte sich aus dem Bett hoch, duschte und zog sich an. Sie hatte ihren Fernseh-Schminkkoffer immer parat, was eigentlich ziemlich pervers war, wenn man überlegte, wohin sie unterwegs war. Willkommen in der Welt der Fernsehnachrichten. Oder, wie Vic es so poetisch gesagt hatte, »na dann heul doch«.

Sie ging an Charlies Zimmer vorbei. Es war ein Saustall, Hemd und Hose vom Vortag lagen ineinander verknüllt auf dem Boden. Wenn man einen Mann verloren hatte, lernte man, nicht zu viel Zeit an solche Dinge zu verschwenden. Sie sah über das Bündel ihren schlafenden Sohn an und dachte an Marcia McWaid. Marcia war auch aufgewacht, hatte ins Zimmer ihres Kindes geblickt und festgestellt, dass das Bett leer war. Und jetzt, drei Monate später, wartete Marcia McWaid immer noch auf eine Nachricht, während Polizisten auf der Suche nach ihrer vermissten Tochter einen State Park durchkämmten.

Das begriffen Menschen wie Ariana Nasbro einfach nicht – wie zerbrechlich alles war. Die Nachbeben, die auf so ein schreckliches Ereignis folgten. Wie einen jede Sorglosigkeit in ein tiefes Loch der Verzweiflung stoßen konnte. Und dass so etwas mitunter irreparabel war.

Wieder einmal sprach Wendy das stille Gebet aller Eltern: *Lass ihm nichts passieren. Bitte sorg dafür, dass er sicher ist.*

Dann stieg sie in ihren Wagen und fuhr in den State Park, in dem die Polizei nach dem Mädchen suchte, das an jenem Morgen nicht in ihrem Bett gelegen hatte.

ZWANZIG

Um fünf Uhr fünfundvierzig ging die Sonne auf.

Patricia McWaid, Haleys jüngere Schwester, stand mitten im Chaos, das um sie herum ausgebrochen war, und rührte sich nicht. Seit die Polizei Haleys iPhone gefunden hatte, kam es ihr fast vor wie in den entsetzlichen ersten Tagen – überall wurden Vermisst-Poster mit Haleys Bild aufgehängt, ihre Freundinnen wurden angerufen, die Orte, an denen sie am liebsten war, aufgesucht, ihre Vermissten-Website wurde aktualisiert, ein Foto von ihr in den Einkaufszentren der Umgebung verteilt.

Ermittler Tremont, der so nett zu ihrer Familie gewesen war, schien in den letzten Tagen um zehn Jahre gealtert zu sein. Er rang sich ein Lächeln ab und sagte: »Wie geht's dir, Patricia?«

»Gut, danke.«

Er klopfte ihr auf die Schulter und ging weiter. Das passierte Patricia oft. Sie ragte nicht heraus. Sie war nichts Besonderes. Das störte sie nicht. Die meisten Leute waren nichts Besonderes, obwohl sie sich vielleicht dafür hielten. Patricia war mit ihrer Situation zufrieden – oder zumindest war sie es bislang gewesen. Haley fehlte ihr. Patricia stand nicht gerne im Mittelpunkt. Anders als ihre große Schwester hasste sie Wettkämpfe und mied das Rampenlicht. Jetzt war sie eine Unglücks-Prominente in der Schule, beliebte Mädchen waren nett zu ihr, weil sie Patricia in ihrer Nähe haben wollten. Dann konnten sie auf der nächsten Party sagen: »Ach, das vermisste Mädchen? Ja, ich bin mit ihrer Schwester befreundet.«

Patricias Mutter half bei der Einteilung der Suchtrupps. Mom strotzte nur so vor Energie, genau wie Haley. Selbst ihr Gang hatte diese pantherähnliche Kraft und Grazie, als ob bereits ein Spaziergang für alle in ihrer Nähe eine Herausforderung wäre. Haley ging voran. Immer. Und Patricia folgte ihr. Manche Leute dachten, das würde sie belasten, aber da lagen sie falsch. Gelegentlich sprach ihre Mutter sie darauf an, sagte: »Du musst einfach entschlossener auftreten«, aber Patricia sah keinen Grund dafür. Sie traf nicht gerne Entscheidungen. Ihr war es auch recht, wenn sie in den Film gingen, den Haley sehen wollte, und ob sie nun chinesisch oder italienisch essen gingen, interessierte sie nicht sonderlich. Eigentlich verstand sie überhaupt nicht, was so toll daran sein sollte, entschlossen aufzutreten.

Die Übertragungswagen der Fernsehsender waren in ein mit Flatterband abgesperrtes Gelände gepfercht – fast so, wie es die Cowboys in Western mit den Rindern machten. Patricia entdeckte die Frau vom Kabelsender mit den graumelierten Haaren und der schrillen Stimme. Ein Reporter schlich sich an der Sperre vorbei und rief Patricias Namen. Er lächelte ihr zu, wobei er viele Zähne zeigte, und deutete auf ein Mikrofon, als wäre es eine Süßigkeit, mit der er sie in seinen Wagen zu locken versuchte. Tremont ging zum Reporter und sagte ihm, er solle verdammt nochmal zusehen, dass er wieder hinter die Absperrung käme.

Die Crew eines weiteren Fernsehsenders stellte eine Kamera auf. Patricia erkannte die hübsche Reporterin, die neben der Kamera stand. Ihr Sohn, Charlie, ging bei ihr auf die Highschool. Charlies Vater war von einer betrunkenen Frau mit dem Auto überfahren worden, als er noch klein war, das hatte

Mom ihr erzählt. Immer wenn sie Mrs. Tynes im Supermarkt, bei einem Spiel oder sonst irgendwo sahen, wurden Patricia, Haley und Mom ganz still – vielleicht aus Respekt, vielleicht aber auch aus Angst, weil sie alle darüber nachdachten, wie es wäre, wenn ein Betrunkener ihrem Dad so etwas antun würde.

Es kamen immer mehr Polizisten. Ihr Dad begrüßte sie mit einem erstarrten Lächeln und schüttelte allen die Hände, als wollte er für irgendetwas kandidieren. Patricia kam mehr nach ihrem Vater – sie ordnete sich unter. Aber ihr Vater hatte sich verändert. Das hatten sie wohl alle, dachte sie, aber in ihrem Dad schien irgendetwas kaputt gegangen zu sein, und sie war sich nicht sicher, ob es sich je wieder reparieren lassen würde, selbst wenn Haley zurück nach Hause kam. Er sah noch genauso aus wie früher, lächelte genauso, versuchte zu lachen, herumzualbern und die Dinge zu tun, die ihn, na ja, zu ihrem Dad machten. Aber bei alldem wirkte er vollkommen leer, fast so, als ob man ihn von innen heraus ausgehöhlt hätte – wie in einem dieser Film, wo Außerirdische die Menschen durch seelenlose Klone ersetzen.

Die Polizisten vor ihnen hatten auch Polizeihunde dabei, Dänische Doggen, und Patricia ging hin.

»Darf ich sie streicheln?«, fragte sie.

»Natürlich«, sagte ein Polizist nach kurzem Zögern.

Patricia kraulte einen hinter dem Ohr, und der ließ vor Begeisterung die Zunge heraushängen.

Die Leute sprachen oft darüber, wie sehr einen die Eltern formten, aber für Patricia war es Haley, die sie am meisten geprägt hatte. Als die Mädchen in der zweiten Klasse angefangen hatten, Patricia zu hänseln, hatte Haley als Warnung eine von ihnen verprügelt. Als ein paar Jungs ihnen im Madison Square Garden hinterhergepfiffen hatten – Haley war mit ihrer kleinen Schwester beim Taylor-Swift-Konzert gewesen –, hatte

Haley sich vor sie gestellt und ihnen gesagt, dass sie aufhören sollten. Als sie in Disney World in Florida waren, hatten die Eltern Haley und ihr erlaubt, einen Abend lang alleine wegzugehen. Da hatten sie sich am Ende im All-Star Sports Resort mit ein paar älteren Jungs getroffen und sich betrunken. Patricia hatte damals ihr erstes Bier gehabt, und hinterher hatte sie noch ein bisschen mit einem Jungen namens Parker herumgemacht. Aber Haley hatte aufgepasst, dass Parker nicht zu weit ging.

»Wir fangen tief hinten im Wald an«, sagte Ermittler Tremont zum Hundeführer.

»Wieso das denn?«

»Wenn sie noch lebt, wenn der Drecksack sich ein Versteck gebaut hat und sie darin gefangen hält, muss es abseits der Straßen und Wanderwege sein, sonst hätte sie schon jemand gehört. Wenn sie jedoch irgendwo nah am Weg ist …«

Er verstummte, als ihm bewusst wurde, dass Patricia in Hörweite war. Sie blickte in den Wald, streichelte den Hund weiter und tat so, als ob sie nichts mitbekommen hätte. Drei Monate lang hatte Patricia nichts an sich herangelassen. Haley war stark. Sie würde überleben. Es war, als wäre ihre große Schwester zu einem seltsamen Abenteuer aufgebrochen und würde bald wieder nach Hause kommen.

Aber jetzt, während sie in den Wald starrte und den Hund streichelte, stellte sie sich das Unvorstellbare vor: Haley, alleine, ängstlich, verletzt, weinend. Patricia kniff die Augen zusammen. Frank Tremont kam auf sie zu. Er stellte sich vor sie, räusperte sich und wartete, dass sie die Augen wieder aufmachte. Sie tat es und rechnete mit ein paar tröstenden Worten. Doch er sagte nichts. Er stand nur da und trat unentschlossen von einem Fuß auf den anderen.

Und so schloss Patricia die Augen wieder und streichelte weiter den Hund.

EINUNDZWANZIG

Wendy stellte sich ans Absperrband und sprach in das Mikrofon mit dem NTC-News-Logo. »Und so warten wir auf eine Nachricht«, sagte sie und versuchte gleichzeitig angemessen ernst zu klingen und dabei doch die typische Melodramatik von Nachrichtenmoderatorinnen zu vermeiden. »Aus dem Ringwood State Park im Norden New Jerseys berichtete Wendy Tynes für NTC-News.«

Sie ließ das Mikrofon sinken. Sam, ihr Kameramann, sagte: »Mach das lieber nochmal.«

»Wieso?«

»Dein Pferdeschwanz ist locker.«

»Das ist okay.«

»Komm schon, zieh das Haargummi ran. Das dauert keine zwei Minuten. Vic wird eine weitere Aufnahme wollen.«

»Vic kann mich mal.«

Sam rollte mit den Augen. »Das soll jetzt ein Witz sein, oder?«

Sie sagte nichts.

»Hey, du bist doch diejenige, die völlig sauer wird, wenn wir eine Aufnahme senden, in der dein Make-up verschmiert ist«, fuhr er fort. »Und plötzlich muss alles absolut echt und authentisch sein?«

Wendy drückte ihm das Mikrofon in die Hand und ging. Sam hatte natürlich Recht. Sie war Fernsehreporterin. Jeder, der glaubte, Aussehen würde in dieser Branche keine Rolle spielen, war zumindest naiv, wenn nicht schon hirntot. Natürlich war das Aussehen wichtig – und Wendy hatte sich in diversen mindestens ebenso grausigen Situationen sorgfältig für die Kamera hergerichtet und durchaus mehrere Aufnahmen gemacht, wenn etwas nicht perfekt saß.

Kurz gesagt, zu der immer länger werdenden Liste ihrer Fehler und Versäumnisse kam jetzt noch Heuchelei hinzu.

»Wo willst du hin?«, fragte Sam.

»Ich hab mein Handy dabei. Ruf mich an, wenn hier was passiert.«

Sie ging zu ihrem Wagen. Eigentlich wollte sie Phil Turnball anrufen, aber dann fiel ihr ein, wie seine Frau Sherry gesagt hatte, dass Phil jeden Morgen allein mit den Stellenanzeigen im Suburban Diner an der Route 17 saß. Das war nur etwa zwanzig Minuten von hier entfernt.

Die klassischen New Jersey Diners von früher hatten diese wunderbaren, glänzenden Aluminium-Außenwände. Die neueren – »neuer« hieß in diesem Fall seit zirka 1968 – besaßen Fassaden aus Naturstein-Imitat, bei denen Wendy sich sofort nach, tja, Aluminium sehnte. Die Innenräume hatten sich allerdings nicht sehr verändert. Vor dem Tresen standen Drehhocker, obendrauf lagen Donuts unter Batphone-artigen Glasglocken, an den Tischen befanden sich noch immer kleine Jukeboxes, an den Wänden hingen signierte, von der Sonne ausgebleichte Fotos von einheimischen Prominenten, deren Namen man noch nie gehört hatte, an der Kasse saß ein verdrießlicher Mann, dem Haare aus den Ohren wuchsen, und die Kellnerin nannte alle Kunden Schätzchen, wofür man sie einfach lieben musste.

In der Jukebox lief der Achtziger-Jahre-Hit »True« von Spandau Ballet, eine seltsame Wahl für sechs Uhr morgens. Phil Turnball saß an einem kleinen Tisch in der Ecke. Er trug einen grauen Nadelstreifenanzug mit einer jener gelben Krawatten, die man früher »Power Tie« genannt hatte. Er las nicht in der Zeitung. Er starrte in seinen Kaffee, als wäre darin irgendeine Antwort zu finden.

Wendy trat zu ihm und wartete, dass er aufblickte. Vergeblich.

Ohne sie anzusehen, fragte er: »Woher wussten Sie, dass ich hier bin?«

»Ihre Frau erwähnte, dass Sie hier herkommen.«

Er lächelte, es lag aber keine Fröhlichkeit darin. »Ach, wirklich?«

Wendy sagte nichts.

»Sagen Sie, wie genau ist dieses Gespräch abgelaufen – ›Ach, wissen Sie, der jämmerliche Phil fährt jeden Morgen in dieses Diner, um sich da in Selbstmitleid zu ergehen‹?«

»Absolut nicht«, sagte Wendy.

»Natürlich nicht.«

Es lohnte sich nicht, das Thema zu vertiefen. »Haben Sie was dagegen, wenn ich mich setze?«

»Ich habe Ihnen nichts zu sagen.«

In der Zeitung war die Seite aufgeschlagen, auf der stand, dass Haleys Handy in Dan Mercers Motelzimmer gefunden worden war. »Haben Sie diese Sache über Dan gelesen?«, wollte Wendy wissen

»Yep. Wollen Sie ihn immer noch in Schutz nehmen? Oder war das von Anfang an nur Geschwätz?«

»Ich versteh nicht, was Sie meinen.«

»Haben Sie bei unserem Gespräch schon gewusst, dass Dan dieses Mädchen entführt hatte? Dachten Sie, ich würde nicht mit Ihnen reden, wenn Sie mir erzählt hätten, was wirklich passiert ist, und haben deshalb behauptet, Sie würden versuchen, seinen guten Ruf wiederherzustellen?«

Wendy setzte sich ihm gegenüber an den Tisch. »Ich habe

nie gesagt, dass ich seinen guten Ruf wiederherstellen will. Ich habe gesagt, dass ich die Wahrheit herausfinden will.«

»Wie großherzig«, sagte er.

»Warum sind Sie so feindselig?«

»Ich habe gesehen, wie Sie sich gestern mit Sherry unterhalten haben.«

»Na und?«

Phil Turnball nahm den Kaffee mit beiden Händen hoch, einen Finger im Henkel, mit den anderen die Tasse stützend. »Sie wollten sie wohl überreden, dass ich mit Ihnen zusammenarbeite.«

»Und wieder frage ich: Na und?«

Er trank einen Schluck und stellte die Tasse behutsam ab. »Ich wusste nicht, was ich davon halten sollte. Ich meine, ein paar von den Dingen, die Sie darüber erzählt haben, dass Dan reingelegt wurde, klangen ziemlich plausibel. Aber jetzt ...«, mit dem Kinn deutete er auf den Artikel über Haleys Handy, »... was soll das jetzt noch?«

»Vielleicht können Sie bei der Suche nach einem vermissten Mädchen helfen.«

Er schüttelte den Kopf und schloss die Augen.

»Was ist?«

Die Kellnerin – eine schlecht blondierte Matrone mit einem Bleistift hinter dem Ohr, die Wendys Vater eine »Schickse« genannt hätte – fragte: »Kann ich Ihnen etwas bringen?«

Mist, dachte Wendy. Wo blieb das »Schätzchen«?

»Nein, nichts, danke«, sagte Wendy.

Die Kellnerin verschwand wieder. Phil hatte die Augen immer noch geschlossen.

»Phil?«

»Inoffiziell?«, fragte er.

»In Ordnung.«

»Ich weiß nicht, wie ich es ausdrücken soll, ohne meinen Worten eine Bedeutung zu geben, die sie nicht haben.«

Wendy wartete, ließ ihn erst einmal seine Gedanken sortieren.

»Hören Sie, Dan und diese Sexgeschichten …«

Er brach ab. Wendy wollte ihm eigentlich direkt ins Wort fallen. Sexgeschichten? Der Versuch, sich mit einem minderjährigen Mädchen zu treffen und ein anderes womöglich entführt zu haben – so etwas sollte man eigentlich nicht als »Sexgeschichten« abtun. Aber für Moralpredigten war jetzt nicht der richtige Zeitpunkt. Also sagte sie nichts und wartete einfach ab.

»Verstehen Sie mich bitte nicht falsch. Ich behaupte nicht, dass Dan ein Pädophiler war. So war das nicht.«

Wieder brach er ab, und dieses Mal war Wendy nicht sicher, ob er ohne Aufforderung weiterreden würde. »Sondern wie?«, fragte sie.

Phil setzte an, stockte, schüttelte den Kopf. »Sagen wir einfach, dass Dan auch gerne mal bei einer Jüngeren rangegangen ist, wenn Sie wissen, was ich meine.«

Wendys Mut sank.

»Wenn Sie sagen, er ist auch gerne mal bei einer Jüngeren rangegangen …«

»Es gab Zeiten – Sie dürfen dabei nicht vergessen, dass das über zwanzig Jahre her ist, ja? –, aber es gab Zeiten, da hat Dan die Gesellschaft jüngerer Mädchen bevorzugt. Nicht wie ein Pädophiler oder so. Nichts Perverses. Aber er ist gern auf Highschool-Partys gegangen. Er hat junge Mädchen zu Studentenfeiern eingeladen und so was.«

Wendys Mund war trocken. »Wie jung?«

»Ich weiß nicht. Ich hab sie ja damals nicht nach ihrem Ausweis gefragt.«

»Wie jung, Phil?«

»Wie schon gesagt, ich weiß es nicht.« Er wand sich. »Vergessen Sie nicht, dass wir selbst noch Erstsemester an der Uni waren. Wir waren ja erst achtzehn oder neunzehn Jahre alt. Also waren diese Mädels vielleicht auf der Highschool. Eigentlich war das keine große Sache, oder? Ich glaube, Dan ist damals achtzehn gewesen. Dann waren die Mädels so zwei, vielleicht auch drei oder vier Jahre jünger als er.«

»Vier Jahre jünger? Das wäre dann eine Vierzehnjährige.«

»Ich weiß es nicht. Ich mein ja bloß. Und Sie wissen ja auch, wie das ist. Manche vierzehnjährige Mädchen sehen viel älter aus. Wie sie sich anziehen und so. Die machen das ja oft extra, weil sie den älteren Jungs gefallen wollen.«

»Diesen Gedankengang sollten Sie lieber nicht weiter verfolgen, Phil.«

»Sie haben Recht.« Er rieb sich mit beiden Händen übers Gesicht. »Mein Gott, ich habe Töchter in dem Alter. Ich will ihn wirklich nicht verteidigen. Ich versuche nur, es zu erklären. Dan war kein Perverser oder Vergewaltiger. Na ja, der Gedanke, dass er auf ein jüngeres Mädchen steht? Das könnte ich vielleicht noch akzeptieren. Aber dass er eins entführt, dass er ein junges Mädchen kidnappt und ihm womöglich etwas antut …? Nein, das kann ich mir absolut nicht vorstellen.«

Er verstummte und lehnte sich zurück. Wendy saß ganz still. Sie dachte darüber nach, was sie über Haley McWaids Verschwinden wusste: Kein Einbruch. Keine Gewalt. Kein Anruf. Keine SMS. Keine E-Mails. Kein Anzeichen einer Entführung. Nicht einmal ein ungemachtes Bett.

Vielleicht lagen sie alle falsch.

In ihrem Kopf nahm eine neue Theorie Gestalt an. Sie war unvollständig, basierte zum Großteil auf Vermutungen und Unterstellungen, trotzdem musste sie ihr nachgehen. Nächster Schritt: Sie musste zurück in den State Park und Sheriff Walker suchen. »Ich muss los.«

Er sah sie an. »Glauben Sie, dass Dan dem Mädchen etwas angetan hat?«

»Ich habe keine Ahnung. Wirklich nicht.«

ZWEIUNDZWANZIG

Auf der Fahrt rief Wendy Sheriff Walker an. Der Anruf wurde drei Mal automatisch weitergeleitet, bis er sich endlich meldete.

»Wo sind Sie?«, fragte sie.

»Im Wald.«

Schweigen.

»Schon irgendetwas gefunden?«

»Nein.«

»Hätten Sie fünf Minuten Zeit für mich?«

»Ich bin gerade auf dem Rückweg zum Manor. Da ist auch ein Ermittler namens Frank Tremont. Er leitet die Ermittlungen im Fall Haley McWaid.«

Sie kannte Tremont. In den letzten Jahren hatte sie über mehrere seiner Fälle berichtet. Er war ein erfahrener Mann, ziemlich clever, aber viel zu zynisch. »Ja, den kenn ich.«

»Prima. Dann treffen wir uns da.«

Sie beendete das Telefonat, fuhr nach Ringwood zurück, parkte bei den Übertragungswagen und den anderen Reportern und ging zum Cop an der Absperrung. Sam hatte sie gesehen, schnappte sich die Kamera und folgte ihr. Durch ein kurzes Kopfschütteln stoppte Wendy ihn. Sam sah sie überrascht an. Wendy nannte dem Cop ihren Namen und wurde durchgewunken. Den anderen Reportern gefiel das nicht. Sie gingen zur Absperrung und verlangten, das Grundstück auch betreten zu dürfen. Wendy ging weiter, ohne sich umzusehen.

Als sie zum Zelt kam, sagte ein Polizist zu ihr: »Sheriff Walker und Ermittler Tremont lassen Ihnen ausrichten, dass Sie hier warten sollen.«

Sie nickte und setzte sich auf einen dieser Segeltuch-Klappstühle, wie sie manche Eltern benutzten, wenn sie ihren Kindern beim Fußballspielen zusahen. Alles stand voller Polizeiwagen – Streifenwagen wie auch Zivilfahrzeuge, die wie Kraut und Rüben durcheinandergeparkt waren. Sie sah uniformierte Polizisten, Polizisten in Straßenkleidung und mehrere Beamte in schicken FBI-Windjacken. Mehrere saßen an Laptops. Aus der Ferne hörte Wendy Hubschrauberknattern.

Am Waldrand stand ein junges Mädchen ganz allein. Als sie etwas genauer hinsah, erkannte Wendy Patricia McWaid, Haleys jüngere Schwester. Wendy überlegte, ob dies ein angemessener Zeitpunkt war, mit ihr zu sprechen – allzu lange zögerte sie allerdings nicht. Gelegenheit, Schopf und so weiter. Sie ging auf das Mädchen zu und sagte sich dabei, dass es nicht darum ging, eine große Story abzugreifen, sondern einzig und allein darum herauszubekommen, was wirklich mit Haley und Dan passiert war.

Die neue Theorie hatte sich jetzt fest in ihrem Kopf eingenistet. Und Patricia McWaid könnte Informationen haben, die sie bestätigten oder widerlegten.

»Hi«, sagte Wendy zu dem jungen Mädchen.

Das Mädchen zuckte vor Schreck kurz zusammen. Sie drehte sich um und sah Wendy an. »Hallo.«

»Mein Name ist Wendy Tynes.«

»Ich weiß«, sagte Patricia. »Sie wohnen bei uns im Ort. Und Sie sind oft im Fernsehen.«

»Das stimmt.«

»Außerdem haben Sie eine Sendung über den Mann gemacht, der Haleys Handy hatte.«

»Ja.«

»Glauben Sie, er hat ihr was getan?«

Wendy überraschte die Direktheit des Mädchens. »Ich weiß es nicht.«

»Tun Sie einfach so, als ob Sie das raten müssten – glauben Sie, dass er ihr was getan hat?«

Wendy überlegte. »Nein, ich glaube nicht, dass er ihr was getan hat.«

»Warum nicht?«

»Das ist nur so ein Gefühl. Keine Ahnung, wo das herkommt. Und wie schon gesagt, ich weiß es wirklich nicht.«

Patricia nickte. »Schon okay.«

Wendy überlegte, wie sie das angehen sollte. Mit etwas Banalem anfangen wie: »Deine Schwester und du, standet ihr euch sehr nah?« Die übliche Vorgehensweise bei einem Interview. Man fing mit unverfänglichen, allgemein gehaltenen Fragen an, damit sich das Gegenüber entspannte, baute erst einmal eine Beziehung auf und hoffte, dass sich daraus ein Gesprächsrhythmus entwickelte. Aber selbst ohne den Zeitdruck – Tremont und Walker konnten jeden Moment auftauchen – schien ihr das der falsche Weg zu sein. Das Mädchen hatte sie ganz direkt gefragt. Dann konnte sie das auch tun.

»Hat deine Schwester je etwas über Dan Mercer gesagt?«

»Das hat die Polizei mich schon gefragt.«

»Und?«

»Nein. Haley hat ihn nie erwähnt.«

»Hatte Haley einen Freund?«

»Das hat die Polizei auch gefragt«, sagte Patricia. »Gleich am Tag nach ihrem Verschwinden. Die Frage muss Ermittler Tremont mir seitdem mindestens tausend Mal gestellt haben. Als ob ich ihm etwas verschweigen würde.«

»Und, hast du das?«

»Nein.«

»Dann hatte sie einen Freund?«

»Ich glaube schon, ja. Aber ich weiß es nicht. Das war ihre Privatsache. Haley konnte solche Dinge sehr gut geheim halten.«

Wendys Puls ging etwas schneller. »Was hat sie denn geheim gehalten?«

»Sie hat sich ein paarmal rausgeschlichen und mit ihm getroffen.«

»Woher wusstest du davon?«

»Mir hat sie's erzählt. Sie wissen schon, damit ich sie decken kann, wenn unsere Eltern sie suchen.«

»Wie oft war das?«

»So zwei oder drei Mal.«

»Wollte sie auch an dem Abend, an dem sie verschwunden ist, dass du sie deckst?«

»Nein. Das letzte Mal war ungefähr eine Woche vorher.«

Wendy dachte darüber nach. »Und das hast du alles der Polizei erzählt?«

»Klar. Gleich am ersten Tag.«

»Hat die Polizei ihren Freund gefunden?«

»Ich glaube schon. Also, Tremont hat das wenigstens gesagt.«

»Verrätst du mir, wer das war?«

»Kirby Sennett. Ein Typ aus der Schule.«

»Glaubst du, dass es Kirby war?«

»Sie meinen, ob er ihr Freund war?«

»Ja.«

Patricia zuckte die Achseln. »Ich glaub schon, ja.«

»Aber sicher bist du dir nicht?«

»Nein. Sie hat es mir ja nicht erzählt. Ich sollte sie nur decken.«

Der Hubschrauber flog über sie hinweg. Patricia schirmte die Augen mit der Hand ab und sah nach oben. Sie schluckte. »Das kommt mir immer noch total unecht vor. Als ob sie nur irgendwohin verreist ist und irgendwann einfach wieder vor der Tür steht.«

»Patricia?«

Sie senkte den Blick.

»Glaubst du, dass Haley ausgerissen ist?«

»Nein.«

Ohne jedes Zögern.

»Du scheinst dir ziemlich sicher zu sein.«

»Wieso sollte sie ausreißen? Klar, vielleicht hat sie zwischendurch mal irgendwo was getrunken und so. Aber Haley war doch glücklich. Sie ist gern in die Schule gegangen. Sie hat gern Lacrosse gespielt. Sie mochte ihre Freundinnen. Und die Familie auch. Warum hätte sie ausreißen sollen?«

Wendy dachte darüber nach.

»Ms. Tynes?«, sagte Patricia.

»Ja?«

»Was glauben Sie, was passiert ist?«

Sie wollte dieses Mädchen nicht belügen. Aber sie wollte es ihr auch nicht sagen. Wendy wandte den Blick ab und zögerte gerade lange genug.

»Was ist denn hier los?« Beide drehten sich um. Ermittler Frank Tremont und Sheriff Walker standen hinter ihnen. Tremont schien nicht zu gefallen, was er sah. Er warf Walker einen Blick zu, Walker nickte und sagte: »Patricia, wie wär's, wenn du mit mir mitkommst.«

Walker und Patricia gingen zum Polizeizelt, während Tremont bei Wendy blieb. Er sah sie stirnrunzelnd an. »Na ja, dann will ich mal hoffen, dass das kein Trick war, um an die Familie heranzukommen.«

»War es nicht.«

»Also, was haben Sie?«

»Dan Mercer mochte jüngere Mädchen.«

Tremont sah sie gelangweilt an. »Wow, das bringt uns jetzt richtig weiter.«

»Irgendetwas an dieser ganzen Dan-Mercer-Sache kam mir vom ersten Tag an unlogisch vor«, fuhr sie fort. »Und – ohne jetzt ins Detail gehen zu wollen –, ich war einfach nicht in der Lage, ihn einzig und allein als das böse Raubtier anzusehen. Ich habe gerade mit einem alten Kommilitonen von ihm aus Princeton gesprochen. Er kann sich nicht vorstellen, dass Dan jemanden gewaltsam entführt hat.«

»Toll, das wird ja immer besser.«

»Aber er hat bestätigt, dass Dan jüngere Mädchen mochte. Ich will jetzt nicht sagen, dass der Kerl kein Drecksack war. Wie's aussieht, war er das. Worauf ich wirklich hinauswill ist, dass Mercer es eher mit Einvernehmlichkeit versucht hat und nicht, was weiß ich, mit Gewalt.«

Tremont zeigte sich unbeeindruckt. »Und?«

»Und Patricia meinte, dass Haley einen Freund hätte.«

»Das ist kein Geheimnis. Das war ein hiesiger Möchtegern-Rabauke namens Kirby Sennett.«

»Sind Sie sicher?«

»Wobei soll ich mir sicher sein?« Tremont schwieg einen Moment lang. »Moment, was wollen Sie damit sagen?«

»Laut Patricia hat Haley sich ein paarmal heimlich aus dem Haus geschlichen – zum letzten Mal ungefähr eine Woche vor ihrem Verschwinden. Patricia sagte, Haley hätte sie gebeten, sie wenn nötig zu decken.«

»Klar.«

»Und Sie meinen jetzt, als sie weg war, hätte sie sich mit diesem Kirby getroffen?«

»Genau.«

»Hat Kirby das bestätigt?«

»Nicht vollständig, nein. Hören Sie, es gibt mehrere Hinweise darauf, dass die beiden etwas miteinander hatten. Wir haben SMS, E-Mails und so weiter. Anscheinend wollte Haley es geheim halten – vermutlich eben weil der Bursche ein Rabauke ist. Da steckt nicht viel dahinter. Sennett hat sich einen Anwalt genommen. Das ist nicht ungewöhnlich, selbst wenn man unschuldig ist. Reiche Eltern, verzogener Balg, Sie kennen das.«

»Und der war Haleys Freund?«

»Sieht so aus, ja. Aber Kirby behauptet, dass Haley und er ungefähr eine Woche vor ihrem Verschwinden Schluss gemacht hätten. Der Termin passt auch mit dem letzten Aus-dem-Haus-Schleichen zusammen.«

»Und Kirby haben Sie sich logischerweise näher angesehen.«

»Klar, aber der Junge ist ein Schmalspur-Kretin. Verstehen Sie mich nicht falsch, wir haben uns Kirby eingehend angeguckt. Der ist am Abend vor ihrem Verschwinden früh nach Hause gekommen, und dann war er ein paar Tage mit seinen Eltern in Kentucky. Und auch ansonsten haben wir ihn gründlich überprüft. Es ist ausgeschlossen, dass er irgendwas damit zu tun hat. Falls Sie darauf hinauswollten.«

»Nein, das wollte ich nicht«, sagte Wendy.

Tremont griff zur Gürtelschnalle und zog daran seine Hose hoch. »Verraten Sie mir denn, woran Sie gedacht haben?«

»Dan Mercer geht mit jungen Mädchen aus. Haley McWaid verlässt nachts heimlich das Haus – es gibt keinerlei Anzeichen für Gewalt, einen Einbruch oder sonst irgendetwas. Was wäre denn, wenn es sich bei diesem geheimnisvollen Freund nicht um Kirby Sennett gehandelt hätte, sondern um Dan Mercer?«

Tremont nahm sich Zeit zum Nachdenken. Er kaute auf irgendetwas herum. Etwas, das offensichtlich schlecht schmeckte. »Also glauben Sie, tja, dass Haley aus eigenem Antrieb mit diesem Perversen durchgebrannt ist?«

»Ich bin noch nicht bereit, so weit zu gehen.«

»Gut«, sagte Tremont hart. »Weil sie nämlich ein anständiges Mädchen ist. Ein wirklich anständiges Mädchen. Ich will nicht, dass ihren Eltern solcher Mist zu Ohren kommt. Das haben sie nicht verdient.«

»Ich will Haley nicht in den Dreck ziehen.«

»Okay. Nur damit das klar ist.«

»Aber wenn wir rein theoretisch einmal annehmen würden«, sagte Wendy, »dass Haley mit Mercer ausgerissen ist, wäre das eine Erklärung dafür, dass es keinen Hinweis auf Gewalt gibt. Und vielleicht erklärt es auch, wie das iPhone ins Motelzimmer gekommen ist.«

»Wie?«

»Haley brennt mit Mercer durch. Er wird umgebracht. Als sie das hört, flieht sie aus seinem Motelzimmer – ohne sich noch einmal umzusehen. Ich meine, überlegen Sie doch mal. Wenn Dan Mercer sie entführt und umgebracht hätte, warum sollte er dann ihr iPhone behalten?«

»Als Trophäe?«

Wendy runzelte die Stirn. »Glauben Sie das wirklich?«

Tremont sagte nichts.

»Sie haben diesen State Park auf Google Earth gefunden, stimmt's?«

»Ja.«

»Versetzen Sie sich mal kurz in Haleys Position. Sie würden doch nicht den Ort nachsehen, an den ein Kidnapper Sie verschleppt hat oder wo er Sie verscharren will oder so was.«

»Andererseits«, vollendete Tremont ihren Gedankengang, »könnte man sich womöglich einen Ort ansehen, an dem man sich mit seinem Freund treffen will, nachdem man von zu Hause ausgerissen ist.«

Wendy nickte.

Tremont seufzte. »Sie ist ein anständiges Mädchen.«

»Es geht hier nicht um eine Bewertung ihrer Moral.«

»Nicht?«

Wendy ging nicht darauf ein.

»Nehmen wir an, dass Sie Recht hätten«, sagte Tremont. »Wo wäre Haley dann jetzt?«

»Ich habe keine Ahnung.«

»Und warum sollte sie ihr Handy im Motel liegen lassen?«

»Vielleicht musste sie schnell weg. Vielleicht konnte sie aus irgendeinem Grund nicht wieder ins Motel zurück. Vielleicht hatte sie Angst, weil Dan ermordet wurde, und ist untergetaucht.«

»Sie musste also schnell weg«, wiederholte Tremont und legte den Kopf schräg. »Und darum hat sie ihr iPhone unterm Bett liegen lassen?«

Wendy dachte darüber nach. Dazu fiel ihr nichts ein.

»Gehen wir das Schritt für Schritt durch«, sagte Tremont. »Zuerst schicke ich ein paar Leute ins Motel – und auch in die anderen Absteigen, in denen Dan jeweils für ein paar Tage gehaust hat. Die erkundigen sich, ob irgendjemand Dan mit einem Mädchen im Teenageralter gesehen hat.«

»Gut«, sagte Wendy. Dann: »Und noch was.«

»Was?«

»Als ich Dan gesehen habe, direkt vor seiner Ermordung, hatte ihn jemand ziemlich übel zugerichtet.«

Tremont merkte, worauf sie hinauswollte. »Dann glauben Sie, dass Haley McWaid bei ihm und damit womöglich auch Zeugin dieser Schlägerei war.« Er nickte. »Vielleicht ist sie deshalb untergetaucht.«

Aber jetzt, wo er es in Worte fasste, hatte Wendy den Eindruck, dass irgendetwas daran doch nicht ganz stimmte. Irgendwie bekam das Ganze eine falsche Note. Sie überlegte. Es musste noch mehr dahinterstecken – was zum Beispiel hatten die Skandale der Bewohner der Suite 109 aus dem Stearns-Wohnheim in Princeton damit zu tun? Sie wollte Tremont davon erzählen, im Moment erschien es ihr jedoch noch zu vage. Sie musste sich das genauer ansehen. Und dafür musste sie erst nochmal mit Phil und Sherry Turnball sprechen, dann bei Farley Parks und Steven Miciano anrufen und außerdem Kelvin Tilfer suchen.

»Vielleicht sollten Sie versuchen, denjenigen zu finden, der Dan Mercer zusammengeschlagen hat«, sagte sie.

Ein schwaches Lächeln huschte Tremont übers Gesicht. »Dazu hat Hester Crimstein eine recht interessante Theorie aufgestellt.«

»Hester Crimstein? Die Fernseh-Richterin?«

»Genau die. Sie ist auch Ed Graysons Verteidigerin. Nach einer von ihr entwickelten Hypothese hat ihr Mandant Dan Mercer zusammengeschlagen.«

»Wie kommt sie darauf?«

»Na ja, wir haben Dan Mercers Blut in Graysons Wagen gefunden. Wir haben behauptet, in Verbindung mit Ihrer Aussage wäre das ein klarer Hinweis darauf, dass Grayson Mercer ermordet hat.«

»Okay.«

»Aber Crimstein – bei Gott, die Frau ist echt gut – hat eingewandt, unsere Zeugin, also Sie, hätte ausgesagt, dass Mercer zusammengeschlagen worden war. Also meinte sie, Grayson und Mercer hätten sich womöglich ein oder zwei Tage vorher geprügelt. Und dass das Blut dadurch in Graysons Wagen geraten sein könnte.«

»Nehmen Sie ihr das ab?«

Tremont zuckte die Achseln. »Nein, eigentlich nicht, aber darum geht es auch nicht.«

»Das ist ziemlich brillant von ihr«, sagte Wendy.

»Yep. Crimstein und Grayson haben eine Möglichkeit gefunden, so gut wie allen Beweisen ihre Beweiskraft zu nehmen. Wir haben das Blut – aber eine Prügelei liefert dafür eine plausible Erklärung. Und die Schmauchspuren an Graysons Hand sind dadurch hinfällig, weil der Besitzer vom Gun-O-Rama Schießstand bestätigt hat, dass Grayson ungefähr eine Stunde, nachdem Dan Mercer erschossen wurde, dort war. Laut Aussage des Besitzers ist Grayson ein Meisterschütze, einer der besten, die er je gesehen hat. Daher kann er sich noch ganz genau an ihn erinnern. Sie haben zwar gesehen, wie er Dan Mercer erschossen hat – aber es gibt weder Leiche noch Mordwaffe, außerdem hat er eine Maske getragen.«

Irgendetwas nagte weit hinten in Wendys Hirn. Sie kam aber nicht ganz heran.

Tremont sagte: »Sie können sich denken, worum ich Sie jetzt bitten werde, oder?«

»Ich glaub schon.«

»Das Leben der McWaids war die reinste Hölle. Ich will nicht, dass sie noch mehr durchmachen müssen. Daher dürfen Sie noch nicht darüber berichten.«

Wendy sagte nichts.

»Eigentlich haben wir auch sowieso nichts, außer ein paar aufgebauschten Theorien«, fuhr er fort. »Ich verspreche Ihnen, dass ich Sie als Erste über irgendwelche neuen Erkenntnisse informiere. Aber im Sinne der Ermittlung – und zum Schutz von Haleys Eltern – dürfen Sie jetzt noch nichts sagen. Abgemacht?«

Das nagende Gefühl im Hirn war immer noch da. Tremont wartete. »Abgemacht«, sagte sie.

Als sie das abgesperrte Gebiet wieder verlassen hatte, war Wendy nur kurz überrascht, als sie Ed Grayson an ihrem Wagen sah. Er hatte sich leicht angelehnt und versuchte vergeblich, locker und ungezwungen zu wirken. Er hantierte nervös mit einer Zigarette herum, steckte sie dann in den Mund und saugte daran, wie ein Ertrinkender an einem Atemschlauch.

»Wollen Sie mir noch einen GPS-Sender an die Stoßstange klemmen?«, fragte sie.

»Ich habe absolut keine Ahnung, wovon Sie reden.«

»Natürlich nicht. Sie wollten nur nachsehen, ob der Reifen platt war, stimmt's?«

Grayson nahm noch einen tiefen Zug von der Zigarette. Sein Gesicht war heute noch nicht mit einem Rasierer in Berührung gekommen, aber das galt für die meisten Männer, die so früh hier rausgekommen waren. Seine Augen waren blutunterlaufen. Er sah erheblich schlechter aus als der Mann, der ihr erst gestern vertraulich seine Thesen zur Selbstjustiz erläutert hatte. Sie dachte an seinen Besuch, ließ ihn sich noch einmal durch den Kopf gehen.

»Haben Sie wirklich geglaubt, ich würde Ihnen helfen, Dan umzubringen?«, fragte sie.

»Die Wahrheit?«

»Das wäre nett, ja.«

»Vielleicht hätten Sie mir zumindest in der Theorie beipflichten können. Vielleicht sind Sie etwas unsicher geworden, als ich Ariana Nasbro ins Spiel brachte. Aber, nein, eigentlich habe ich nicht damit gerechnet, dass Sie mir helfen würden.«

»Dann haben Sie's einfach mal drauf ankommen lassen?«

Er antwortete nicht.

»Oder war der ganze Besuch nur ein Vorwand, um den GPS-Sender an meinem Auto anzubringen?«

Ed Grayson schüttelte langsam den Kopf.

»Was ist?«, fragte sie.

»Sie haben ja überhaupt keine Ahnung, was hier abläuft, stimmt's, Wendy?«

Sie trat näher an die Fahrertür heran. »Was machen Sie hier, Ed?«

Er sah zum Wald. »Ich wollte bei der Suche mithelfen.«

»Und Sie durften nicht?«

»Was glauben Sie?«

»Das klingt aber doch ein bisschen nach Schuldgefühlen.«

Er zog noch einmal an der Zigarette. »Tun Sie mir einen Gefallen, Wendy? Ersparen Sie sich und mir die Psychoanalyse.«

»Was wollen Sie dann von mir?«

»Ihre Meinung.«

»Worüber?«

Er hielt die Zigarette zwischen den Fingerspitzen und betrachtete sie, als ob sie die Antwort auf all seine Fragen enthielte. »Glauben Sie, dass Dan das Mädchen umgebracht hat?«

Sie überlegte, was sie darauf antworten sollte. »Was haben Sie mit der Leiche gemacht?«

»Sie fangen an. Hat Dan Haley McWaid umgebracht?«

»Ich weiß es nicht. Vielleicht hat er sie nur irgendwo eingesperrt, und aufgrund dessen, was Sie getan haben, muss sie jetzt verhungern.«

»Netter Versuch.« Er kratzte sich die Wange. »Aber das mit den Schuldgefühlen haben die Cops bei mir schon ausprobiert.«

»Hat wohl nicht geklappt?«

»Nein.«

»Verraten Sie mir, was Sie mit der Leiche gemacht haben?«

»Ach je.« Absolut monoton sagte er: »Ich. Habe. Keine. Ahnung. Wovon. Sie. Sprechen.«

So kam sie nicht weiter – außerdem musste sie los. Dieses Nagen im Kopf hatte irgendetwas mit den Nachforschungen über die Studenten-Wohngruppe in Princeton zu tun. Dass Dan und Haley gemeinsam durchgebrannt waren – okay, schon möglich. Aber was war mit den Skandalen, in die seine ehemaligen Mitbewohner verwickelt waren? Vielleicht hatte das nichts zu bedeuten. Aber irgendwo hatte sie einen entscheidenden Punkt übersehen.«

»Also, was wollen Sie von mir?«, fragte sie.

»Ich versuche herauszubekommen, ob Dan dieses Mädchen wirklich entführt hat.«

»Wieso?«

»Ich denke mal, um bei der Ermittlung zu helfen.«

»Damit Sie nachts besser schlafen können?«

»Vielleicht.«

»Und bei welcher Antwort könnten Sie besser schlafen?«, fragte sie.

»Ich kann Ihnen nicht folgen.«

»Na ja, wenn Dan Haley umgebracht hat, würden Sie sich dann besser fühlen mit dem, was Sie getan haben? Sie sagten ja schon, dass er es zwangsläufig wieder tun würde. Dann hätten Sie ihn gestoppt – wenn auch etwas spät. Und wenn Dan sie nicht umgebracht hätte, tja, dann wären Sie immer noch davon überzeugt, dass er irgendwann einem anderen Mädchen etwas angetan hätte, stimmt's? Um ihn aufzuhalten, mussten Sie ihn daher sowieso umbringen. Also würden Sie nur dann schlecht schlafen, wenn Haley noch irgendwo am Leben ist und Sie sie in größere Gefahr gebracht haben.«

Ed Grayson schüttelte den Kopf. »Vergessen Sie's einfach.« Er drehte sich um und ging.

»Habe ich etwas übersehen?«, fragte sie.

»Wie ich schon sagte.« Grayson warf die Zigarette weg und ging weiter. »Sie haben ja überhaupt keine Ahnung, was hier abläuft.«

DREIUNDZWANZIG

Und was jetzt?

Wendy konnte weiter nach Hinweisen dafür suchen, dass Dan und Haley eine einvernehmliche, wenn auch verbotene Beziehung miteinander hatten, aber was hätte das gebracht? Die Polizei kannte diese Theorie jetzt. Sie würden sie in ihren Überlegungen berücksichtigen. Wendy musste das von der anderen Seite angehen.

Sie musste bei den Princeton-Mitbewohnern ansetzen.

Vier von den fünf waren im letzten Jahr in Skandale verwickelt worden. Der fünfte, na ja, der vielleicht auch, aber darüber war im Internet nichts zu finden. Also fuhr sie mal wieder zum Starbucks in Englewood, um ihre Nachforschungen voranzutreiben. Sie hatte den Fathers Club noch gar nicht gesehen, als sie beim Eintreten Ten-A-Fly aus den Deckenlautsprechern rappen hörte:

Charisma Zimmermann, ich lieb dich,
Du bist zwar kein Zimmermanns-Traum
und keinesfalls flach wie ein Brett,
Und schon gar nicht leicht zu nageln …

»Yo, hey.«

Es war Ten-A-Fly. Wendy blieb stehen. »Hi.«

Ten-A-Fly hatte sich mit einem sehr bodenständigen Kapuzenpullover mit Reißverschluss herausgeputzt. Die Kapuze hatte er über die rote Baseball-Kappe gezogen, deren riesiger Schirm, der selbst einem dicken Truckfahrer Ende der Siebziger beim CB-Funken peinlich gewesen wäre, immer noch seitlich nach oben herausragte. Hinter ihm konnte Wendy den Typ in Tenniskleidung sehen. Er tippte wie wild auf seinem Laptop herum. Der jüngere Vater ging mit dem Babytuch langsam auf und ab und gurrte beruhigend.

Ten-A-Fly klirrte mit einem Goldarmband, das an eine Halloween-Dekoration erinnerte. »Waren Sie gestern Abend bei meinem Gig?«

»Yep.«

»Hat's gefallen?«

Wendy nickte. »Es war, äh, voll fett, ey.«

Das gefiel ihm. Er hob die Faust für ein kurzes Fingerknöchel-Abklatschen. Sie tat ihm den Gefallen.

»Sie sind doch Fernsehreporterin, stimmt's?«

»Stimmt.«

»Sind Sie hier, weil Sie einen Bericht über mich machen wollen?«

Tenniskleidung am Laptop sagte: »Das sollten Sie unbedingt machen.« Er deutete auf den Bildschirm. »Wir haben hier jede Menge Action.«

Wendy ging um ihn herum und sah auf den Laptop. »Sie handeln bei eBay?«

»Damit verdiene ich mir jetzt meinen Lebensunterhalt«, sagte Tenniskleidung. »Seit meiner Kündigung …«

»Doug war bei Lehman Brothers«, unterbrach Ten-A-Fly ihn. »Er hat den Ärger kommen sehen, aber keiner hat auf ihn gehört.«

»Lass doch«, sagte Doug und winkte bescheiden. »Dank eBay bin ich jedenfalls flüssig. Zu Anfang habe ich so ziemlich alles verkauft, was ich hatte. Dann hab ich angefangen, auf

Flohmärkte zu gehen, hab dies und das gekauft, es wieder in Ordnung gebracht und wieder verkauft.«

»Und davon können Sie leben?«

Er zuckte die Achseln. »Eigentlich nicht, aber wenigstens hab ich was zu tun.«

»Wie Tennis?«

»Ach, ich spiel kein Tennis.«

Sie sah ihn nur an.

»Meine Frau spielt. Meine zweite Frau, um genau zu sein. Manche Leute würden sie wohl als *Trophy Wife* bezeichnen. Sie hat dauernd herumgejammert, dass sie ihre tolle Karriere hat sausen lassen, um auf die Kids aufzupassen, aber in Wirklichkeit hat sie den ganzen Tag nur Tennis gespielt. Als ich dann meinen Job verlor, hab ich ihr vorgeschlagen, dass sie wieder zur Arbeit gehen soll. Sie meinte, dafür wäre es zu spät. Also spielt sie immer noch Tag für Tag Tennis. Außerdem hasst sie mich. Sie kann mich kaum angucken. Darum trage ich jetzt auch Tenniskleidung.«

»Weil …?«

»Ich weiß nicht. Aus Protest, glaube ich. Ich habe eine gute Frau abserviert – ihr schrecklich weh getan – für so eine aufgedonnerte Tusse. Die gute Frau hatte sich inzwischen anderweitig orientiert und besitzt nicht einmal genug gesunden Menschenverstand, um richtig sauer auf mich zu sein. Man kann wohl sagen, ich hab einfach bekommen, was ich verdient habe.«

Wendy hatte kein Interesse daran, dieses Thema weiter zu vertiefen. Sie sah auf den Bildschirm. »Und was verkaufen Sie jetzt?«

»Ten-A-Fly Fanartikel. Na ja, und seine CD natürlich.«

Auf dem Tisch lagen ein paar CDs. Ten-A-Fly war gekleidet wie Snoop Dogg, seine Hände erstarrt in einer Gangsta-Geste, die jedoch nicht einschüchternd wirkte, sondern eher an Schüttellähmung erinnerte. Der Titel der CD lautete *Unsprung in Suburbia*.

»Unsprung?«, fragte Wendy.

»Ghetto Slang«, erwiderte Doug von den Tennisklamotten.

»Und das heißt?«

»Das wollen Sie nicht wissen. Jedenfalls verkaufen wir diese CD, T-Shirts, Kappen, Schlüsselanhänger und Poster. Aber jetzt ruf ich einen Eins-A-Posten auf. Hier, sehen Sie, das ist das Original-Stirnband, das Ten-A-Fly gestern Abend auf der Bühne getragen hat.«

Wendy sah hin und traute ihren Augen nicht. »Das ist bei sechshundert Dollar?«

»Jetzt sind's schon sechshundertzwanzig. Wir haben hier wie gesagt 'ne Menge Action. Der Slip, den ein Fan auf die Bühne geworfen hat, ist auch heiß umworben.«

Wendy drehte sich um und sah Fly an. »War der Fan nicht Ihre Frau?«

»Will sagen?«

Gute Frage. »Absolut nichts. Ist Phil da?«

Noch während sie die Frage stellte, entdeckte Wendy ihn hinter dem Tresen, wo er mit dem Barista sprach. Als er sich umdrehte, lächelte er. Dann sah er sie, und das Lächeln fiel wie ein Stein aus seinem Gesicht. Phil eilte auf sie zu. Wendy ging ihm entgegen.

»Was wollen Sie hier?«

»Wir müssen uns unterhalten.«

»Wir haben uns schon unterhalten.«

»Wir müssen uns noch weiter unterhalten.«

»Ich weiß nichts.«

Sie trat einen Schritt näher an ihn heran. »Begreifen Sie denn nicht, dass noch immer ein junges Mädchen vermisst wird?«

Phil schloss die Augen. »Doch, das begreife ich«, sagte er. »Es ist bloß ... ich weiß einfach nichts.«

»Fünf Minuten. Haley zuliebe.«

Phil nickte. Sie setzten sich an einen Tisch in der Ecke. Er war rechteckig, und neben dem aufgedruckten Behinderten-Logo stand: Bitte bieten Sie diesen Tisch unseren behinderten Kunden an.

»In Ihrem ersten Jahr in Princeton«, sagte Wendy, »wer hat da noch mit Ihnen und Dan zusammengewohnt?«

Phil runzelte die Stirn. »Wieso wollen Sie das denn jetzt wissen?«

»Beantworten Sie einfach die Frage, okay?«

»Wir waren zu fünft. Außer Dan und mir noch Farley Parks, Kelvin Tilfer und Steve Miciano.«

»Haben Sie nur im ersten Studienjahr zusammengewohnt oder auch später noch?«

»Ist das Ihr Ernst?«

»Bitte.«

»Auch später noch. Na ja, im zweiten Jahr – vielleicht war es auch das dritte – war Steve für ein Semester in Spanien. In Barcelona oder Madrid. Und im dritten Jahr hat Farley glaube ich im Burschenschaftshaus gewohnt.«

»Sie sind keiner Verbindung beigetreten?«

»Nein. Ach, und ich bin im ersten Semester des letzten Jahres weg gewesen. Als Austauschstudent in London. Zufrieden?«

»Haben Sie noch Kontakt zueinander?«

»Eigentlich nicht.«

»Was ist mit Kelvin Tilfer?«

»Von dem habe ich seit der Abschlussfeier nichts mehr gehört.«

»Wissen Sie, wo er lebt?«

Phil schüttelte den Kopf. Ein Barista brachte eine Tasse Kaffee und stellte sie vor Phil. Phil sah Wendy fragend an, wollte wissen, ob sie auch einen wollte, aber sie schüttelte den Kopf. »Kelvin ist in der Bronx aufgewachsen. Vielleicht ist er dahin zurück. Ich weiß es nicht.«

»Was ist mit den anderen? Haben Sie mal mit einem von ihnen gesprochen?«

»Zu Farley hatte ich zwischendurch Kontakt, aber das ist jetzt auch schon eine Weile her. Vor einem Jahr haben Sherry und ich eine Party gegeben, um Spenden für seinen Wahlkampf zu sammeln. Er hat für den Kongress kandidiert, aber das ist nicht gut gelaufen.«

»Ja, Phil, und genau darum geht es mir.«

»Worum?«

»In letzter Zeit ist es bei Ihnen allen nicht gut gelaufen.«

Er legte die Hand an die Tasse, hob sie aber nicht an. »Ich versteh nicht, was Sie meinen.«

Sie nahm die Ausdrucke aus dem braunen Umschlag und verteilte sie vor ihm auf dem Tisch.

»Was ist das?«, fragte er.

»Fangen wir bei Ihnen an.«

»Was ist mit mir?«

»Vor einem Jahr wurden Sie wegen Unterschlagung von zwei Millionen Dollar gekündigt.«

Seine Augen weiteten sich. »Woher kennen Sie die Summe?«

»Ich habe meine Quellen.«

»Die Vorwürfe sind total aus der Luft gegriffen. Ich habe nichts gemacht.«

»Das behaupte ich ja auch gar nicht. Hören Sie mir einfach zu, okay? Erst werden Sie wegen Unterschlagung gekündigt.« Sie öffnete eine weitere Akte. »Zwei Monate darauf wird Farleys politische Karriere durch einen Sexskandal mit einer

Prostituierten abrupt beendet.« Die nächste Akte. »Ungefähr einen Monat danach wird Dan Mercer in meiner Fernsehsendung ertappt. Und dann, wieder zwei Monate später, wird Dr. Steve Miciano wegen unerlaubten Besitzes von verschreibungspflichtigen Medikamenten verhaftet.«

Der Inhalt der aus diversen Internet-Ausdrucken bestehenden Akten war auf dem ganzen Tisch verteilt. Phil starrte sie an, ließ die Hände aber unten, als hätte er Angst, sie zu berühren.

»Finden Sie nicht, dass das sehr seltsame Zufälle sind?«, fragte sie.

»Was ist mit Kelvin?«

»Über ihn habe ich noch nichts gefunden.«

»Das alles haben Sie an einem Tag herausbekommen?«

»Das war nicht weiter schwer. Da reichte eine einfache Internet-Recherche.«

Hinter ihr sagte Ten-A-Fly: »Kann ich die mal sehen?«

Sie drehte sich um. Da standen sie alle – der Rest des Fathers Clubs. »Haben Sie uns belauscht?«

»Nichts für ungut«, sagte Doug. »Die Leute kommen hier rein und unterhalten sich mit lauter Stimme über die privatesten Angelegenheiten. Fast so, als erwarteten sie, dass irgendjemand einen schalldichten Kegel über sie errichtet. Man gewöhnt sich einfach daran, solche Gespräche mitzuhören. Phil, dieser aus der Luft gegriffene Unterschlagungs-Vorwurf, haben die dich deshalb gekündigt?«

»Nein. Das war nur ein Vorwand. Ich bin genauso gekündigt worden wie ihr auch.«

Ten-A-Fly streckte die Hand aus und nahm einen Ausdruck. Er setzte sich eine Lesebrille auf und fing an, ihn zu studieren.

Phil sagte: »Ich versteh immer noch nicht, was das alles mit dem vermissten Mädchen zu tun haben soll.«

»Vielleicht gar nichts«, sagte Wendy. »Aber lassen Sie uns einen Schritt nach dem anderen machen. Sie werden in einen Skandal verwickelt. Sie behaupten, Sie seien unschuldig.«

»Ich bin unschuldig. Was glauben Sie, warum ich hier jetzt frei herumlaufe? Wenn meine Firma irgendwelche Beweise gegen mich hätte, würde ich im Knast sitzen. Die wissen selbst am besten, dass sie sich das ganze Zeug aus den Fingern gesaugt haben.«

»Aber verstehen Sie nicht? Das passt alles zusammen. Nehmen Sie Dan. Der wurde auch nicht verurteilt. Und meines Wissens nach sitzen weder Steve Miciano noch Farley Parks im Gefängnis. Nicht einer dieser Vorwürfe gegen einen von Ihnen konnte bewiesen werden – die Opfer waren trotzdem ruiniert.«

»Und?«

Doug sagte: »Soll das ein Witz sein, Phil?«

Wendy nickte. »Vier Männer aus dem gleichen Princeton-Jahrgang, die während des Studiums zusammengewohnt haben, werden alle innerhalb eines Jahres in Skandale verwickelt.«

Phil überlegte. »Kelvin nicht.«

»Das wissen wir noch nicht«, sagte Wendy. »Um ganz sicher zu sein, müssen wir ihn finden.«

Owen, der immer noch das Baby herumtrug, sagte: »Vielleicht hat dieser Kelvin die ganze Sache inszeniert.«

»Was inszeniert?«, sagte Phil. Er sah Wendy an. »Das ist nicht Ihr Ernst, oder? Warum sollte Kelvin uns schaden wollen?«

»Holla«, sagte Doug. »Ich hab mal so einen Film gesehen. Wow, Phil, wart ihr Jungs bei Skull and Bones oder in so einer Geheimverbindung?«

»Was? Nein.«

»Vielleicht habt ihr ein Mädchen ermordet und ihre Leiche

vergraben, und jetzt rächt sie sich an euch. Ich glaube, so lief das im Film.«

»Es reicht, Doug.«

»Da könnte aber was dran sein«, sagte Wendy. »Also, mal abgesehen von dem ganzen Melodrama, ist damals in Princeton vielleicht irgendetwas vorgefallen?«

»Was zum Beispiel?«

»Irgendetwas, weshalb jemand Jahre später Vergeltung üben würde?«

»Nein.«

Er sagte es zu schnell. Ten-A-Fly sah mit seiner Halbbrille auf die Zettel – ein bizarrer Anblick für einen Rapper – und studierte weiter die Ausdrucke. »Owen«, sagte Fly dann.

Der Typ mit dem Baby-Tragetuch ging zu ihm. Fly riss ein Stück Papier ab. »Das ist ein Video-Blog. Guck dir das mal im Netz an, und sag uns, was dir dabei ins Auge fällt.«

Owen sagte: »Geht klar.«

»An was denken Sie?«, fragte Wendy Fly.

Aber Ten-A-Fly hatte sich schon wieder in die Akten vertieft. Wendy drehte sich zu Phil um. Er sah zu Boden.

»Überlegen Sie, Phil.«

»Da war nichts.«

»Haben Sie im Apartment irgendwelche Feinde gehabt?«

Phil runzelte die Stirn. »Wir waren doch bloß ein paar Studenten.«

»Trotzdem. Vielleicht haben Sie mit irgendjemandem Streit angefangen. Vielleicht hat einer von Ihnen jemand anderem die Freundin ausgespannt?«

»Nein.«

»Fällt Ihnen wirklich gar nichts ein?«

»Da ist nichts passiert. Ich sag doch, dass Sie auf dem Holzweg sind.«

»Was ist mit Kelvin Tilfer?«

»Was soll mit ihm sein?«

»Ist da irgendwas passiert, das er womöglich als Kränkung aufgefasst haben könnte?«

»Nein.«

»Er war der einzige Schwarze in der Gruppe.«

»Und?«

»Ich probier hier nur wild rum«, sagte Wendy. »Ist da vielleicht irgendwas vorgefallen?«

»An der Uni? Nein. Kelvin war ziemlich schräg. Ein Mathe-Genie, aber wir mochten ihn alle.«

»Was meinen Sie mit schräg?«

»Schräg – anders, durchgeknallt, irre. Er hat zu komischen Zeiten gearbeitet. Und er ist gern spätnachts spazieren gegangen. Und wenn er sich mit mathematischen Problemen beschäftigt hat, hat er laut vor sich hin geplappert. Schräg – im Sinne eines verrückten Genies. In Princeton mögen die das.«

»Also fällt Ihnen kein besonderes Vorkommnis an der Uni ein?«

»Das Kelvin dazu bringen würde, so etwas zu tun? Nein, absolut nicht.«

»Und hinterher?«

»Ich hab seit der Abschlussfeier nichts mehr von Kelvin gehört. Das habe ich Ihnen doch schon gesagt.«

»Warum nicht?«

Phil beantwortete die Frage mit einer Gegenfrage: »Wo sind Sie zur Uni gegangen, Wendy?«

»Tufts.«

»Haben Sie noch zu allen Kontakt, mit denen Sie Ihren Abschluss gemacht haben?«

»Nein.«

»Ich auch nicht. Wir waren Freunde. Wir haben uns aus den Augen verloren. Wie auch die anderen neunundneunzig Prozent der Freunde von der Uni.«

»War er je bei einem Universitätsfest, einer Jubiläumsfeier oder so etwas?«

»Nein.«

Wendy grübelte weiter. Sie würde in Princeton anrufen und sich mit dem Mitarbeiter verbinden lassen, der für den Kontakt mit den ehemaligen Studenten zuständig war. Vielleicht konnte der ihr weiterhelfen.

Ten-A-Fly sagte: »Ich hab was.«

Wendy sah ihn an. Das Outfit war zwar immer noch lächerlich – die tief hängende, weite Hose, die Kappe mit dem Schirm in der Größe eines Gullydeckels, das Ed-Hardy-Shirt –, faszinierend war jedoch, wie viel das Verhalten ausmachte. Ten-A-Fly war verschwunden. Norm war wieder da. »Was?«

»Bevor ich gekündigt wurde, war ich für das Marketing für diverse Start-up-Unternehmen zuständig. Unsere Hauptaufgabe bestand darin, auf die neugegründete Firma aufmerksam zu machen und sie in ein gutes Licht zu stellen. Wir mussten Stimmung machen, einen Hype erzeugen, und zwar vor allem im Internet. Also haben wir ganz viel mit viralem Marketing gearbeitet. Wissen Sie irgendetwas darüber?«

»Nein«, sagte sie.

»Es ist in den letzten Jahren immer bedeutender geworden und deshalb schon drauf und dran, in der Bedeutungslosigkeit zu verschwinden – weil es inzwischen alle machen und die Gefahr besteht, dass man irgendwelche Einzelstimmen aus dem ganzen Getöse überhaupt nicht mehr heraushören kann. Im Moment funktioniert es aber noch. Ein paar der Techniken haben wir sogar für meinen Rap-Charakter eingesetzt. Überlegen Sie mal, was passiert, wenn ein Film rauskommt. Dann finden

Sie sofort tolle Lobgesänge oder zumindest positive Kommentare in YouTube-Trailern, in Foren und Blogs und so weiter. Die meisten dieser sehr frühen Kommentare sind nicht echt. Die werden im Auftrag der Filmstudios von Marketing-Firmen geschrieben.«

»Gut, aber was hat das mit dieser Geschichte zu tun?«

»Ganz einfach, hier hat jemand das Gleiche umgekehrt gemacht – bei Miciano und Farley auf jeden Fall. Wer immer das war, hat Blogs und Tweets eingerichtet. Suchmaschinen wurden dafür bezahlt, dass die selbst geschriebenen Beiträge als erste erscheinen, wenn man danach sucht. Das sind im Prinzip die gleichen Techniken, die man auch beim viralen Marketing benutzt – nur sollte damit nichts aufgebaut werden, sondern etwas zerstört.«

»Das heißt«, sagte Wendy, »wenn ich zum Beispiel etwas über Dr. Steve Miciano wissen will und ihn im Internet suche ...«

»... werden Sie mit Negativmeldungen zugeschüttet«, beendete Ten-A-Fly den Satz. »Auf den ersten Seiten würden Sie nur Links zu negativen Beiträgen finden. Zu Tweets, Social-Networks und anonymen E-Mails ...«

»Als ich bei Lehman Brothers war, hatten wir so was auch«, sagte Doug. »Ein paar Jungs meldeten sich in Forumsgruppen und so was an und schrieben positive Sachen über einen Börsengang – entweder ganz anonym oder unter einem falschen Namen, aber sie haben immer als Leute posiert, die ein berechtigtes Interesse an der Sache hatten. Und das Gegenteil haben die natürlich auch gemacht. Es wurden Gerüchte gestreut, dass ein starker Konkurrent kurz vor dem Bankrott steht. Ach, und dann gab's natürlich noch die Geschichte mit dem Internet-Finanzkolumnisten, der geschrieben hatte, dass Lehman Pleite macht, und jetzt ratet mal, was passiert ist? Plötzlich wimmelte die ganze Blogosphäre von falschen Anschuldigungen gegen ihn.«

»Dann ist das alles frei erfunden?«, fragte Wendy. »Demnach wurde Dr. Miciano gar nicht verhaftet?«

»Nein«, sagte Fly. »Das ist echt. Es stammt von der Website einer wirklich existierenden Zeitung und zwar von der richtigen Website. Aber der ganze Rest … also … gucken Sie sich mal dieses Blog von dem vermeintlichen Drogenlieferanten und Kronzeugen an. Und jetzt gucken Sie sich das Blog von der Prostituierten an, die angeblich was mit Farley Parks hatte. Das sind beides ganz schlichte mit *Blogger.com* erstellte Websites – außerdem haben die Autoren keine weiteren Blogeinträge geschrieben, nur die, in denen sie Miciano beziehungsweise Farley an den Pranger gestellt haben.«

»Da werden also einfach Leute in den Dreck gezogen«, sagte Wendy.

Ten-A-Fly zuckte die Achseln. »Umgekehrt heißt das natürlich nicht, dass sie das nicht getan haben. Die könnten schon schuldig sein – du nicht Phil, das wissen wir. Aber zumindest wollte da jemand, dass die Welt von diesen Skandalen erfährt.«

Was, wie Wendy wusste, perfekt in ihre Theorie passte, dass die Skandale dazu dienten, Menschen in den Ruin zu treiben.

Ten-A-Fly drehte sich um. »Hast du noch was, Owen?«

Ohne vom Laptop aufzublicken, antwortete er: »Einen Moment noch.«

Ten-A-Fly studierte weiter die Ausdrucke. Ein Barista rief eine komplizierte Bestellung mit Venti, halb entkoffeiniert, ein Prozent und Soja. Ein anderer Barista kritzelte Zeichen auf den Becher. Die Espressomaschine klang wie die Pfeife einer Dampflok und übertönte so die Musik von *Unsprung*.

»Was ist mit dem Pädophilen, den Sie auf frischer Tat ertappt haben?«, fragte Ten-A-Fly.

»Was soll mit dem sein?«

»Hat bei dem auch jemand umgekehrtes virales Marketing betrieben?«

»Ich bin überhaupt noch nicht auf die Idee gekommen, das zu überprüfen.«

»Owen?«, sagte Ten-A-Fly.

»Bin schon dabei. Dan Mercer, stimmt's?« Wendy nickte. Owen tippte ein paar Tasten. »Da ist nicht viel, es gibt nur ein paar kurze Einträge, aber das war auch nicht nötig. Der Kerl war doch sowieso in allen Nachrichten.«

»Auch wieder wahr«, sagte Ten-A-Fly. »Wendy, wie haben Sie von Mercer erfahren?«

Wendy hatte selbst schon angefangen, sich darüber Gedanken zu machen – und der Weg, den ihre Gedanken nahmen, gefiel ihr überhaupt nicht. »Ich habe eine anonyme E-Mail gekriegt.«

Phil schüttelte langsam den Kopf. Die anderen Männer starrten sie einen Moment lang wortlos an.

»Was stand drin?«, fragte Ten-A-Fly.

Sie zog ihren BlackBerry aus der Tasche, auf dem sie die Mail gespeichert hatte. Nach kurzer Suche hatte sie sie gefunden, rief sie auf und reichte Ten-A-Fly das Handy.

Hi, ich habe Ihre Sendung schon mal gesehen. Ich finde, Sie müssen das von diesem komischen Typen wissen, den ich im Internet kennengelernt habe. Ich bin dreizehn und hab bei SocialTeen gechattet. Er hat so getan, als ob er in meinem Alter ist, dabei war er aber viel älter. Ich glaube, er ist vielleicht vierzig oder so. Er ist genauso groß wie mein Dad, also gut eins achtzig, und hat grüne Augen und lockige Haare. Ich fand ihn ziemlich nett, also bin ich mit ihm ins Kino gegangen, und hinterher hat er mich mit zu sich nach Hause genommen. Es war schrecklich.

Ich hab Angst, dass er das auch mit anderen Jugendlichen gemacht hat, weil er auch mit welchen arbeitet. Bitte helfen Sie, damit nicht noch mehr Jugendliche verletzt werden.

Ashlee (das ist nicht mein echter Name – Entschuldigung!)

PS Hier ist ein Link zum SocialTeen-Chatroom. Er nennt sich da DrumLover17.

Nacheinander lasen alle schweigend die E-Mail. Wendy stand perplex daneben. Als Ten-A-Fly ihr das Handy zurückgab, sagte er: »Ich gehe davon aus, dass Sie versucht haben, ihr eine Antwort zu mailen?«

»Ja, aber darauf hat sie nicht reagiert. Wir haben versucht, das zurückzuverfolgen, sind aber nicht weit gekommen. Aber natürlich habe ich mich nicht nur auf diese E-Mail verlassen«, ergänzte Wendy und hoffte, dass es nicht allzu sehr nach einer Rechtfertigung klang. »Na ja, das war ja sozusagen nur der Auslöser. Wir haben dann reagiert, wie wir das immer machen. Wir gehen in Chatrooms, geben uns da als junge Mädchen aus und gucken, ob vielleicht ein Perverser aus der Deckung kommt. Also haben wir uns bei SocialTeen angemeldet. DrumLover17 war da. Wir haben ein Treffen vereinbart. Und zu diesem Treffen ist dann Dan Mercer erschienen.«

Ten-A-Fly nickte. »Ich habe ein bisschen was über den Fall gelesen. Mercer hatte doch behauptet, dass er davon ausging, sich mit einem anderen Mädchen zu treffen, oder?«

»Genau. Er hat in einem Jugendzentrum mit obdachlosen Jugendlichen gearbeitet. Er behauptete, ein Mädchen, das er da kennengelernt hat, hätte ihn angerufen und in unsere Falle gelockt. Aber Sie dürfen nicht vergessen, dass wir wasserdichte Beweise hatten: Die Kopien der Chat-Beiträge von Drum-

Lover17 und die sexuell expliziten E-Mails an unsere falsche Dreizehnjährige stammten von einem Laptop, den wir in Dan Mercers Haus gefunden haben.«

Keiner sagte etwas. Doug führte einen Schlag mit einem imaginären Tennisschläger aus. Phil wirkte, als hätte ihm jemand einen Balken über den Kopf gezogen. Ten-A-Fly sorgte schließlich dafür, dass es weiterging. Er drehte sich zu Owen um. »Bist du fertig?«

»Soweit es hier geht. Für eine wirklich eingehende Analyse der Videos brauche ich meinen Desktop-Computer«, erwiderte er.

Wendy war gerne bereit, das Thema zu wechseln. »Wonach suchen Sie?«

Das Baby vor Owens Brust schlief in dieser Haltung mit angewinkeltem Kopf, bei deren Anblick Wendy immer ein bisschen nervös wurde. Wieder schoss ihr ein Bild durch den Kopf – John mit Charlie im Tragetuch. Sie dachte, wie John jetzt wohl mit dem fast erwachsenen Charlie klargekommen wäre, und hätte heulen können über das, was er alles verpasst hatte. Immer wieder ging ihr das sehr nahe – bei jedem Geburtstag, Schulfest und oft auch, wenn sie einfach mit Charlie zusammensaß, vielleicht Fernsehen guckte. Sie dachte nicht nur an das, was Ariana Nasbro Charlie und ihr genommen hatte, sondern auch an das, was sie John genommen hatte. Auf all dies hatte er wegen ihr verzichten müssen.

»Owen war Technik-Spezialist für eine Fernsehsendung«, erklärte Phil.

»Ich vereinfache das mal, so gut ich kann«, sagte Owen. »Ihr wisst doch, dass euer Digital-Fotoapparat eine Einstellung für die Auflösung, also die Megapixel, hat, oder?«

»Klar.«

»Okay, ihr macht also ein Foto und stellt es ins Internet.

Sagen wir, es ist zehn mal fünfzehn Zentimeter groß. Je höher die Auflösung ist, desto mehr Megapixel hat es – also ist die Datei größer. Und zwei Fotos mit jeweils fünf Megapixel und der gleichen Größe haben auch immer ungefähr die gleiche Dateigröße – besonders, wenn sie mit demselben Fotoapparat gemacht wurden.«

»Okay.«

»Das gilt auch für hochgeladene Digitalvideos wie dieses. Zu Hause am Desktop kann ich noch nach Spezialeffekten und anderen verräterischen Hinweisen gucken. Im Prinzip kann ich hier nur die Dateigröße nehmen und sie durch die Laufzeit des Videos teilen. Und dabei komme ich zu dem Schluss, dass beide Videos mit der gleichen Art Videokamera gemacht wurden. An und für sich hat das allerdings noch nicht viel zu sagen. Von diesen Kameras gibt es immer noch hunderttausende. Aber immerhin.«

Jetzt standen alle Mitglieder vom Fathers Club um sie herum – Norm oder Ten-A-Fly, der Rapper, Doug, der Ritter von den Tennisklamotten, Owen mit dem Babytragetuch und Power-Suit-Phil.

Ten-A-Fly sagte: »Wir wollen helfen.«

»Wie?«, fragte Wendy.

»Wir wollen Phils Unschuld beweisen.«

»Norm …«, sagte Phil.

»Du bist unser Freund, Phil.«

Die anderen stimmten ihm murmelnd zu.

»Lass uns das machen, okay? Ansonsten haben wir doch sowieso nichts zu tun. Wir hängen hier rum und ergehen uns in unserem Selbstmitleid. Wir Versager haben uns jetzt lange genug in unserem Misserfolg gesuhlt. Lasst uns mal wieder etwas Konstruktives tun – lasst uns unser Fachwissen für etwas Sinnvolles einsetzen.«

»Das wäre einfach zu viel verlangt«, sagte Phil.

»Du hast es ja nicht verlangt«, erwiderte Norm. »Wir wollen es. Verdammt, vielleicht ist es für uns sogar noch wichtiger als für dich.«

Phil schwieg.

»Vielleicht sollten wir damit anfangen, dass wir uns dieses virale Marketing nochmal genauer angucken und herauszubekommen versuchen, wer dafür verantwortlich ist. Und wir können dir auch bei der Suche nach diesem Kelvin, eurem fünften Mitbewohner, helfen. Außerdem haben wir alle Kinder, Phil. Wenn meine Tochter vermisst werden würde, wäre ich für jede Hilfe dankbar.«

Phil nickte. »Okay.« Dann: »Danke.«

Wir haben alle irgendwelche Fähigkeiten. Das hatte Ten-A-Fly gesagt. Lasst uns unser Fachwissen für etwas Sinnvolles einsetzen. Als Wendy sich diesen Satz noch einmal durch den Kopf gehen ließ, stutzte sie. Fachwissen. Die Leute neigten dazu, etwas aus der Perspektive zu betrachten, die ihnen vertraut war, mit der sie sich auskannten, oder? Wendy sah die Skandale mit den Augen einer Reporterin, Ten-A-Fly mit denen eines Marketing-Experten, Owen durch eine Kameralinse …

Ein paar Minuten später begleitete Ten-A-Fly Wendy zur Tür. »Wir bleiben in Kontakt«, sagte er.

»Sie sollten nicht so hart mit sich ins Gericht gehen«, sagte sie.

»Inwiefern?«

»Die Sache mit dem Misserfolg.« Wendy nickte in Richtung des Laptops. »Ein Versager findet gewiss niemanden, der sechshundert Dollar für ein benutztes Stirnband bietet.«

Ten-A-Fly lächelte. »Das hat Sie schwer beeindruckt, was?«

»Ja.«

Er beugte sich vor und flüsterte: »Soll ich Ihnen ein kleines Geheimnis verraten?«

»Gern.«

»Die Angebote stammen von meiner Frau. Sie hat sogar zwei Online-Identitäten und steigert sich selbst hoch, damit es echter aussieht. Sie glaubt, ich wüsste es nicht.«

Wendy nickte. »Damit wäre es endgültig bewiesen«, sagte sie.

»Wieso?«

»Ein Mann, der von seiner Frau so geliebt wird«, sagte Wendy, »den kann man wirklich nicht als Versager bezeichnen.«

VIERUNDZWANZIG

Über dem Ringwood State Park waren dunkle Wolken aufgezogen. Marcia McWaid stapfte durch den dichten Wald, ihr Mann Ted ging ein paar Schritte voraus. Marcia hoffte, dass es nicht zu regnen anfing, aber die Wolkendecke war eindeutig besser als die gleißende Sonne vom Vormittag.

Weder Ted noch Marcia waren große Wander- oder Campingfreunde. Eigentlich mieden sie alles, was man unter dem Begriff »Outdoor« zusammenfassen konnte. Vorher – da war es wieder, dieses stets präsente »Vorher«, eine untergegangene Welt voller wunderbarer Naivität aus einer vergangenen Ära – waren die McWaids gern in Museen, Buchhandlungen und angesagte Restaurants gegangen.

Als Ted nach rechts blickte, sah Marcia sein Profil – und das, was sie darin sah, überraschte sie. Trotz der Tatsache, dass sie sich gerade mit der grausigsten Aufgabe beschäftigten, die man sich vorstellen konnte, sah sie ein leichtes Lächeln in seinem hübschen Gesicht.

»Woran denkst du?«, fragte Marcia ihren Mann.

Er ging weiter. Das leichte, wehmütige Lächeln verschwand nicht. Er hatte Tränen in den Augen, aber das hatten sie beide in den letzten drei Wochen fast ununterbrochen. »Erinnerst du dich an Haleys Tanzaufführung?«

Haley hatte nur ein Mal vorgetanzt. Als sie sechs Jahre alt war. Marcia sagte: »Ich glaube, das war das letzte Mal, dass sie rosafarbene Sachen anhatte.«

»Weißt du noch, wie sie ausstaffiert war?«

»Klar«, sagte Marcia. »Die Mädchen sollten Zuckerwatte darstellen. Das passte eigentlich überhaupt nicht zu ihr.«

»Das stimmt.«

»Und wie kommst du da jetzt drauf?«

Ted blieb vor einer Steigung stehen. »Kannst du dich auch noch an die Aufführung selbst erinnern?«

»Ja, das war in der Aula der Mittelschule.«

»Genau. Wir Eltern saßen da in dieser fast dreistündigen und unglaublich langweiligen Vorstellung, und alle haben nur auf die zwei Minuten gewartet, in denen ihr eigenes Kind auf der Bühne stand. Haleys Zuckerwattetanz war so ungefähr die achte oder neunte von vielleicht fünfundzwanzig bis dreißig Nummern, und als sie mit ihren Mittänzerinnen herauskam, haben wir uns angestupst. Ich weiß noch, dass ich dann gelächelt habe, na ja, und als ich meine Tochter so sah, habe ich einen Moment lang reine Freude empfunden. Das war fast so, als ob ein Licht in meiner Brust angegangen wäre. Als ich Haley ins Gesicht schaute, da war es ganz angespannt vor Konzentration, weil, na ja, Haley war eben damals schon Haley. Sie wollte keinen Fehler machen. Sie hat alle Schritte exakt und präzise ausgeführt. Natürlich lagen weder Rhythmus noch Ausdruck in ihrem Tanz, aber die Schrittfolge hat sie fehlerfrei abgearbeitet. Und ich habe mir dieses kleine Wunder angesehen und wäre vor Stolz fast geplatzt.«

Ted sah sie an, als suchte er in ihrem Gesicht nach einer Bestätigung seiner Erinnerung. Marcia nickte, und jetzt hatte auch sie – trotz dieser grausigen Aufgabe – ein leichtes Lächeln im Gesicht.

»Und so«, fuhr Ted fort, »saß ich da also mit Tränen in den Augen und dachte darüber nach, wie wunderbar dieser Moment doch war, und dann – und das fand ich am faszinierendsten –

schaute ich mich in der Aula um, sah die anderen Eltern an, und mir wurde klar, dass alle, jeder Einzelne, genau dasselbe für sein eigenes Kind empfand. Na ja, das war eigentlich vollkommen offensichtlich und banal, aber trotzdem war ich damals einfach überwältigt von diesem Gedanken. Ich fand es einfach unglaublich, dass dieses großartige Gefühl, diese Woge überschäumender Liebe, nicht nur uns erfasst hatte, dass das, was wir empfanden, nicht einzigartig war – und das hat es dann sogar noch größer und beeindruckender gemacht. Ich weiß noch, wie ich mir die anderen Eltern im Publikum angesehen habe, alle mit einem Lächeln im Gesicht und feuchten Augen. Die Frauen haben wortlos die Hände ihrer Männer ergriffen. Und ich bin vor Ehrfurcht fast dahingeschmolzen. Weil ich es einfach unglaublich fand, dass ein Raum wie diese Schulaula so von reiner Liebe erfüllt sein konnte, ohne dann einfach abzuheben.«

Marcia wollte etwas sagen, bekam aber kein Wort heraus. Ted zuckte die Achseln, drehte sich um und begann, den Abhang hinaufzuklettern. Er suchte sich einen festen Tritt, hielt sich an einem dünnen Baum fest und zog sich hoch. Schließlich sagte Marcia: »Ich habe solche Angst, Ted.«

»Wir schaffen das schon«, sagte er.

Sie lächelten nicht mehr. Die Wolken wurden immer dunkler. Ein Hubschrauber flog über sie hinweg. Ted drehte sich um und streckte Marcia die Hand entgegen. Sie nahm sie. Er zog sie hoch. Dann suchten die beiden weiter nach ihrer Tochter.

Zwei Tage später fand die Hundestaffel am Rande des Ringwood State Parks in einem flachen Grab Haley McWaids Leiche.

ZWEITER TEIL

FÜNFUNDZWANZIG

Beerdigungen liefen immer sehr ähnlich ab. Man sprach dieselben Gebete, las die üblichen Bibelstellen, es wurden die vermeintlich tröstenden Worte gesprochen, die, besonders in solchen Situationen, in den Ohren eines Außenstehenden oft entweder wie banale Ausflüchte oder wie fast schon obszöne Rechtfertigungen klangen. Auf der Kanzel passierte auch immer das Gleiche – echte Unterschiede gab es eigentlich nur bei den Reaktionen der Trauernden.

Die Beerdigung Haley McWaids hatte sich wie eine bleierne Decke über das Viertel gelegt. Der Kummer lastete auf allen, erschwerte jede Bewegung und füllte die Lunge mit Glasscherben, so dass jeder Atemzug zur Qual wurde. Im Moment litten alle, die hier wohnten, aber Wendy wusste genau, dass das nicht so bleiben würde. Sie hatte es bei Johns vorzeitigem Tod erlebt. Kummer hatte eine verheerende Wirkung, er zerfraß die Menschen. Aber bei Freunden, selbst bei den engsten Freunden, kam der Kummer nur zu Besuch. Bei der Familie blieb er länger, oft ging er nie ganz – aber das sollte wahrscheinlich auch so sein.

In der Kirche hatte Wendy sich ganz hinten in die Ecke gestellt. Sie war spät gekommen und früh wieder gegangen. Sie hatte Marcia oder Ted nicht angesehen. Das würde sie sich jetzt »echt nicht antun«, wie Charlie, der noch am Leben war, so gerne sagte. Es war einfach eine Art Selbstschutz, und für sie war das so in Ordnung.

Die Sonne brannte vom Himmel. Auch das schien bei Beerdigungen immer gleich zu sein. Ihre Gedanken wollten wieder zu John zurückkehren, an seinen geschlossenen Sarg, aber sie unterdrückte auch diesen Impuls. Sie ging die Straße entlang. An der Ecke blieb sie stehen, schloss die Augen und legte den Kopf in den Nacken, so dass ihr die Sonne ins Gesicht schien. Es war elf Uhr, Zeit, sich mit Sheriff Walker im Büro der Gerichtsmedizinerin zu treffen.

Die Gerichtsmedizin für die Countys Essex, Hudson, Passaic und Somerset befand sich in Newark in einem deprimierenden Teil der Norfolk Street. Mit Newark war es in letzter Zeit tatsächlich wieder etwas bergauf gegangen, allerdings nur im Osten der Stadt. Hier hingegen hatte sich nicht viel getan. Eigentlich recht passend für die Gerichtsmedizin. Sheriff Walker erwartete sie auf der Straße. Er wirkte wie immer ein bisschen unsicher wegen seiner Größe, ließ die breiten Schultern herabhängen. Sie erwartete fast, dass er sich zu ihr herunterbeugen und mit ihr dann wie mit einem kleinen Mädchen reden würde, und irgendwie machte ihn das noch liebenswerter.

»Wir haben beide ein paar arbeitsreiche Tage hinter uns, was?«, sagte Walker.

Durch Haley McWaids Tod war Wendy mehr als nur rehabilitiert. Vic hatte sie wieder eingestellt und zur ersten Sprecherin der Wochenend-Nachrichten befördert. Andere Nachrichtenagenturen baten um Interviews, in denen sie immer wieder die gleichen Fragen über Dan Mercer stellten und bis ins Detail wissen wollten, wie sie, die heldenhafte Reporterin, nicht nur einen Pädophilen, sondern sogar einen Mörder zur Strecke gebracht hatte.

»Wo ist Ermittler Tremont?«, fragte sie.

»Im Ruhestand.«

»Er bringt den Fall nicht zu Ende?«

»Was gibt's da noch zu Ende zu bringen? Haley McWaid wurde von Dan Mercer ermordet. Mercer ist tot. Eigentlich ist der Fall damit doch abgeschlossen, oder? Wir suchen weiter nach Mercers Leiche, aber ich habe auch noch andere Fälle – außerdem will sowieso niemand Ed Grayson dafür verurteilen, dass er diesen Drecksack beiseitegeschafft hat.«

»Sind Sie sicher, dass es Dan Mercer war?«

Walker runzelte die Stirn. »Sie nicht?«

»Ich frag ja nur.«

»Erstens ist das nicht mein Fall. Dafür ist Frank Tremont zuständig. Er scheint sich ziemlich sicher zu sein. Allerdings haben wir die Sache noch nicht ganz zu den Akten gelegt. Wir nehmen Dan Mercers Leben genauer unter die Lupe, und wir sehen uns andere Fälle an, in denen junge Mädchen vermisst wurden. Ich meine, hätten wir Haleys Handy nicht in seinem Motelzimmer gefunden, wären wir vermutlich nie darauf gekommen, dass zwischen Mercer und Haley eine Verbindung besteht. Also könnte er das schon seit Jahren und mit vielen Mädchen gemacht haben. Vielleicht haben noch andere Mädchen seinen Weg gekreuzt, die dann später spurlos verschwunden sind. Trotzdem, ich bin County Sheriff – und dieses Verbrechen wurde nicht einmal in meinem Zuständigkeitsbereich begangen. Da sitzt jetzt das FBI dran.«

Sie betraten das sehr schlicht eingerichtete Büro der Gerichtsmedizinerin Tara O'Neill. Wendy stellte erfreut fest, dass der Raum eher wie das Zimmer eines stellvertretenden Schuldirektors aussah als wie irgendetwas, das mit Leichen zu tun hatte. Die beiden Frauen kannten sich aus der Zeit, als Wendy über Mordfälle in der Umgebung berichtet hatte. Tara O'Neill trug ein glänzendes, schwarzes Kleid, was Wendy sehr viel besser gefiel als ein Kittel. Besonders überraschte sie an Tara jedoch immer wieder, dass sie, trotz einer gewissen Morticia-

Addams-Ausstrahlung, einfach absolut fantastisch aussah. Tara war groß, hatte lange, glatte, zu tiefschwarze Haare und ein blasses, ruhiges, klares Gesicht – ein Look, den man durchaus als ätherisches Gothic bezeichnen konnte.

»Hallo, Wendy.«

Tara stand hinter ihrem Schreibtisch auf und streckte Wendy die Hand entgegen. Das Händeschütteln war steif und formell.

»Hi, Tara.«

»Ich versteh nicht ganz, warum wir uns privat unterhalten müssen«, sagte Tara.

»Gehen Sie davon aus, dass Sie uns einen Gefallen tun«, sagte Walker.

»Aber, Sheriff, das ist nicht einmal in Ihrem Zuständigkeitsbereich passiert.«

Walker breitete die Arme aus. »Muss das wirklich alles den offiziellen Dienstweg nehmen?«

»Nein«, sagte Tara. Sie setzte sich und forderte sie auf, das Gleiche zu tun. »Wie kann ich Ihnen helfen?«

Der Stuhl war aus Holz, und der Designer hatte offenbar alles andere als die Bequemlichkeit im Kopf gehabt. Tara saß aufrecht da und wartete – die vollendete Fachfrau, die genau wusste, wie man am besten mit Toten umging. Der Raum hätte wieder mal einen frischen Anstrich gebraucht, aber, wie der alte Witz schon sagte, von Taras Kunden hatte sich noch nie einer beschwert.

»Wie ich am Telefon schon erwähnte«, sagte Walker. »Wir würden gern alles erfahren, was Sie über Haley McWaid wissen.«

»Selbstverständlich.« Tara sah Wendy an. »Sollen wir mit der Identifikation anfangen?«

»Das wäre wunderbar«, sagte Wendy.

»Also gut. Es besteht kein Zweifel daran, dass es sich bei der

Leiche, die im Ringwood State Park gefunden wurde, um die vermisste Haley McWaid handelt. Das Gewebe war schon stark verrottet, das Skelett war jedoch intakt, genau wie die Haare. Insgesamt war sie also noch gut zu erkennen, hatte allerdings keine Haut mehr. Möchten Sie Fotos der Überreste sehen?«

Wendy blickte zu Walker hinüber. Der sah aus, als müsste er sich übergeben.

»Ja«, sagte Wendy.

Tara schob ein paar Fotos über den Tisch, als wären es Speisekarten. Wendy sammelte sich einen Moment lang. Wenn es um Blut und Leichen ging, hatte auch sie nicht den stärksten Magen. Ihr wurde schon bei Filmen oft mulmig, die sich Siebzehnjährige in Begleitung eines Erwachsenen ansehen durften. Jetzt riskierte sie einen kurzen Blick und wandte sich dann sofort ab, aber schon diese grausige Sekunde hatte ihr gereicht, die schrecklich zersetzten Gesichtszüge Haley McWaids zu erkennen.

»Beide Eltern, Ted und Marcia McWaid, bestanden darauf, die Leiche ihrer Tochter zu sehen«, fuhr O'Neill absolut emotionslos fort. »Beide erkannten ihre Tochter und identifizierten sie eindeutig. Dennoch haben wir uns damit nicht zufriedengegeben. Größe und Körperbau des Skeletts stimmen mit dem der vermissten Haley McWaid überein. Des Weiteren hatte diese sich im Alter von zwölf Jahren die Hand gebrochen – den Mittelhandknochen unter dem, was man umgangssprachlich den Ringfinger nennt. Die Verletzung war natürlich verheilt, das Narbengewebe, das sich dabei gebildet hatte, war auf den Röntgenbildern jedoch gut erkennbar. Und natürlich haben wir einen DNA-Test durchgeführt und mit einer Probe verglichen, die wir von ihrer Schwester Patricia bekommen haben. Sie stimmten überein. Zusammengefasst bestehen also keinerlei Zweifel über die Identität der Toten.«

»Was ist mit der Todesursache?«

Tara O'Neill legte die Hände auf dem Tisch zusammen. »Die konnten wir bis jetzt nicht ermitteln.«

»Was meinen Sie, wie lange Sie dafür brauchen?«

Tara O'Neill streckte die Hand aus und nahm die Fotos wieder an sich. »Wenn ich ehrlich sein soll«, sagte sie, »glaube ich nicht, dass wir was rausfinden.«

Vorsichtig schob sie die Fotos wieder in den Ordner zurück, klappte ihn zu und legte ihn neben sich.

»Moment mal, Sie glauben nicht, dass Sie die Todesursache je herausbekommen?«

»Das ist richtig.«

»Ist das nicht ungewöhnlich?«

Jetzt lächelte Tara O'Neill doch. Ihr Lächeln war gleichzeitig strahlend und ernüchternd. »Nein, eigentlich nicht. Unglücklicherweise ist die Bevölkerung unseres Landes mit Fernsehsendungen aufgewachsen, in denen Gerichtsmediziner Wunder bewirken können. Sie sehen durch Mikroskope und finden so die Antworten auf alle offenen Fragen. In der Realität ist das leider anders. Stellen wir uns zum Beispiel die Frage, ob auf Haley McWaid geschossen wurde. Erstens – und diese Auskunft stammt in erster Linie von der Spurensicherung: Am Tatort wurden keine Kugeln gefunden. Und zweitens: Auch im Körper befanden sich keine Kugeln. Ich habe auch ein paar Fotos und Röntgenbilder gemacht, um festzustellen, ob es ungewöhnliche Kerben oder Einschnitte in den Knochen gibt, die auf eine Schusswunde hindeuten. Es gibt sie nicht. Dennoch kann ich trotz dieser aufwendigen Untersuchung immer noch nicht endgültig ausschließen, dass auf sie geschossen wurde. Vielleicht hat die Kugel keinen Knochen getroffen. Und da der Leichnam schon stark verwest ist, würden wir es nicht mehr unbedingt erkennen, wenn die Kugel nur Gewebe durchschlagen hätte. Es gibt also keinen Hinweis darauf, dass auf Haley McWaid geschossen wurde. Mehr kann ich nicht sagen. Und damit ist es relativ unwahrscheinlich. Können Sie mir folgen?«

»Ja.«

»Gut. Bezüglich eines Messerstichs läuft die Argumentation ganz ähnlich ab, auch das halte ich für unwahrscheinlich, kann es aber nicht ganz ausschließen. Hätte der Angreifer zum Beispiel eine wichtige Arterie …«

»Ja, ich glaube, ich hab's verstanden.«

»Und natürlich gibt es noch viele andere Möglichkeiten. Das Opfer könnte erstickt worden sein – zum Beispiel ganz klassisch mit dem Kissen auf dem Gesicht. Selbst in vielen Fällen, wo die Leiche nach ein paar Tagen statt nach ein paar Monaten gefunden wird, ist es oft schwierig, einen Tod durch Ersticken eindeutig zu bestimmen. Aber in diesem Fall, nachdem die Leiche höchstwahrscheinlich drei Monate in der Erde lag, ist es praktisch unmöglich. Außerdem habe ich ein paar spezielle Drogentests durchgeführt, um festzustellen, ob noch Drogen oder Medikamente im Körper sind, aber wenn die Verwesung schon so weit fortgeschritten ist, werden die Enzyme aus dem Blut freigesetzt. Dadurch werden viele Tests unbrauchbar. Bildlich gesprochen verwandelt sich der Körper durch die Verwesungsprozesse in eine alkoholähnliche Substanz, wodurch dann einfach die Ergebnisse verfälscht werden. Haleys Glaskörper – das ist das Gel zwischen der Netzhaut und der Augenlinse – hat sich zersetzt, daher konnten wir auch darin nicht nach Spuren von Drogen suchen.«

»Dann können Sie nicht einmal sicher sagen, dass sie ermordet wurde?«

»Ich als Gerichtsmedizinerin kann das nicht, nein.«

Wendy sah Walker an. Er nickte. »*Wir* können das schon. Na ja, überlegen Sie doch mal. Von Dan Mercer haben wir nicht einmal eine Leiche. Ich war schon an Mordprozessen beteiligt, in denen die Leiche nie gefunden wurde, und wie Tara schon sagte, ist diese Unsicherheit gar nicht ungewöhnlich, wenn die Leiche erst nach so langer Zeit entdeckt wird.«

O'Neill stand auf und entließ sie damit. »Sonst noch etwas?«

»Wurde sie sexuell missbraucht?«

»Gleiche Antwort. Wir wissen es einfach nicht.«

Wendy erhob sich. »Danke, dass Sie sich Zeit genommen haben, Tara.«

Noch ein steifes, formelles Händeschütteln, und kurz darauf stand Wendy wieder mit Sheriff Walker auf der Norfolk Street.

»Hat Sie das jetzt irgendwie weitergebracht?«, fragte Walker.

»Nein.«

»Ich hab doch gesagt, dass hier nichts zu holen ist.«

»Dann war's das? Es ist vorbei?«

»Ganz offiziell und für diesen Sheriff? Ja.«

Wendy sah die Straße hinab. »Ich höre oft, dass es mit Newark wieder bergauf geht.«

»Hier nicht«, sagte Walker.

»Stimmt.«

»Was ist mit Ihnen, Wendy?«

»Was soll mit mir sein?«

»Ist der Fall für Sie abgeschlossen?«

Sie schüttelte den Kopf. »Nein, noch nicht ganz.«

»Erzählen Sie mir, was Sie noch vorhaben?«

Wieder schüttelte sie den Kopf. »Nein, jetzt noch nicht.«

»In Ordnung.« Der große Mann trat von einem Fuß auf den anderen und sah zu Boden. »Darf ich Ihnen noch eine Frage stellen?«

»Klar.«

»Ich komme mir ein bisschen aufdringlich vor. Na ja, das Timing und alles.«

Sie wartete.

»Wenn diese Sache vorbei ist, wenn wir das Ganze in ein paar Wochen hinter uns haben …«, Walker versuchte, ihr in die Augen zu sehen, »… hätten Sie etwas dagegen, wenn ich Sie dann mal anrufe?«

Die Straße wirkte plötzlich noch verlassener. »Also, was das Timing angeht, muss ich Ihnen vollkommen Recht geben.«

Walker steckte die Hände in die Taschen und zuckte die Achseln. »Mit charmanten Worten hatte ich es noch nie so.«

»Sie waren charmant genug«, sagte Wendy und versuchte, nicht gegen ihren Willen zu lächeln. So war das Leben, oder? Wenn man dem Tod begegnete, sehnte man sich nach dem Leben. Die Welt ist nichts als eine Reihe feiner Grenzen, die uns von dem trennen, was wir für Extreme halten. »Nein, ich habe absolut nichts dagegen, wenn Sie mich anrufen.«

Hester Crimsteins Anwaltskanzlei *Burton and Crimstein* befand sich in einem Hochhaus in Midtown Manhattan und bot eine fantastische Aussicht auf Downtown Manhattan und den Hudson River. Sie konnte die *Intrepid* sehen, einen zum Museum umgebauten Flugzeugträger, und die riesigen Kreuzfahrtschiffe mit dreitausend Urlaubern darauf, und ihr kam der Gedanke, dass sie lieber ein Kind gebären würde, als so eine Reise mitzumachen. Aber im Endeffekt war diese fantastische Aussicht, wie jede Aussicht, mit der Zeit doch einfach nur zu einer Aussicht geworden. Die Besucher waren begeistert, aber wenn man so etwas Tag für Tag vor Augen hatte, wurde das Besondere zu etwas Alltäglichem – auch wenn man sich das selbst nicht eingestand.

Jetzt stand Ed Grayson vor dem Fenster. Er blickte hinaus, zeigte aber keine Begeisterung. »Ich weiß nicht, was ich jetzt tun soll, Hester.«

»Ich schon«, sagte sie.

»Erzähl.«

»Hör auf meinen professionellen Rat. Mach gar nichts.«

Grayson sah weiter aus dem Fenster, lächelte jetzt aber. »Kein Wunder, dass du dick Kohle verdienst.«

Hester zuckte wortlos mit den Achseln.

»So einfach ist das also?«

»Yep, in diesem Fall schon.«

»Weißt du, dass meine Frau mich verlassen hat? Sie will mit E. J. zurück nach Québec gehen.«

»Tut mir leid, das zu hören.«

»Ich bin schuld an dieser ganzen Scheiße.«

»Ed, versteh mich jetzt nicht falsch, aber du weißt doch, dass ich weder gut Händchen halten noch beruhigende Plattitüden von mir geben kann, oder?«

»Das weiß ich, ja.«

»Dann sag ich es dir jetzt ganz direkt: Du hast dich selbst tief in die Scheiße geritten.«

»Ich hab vorher noch nie jemanden zusammengeschlagen.«

»Jetzt hast du's.«

»Ich hab auch noch nie auf jemanden geschossen.«

»Und auch das hast du jetzt getan. Na und?«

Beide schwiegen. Ed Grayson fühlte sich wohl in der Stille. Hester Crimstein nicht. Sie fing an auf ihrem Schreibtischstuhl herumzuschaukeln, spielte mit einem Kugelschreiber und seufzte theatralisch. Schließlich stand sie auf und durchquerte das Büro.

»Siehst du das?«

Ed sah sie an. Sie deutete auf die Statue der Justitia. »Ja.«

»Weißt du, was das ist?«

»Natürlich.«

»Und was?«

»Soll das ein Witz sein?«

»Wer ist das?«

»Die Gerechtigkeit.«

»Ja und nein. Sie ist unter vielen Namen bekannt. Gerechtigkeit, Blinde Gerechtigkeit, die griechische Göttin Themis, die römische Göttin Justitia, die ägyptische Göttin Maat – oder sogar als die Tochter von Themis, Dike und Astraea.«

»Äh, und was willst du mir damit sagen?«

»Hast du dir die Statue mal genau angeguckt? Die meisten Leute sehen erst die verbundenen Augen, und, na ja, das ist natürlich eine eindeutige Anspielung auf ihre Unvoreingenommenheit. Außerdem ist es Unsinn, weil jeder voreingenommen ist. Dagegen kann man nichts tun. Aber guck dir mal ihre rechte Hand an. In der hält sie ein Schwert. Ein Schwert, um den Leuten die Leviten zu lesen. Es repräsentiert die schnelle, oft brutale, manchmal sogar tödliche Strafe. Aber weißt du, nur Justitia – also das System – darf diese Strafe verhängen und vollstrecken. Nur das System, so kaputt es auch sein mag, hat das Recht, dieses Schwert zu benutzen. Du, mein Freund, hast es nicht.«

»Willst du mir sagen, dass ich das Recht nicht in meine Hände hätte nehmen dürfen?« Grayson zog eine Augenbraue hoch. »Wow, Hester, das ist ja mal ganz was Neues.«

»Guck dir die Waage an, Schlappsack, die sie in der linken Hand hält. Manche Leute glauben, in den Waagschalen würden die Argumente der beiden Parteien aufgewogen – die der Anklage und der Verteidigung. Andere meinen, es ginge um Fairness oder Unparteilichkeit. Aber überleg mal. Bei einer Waage geht's doch eigentlich um Gleichgewicht und Balance, oder? Pass auf, ich bin Anwältin – und ich bin mir meines Rufs durchaus bewusst. Ich weiß, dass die Leute glauben, ich würde das Recht untergraben, jedes Schlupfloch nutzen, meine Gegner piesacken oder übervorteilen. Das stimmt alles. Aber trotzdem bewege ich mich dabei innerhalb des Systems.«

»Und dadurch ist das in Ordnung?«

»Yep. Weil das Gleichgewicht gewahrt wird.«

»Und ich, um in deinem Bild zu bleiben, habe dieses Gleichgewicht zerstört?«

»Genau. Das ist das Schöne an unserem System. Man kann es dehnen und strecken – und das tue ich weiß Gott immer wieder –, aber wenn man sich innerhalb der vorgegebenen Grenzen bewegt, funktioniert es irgendwie, unabhängig davon, ob man im Recht ist oder nicht. Wenn man das nicht tut, wenn das Gleichgewicht verloren geht – selbst wenn man die besten Absichten hat –, führt das ins Chaos und in die Katastrophe.«

»Das«, sagte Ed Grayson und nickte, »klingt nach einer gewaltigen Selbstrechtfertigung.«

Sie lächelte. »Schon möglich. Du weißt trotzdem ganz genau, dass ich Recht habe. Du wolltest einen Fehler berichtigen. Aber dabei ist dann das Gleichgewicht verlorengegangen.«

»Dann sollte ich es vielleicht wieder herstellen.«

»So funktioniert das nicht, Ed. Das weißt du doch inzwischen. Halt dich da raus, nur dann kann sich das Gleichgewicht wieder einstellen.«

»Selbst wenn es bedeutet, dass der Übeltäter ungestraft davonkommt?«

Sie streckte die Hände aus und lächelte ihm zu. »Und wer ist hier jetzt der Übeltäter, Ed?«

Schweigen.

Er wusste nicht, wie er es ausdrücken sollte, also sagte er es ganz direkt. »Die Polizei hat keinen Schimmer, was mit Haley McWaid passiert ist.«

Hester überlegte. »Wer weiß«, sagte sie. »Vielleicht sind wir es auch, die keinen Schimmer haben.«

SECHSUNDZWANZIG

Der pensionierte Essex-County-Ermittler Frank Tremont besaß ein kleines Haus im Kolonialstil mit Aluminium-Verschalung, einem kleinen, aber perfekt gepflegten Rasen und einer New York Giants Flagge rechts von der Tür. Die Pfingstrosen in den Beeten leuchteten so hell, dass Wendy sich fragte, ob sie aus Plastik waren.

Wendy ging die zehn Schritte vom Gehweg und klopfte an die Haustür. Am Erkerfenster bewegte sich ein Vorhang. Einen Moment später wurde die Tür geöffnet. Obwohl das Begräbnis seit Stunden zu Ende war, trug Frank Tremont immer noch den schwarzen Anzug. Er hatte die Krawatte gelockert und die beiden obersten Hemdknöpfe geöffnet. Offenbar hatte er morgens beim Rasieren ein paar Stellen übersehen. Seine Augen waren geschwollen, und Wendy roch eine leichte Alkoholfahne.

Ohne ein Wort zu sagen, trat er zur Seite, seufzte tief und forderte sie mit einem Nicken zum Hereinkommen auf. Sie bückte sich etwas, als sie ins Haus ging. Im dunklen Zimmer brannte nur eine Lampe. Auf dem abgenutzten Kaffeetisch stand eine halbleere Flasche Captain Morgan. Rum. Igitt. Auf der Couch lagen mehrere ausgebreitete Zeitungen. Auf dem Boden stand ein Pappkarton, in dem sich vermutlich die Sachen aus seinem Schreibtisch bei der Polizei befanden. Im Fernsehen lief Werbung für ein Fitnessgerät, mit einem viel zu enthusiastischen Trainer und vielen jungen, schönen, geölten Waschbrettbäuchen. Wendy sah Tremont an. Er zuckte die Achseln.

»Ich dachte mir, wo ich jetzt in Rente bin, könnte ich mich ja mal um die Bauchmuskulatur kümmern.«

Sie versuchte zu lächeln. Auf einem Beistelltisch lagen Fotos von einem jungen Mädchen. Die Frisur des Teenagers war vor etwa fünfzehn, zwanzig Jahren modern gewesen, aber als Erstes fiel einem ihr Lächeln ins Auge – es war herzlich und offen, absolut mitreißend, ein Lächeln, das sich direkt bis ins Herz bohrt. Wendy kannte die Geschichte. Das Mädchen war zweifelsohne Franks Tochter, die an Krebs gestorben war. Noch einmal sah Wendy die Rumflasche an und fragte sich, wie er aus dem Tief je wieder herausgekommen war.

»Was gibt's, Wendy?«

»Also«, fing sie an, »sind Sie jetzt offiziell im Ruhestand?«

»Yep. Hab ja am Ende nochmal einen Bombenerfolg gelandet, was?«

»Tut mir leid.«

»Ihr Mitleid sparen Sie sich lieber für die Familie des Opfers auf.«

Sie nickte.

»Es stand viel über Sie in der Zeitung«, sagte er. »Der Fall hat Sie ziemlich berühmt gemacht.« Er hob das Glas und prostete ihr sarkastisch zu. »Herzlichen Glückwunsch.«

»Frank?«

»Was ist?«

»Sagen Sie bitte nichts Dummes, was Sie dann hinterher bereuen.«

Tremont nickte. »Ja, ausgezeichnete Idee.«

»Ist der Fall offiziell abgeschlossen?«, fragte sie.

»Von uns aus eigentlich schon. Der Täter ist tot – liegt wohl irgendwo im Wald verscharrt, was Leute, die klüger sind als ich, wahrscheinlich als Ironie des Schicksals betrachten.«

»Haben Sie Ed Grayson nochmal unter Druck gesetzt, damit er verrät, was er mit der Leiche gemacht hat?«

»Wir haben so viel Druck gemacht, wie wir konnten.«

»Und?«

»Er sagt nichts. Ich wollte ihm umfassende Straffreiheit zusichern, wenn er uns erzählt, wo Mercers Leiche liegt, aber mein oberster Boss, Paul Copeland, hat das abgelehnt.«

Wendy dachte an Ed Grayson, überlegte, ob sie noch einmal versuchen sollte, mit ihm zu reden. Tremont schob die Zeitungen von der Couch auf den Fußboden und bot Wendy einen Platz an. Er ließ sich in den Fernsehsessel fallen und griff zur Fernbedienung.

»Wissen Sie, was da gleich läuft?«

»Nein.«

»*Crimstein's Court*. Sie wissen, dass sie Ed Graysons Anwältin ist, oder?«

»Sie haben es mir erzählt.«

»Richtig. Hatte ich vergessen. Als wir ihn vernommen haben, hat sie ein paar interessante Dinge gesagt.« Er nahm den Captain Morgan und goss sich etwas Rum ins Glas. Er bot auch ihr etwas an, aber sie schüttelte den Kopf.

»Was für Dinge?«

»Sie hat vorgeschlagen, dass wir Ed Grayson einen Orden verleihen, weil er Dan Mercer getötet hat.«

»Weil es gerecht war?«

»Nein, das gehörte zwar auch dazu, sie wollte aber auf etwas Anderes, Größeres hinaus.«

»Und das wäre?«

»Wenn Grayson Mercer nicht getötet hätte, wäre Haleys Handy nie gefunden worden.« Er richtete die Fernbedienung auf den Fernseher und schaltete ihn aus. »Sie sagte, im Laufe der dreimonatigen Ermittlungen wären wir keinen Schritt vorangekommen. Also verdanken wir Ed Grayson unseren einzigen Hinweis auf Haleys Aufenthaltsort. Außerdem wies sie darauf hin, dass ein guter Detective einen stadtbekannten Perversen, der noch dazu Kontakte ins Wohngebiet des Opfers hatte, eigentlich näher unter die Lupe hätte nehmen müssen. Und wissen Sie was?«

Wendy schüttelte den Kopf.

»Sie hat Recht – wie konnte ich einen mutmaßlichen Sexualstraftäter mit Kontakten in Haleys Nachbarschaft übersehen? Vielleicht war Haley nach der Entführung noch ein paar Tage am Leben? Vielleicht hätte ich sie retten können?«

Wendy betrachtete das Bild des selbstsicheren, wenn nicht gar grausamen Captain Morgan auf dem Etikett der Rumflasche. Ein wirklich furchteinflößender Kumpan, wenn man alleine trank. Sie öffnete den Mund, um ihm zu widersprechen, aber er unterbrach sie, indem er die Hand hob.

»Kommen Sie mir nicht mit einer tröstlichen Bemerkung. Das wäre beleidigend.«

Er hatte Recht.

»Sie sind wahrscheinlich nicht hergekommen, um zu sehen, wie ich mich im Selbstmitleid suhle.«

»Na ja, irgendwie ist das schon recht unterhaltsam.«

Fast hätte er gelächelt. »Was wollen Sie wissen, Wendy?«

»Was macht Sie so sicher, dass Dan Mercer Haley umgebracht hat?«

»Sie meinen, welches Motiv er hatte?«

»Ja, genau das meine ich.«

»Soll ich die alle in alphabetischer Reihenfolge auflisten? Wie Sie ja mehr oder weniger selbst bewiesen haben, war er ein Sexualstraftäter.«

»Okay, das ist mir schon klar. Aber in diesem Fall, na ja, was soll's? Haley McWaid war siebzehn. In New Jersey darf man mit sechzehn heiraten.«

»Vielleicht hatte er Angst, dass sie an die Öffentlichkeit gehen würde.«

»Womit? Es war doch alles legal.«

»Trotzdem. Es hätte verheerende Auswirkungen auf seinen Fall gehabt.«

»Und darum hat er sie umgebracht? Damit das nicht an die Öffentlichkeit kommt?« Sie schüttelte den Kopf. »Haben Sie irgendwelche Anzeichen für eine frühere Beziehung zwischen Mercer und Haley gefunden?«

»Nein. Ich weiß, dass Sie mit dieser These im State Park hausieren gegangen sind – dass die beiden sich vielleicht im Haus seiner Ex begegnet sind und was miteinander angefangen haben. Ausgeschlossen ist das nicht, aber wir haben absolut keine Hinweise darauf, und den Eltern zuliebe möchte ich diesen Punkt eigentlich nicht weiter verfolgen. Am wahrscheinlichsten erscheint mir außerdem weiterhin, dass Mercer Haley im Haus der Wheelers gesehen hat, von ihr besessen war, sie sich geschnappt, was auch immer mit ihr gemacht und sie dann umgebracht hat.«

Wendy runzelte die Stirn. »Das kann ich mir beim besten Willen nicht vorstellen.«

»Warum nicht? Erinnern Sie sich noch an Haleys zwischenzeitlichen Freund Kirby Sennett?«

»Ja.«

»Nachdem wir die Leiche gefunden hatten, hat sein Anwalt ihm erlaubt, sagen wir, etwas offener mit uns zu reden. Ja, Haley und er sind ein paarmal heimlich miteinander ausgegangen, die Beziehung stand aber ziemlich auf der Kippe. Er behauptet, Haley wäre sehr ungehalten gewesen, vor allem, weil die University of Virginia sie nicht genommen hat. Er meinte, sie könnte wohl auch irgendwas genommen haben.«

»Drogen?«

Er zuckte die Achseln. »Auch das müssen die Eltern nicht unbedingt wissen.«

»Ich versteh das trotzdem nicht. Warum hat Kirby Ihnen das nicht gleich gesagt?«

»Weil der Anwalt Angst hatte, dass wir den Jungen mal näher unter die Lupe nehmen, wenn wir gewusst hätten, was wirklich zwischen den beiden lief. Und da hat er natürlich absolut Recht.«

»Wenn Kirby aber doch nichts zu verbergen hatte?«

»Erstens: Wer behauptet denn, dass er nichts zu verbergen hat? Er ist Gelegenheits-Dealer. Wenn Haley irgendetwas genommen hatte, war es vermutlich von ihm. Zweitens: Die meisten Anwälte erzählen einem, dass Unschuld nicht vor Strafe schützt. Wenn Kirby gesagt hätte, ›yoh, wir haben so ’n bisschen was miteinander gehabt, außerdem hatte sie vielleicht auch noch so ein paar Sachen eingeworfen oder geraucht, die ich ihr gegeben habe‹, wären wir ihm auf die Pelle gerückt, hätten da ein Expeditionszelt errichtet und wären ihm in jedes Loch gekrochen. Und als die Leiche dann gefunden wurde, hätten wir auch noch eine Expedition den Darm hochgeschickt. Jetzt hingegen, wo Kirby nicht mehr unter Verdacht steht, kann er uns ruhig ein bisschen was erzählen.«

»Nettes System«, sagte sie. »Von den Anal-Analogien gar nicht zu reden.«

Er zuckte die Achseln.

»Sind Sie sicher, dass dieser Kirby nichts damit zu tun hatte?«

»Und wie kam Haleys Handy dann in Dan Mercers Motelzimmer?«

Sie dachte darüber nach. »Guter Einwand.«

»Außerdem hat er ein gutes Alibi. Hören Sie, Kirby ist so ein typischer verzogener Rowdy aus reichem Elternhaus – einer von denen, die sich für einen harten Burschen halten, weil sie vielleicht in der Nacht vor Halloween ein Haus in Klopapier eingewickelt haben. Er hat hier wirklich nichts getan.«

Wendy lehnte sich zurück. Ihr Blick fiel auf ein Bild von Tremonts toter Tochter, verharrte da aber nicht. Sie wandte ihn schnell wieder ab, vielleicht zu schnell. Frank hatte es gemerkt.

»Meine Tochter«, sagte er.

»Ich weiß.«

»Wir werden nicht darüber reden, okay?«

»Okay.«

»Was haben Sie für ein Problem mit diesem Fall, Wendy?«

»Ich glaube, mir fehlt einfach das Warum.«

»Gucken Sie sich das Foto ruhig noch einmal an. So läuft das in der Welt einfach nicht.« Er richtete sich auf. Sein Blick bohrte sich in ihre Augen. »Manchmal – vielleicht sogar meistens – gibt es kein Warum.«

Auf dem Rückweg zu ihrem Auto sah Wendy, dass sie eine E-Mail von Ten-A-Fly bekommen hatte. Sie rief ihn an.

»Wir haben vielleicht etwas über Kelvin Tilfer.«

Der Fathers Club hatte die letzten Tage daran gearbeitet, die Mitbewohner aus Princeton ausfindig zu machen. Am einfachsten war das natürlich bei Farley Parks. Wendy hatte sechs Mal bei dem ehemaligen Politiker angerufen, ihn aber nicht erreicht. Er hatte auch nicht zurückgerufen. Sie hatte nichts anderes erwartet. Farley lebte in Pittsburgh, daher war es ziemlich aufwendig, einfach bei ihm vorbeizufahren. Er war also erst einmal außen vor.

Der zweite war Dr. Steve Miciano. Sie hatte mit ihm telefoniert und ihn um ein Treffen gebeten. Wendy hatte nicht vor, ihm am Telefon zu sagen, worum es ging, und Miciano hatte auch nicht gefragt. Er sagte, er wäre im Schichtdienst und hätte morgen Nachmittag Zeit. Wendy meinte, so lange warten zu können.

Der dritte Mitbewohner – und der, der in Wendys Augen die höchste Priorität hatte – war der kaum fassbare Kelvin Tilfer. Sie hatte immer noch nichts über ihn gefunden. Was das Internet betraf, war der Mann einfach irgendwie vom Erdboden verschluckt worden.

»Und was?«, fragte sie.

»Ein Bruder von ihm, Ronald Tilfer, arbeitet als Paketbote für UPS in Manhattan. Er ist der einzige Verwandte, den wir gefunden haben. Die Eltern sind verstorben.«

»Wo wohnt er?«

»In Queens, aber wir haben noch was Besseres. Als Doug früher bei Lehman Brothers war, haben sie viel mit UPS gearbeitet. Doug hat seine alten Kontakte genutzt und darüber einen Zugriff auf Ronald Tilfers Lieferplan gekriegt. Das ist jetzt alles computerisiert, daher können wir im Internet ziemlich genau nachverfolgen, wo er gerade ist. Falls Sie ihn sprechen wollen.«

»Das will ich.«

»Okay, dann fahren Sie nach Manhattan in die Upper West Side. Ich maile Ihnen dann, wo er gerade etwas ausgeliefert hat.«

Eine Dreiviertelstunde später entdeckte sie den braunen Lieferwagen in zweiter Reihe geparkt an der West 69th Street in der Nähe der Columbus Avenue vor einem Restaurant namens Telepan. Sie hielt vor einer Parkuhr, warf ein paar Münzen hinein und lehnte sich an den Kotflügel.

Ronald Tilfer – zumindest nahm sie an, dass er der Mann in der braunen UPS-Uniform war – lächelte und winkte noch einmal kurz nach hinten, als er aus dem Restaurant kam. Er war klein, hatte kurzgeschorene, graumelierte Haare und, wie man in diesen Uniformen sehr gut erkennen konnte, kurze, wohlgeformte Beine. Wendy ging auf ihn zu und fing ihn ab, bevor er bei seinem Lieferwagen war.

»Ronald Tilfer?«

»Ja.«

»Ich heiße Wendy Tynes. Ich bin Reporterin der NTC News. Ich suche Ihren Bruder Kelvin.«

Er kniff die Augen zusammen. »Weshalb?«

»Ich will einen Bericht über den Abschlussjahrgang in Princeton machen.«

»Ich kann Ihnen nicht helfen.«

»Ich möchte ihn nur ein paar Minuten sprechen.«

»Das geht nicht.«

»Warum nicht?«

Er wollte um sie herumgehen. Wendy blockierte ihm weiter den Weg.

»Sagen wir einfach, Kelvin steht nicht zur Verfügung.«

»Was soll das heißen?«

»Er kann nicht mit Ihnen sprechen. Er kann Ihnen nicht helfen.«

»Mr. Tilfer?«

»Ich muss wirklich wieder an die Arbeit.«

»Nein, müssen Sie nicht.«

»Wie bitte?«

»Das war heute Ihre letzte Lieferung.«

»Woher wissen Sie das?«

Lass ihn im Ungewissen, dachte sie. »Hören wir auf, Zeit zu vergeuden mit kryptischen Bemerkungen wie ›er steht nicht zur Verfügung‹ oder ›er kann nicht mit Ihnen sprechen‹ oder so etwas. Es ist extrem wichtig, dass ich mit ihm rede.«

»Über den Abschlussjahrgang in Princeton?«

»Es steckt noch mehr dahinter. Irgendjemand schadet seinen ehemaligen Mitbewohnern.«

»Und Sie glauben, dass es Kelvin ist?«

»Das habe ich nicht gesagt.«

»Er kann's nicht sein.«

»Dann helfen Sie mir, das zu beweisen. Auf jeden Fall wurden schon mehrere Existenzen zerstört. Ihr Bruder könnte auch in Gefahr sein.«

»Das ist er nicht.«

»Vielleicht kann er dann ein paar alten Freunden helfen.«

»Kelvin? Er ist nicht in der Lage, irgendjemandem zu helfen.«

Wieder so eine kryptische Antwort. Langsam ging ihr das auf die Nerven. »Wenn man Sie so hört, könnte man denken, dass er tot ist.«

»So gut wie.«

»Ich möchte nicht melodramatisch klingen, Mr. Tilfer, aber es geht wirklich um Leben und Tod. Wenn Sie nicht mit mir reden wollen, können wir das auch mit Hilfe der Polizei erledigen. Jetzt bin ich alleine hier, aber ich kann ebenso gut mit einem Team vom Sender wiederkommen – mit Kameras, Mikrofonen und allem, was sonst noch so dazugehört.«

Ronald Tilfer stieß einen tiefen Seufzer aus. Natürlich war das eine leere Drohung gewesen, aber das konnte er schließlich nicht wissen. Er kaute auf seiner Unterlippe. »Und es reicht Ihnen nicht, wenn ich Ihnen mein Wort gebe, dass er Ihnen nicht helfen kann, oder?«

»Tut mir leid.«

Er zuckte die Achseln. »Okay.«

»Okay was?«

»Ich fahr mit Ihnen zu Kelvin.«

Wendy betrachtete Kelvin Tilfer durch eine dicke Sicherheitsglasscheibe.

»Seit wann ist er hier?«

»Dieses Mal?« Ronald Tilfer zuckte die Achseln. »Seit drei Wochen ungefähr. Wahrscheinlich lassen sie ihn in einer Woche wieder raus.«

»Und was macht er dann?«

»Er lebt auf der Straße, bis er sich oder jemand anderen in Gefahr bringt. Dann wird er wieder hier eingeliefert. Der Staat hält nichts mehr von Langzeitaufenthalten in der geschlossenen Psychiatrie. Also entlassen sie ihn wieder.«

Kelvin Tilfer kritzelte wütend etwas in sein Notizbuch. Seine Nase war nur wenige Zentimeter vom Papier entfernt. Dabei schrie er so laut, dass Wendy ihn sogar durch das dicke Glas hörte. Es waren nur unzusammenhängende Sätze. Kelvin sah viel älter aus als seine ehemaligen Kommilitonen, hatte graue Haare und einen grauen Bart. Ihm fehlten mehrere Zähne.

»Er war der Klügere von uns«, sagte Ronald. »Ein echtes Genie, besonders in Mathe. Dafür auch das Notizbuch. Es ist voller mathematischer Formeln und Probleme. Er arbeitet den ganzen Tag daran und schreibt sie auf. Er kann seinen Kopf nie abschalten. Unsere Mom hat immer wieder versucht, ihn zu einem normalen Jungen zu erziehen. Sie wissen schon, die Lehrer haben öfters vorgeschlagen, dass er eine Klasse überspringen soll. Aber Mom hat das nicht erlaubt. Sie hat ihn zum Sport geschickt – hat alles getan, dass er möglichst normal aufwächst. Aber es ist fast so, als hätten wir gewusst, dass er sich in diese Richtung entwickelt. Sie hat immer versucht, sich gegen den Wahnsinn anzustemmen. Aber das war so, als wollte man mit bloßen Händen eine Flutwelle aufhalten.«

»Was hat er?«

»Er ist schizophren. Dazu kommen zeitweilig extrem schwere psychische Störungen.«

»Nein, ich meine, was ist mit ihm passiert? Warum ist er so geworden?«

»Was soll passiert sein? Er ist krank. Es gibt kein Warum.«

Es gibt kein Warum – das hörte sie heute schon zum zweiten Mal.

»Wie bekommt man Krebs? Er ist ja nicht so geworden, weil Mommy ihn immer geschlagen hat. Er hat ein chemisches Ungleichgewicht im Gehirn. Und das hatte er, wie gesagt, schon immer. Selbst als Kind hat er nie richtig geschlafen. Er konnte den Kopf einfach nicht abschalten.«

Wendy erinnerte sich daran, was Phil gesagt hatte. Schräg. Ein schräges Mathe-Genie. »Gibt es da keine Medikamente?«

»Zur Beruhigung schon, natürlich. Die haben dann so eine ähnliche Wirkung wie ein Betäubungsgewehr bei einem Elefanten. Er weiß trotzdem nicht, wer oder wo er ist. Nach seinem Abschluss in Princeton hat er eine Stelle bei einem Pharma-Unternehmen bekommen, aber er ist einfach immer wieder verschwunden. Sie haben ihn dann gefeuert. Dann hat er auf der Straße gelebt. Wir haben acht Jahre lang nicht gewusst, wo er ist. Als wir ihn schließlich in einem Pappkarton in seinem eigenen Kot gefunden haben, hatte Kelvin diverse Knochenbrüche erlitten, die nicht wieder ordentlich verheilt waren. Er hatte mehrere Zähne verloren. Ich kann mir überhaupt nicht vorstellen, wie er das überhaupt überlebt hat, wovon er sich ernährt hat und was er damals alles durchgemacht haben muss.«

Kelvin fing wieder an zu schreien. »Himmler! Himmler mag Thunfischsteaks!«

Sie sah Ronald an. »Himmler? Der alte Nazi?«

»Da fragen Sie mich zu viel. Was er sagt, ergibt nie irgendwelchen Sinn.«

Kelvin konzentrierte sich wieder auf sein Notizbuch. Er schrieb jetzt noch schneller.

»Kann ich mit ihm reden?«, fragte sie.

»Das soll jetzt ein Witz sein, stimmt's?«

»Nein.«

»Es wird nichts helfen.«

»Aber es schadet auch nicht.«

Ronald Tilfer sah durchs Fenster. »Meistens erkennt er mich nicht mal. Er guckt direkt durch mich durch. Ich wollte ihn mit zu mir nach Hause nehmen, aber ich habe eine Frau und ein Kind …«

Wendy sagte nichts.

»Eigentlich müsste ich ihm irgendwie helfen, finden Sie nicht? Ihn beschützen. Aber wenn ich versuche, ihn bei mir in der Wohnung einzuschließen, wird er wütend. Also lasse ich ihn gehen und mache mir Sorgen. Als Kinder sind wir oft zum Football gegangen. Zu den Yankees. Kelvin kannte die Statistiken sämtlicher Spieler. Er konnte einem auch sofort, nachdem ein Spieler am Schlag war, die neuen Statistiken sagen. Meine Theorie dazu ist: Genialität ist ein Fluch. So seh ich das. Manche Menschen glauben, die Genies würden das Universum auf eine Art sehen, die uns Normalen versperrt ist. Sie würden die Welt so sehen, wie sie wirklich ist – und diese Realität sei dann so furchtbar, dass sie den Verstand verlieren. Demnach würde zu viel Einsicht zum Wahnsinn führen.«

Wendy starrte einfach nur vor sich hin. »Hat Kelvin je über Princeton gesprochen?«

»Mom war so stolz auf ihn. Also nicht nur sie, sondern wir alle. Die Kinder aus unserem Viertel gingen nun wirklich nicht auf Elite-Universitäten. Wir hatten zwar Angst, dass er da nicht reinpasst, aber er hat sehr schnell Freunde gefunden.«

»Diese Freunde stecken in Schwierigkeiten.«

»Sehen Sie ihn an, Ms. Tynes. Glauben Sie wirklich, dass er denen helfen kann?«

»Ich würde es gern ausprobieren.«

Ronald Tilfer zuckte die Achseln. Sie gingen zum Krankenhaus-Manager, der Wendy ein paar Verzichtserklärungen zur Unterschrift vorlegte und ihr riet, etwas auf Abstand zu bleiben. Kurz darauf führte ein Pfleger Wendy und Ronald in einen verglasten Raum. Er blieb an der Tür stehen. Kelvin saß an einem Tisch und kritzelte weiter etwas in sein Notizbuch. Der Tisch war ziemlich breit, so dass Wendy und Ronald genug Abstand hatten.

»Hey, Kelvin«, sagte Ronald.

»Dronen haben kein Verständnis für die Essenz.«

Ronald sah Wendy an. Mit einer Geste forderte er sie auf, Fragen zu stellen.

»Sie waren in Princeton, richtig, Kelvin?«

»Ich hab's Ihnen doch gesagt. Himmler mag Thunfischsteaks.«

Er starrte immer noch auf sein Notizbuch. »Kelvin?«

Er hörte nicht auf zu schreiben.

»Erinnern Sie sich an Dan Mercer?«

»Weißer Junge.«

»Ja. Und Phil Turnball?«

»Bleifreies Benzin macht dem Wohltäter Kopfschmerzen.«

»Ihre Freunde aus Princeton.«

»Ivy-League-Typen, Mann. Einer hat grüne Schuhe getragen. Ich hasse grüne Schuhe.«

»Ich auch.«

»Diese Ivy-League-Typen.«

»Richtig. Ihre Freunde von der Universität. Dan, Phil, Steve und Farley. Erinnern Sie sich an sie?«

Kelvin hörte auf zu kritzeln. Er blickte auf. Seine Augen waren wie leere Schiefertafeln. Er starrte Wendy an, sah sie aber offenbar nicht.

»Kelvin?«

»Himmler mag Thunfischsteaks«, flüsterte er mit eindringlicher Stimme. »Und der Bürgermeister? Dem war das völlig egal.«

Kelvin sackte zusammen. Wendy versuchte ihn dazu zu bringen, ihr in die Augen zu sehen.

»Ich möchte mit Ihnen über Ihre Mitbewohner, Ihre Wohnungsgenossen von der Universität reden.«

Kelvin fing an zu lachen. »Wohnungsgenossen?«

»Ja.«

»Das ist witzig.« Er fing an zu kichern wie ein, na ja, wie ein Wahnsinniger. »Wohnungsgenossen. Als ob wir die Wohnung genossen hätten. Wir haben da gelebt und haben die Wohnung genossen, alles klar?«

Wieder lachte er. Immerhin, dachte Wendy, war das schon mal besser als der Verweis auf Himmlers Lieblingsfisch.

»Erinnern Sie sich an Ihre alten Mitbewohner?«

Das Lachen brach ab, als hätte man einen Schalter umgelegt.

»Die stecken in Schwierigkeiten, Kelvin«, sagte sie. »Dan Mercer, Phil Turnball, Steve Miciano, Farley Parks. Die haben alle große Probleme.«

»Probleme?«

»Ja.« Sie wiederholte die vier Namen. Dann noch einmal. Etwas passierte in Kelvins Gesicht. Es zerfiel vor ihren Augen. »O Gott, o nein …«

Kelvin fing an zu weinen.

Ronald sprang auf. »Kelvin?«

Ronald streckte die Hand nach seinem Bruder aus, aber Kelvins Schrei stoppte ihn. Ein jäher, durchdringender Schrei. Wendy zuckte zurück.

Er hatte die Augen jetzt weit aufgerissen. »Narbengesicht!«

»Kelvin?«

Er sprang auf und warf dabei seinen Stuhl um. Der Pfleger kam auf sie zu. Wieder schrie Kelvin und rannte in die Ecke. Der Pfleger rief nach Unterstützung.

»Narbengesicht!«, schrie Kelvin. »Wird uns alle holen. Narbengesicht!«

»Wer ist Narbengesicht?«, schrie Wendy zurück.

Ronald sagte: »Lassen Sie ihn zufrieden!«

»Narbengesicht!« Kelvin kniff die Augen zu. Er legte die Hände an den Kopf, als müsste er ihn vorm Platzen bewahren. »Ich hab's ihnen gleich gesagt! Ich hab sie gewarnt!«

»Was bedeutet das, Kelvin?«

»Hören Sie auf!«, sagte Ronald.

Dann verlor Kelvin vollkommen die Kontrolle. Sein Kopf schaukelte vor und zurück. Zwei Pfleger kamen herein. Als Kelvin sie sah, schrie er: »Hört auf mit der Jagd! Hört auf mit der Jagd!« Er warf sich auf den Fußboden und krabbelte auf allen vieren herum. Ronald hatte Tränen in den Augen. Er versuchte, seinen Bruder zu beruhigen. Kelvin rappelte sich auf. Die Pfleger stürzten sich wie Football-Spieler auf ihn – einer ging auf die Beine, der andere auf den Oberkörper.

»Tun Sie ihm nicht weh!«, rief Ronald. »Bitte!«

Kelvin lag wieder am Boden. Die Pfleger legten ihm eine Art Zwangsjacke an. Ronald flehte sie an, ihm nicht weh zu tun. Wendy versuchte, näher an Kelvin heranzukommen, irgendwie mit ihm in Kontakt zu treten.

Am Boden liegend sah Kelvin ihr endlich in die Augen. Wendy krabbelte zu ihm, während er sich wehrte. Ein Pfleger rief: »Bleiben Sie von ihm weg!«

Sie beachtete ihn nicht. »Worum geht es, Kelvin?«

»Ich hab's ihnen gesagt«, flüsterte er. »Ich hab sie gewarnt.«

»Wovor haben Sie sie gewarnt, Kelvin?«

Kelvin fing an zu weinen. Ronald packte Wendy an den Schultern und versuchte, sie von Kelvin wegzuziehen. Sie schüttelte ihn ab.

»Wovor haben Sie sie gewarnt, Kelvin?«

Ein dritter Pfleger war jetzt im Raum. Er hatte eine Spritze in der Hand. Er stach sie in Kelvins Schulter. Kelvin sah Wendy jetzt direkt in die Augen.

»Sie durften nicht mehr auf die Jagd gehen«, sagte Kelvin plötzlich mit ruhiger Stimme. »Wir durften alle nicht mehr auf die Jagd gehen.«

»Was haben Sie gejagt?«

Aber die Wirkung des Medikaments setzte schon ein. »Wir hätten nie auf die Jagd gehen dürfen«, sagte er jetzt leise. »Narbengesicht kann es Ihnen sagen. Wir hätten nie auf die Jagd gehen dürfen.«

SIEBENUNDZWANZIG

Ronald Tilfer hatte keine Ahnung, wer oder was mit »Narbengesicht« gemeint war oder von was für einer Jagd sein Bruder gesprochen haben könnte. »Das hat er früher schon mal gesagt – irgendetwas übers Jagen und über ein Narbengesicht. Genau wie er Himmler immer wieder erwähnt. Ich glaube nicht, dass das irgendeine Bedeutung hat.«

Auf dem Heimweg überlegte Wendy, was sie mit dieser Quasi-Information machen sollte, und fühlte sich dabei noch verlorener als am Morgen. Charlie saß auf der Couch und sah fern.

»Hi«, sagte sie.

»Was gibt's zum Abendessen?«

»Mir geht's gut, danke. Und dir?«

Charlie seufzte. »Ich dachte, diese verlogenen Höflichkeitsfloskeln hätten wir hinter uns gelassen.«

»Und dabei ist die allgemeine menschliche Höflichkeit offenbar auch gleich mit über Bord gegangen.«

Charlie rührte sich nicht.

»Alles in Ordnung bei dir?«, fragte sie, und ihre Stimme klang besorgter, als sie geplant hatte.

»Bei mir? Bestens, wieso?«

»Immerhin war Haley McWaid eine Mitschülerin.«

»Schon. Aber eigentlich kannte ich sie gar nicht richtig.«

»Viele von deinen Freunden und Mitschülern waren auf der Beerdigung.«

»Ich weiß.«

»Clark und James auch.«

»Ich weiß.«

»Und warum wolltest du dann nicht hingehen?«

»Weil ich sie kaum kannte.«

»Aber Clark und James kannten sie?«

»Nein«, sagte Charlie. Er setzte sich aufrecht hin. »Pass auf, ich fühl mich beschissen. Das ist 'ne echte Tragödie. Aber die Leute, selbst meine guten Freunde, fahren ziemlich darauf ab, dass sie bei so was dabei sind. Mehr ist das nicht. Die sind nicht zur Beerdigung gegangen, weil sie ihr die letzte Ehre erweisen wollten oder so. Sie sind hingegangen, weil sie dachten, dass das cool ist. Sie wollten irgendwie dabei sein. Da ging's ihnen nur um sich selbst. Alles klar?«

Wendy nickte. »Alles klar.«

»Meistens find ich das auch schon okay so«, sagte Charlie. »Aber bei 'nem toten Mädchen, nee, das muss nicht sein.« Charlie lehnte den Kopf wieder aufs Kissen und sah weiter fern. Sie starrte ihn einen Moment lang an.

Ohne auch nur einen Blick in ihre Richtung zu werfen, seufzte er und sagte: »Was ist?«

»Du klangst gerade genau wie dein Vater.«

Er sagte nichts.

»Ich liebe dich«, sagte Wendy.

»Klinge ich auch wie mein Vater, wenn ich nochmal frage: Was gibt's zum Abendessen?«

Sie lachte. »Ich werf mal einen Blick in den Kühlschrank«, sagte sie, wusste aber, dass da nichts drin war und sie etwas bestellen musste. Vielleicht Sushi-Röllchen – mit braunem Reis, das war gesünder. »Ach, eins noch, kennst du Kirby Sennett?«

»Nicht näher. Ich weiß, wer das ist.«

»Ist er nett?«

»Nein, ein totaler Honk.«

Sie lächelte. »Ich hab gehört, dass er Gelegenheits-Dealer sein soll.«

»Kann sein. Auf jeden Fall ist er ein Vollzeit-Schwachkopf.« Charlie richtete sich auf. »Was soll die ganze Fragerei?«

»Ich versuch gerade, die ganze Haley-McWaid-Geschichte noch einmal aus einem anderen Blickwinkel zu betrachten. Es gibt Gerüchte, dass die beiden zusammen waren.«

»Na und?«

»Kannst du dich mal umhören?«

Er sah sie nur schockiert an. »Du meinst, ich soll dein Undercover-Nachwuchsreporter sein?«

»Ist wohl eine blöde Idee, was?«

Er verkniff sich die Antwort – und dann kam Wendy eine andere Idee, die ihr auf den ersten Blick ziemlich gut vorkam. Sie ging nach oben, setzte sich an den Computer und ging ins Internet. Nach einer kurzen Bildersuche hatte sie das perfekte Foto. Ein ungefähr achtzehn Jahre altes, weißes Mädchen mit Wahnsinnsfigur, Bibliothekarsbrille und tief ausgeschnittener Bluse.

Yep, das war gut.

Wendy erstellte schnell ein Facebook-Profil mit dem Foto des Mädchens. Der Name war einfach eine Kombination ihrer beiden besten Freundinnen von der Uni – Sharon Hait. Okay, gut. Jetzt musste sie irgendwie auf Kirbys Freundesliste kommen.

»Was machst du?«

Charlie.

»Ich erstelle ein falsches Profil.«

Charlie runzelte die Stirn. »Wozu?«

»Ich hoffe, dass Kirby mich als Freundin akzeptiert. Vielleicht kriege ich so Kontakt zu ihm.«

»Ist das dein Ernst?«

»Was heißt das? Meinst du, das klappt nicht?«

»Nicht mit dem Foto.«

»Wieso nicht?«

»Zu scharf. Sie sieht aus wie ein Bot für Spams.«

»Ein was?«

Er seufzte. »Manche Firmen benutzen solche Fotos, um Leuten Spam anzudrehen. Pass auf, such dir ein Mädchen, das hübsch, aber auch noch echt aussieht. Weißt du, was ich meine?«

»Ich glaube schon.«

»Außerdem kann sie nicht aus Kasselton kommen, sondern vielleicht aus Glen Rock. Wenn sie aus Kasselton käme, würde er sie kennen.«

»Soll das heißen, ihr kennt alle Mädchen hier in der Stadt?«

»Die scharfen? So ziemlich. Oder zumindest hätte ich mal was von ihr gehört. Also nimm einen Ort, der in der Nähe ist, aber nicht zu nah. Dann behaupte, dass eine Freundin dir von ihm erzählt hat, oder vielleicht, dass du ihn in der Golden State Plaza Mall gesehen hast oder so. Ach, und am besten nimmst du einen echten Namen von einem Mädchen da, falls er irgendjemanden fragt oder nach ihrer Telefonnummer sucht oder so. Du musst aber drauf achten, dass bei einer Bildersuche in Google oder so kein anderes Foto von ihr auftaucht. Sag, dass du deinen Account bei Facebook ganz neu einrichtest und erst anfängst, Freunde zu suchen, sonst fragt er sich, warum du keine anderen Freunde hast. Und ins Profil muss auch ein bisschen was rein. Zum Beispiel ein paar Lieblingsfilme und Rockbands.«

»U2 vielleicht?«

»Vielleicht irgendwas, das noch keine hundert Jahre alt ist.« Er zählte ein paar Bands auf, von denen sie noch nie gehört hatte. Wendy schrieb sie auf.

»Was meinst du, klappt das?«, fragte sie.

»Ich bezweifle es, aber man kann nie wissen. Er wird dich schon zu seiner Freundesliste adden.«

»Und was bringt mir das?«

Wieder ein Seufzer. »Das hab ich dir doch schon erklärt. Als wir auf dieser Princeton-Seite waren. Sobald er dich als Freundin hinzugefügt hat, kannst du dir alles auf seiner Website angucken. Die Bilder, die er reingestellt hat, die Sachen, die Leute bei ihm an der Pinwand hinterlassen haben, seine Freunde, seine Einträge, welche Spiele er spielt und so weiter.«

Als Charlie die Princeton-Seite erwähnte, fiel ihr noch etwas ein. Sie rief sie auf, fand den »Administrator«-Button und klickte darauf, um ihm eine E-Mail zu schreiben. Der Name des Administrators war Lawrence Cherston, »euer ehemaliger Jahrgangssprecher«, wie er in seinem kurzen Text geschrieben hatte. Auf dem Profil-Bild trug er die orange-schwarze Princeton-Krawatte. Oy. Wendy schrieb ihm eine kurze Nachricht.

Hi, ich bin Fernsehreporterin und arbeite an einem Bericht über Ihren Jahrgang in Princeton. Ich würde mich gern mit Ihnen treffen. Bitte melden Sie sich auf einem der unten angegebenen Wege.

Als sie die Nachricht abschickte, summte ihr Handy. Als sie daraufblickte, sah sie, dass sie eine SMS bekommen hatte. Sie war von Phil Turnball und lautete: WIR MÜSSEN REDEN.

Sie tippte eine Antwort ein: GERNE, BIN ZU HAUSE. TELEFON?

Nach einer kurzen Pause kam die nächste SMS: NICHT AM TELEFON.

Wendy wusste nicht, was sie davon halten sollte, also tippte sie: WARUM NICHT?

ZEBRA BAR IN 30 MIN?

Wendy fragte sich, warum er ihre Frage nicht beantwortete. WARUM NICHT TELEFONISCH?

Längere Pause. TRAUE TELEFONEN DERZEIT NICHT.

Sie runzelte die Stirn. Das kam ihr ein bisschen vor wie in einem schlechten Agenten-Film, aber um ehrlich zu sein, konnte man Phil Turnball bisher nicht vorwerfen, überreagiert zu haben. Und es brachte auch nichts, jetzt irgendwelche Spekulationen anzustellen. Sie trafen sich ja bald. Sie tippte: OK. Dann sah sie Charlie wieder an.

»Was?«, fragte er.

»Ich muss zu einem Treffen. Kannst du dir selbst was zu Essen bestellen?«

»Äh, Mom?«

»Was?«

»Hast du vergessen, dass heute Abend das Vorbereitungstreffen für die Project Graduation ist?«

Beinahe hätte sie sich mit der Hand an die Stirn geschlagen. »Mist, das hab ich total vergessen.«

»Das ist in der Highschool in, äh ...«, Charlie sah auf sein Handgelenk, obwohl er gar keine Uhr trug, »... nicht einmal einer halben Stunde. Und du bist im Snack-Komitee oder so was.«

Tatsächlich hatte man ihr die alleinige Verantwortung dafür übertragen, höchstpersönlich sowohl Zucker und Süßstoff als auch Milch und pflanzlichen Kaffeeweißer mitzubringen. Sie war aber zu bescheiden, um das an die große Glocke zu hängen.

Sie hätte es zwar noch absagen können, die Schule nahm die sogenannte Project Graduation, eine alkoholfreie, von Eltern und Lehrern organisierte Abschlussfeier, allerdings sehr ernst, außerdem hatte sie ihren Sohn in letzter Zeit, vorsichtig ausgedrückt, ziemlich stiefmütterlich behandelt. Sie griff wieder nach ihrem Handy und simste Phil Turnball:

GEHT AUCH 22.00 UHR?

Sie bekam nicht direkt eine Antwort. Also ging sie ins Schlafzimmer und zog sich eine Jeans und eine grüne Bluse an. Sie nahm die Kontaktlinsen heraus, setzte ihre Brille auf und band sich die Haare hinten zu einem Pferdeschwanz zusammen. Ganz lässige Frau.

Ihr Handy summte. Phil Turnballs Antwort: OK.

Sie ging die Treppe hinunter. Pops war im Wohnzimmer. Er hatte sich ein rotes Tuch um den Kopf gebunden, was nur wenige Männer tragen konnten. Bei Pops ging es gerade mal so eben.

Als er sie sah, schüttelte Pops den Kopf. »Du trägst eine Altjungfern-Brille?«

Sie zuckte die Achseln.

»Damit wirst du nie einen Mann abschleppen.«

Als ob sie das bei einer Highschool-Versammlung vorhätte. »Nicht, dass es dich etwas anginge, aber ich wurde heute um ein Date gebeten.«

»Nach der Beerdigung?«

»Yep.«

»Überrascht mich nicht.«

»Wieso nicht?«

»Ich hatte den besten Sex meines Lebens nach einer Beerdigung. Das war absoluter Wahnsinn. Hinten in einer Limousine.«

»Wow, die Einzelheiten erzählst du mir dann später mal, ja?«

»Ist das Sarkasmus?«

»Auf jeden Fall.«

Sie gab ihm einen Wangenkuss, bat ihn, darauf zu achten,

dass Charlie etwas aß, und ging zum Wagen. Sie hielt kurz am Supermarkt und besorgte die Kaffee-Zutaten. Als sie zur Highschool kam, war der Parkplatz schon voll. Sie fand noch einen Platz an der Beverly Road. Technisch gesehen war sie vielleicht nicht ganz die vorgeschriebenen fünfzig Fuß vom Stoppschild entfernt, hatte aber keine Lust, das Maßband rauszuholen. Heute würde Wendy Tynes es einfach mal riskieren.

Als Wendy hereinkam, umlagerten die Eltern schon den zutatenlosen Kaffeespender. Sie eilte hinzu, entschuldigte sich und packte ihre Mitbringsel aus. Millie Hanover, Präsidentin der High School Association und gleichzeitig berühmt für die von ihr organisierten Playdates, bei denen die Kids ihre künstlerischen und kunsthandwerklichen Fähigkeiten vervollkommnen konnten, brachte mit einem verdrießlichen Blick ihre Missbilligung zum Ausdruck. Ganz anders die Väter, die Wendy ihre Verspätung mit außergewöhnlicher Großzügigkeit verziehen. Mit etwas zu außergewöhnlicher Großzügigkeit sogar. Und vor allem deshalb hatte Wendy ihre Bluse bis oben zugeknöpft, eine nicht zu enge Jeans angezogen, die nicht unbedingt vorteilhafte Brille aufgesetzt und sich die Haare zu einem Zopf zusammengebunden. Außerdem ließ sie sich mit den verheirateten Männern nie auf längere Gespräche ein. Nie. Ach, sollten sie sie doch verklemmt oder eine Zicke nennen, in ihren Augen war das immer noch besser als ein Flittchen oder Schlimmeres. Die Ehegattinnen der Stadt betrachteten sie sowieso schon mit Argusaugen. Besten Dank auch. An solchen Abenden hätte sie am liebsten ein T-Shirt mit der Aufschrift getragen: »Ganz ehrlich, ich habe wirklich nicht die Absicht, Ihnen den Gatten auszuspannen.«

Das Hauptgesprächsthema waren Universitäten, genauer gesagt, wessen Kind von welcher Universität eine Zulassung bekommen hatte und wessen nicht. Einige Eltern prahlten, einige scherzten, und, Wendys Lieblingsreaktion, manche hängten ihr Fähnchen in den Wind wie Politiker nach einer Wahl und sangen plötzlich Loblieder auf die Universität, an die ihr Kind als »sichere Bank« auch noch eine Bewerbung geschickt hatte, um nicht mit leeren Händen dazustehen. Aber vielleicht ging Wendy mit ihnen auch zu hart ins Gericht, und sie versuchten nur, das Beste aus ihrer Enttäuschung zu machen.

Gnädigerweise ertönte die Glocke, worauf Wendy sich sofort vorkam, als wäre sie in ihre eigene Schulzeit zurückversetzt worden, und die Eltern strömten durch die Lobby zum Saal. In der Lobby waren verschiedene Stände aufgebaut. An einem wurden die Eltern gebeten, Schilder mit der Aufschrift BITTE LANGSAM FAHREN – WIR ♥ UNSERE KINDER anzubringen, was, wie Wendy zugab, durchaus effektiv sein konnte – nicht ohne irgendwie den Eindruck zu erwecken, dass der angesprochene Autofahrer seine Kinder wohl nicht so lieb hatte. An einem anderen Stand gab es Fensterbilder, auf denen man den Nachbarn mitteilen konnte, dass das eigene Haus nun wirklich »Drogenfrei« wäre, was zwar nett, im Prinzip aber ähnlich wie ein »Baby an Bord«-Autoaufkleber in augenscheinlicher Weise überflüssig war. Es gab einen Stand vom *International Institute for Alcohol Awareness* mit der Kampagne gegen Eltern, die Alkohol-Partys für ihre jugendlichen Kinder ausrichteten, und dem Slogan »Nicht in unserem Haus«. An einem anderen Stand wurden Verträge zum Abschluss von Abstinenz-Gelübden verteilt. Die Teenager gelobten, nie betrunken zu fahren oder zu jemandem ins Auto zu steigen, der etwas getrunken hatte. Die Eltern erklärten im Gegenzug, dass der Jugendliche sie jederzeit anrufen und sich von ihnen abholen lassen konnte.

Wendy setzte sich ganz nach hinten. Ein überfreundlicher Vater nahm mit eingezogenem Bauch und Fernsehmoderatorenlächeln neben ihr Platz. Er deutete auf die Stände. »Was für ein Sicherheits-Overkill«, sagte er. »Wir übertreiben es manchmal ein bisschen mit der Vorsicht, finden Sie nicht?«

Wendy sagte nichts. Die Frau des Mannes setzte sich stirnrunzelnd neben ihn. Ganz bewusst begrüßte Wendy die stirnrunzelnde Frau, stellte sich kurz vor und erzählte, dass sie Charlies Mutter war, wobei sie geflissentlich jeden Blickkontakt mit dem Antisicherheits-Strahlemann mied.

Rektor Pete Zecher betrat das Podium und bedankte sich bei den Anwesenden dafür, dass sie in dieser »sehr schwierigen Woche« gekommen waren. Es gab eine Schweigeminute für Haley McWaid. Manche Eltern hätten gefragt, warum diese Versammlung nicht verschoben worden sei, aber der Kalender wäre bereits so übervoll mit schulischen Veranstaltungen, dass es einfach keine freien Termine mehr gegeben habe. Außerdem, wie lange hätten sie denn warten sollen? Noch einen Tag? Noch eine Woche?

Nachdem so ein paar bedrückende Minuten vergangen waren, stellte Pete Zecher Millie Hanover vor, die begeistert verkündete, dass das Motto der diesjährigen Project Graduation »Superhelden« lautete. Kurz gesagt, erklärte Millie ziemlich langatmig, würden sie die Sporthalle der Middle School im Stile verschiedener Orte aus Comicheften einrichten. Die Bat-Höhle, Supermans Festung der Einsamkeit, das X-Mansion der X-Men, oder wie das hieß, und das Hauptquartier der Gerechtigkeitsliga. In den letzten Jahren wäre die Schule unter anderem im Stile von Harry Potter, der Fernsehserie *Survivor* (das war dann vielleicht doch schon ein paar Jahre länger her, dachte Wendy) und sogar der Kleinen Meerjungfrau geschmückt gewesen.

Der Gedanke hinter der Project Graduation war, den Highschool-Abgängern sowohl nach dem Abschlussball als auch nach der feierlichen Zeugnisübergabe einen sicheren Ort zum Feiern zu geben. Die Schüler wurden mit Bussen hergefahren, und sämtliche Aufsichtspersonen blieben draußen. Alkohol und Drogen waren natürlich verboten, obwohl ein paar Teenager in den letzten Jahren welche hineingeschmuggelt hatten. Trotzdem, mit den Aufsichtspersonen vor Ort und dem Bustransfer schien die Project Graduation eine großartige Alternative zu den früher üblichen Partys zu sein.

»Ich möchte Ihnen jetzt die hart arbeitenden Leiter der verschiedenen Komitees vorstellen«, sagte Millie Hanover. »Stehen Sie bitte auf, wenn ich Ihren Namen nenne.« Sie stellte die Leiter der Komitees für die Einrichtung, das Catering, den Transport und die Öffentlichkeitsarbeit vor. Alle wurden mit donnerndem Applaus begrüßt. »Alle anderen Anwesenden möchte ich jetzt bitten, sich als freiwillige Mitarbeiter für eins dieser Komitees zur Verfügung zu stellen. Ohne Ihre Hilfe schaffen wir das nicht, und dies ist eine wunderbare Möglichkeit dazu beizutragen, dass Ihre Kinder im Zuge der Abschlussfeierlichkeiten positive Erfahrungen machen. Vergessen Sie nicht, dass es um Ihre Kinder geht und Sie sich nicht auf andere verlassen dürfen.« Sich vorzustellen, dass Millies Stimme noch herablassender klang, dazu hätte es großer Fantasie bedurft. »Vielen Dank für Ihre Aufmerksamkeit, die Listen, in die Sie sich eintragen können, liegen nachher in der Lobby aus.«

Dann stellte Rektor Zecher den Kasseltoner Polizisten Dave Pecora vor, den Sicherheitsbeauftragten der Stadt, der daraufhin einen kurzen Vortrag über die Gefahren von Partys nach Abschlussfeiern hielt. Er erzählte vom Comeback des Heroins, von Pharm-Partys, bei denen die Jugendlichen zu Hause verschreibungspflichtige Medikamente stahlen, sie in eine große Schüssel warfen und damit herumexperimentierten. Vor gut einem Jahr hatte Wendy eine Sendung über Pharm-Partys vorbereitet, war dann jedoch nicht weitergekommen, weil sie niemanden fand, der tatsächlich an einer teilgenommen hatte, und sich herausstellte, dass es sich bei den vermeintlichen Beweisen ausschließlich um Gerüchte und Anekdoten handelte. Ein Beamter der Drogenkommission hatte ihr dann auch erzählt, dass Pharm-Partys wohl eher ein moderner Mythos waren und es sie in der Realität gar nicht oder so gut wie gar nicht gab. Dann warnte Officer Pecora vor den Gefahren des Alkoholkonsums bei Minderjährigen: »Viertausend Kinder und Jugendliche sterben im Jahr an übermäßigem Alkoholkonsum«, wobei er allerdings nicht sagte, ob diese Zahl für die USA oder weltweit galt und wie alt diese Jugendlichen waren. Außerdem wiederholte er noch einmal, dass »Eltern ihren Kindern niemals einen echten Gefallen« damit taten, wenn sie eine Party organisierten, bei der Alkohol ausgeschenkt wurde. Mit ernster Miene führte er mehrere Fälle an, in denen die erwachsenen Gastgeber solcher Partys wegen Totschlags zu mehrjährigen Haftstrafen verurteilt worden waren. Danach begann er sogar mit großer Anschaulichkeit die Erfahrungen dieser Eltern im Gefängnis zu beschreiben – Wendy fühlte sich wie in der Erwachsenenversion des Dokumentarfilms *Scared Straight*.

Wendy sah verstohlen auf die Uhr, und auch das erinnerte sie wieder an früher, als sie noch zur Schule gegangen war. Halb zehn. Drei Gedanken gingen ihr durch den Kopf. Erstens wollte sie hier raus und wissen, was der plötzlich so geheimnisvolle Phil Turnball von ihr wollte. Zweitens sollte sie sich wahrscheinlich für irgendein Komitee einschreiben, obwohl ihr die ganze Project Graduation nicht wirklich geheuer war – zum Teil, weil sie es wieder einmal für ein Beispiel dafür hielt, dass die Eltern sich um jeden Mist kümmerten, der mit ihren Kindern zu tun hatte, und diese Kinder dabei paradoxerweise aus dem Blickfeld gerieten. Trotzdem war es – wie Millie schon so herablassend gesagt hatte – nicht fair, die anderen die Arbeit für etwas machen zu lassen, an dem auch ihr Sohn Charlie teilnehmen würde.

Und drittens, und das war vielleicht das Wichtigste, musste sie immer wieder an Ariana Nasbro denken und daran, dass das Fahren unter Alkoholeinfluss John umgebracht hatte. Sie konnte nicht umhin, sich die Frage zu stellen, ob Ariana Nasbros Eltern nicht vielleicht eine dieser übertriebenen Veranstaltungen hätten besuchen sollen und ob durch all diesen unübersehbaren Sicherheits-Overkill nicht tatsächlich in den nächsten Wochen ein Leben gerettet wurde, so dass es einer anderen Familie nicht genauso erging wie Charlie und ihr.

Pete Zecher war wieder auf dem Podium, bedankte sich bei allen Anwesenden und erklärte die Versammlung für beendet. Wendy sah sich um, versuchte, ein paar bekannte Gesichter auszumachen, und war von sich selbst enttäuscht, weil sie nur so wenige Eltern der Mitschüler ihres Sohns kannte. Die McWaids waren natürlich nicht da. Auch Jenna und Noel Wheeler nicht. Schon als Dan Mercer »nur« als Kinderschänder galt, hatte die Verteidigung ihres skandalumwobenen Exmanns Jenna Wheelers Familie in der Gemeinde viel Ansehen gekostet – die Ermordung Haley McWaids musste das Leben für sie unerträglich gemacht haben.

Die Eltern traten an die Tische, an denen sie sich für die verschiedenen Komitees eintragen konnten. Wendy fiel ein, dass Brenda Traynor, die Vorsitzende des Komitees für Öffentlichkeitsarbeit, sowohl mit Jenna Wheeler befreundet als auch eine totale Klatschtante war – die perfekte vorstädtische Kombination. Wendy ging zu ihrem Tisch.

»Hi, Brenda.«

»Schön, Sie zu sehen, Wendy. Wollen Sie sich freiwillig melden?«

»Äh, klar. Ich dachte, bei der Öffentlichkeitsarbeit wäre ich am besten aufgehoben.«

»Ach, das ist ja toll. Wer ist schon besser für so etwas geeignet als eine berühmte Fernsehmoderatorin?«

»Na ja, ich würde nicht sagen, dass ich berühmt bin.«

»Oh, ich schon.«

Wendy lächelte starr. »Also, wo kann ich mich einschreiben?«

Brenda zeigte ihr die Liste. »Das Komitee trifft sich immer dienstags und donnerstags. Möchten Sie ein Treffen bei sich zu Hause ausrichten?«

»Gern.«

Sie trug ihren Namen ein und hielt den Kopf dabei gesenkt. »Also«, sagte Wendy und versuchte subtil vorzugehen, was ihr absolut nicht gelang, »was meinen Sie, wäre Jenna Wheeler nicht auch eine geeignete Kandidatin für unser Team?«

»Das soll natürlich ein Witz sein.«

»Ich glaube, sie hat früher auch etwas im Bereich Journalismus gemacht«, sagte Wendy, was eine reine Erfindung war.

»Wen interessiert das? Nach dem, was sie getan hat, nachdem sie dieses Monster in unsere Gemeinde gelassen hat – aber die Familie ist ja sowieso weg.«

»Weg?«

Brenda nickte und beugte sich etwas zu Wendy vor. »Vor dem Haus steht ein ›Zu Verkaufen‹-Schild.«

»Oh.«

»Amanda kommt nicht mal zur Abschlussfeier. Für sie tut es mir leid – es ist ja wohl nicht ihre Schuld –, aber es ist trotzdem die richtige Entscheidung. Sie würde es allen verderben.«

»Und wo ziehen sie hin?«

»Tja, ich habe gehört, dass Noel einen neuen Job in Ohio hat. In einem Krankenhaus in Columbus, Canton oder auch in

Cleveland. Diese ganzen Cs in Ohio machen mich ganz wuschig. Ach, halt, ich glaube, es ist Cincinnati. Noch ein C, aber ein weiches, stimmt's?«

»Stimmt. Sind die Wheelers denn schon ausgezogen?«

»Nein, ich glaube nicht. Also, Talia hat mir erzählt – kennen Sie Talia Norwich? Nette Frau? Ihre Tochter heißt Allie? Sie hat ein bisschen Übergewicht? Na ja, Talia sagte jedenfalls, sie hätte gehört, dass die Wheelers bis zu ihrem Umzug im Marriott Courtyard wohnen.«

Bingo.

Wendy dachte darüber nach, was Jenna gesagt hatte, über Dan, über den Teil von ihm, an den sie nicht herangekommen war, aber vor allem – wie hatte sie es formuliert? – über irgendetwas, das an der Uni mit ihm passiert war. Vielleicht sollte sie noch einmal mit Jenna Wheeler plaudern.

Sie verabschiedete sich, verließ die Schule und machte sich auf den Weg zu ihrem Treffen mit Phil Turnball.

ACHTUNDZWANZIG

Phil saß an einem relativ ruhigen Platz hinten in der Sportbar – natürlich nur relativ, weil Sportbars nicht für Ruhe, Zwiegespräche oder Einkehr gedacht sind. Aber immerhin saßen keine Männer mit geröteten Nasen und hängenden Schultern am Tresen und ertränkten ihre Sorgen. Niemand starrte auf die sich leerenden Gläser, während auf unendlich vielen Breitbildfernsehern diverse Sportveranstaltungen und als Sportveranstaltungen aufgemachte Unterhaltungssendungen um ihre Aufmerksamkeit wetteiferten.

Die Bar hieß Love the Zebra. Es roch eher nach gegrillten Hähnchenflügeln und Salsa als nach Bier. Und es war laut. Ein paar Betriebs-Softball-Mannschaften waren nach dem Spiel zu einer Feier hereingekommen. Auf den meisten Fernsehern lief ein Live-Spiel der New York Yankees. Mehrere junge Frauen trugen Derek-Jeter-Trikots und grölten immer etwas zu laut, wenn die Yanks einen guten Spielzug hinlegten oder Derek Jeter ins Bild kam. Ihre männlichen Partner zuckten dann jedes Mal kurz zusammen.

Wendy setzte sich in die Nische. Phil trug ein hellgrünes Golfhemd. Die oberen beiden Knöpfe waren offen, so dass sie die dichte, graue Brustbehaarung sah. Er empfing sie mit einem knappen Lächeln und einem leeren Blick. »Wir hatten früher in der Firma auch eine Softball-Mannschaft«, sagte er. »Ist aber schon Jahre her. Als ich da angefangen habe. Nach den Spielen sind wir dann auch meistens in so eine Bar gegangen. Sherry ist auch mitgekommen. Sie hat eins von diesen feschen Softball-Shirts getragen – Sie wissen schon, so ein enges, weißes mit Dreiviertelarmen.«

Wendy nickte. Phil sprach etwas verschwommen.

»Mein Gott, sie war so wunderschön.«

Sie wartete, dass er weitersprach. Die meisten Leute taten das. Das Geheimnis eines guten Interviewers bestand darin, die Stille zu ertragen und sie nicht zu füllen, indem man selbst zu reden anfing. Ein paar Sekunden vergingen. Dann noch ein paar. Okay, so viel zum Schweigen. Manchmal musste man sein Gegenüber auch ein bisschen auf Trab bringen.

»Sie ist immer noch schön«, sagte Wendy.

»Klar doch«, das knappe Lächeln schien eingefroren zu sein. Sein Bier war leer. Seine Augen glänzten, sein Gesicht war vom Alkohol gerötet. »Aber sie guckt mich nicht mehr so an wie früher. Verstehen Sie mich nicht falsch. Sie unterstützt mich. Sie liebt mich. Sie sagt und tut all die richtigen Sachen. Aber ich seh es in ihren Augen. Ich bin für sie nicht mehr derselbe Mann.«

Wendy fragte sich, welche Antwort darauf nicht herablassend klingen würde, aber »Das kann ich mir gar nicht vorstellen« oder »Tut mir leid« blieben an der Hürde hängen. Wieder beschloss sie, lieber zu schweigen.

»Wollen Sie einen Drink?«, fragte er.

»Gern.«

»Ich hab mir ein paar Bud Lights reingezogen.«

»Klingt gut«, sagte sie. »Aber ich nehm lieber ein normales Budweiser.«

»Wie wär's mit ein paar Nachos?«

»Haben Sie schon gegessen?«

»Nein.«

Sie nickte, vor allem jedoch, weil sie meinte, dass er etwas feste Nahrung vertragen konnte. »Nachos klingt gut.«

Phil winkte die Kellnerin heran. Sie trug ein tief ausgeschnittenes, schwarz-weiß gestreiftes Schiedsrichter-Hemd – was auch den Namen Love the Zebra erklärte. Ihr Namensschild verriet ihnen, dass sie Ariel hieß. Sie hatte eine Trillerpfeife um den Hals hängen und sich, um den Look zu vervollständigen, schwarze Streifen unter die Augen gemalt. Wendy hatte zwar noch nie einen Schiedsrichter mit schwarzen Streifen unter den Augen gesehen, die hatten eigentlich nur die Spieler, doch dieser leichte Mix der Outfits war allenfalls von geringer Bedeutung.

Sie bestellten.

»Wissen Sie was?«, sagte Phil und sah der Kellnerin nach.

Wieder wartete sie.

»Ich hab früher in so einer Bar gearbeitet. Na ja, nicht in genauso einer, das war so eine Restaurantkette mit einer Bar in der Mitte. Sie wissen schon. Die sind immer in Grün gehalten, und die Wände sind etwas altbacken, so im Stile einer guten, alten Zeit dekoriert.«

Wendy nickte. Sie wusste, welche Restaurants er meinte.

»Da hab ich auch Sherry kennengelernt. Ich habe als Barkeeper gearbeitet. Sie war eine von diesen quirligen Kellnerinnen, die sich den Gästen sofort mit Namen vorstellten und fragten, ob man nicht mit der Vorspeise anfangen wollte, die gerade auf der Tageskarte stand.«

»Ich dachte, Sie stammen aus einem reichen Elternhaus?«

Phil gluckste kurz, legte den Kopf in den Nacken und trank den letzten Schluck aus der fast leeren Flasche. Sie fürchtete schon, dass er das Bier neben den Mund schütten würde. »Tja, unsere Eltern waren wohl der Meinung, dass wir zwischendurch auch arbeiten sollten. Wo waren Sie heute Abend noch?«

»In der Highschool meines Sohns.«

»Warum?«

»Ein Vorbereitungstreffen für die Project Graduation«, sagte sie.

»Hat Ihr Sohn schon eine Zulassung für die Uni?«

»Ja.«

»Wo?«

Sie rutschte ein Stück vor. »Warum wollten Sie sich mit mir treffen, Phil?«

»War die Frage zu privat? Tut mir leid.«

»Ich möchte einfach nur zur Sache kommen. Es ist schon spät.«

»Ich hänge wohl gerade ein bisschen meinen Gedanken nach. Ich guck mir diese Jugendlichen an, denen man den gleichen lächerlichen Traum verkauft wie uns damals. Ihr müsst fleißig lernen, damit ihr gute Noten bekommt. Und euch intensiv auf die SAT-Tests vorbereiten. Treibt Sport, wenn ihr könnt. Das mögen die an den Unis. Achtet darauf, dass ihr ausreichend außerschulische Aktivitäten im Lebenslauf habt. Wenn ihr das tut, könnt ihr euch in einer der angesehensten Unis einschreiben. Als wären die ersten siebzehn Lebensjahre eines Menschen bloß ein Schaulaufen für die Elite-Universitäten.«

Wendy war klar, dass Phil mit dieser Kritik vollkommen Recht hatte. Wenn man in den Vororten hier in der Gegend lebte, verwandelte die Welt sich während der Highschool-Zeit zu einer Art Konfettiparade aus Zulassungs- und Ablehnungsschreiben von Universitäten.

»Und jetzt sehen Sie sich meine alten Mitbewohner an«, fuhr Phil fort, dessen Aussprache immer undeutlicher wurde. »Von der Princeton University. Die Crème de la Crème. Kelvin war schwarz. Dan Waise. Steve bettelarm. Farley war eins von acht Kindern – aus einer großen katholischen Arbeiterfamilie. Wir haben es geschafft, dahin zu kommen – und wir waren damals alle extrem unsicher und ziemlich unglücklich. Von meinen alten Highschool-Bekanntschaften ist der am glücklichsten geworden, der um die Ecke auf die Montclair State University gegangen und im zweiten Jahr gleich wieder ausgestiegen ist. Er arbeitet noch heute als Barkeeper. Und ist immer noch der zufriedenste Schweinehund, den ich kenne.«

Die gut gebaute junge Kellnerin brachte ihre Biere. »Die Nachos kommen in ein paar Minuten.«

»Kein Problem, meine Liebe«, sagte Phil lächelnd. Es war ein nettes Lächeln. Vor ein paar Jahren wäre es vielleicht erwidert worden, aber nein, heute nicht. Phil sah die junge Frau vielleicht eine Sekunde zu lange an, wobei Wendy nicht glaubte, dass diese es bemerkt hatte. Als die Kellnerin weg war, nahm Phil seine Flasche und prostete Wendy zu. Sie nahm ihre Flasche, stieß mit ihm an und beschloss, das Schattenboxen zu beenden.

»Phil, was sagt Ihnen der Ausdruck ›Narbengesicht‹?«

Er versuchte, sich nichts anmerken zu lassen, runzelte die Stirn, um Zeit zu gewinnen, sagte sogar überrascht: »Hä?«

»Narbengesicht.«

»Was ist damit?«

»Was sagt es Ihnen?«

»Nichts.«

»Sie lügen.«

»Narbengesicht?« Er runzelte die Stirn. »Gab's da nicht so einen Film? Mit Al Pacino, stimmt's?« Er verzog das Gesicht und sagte mit einem absurden Akzent: »Say hello to my little friend.« Er versuchte, es durch ein Lachen zu überspielen.

»Wie ist es mit ›Auf die Jagd gehen‹?«

»Woher haben Sie das, Wendy?«

»Kelvin.«

Schweigen.

»Ich habe ihn heute gesehen.«

Phils Antwort überraschte sie. »Ja, ich weiß.«

»Woher?«

Er beugte sich vor. Hinter ihm ertönte ein glückliches Juchzen. Jemand rief: »Lauft! Lauft!« Zwei Spieler der Yankees sprinteten nach einem langsamen Ball in die Mitte auf die Home Plate zu. Der erste schaffte es locker. Der zweite rannte mit dem Ball um die Wette, sprang dann ab und rutschte rechtzeitig in Sicherheit. Wieder jauchzten die Fans.

»Ich versteh nicht«, sagte Phil, »was Sie eigentlich noch wollen.«

»Wie meinen Sie das?«

»Das arme Mädchen ist tot. Und Dan auch.«

»Und?«

»Und damit ist die Sache erledigt. Es ist vorbei, stimmt's?«

Sie sagte nichts.

»Was wollen Sie jetzt noch?«

»Phil, haben Sie Geld unterschlagen?«

»Wen interessiert das?«

»Haben Sie das?«

»Ist es das? Wollen Sie beweisen, dass ich unschuldig bin?«

»Unter anderem.«

»Versuchen Sie nicht, mir zu helfen, okay? Das ist besser für mich und besser für Sie. Das ist besser für alle. Bitte halten Sie sich da raus.«

Er blickte zur Seite, griff mit der rechten Hand nach der Flasche und führte sie schnell zum Mund. Dann trank er einen kräftigen Schluck. Wendy musterte ihn. Einen Moment lang sah sie, was Sherry womöglich inzwischen auch sah – eine leere Hülle. Etwas in ihm – ein Leuchten, ein Funke, wie man es auch nennen wollte – war schwächer geworden. Sie erinnerte sich an das, was Pops über Männer gesagt hatte, die ihren Job verloren, und was das in ihnen bewirkte. Sie erinnerte sich an einen Satz aus einem Theaterstück, dass ein Mann, der keinen Job habe, den Kopf nicht aufrechthalten und seinen Kindern nicht in die Augen sehen könne.

Seine Stimme war eine Art eindringliches Hauchen: »Bitte. Sie müssen sich da raushalten.«

»Dann wollen Sie nicht die Wahrheit wissen?«

Er begann, das Etikett von der Flasche zu pulen. Dabei starrte er auf das Werk seiner Hände wie ein Künstler bei der Arbeit mit Marmor. »Wendy, Sie glauben offenbar, da hätte uns jemand bösen Schaden zugefügt«, sagte er leise. »Das stimmt aber nicht. Das, was bisher passiert ist, war nur ein kleiner Klaps. Und wenn wir jetzt die Finger davon lassen, hört das Ganze einfach auf. Wenn wir aber weiter da drin rumstochern, wird es bestimmt noch sehr viel schlimmer werden.«

Das Etikett löste sich komplett und segelte zu Boden. Phil sah ihm nach.

»Phil?«

Er sah sie an.

»Ich versteh nicht, was Sie mir sagen wollen.«

»Bitte hören Sie auf mich, ja? Hören Sie gut zu. Es wird noch schlimmer werden.«

»Wer wird es schlimmer machen?«

»Das spielt keine Rolle.«

»Doch, natürlich tut es das.«

Die junge Kellnerin kam mit einer Schale Nachos, die so hoch aufgestapelt waren, dass es aussah, als trüge sie ein kleines Kind. Sie stellte sie auf den Tisch und fragte: »Kann ich Ihnen sonst noch etwas bringen?« Beide verneinten. Die Kellnerin drehte sich um und verschwand. Wendy beugte sich über den Tisch.

»Wer ist dafür verantwortlich, Phil?«

»So ist das nicht.«

»*Wie* ist das nicht? Diese Leute könnten ein Kind getötet haben.«

Er schüttelte den Kopf. »Das war Dan.«

»Sind Sie sicher?«

»Absolut.« Er sah ihr in die Augen. »In dieser Angelegenheit müssen Sie mir vertrauen. Wenn Sie die Finger davon lassen, ist es vorbei.«

Sie sagte nichts.

»Wendy.«

»Erzählen Sie mir, was los ist«, sagte sie. »Ich werde es niemandem verraten. Das verspreche ich. Es bleibt zwischen uns.«

»Lassen Sie die Finger davon.«

»Dann sagen Sie mir wenigstens, wer dahintersteckt.«

Er schüttelte den Kopf. »Ich weiß es nicht.«

Sie richtete sich auf. »Wieso wissen Sie das nicht?«

Er legte zwei Zwanzigdollarscheine auf den Tisch und stand auf.

»Wohin gehen Sie?«

»Nach Hause.«

»Sie können nicht fahren.«

»Das geht schon.«

»Nein, Phil, das geht nicht.«

»Jetzt?«, schrie er und erschreckte sie damit. »Jetzt interessieren Sie sich auf einmal für mein Wohlergehen?«

Er fing zu weinen an. In einer normalen Bar hätte das wahrscheinlich ein paar neugierige Blicke auf sich gezogen, aber hier, mit den lauten Fernsehern und der Konzentration auf die Sportereignisse, zeigte es so gut wie keine Wirkung.

»Was um alles in der Welt geht hier vor?«, fragte sie.

»Lassen Sie es sein. Hören Sie? Ich sag das nicht nur, weil es zu unserem Besten ist – es ist auch zu Ihrem Besten.«

»Zu meinem?«

»Sie bringen sich in Schwierigkeiten. Und Ihren Sohn auch.«

Sie packte ihn am Arm. »Phil?«

Er versuchte, sich zu befreien, war aber geschwächt von dem Bier.

»Sie haben gerade mein Kind bedroht.«

»Sie sehen das verkehrt«, sagte er. »*Sie* bringen *mein* Kind in Gefahr.«

Sie ließ ihn los. »Inwiefern?«

Er schüttelte den Kopf. »Sie müssen sich da einfach raushalten, okay? Wie wir alle. Versuchen Sie nicht mehr, Farley und Steve zu erreichen – die werden Ihnen sowieso nichts sagen. Lassen Sie Kelvin zufrieden. Hier kann keiner gewinnen. Es ist vorbei. Dan ist tot. Und wenn Sie weiter Druck machen, werden noch mehr Menschen sterben.«

NEUNUNDZWANZIG

Wendy drängte Phil, weitere Informationen preiszugeben, aber der sagte nichts mehr. Auf dem Heimweg machte sie dann einen Umweg und setzte ihn ab. Als sie zu Hause ankam, sahen Pops und Charlie zusammen fern.

»Zeit fürs Bett«, sagte sie.

Pops stöhnte. »Menno, kann ich das nicht noch zu Ende gucken?«

»Urkomisch.«

Pops zuckte die Achseln. »War zwar nicht der beste Witz, den ich je gemacht habe, aber es ist auch schon ziemlich spät.«

»Charlie?«

Er sah weiter auf den Fernseher. »Ich fand's ziemlich witzig.«

Prima, dachte sie. Ein Komikerduo. »Ab ins Bett.«

»Weißt du, welcher Film das ist?«

Sie sah hin. »Es sieht aus wie der äußerst unziemliche *Harold und Kumar*.«

»Genau«, sagte Pops. »Und bei uns in der Familie geht man nicht einfach, während *Harold und Kumar* läuft. Das wäre respektlos.«

Da war etwas dran, und sie liebte den Film. Also setzte sie sich zu ihnen, lachte mit und versuchte, einen Moment lang nicht an tote Mädchen, Pädophile, Princeton-Mitbewohner und Drohungen gegen ihren Sohn zu denken. Es war vor allem dieser letzte Gedanke, der sie nicht losließ, so egoistisch es auch klang. Phil Turnball machte nicht den Eindruck, als wollte er

Panik schüren, trotzdem hatte er sich dazu entschlossen, ihr Angst zu machen.

Vielleicht hatte Phil Recht. In ihren Sendungen war es um Dan Mercer und vielleicht noch um Haley McWaid gegangen. Diese beiden Themenkomplexe waren nun abgeschlossen. Und ihren Job hatte sie auch wieder. Eigentlich war sie aus der ganzen Sache ziemlich gut herausgekommen – die Reporterin, die einen Mann entlarvt hatte, der nicht nur pädophil, sondern sogar ein Mörder war. Vielleicht sollte sie in diese Richtung weiterarbeiten. Die Zusammenarbeit mit der Polizei vertiefen, nachforschen, ob es womöglich noch weitere Opfer gab.

Sie sah Charlie an, der sich auf der Couch räkelte. Er lachte über etwas, das Neil Patrick Harris in der Rolle von Neil Patrick Harris sagte. Sie liebte das Lachen ihres Sohns. Welche Mutter tat das nicht? Sie starrte ihn noch etwas länger an und musste dann wieder an Ted und Marcia McWaid denken, die das Lachen ihrer Tochter nie wieder hören würden, und dann zwang ihr Gehirn sie, diesen Gedanken fallenzulassen.

Als der Wecker morgens klingelte – sie hatte das Gefühl, allenfalls acht Minuten geschlafen zu haben –, stand sie mühsam auf. Sie rief Charlie. Keine Antwort. Sie rief noch einmal. Nichts.

Sie sprang aus dem Bett. »Charlie!«

Immer noch keine Antwort.

Panik erfasste sie – sie konnte kaum atmen. »Charlie!« Mit rasendem Herzen rannte sie den Flur entlang, lief um die Ecke und riss ohne zu klopfen die Tür auf.

Da lag er – natürlich – und hatte sich die Decke über den Kopf gezogen.

»Charlie!«

Er stöhnte. »Geh weg.«

»Aufstehen.«

»Kann ich nicht ausschlafen?«

»Ich hab dich gestern Abend gewarnt. Jetzt steh auf.«

»Die ersten beiden Stunden sind Gesundheitslehre. Kann ich die nicht ausfallen lassen? Bitte?«

»Steh. Jetzt. Auf.«

»Gesundheitslehre«, wiederholte er eindringlich. »Da bringt man uns leicht zu beeinflussenden Jugendlichen diesen ganzen Sex-Kram bei. Und hinterher hüpfen wir dann aufgegeilt mit allen in die Kiste. Ehrlich, ich glaube, es ist besser für mein gesundes Moralempfinden, wenn du mich ausschlafen lässt.«

Sie versuchte, nicht zu lächeln. »Steh. Verdammt. Nochmal. Auf.«

»Noch fünf Minuten? Bitte.«

Sie seufzte. »Okay, fünf Minuten noch. Aber mehr geht wirklich nicht.«

Anderthalb Stunden später, als die Gesundheitslehre zu Ende war, fuhr sie ihn zur Schule. Was machte das schon? Er war im letzten Jahr und hatte die Zulassung zur Universität schon in der Tasche. Da konnte man es schon mal etwas lockerer angehen lassen, dachte sie.

Als sie nach Hause zurückkam, checkte sie ihre E-Mails. Lawrence Cherston, der Administrator der Princeton-Jahrgangsseite, hatte ihr geantwortet. Er wäre »hocherfreut«, sich mit Wendy am nächsten »Ihnen genehmen Termin« zu treffen. Seine Adresse: Princeton, New Jersey. Sie rief ihn an und fragte, ob sie sich heute Nachmittag um drei treffen könnten. Lawrence Cherston wiederholte, dass er »hocherfreut« wäre.

Nachdem sie aufgelegt hatte, beschloss Wendy, in ihr falsches Facebook-Profil zu sehen. Wobei das, was Phil in Angst und Schrecken versetzt hatte, eigentlich in keinem Zusammenhang mit Kirby Sennett stand. Andererseits – wer konnte überhaupt noch mit Sicherheit sagen, was hier mit wem zusammenhing?

Trotzdem würde es nicht schaden, mal eben in Facebook zu schauen. Sie meldete sich an und stellte erfreut fest, dass ihre Freundschaftsanfrage bestätigt worden war. Okay, gut so. Und jetzt? Dann sah sie, dass Kirby ihr eine Einladung zu einer Red-Bull-Party geschickt hatte. Sie klickte auf den Link, worauf ein Foto des lächelnden Kirby mit einer großen Red-Bull-Dose in der Hand erschien.

Darunter standen Datum, Uhrzeit und eine Adresse sowie eine kurze Notiz von Kirby: »Hi, würde mich freuen, wenn Du kommst.«

So viel zur Trauer. Sie fragte sich, was eine Red-Bull-Party war. Wahrscheinlich einfach eine Party, bei der der »Energy Drink« Red Bull ausgeschenkt wurde, wenn auch vielleicht mit etwas Stärkerem aufgepeppt – aber da konnte sie Charlie noch fragen.

Und was jetzt? Sollte sie eine Online-Beziehung mit ihm anfangen und hoffen, dass er etwas von sich erzählte? Nein. Das war ihr nicht geheuer. Es war eine Sache, sich als junges Mädchen auszugeben, um irgendwelchen heruntergekommenen Perversen eine Falle zu stellen. Aber wenn die Mutter eines Teenagers vorgab, ein Teenager zu sein, um einen Schulkameraden ihres Sohns zum Reden zu bringen, ging das doch ein bisschen zu weit.

Wie würde sie diese Facebook-Seite also weiterbringen?

Keine Ahnung.

Ihr Handy klingelte. Sie sah aufs Display. Das Büro von NTC-Networks.

»Hallo?«

»Ms. Wendy Tynes?« Eine spitze Frauenstimme.

»Ja.«

»Ich rufe aus der Personal- und Rechtsabteilung an. Wir möchten Sie bitten, pünktlich um zwölf hier zu sein.«

»Worum geht es?«

»Wir befinden uns in der fünften Etage. Das Büro von Mr. Frederick Montague. Pünktlich um zwölf. Bitte trödeln Sie nicht.«

Wendy runzelte die Stirn. »Haben Sie gerade trödeln gesagt?«

Klick.

Was um alles in der Welt hatte das zu bedeuten? Und wer benutzte heutzutage außer im Kindergarten noch das Wort trödeln? Sie lehnte sich zurück. Das war bestimmt nichts Wichtiges. Wahrscheinlich nur ein bisschen Papierkram, weil sie jetzt wieder eingestellt worden war. Trotzdem, warum mussten sich die aus der Personalabteilung immer so übereifrig und hochoffiziell geben?

Sie überlegte, was sie als Nächstes machen sollte. Gestern Abend hatte sie doch erfahren, dass Jenna Wheeler in ein nahegelegenes Marriott Hotel gezogen war. Es wurde Zeit, in ihre Reporterhaut zu schlüpfen und rauszufinden, in welches. Sie sah im Internet nach. Die nächsten drei Marriott Courtyards waren in Secaucus, Paramus und Mahwah. Sie rief zuerst in Secaucus an.

»Ich würde gerne die Wheelers sprechen. Die müssten bei Ihnen wohnen.«

Wendy nahm nicht an, dass sie unter einem Pseudonym eingecheckt hatten.

Die Telefonistin bat Wendy, den Namen zu buchstabieren. Das tat sie.

»Tut mir leid, aber wir haben keine Gäste mit diesem Namen.«

Sie legte auf und versuchte es in Paramus. Wieder fragte sie nach den Wheelers. Nach drei Sekunden sagte die Telefonistin: »Einen Moment bitte, ich verbinde.«

Bingo.

Nach dem dritten Klingeln nahm jemand den Hörer ab. Jenna Wheeler sagte: »Hallo?«

Wendy legte auf und ging zu ihrem Wagen. Es waren nur zehn Minuten zum Marriott Courtyard in Paramus. Da machte sie das lieber persönlich. Als Wendy nur noch zwei Minuten entfernt war, rief sie noch einmal an.

Dieses Mal meldete Jenna sich zaghafter. »Hallo?«

»Hier ist Wendy Tynes.«

»Was wollen Sie?«

»Ich würde mich gern mit Ihnen treffen.«

»Ich mich aber nicht mit Ihnen.«

»Ich will weder Ihnen noch Ihrer Familie schaden, Jenna.«

»Dann lassen Sie uns zufrieden.«

Wendy bog auf den Parkplatz des Marriott ein. »Geht nicht.«

»Ich habe Ihnen nichts zu sagen.«

Wendy parkte ein und stellte den Motor aus. »Zu schade. Kommen Sie runter. Ich erwarte Sie in der Lobby. Ich bleibe so lange da, bis Sie mit mir gesprochen haben.«

Wendy beendete die Verbindung. Das Courtyard Paramus lag an der Kreuzung zwischen der Route 17 und dem Garden State Parkway. Bei den Zimmern hatte man die Auswahl zwischen der Aussicht auf einen P. C. Richards Elektromarkt und auf ein fensterloses Lagerhaus-Kaufhaus namens Syms mit dem etwas angeberischen Schild auf dem Dach: INFORMIERTE KUNDEN SIND UNSERE BESTEN KUNDEN.

Ein Urlaubsdomizil war dieses Hotel nicht.

Wendy ging hinein. Sie setzte sich in die beige gehaltene Lobby – ein Labyrinth beigefarbener Wände, von denen sich ein dumpf moosgrüner Teppichboden absetzte, ein Raum, gefangen in den ödesten aller öden Farben, Schattierungen von einer geballten Banalität, die förmlich herausschrien, dass es sich um ein gut geführtes, ordentliches Hotel handelte, man jedoch absolut keine Extras erwarten durfte. Auf einem Kaffeetisch lagen mehrere Exemplare der *USA Today*. Wendy warf einen kurzen Blick auf die Schlagzeilen und begann darin herumzublättern.

Fünf Minuten später erschien Jenna. Sie trug ein viel zu großes Sweatshirt, hatte die Haare zu einem festen Pferdeschwanz zusammengebunden, wodurch ihre an sich schon hervorspringenden Wangenknochen scharf wie Messerklingen aussahen.

»Sind Sie gekommen, um sich an unserem Unglück zu weiden?«, fragte Jenna.

»Genau, Jenna, deshalb bin ich hier. Ich saß heute Morgen zu Hause, dachte an ein Mädchen, das tot im Wald gefunden wurde, und da habe ich zu mir selbst gesagt: ›Weißt du, was jetzt toll wäre? Das Tüpfelchen auf dem i? Ich könnte jetzt nach Paramus fahren und mich ein bisschen am Unglück der Wheelers weiden.‹ Und dann hab ich mich auch gleich auf den Weg gemacht. Ach ja, und hinterher fahre ich ins Tierheim und trete einen Welpen.«

Jenna setzte sich. »Tut mir leid. Das war ziemlich unangebracht.«

Wendy dachte an den gestrigen Abend, an diese geistlose Project Graduation und dass Jenna und Noel Wheeler eigentlich auch hätten dabei sein sollen – und wie sehr die beiden sich wahrscheinlich wünschten, dass sie hätten kommen können. »Mir tut's auch leid. Ich vermute mal, dass es für Sie auch ziemlich schwierig war.«

Jenna zuckte die Achseln. »Immer, wenn ich einen Anflug von Selbstmitleid bekomme, denke ich an Ted und Marcia. Verstehen Sie, was ich meine?«

»Natürlich.«

Schweigen.

»Ich habe gehört, dass Sie von hier wegziehen«, sagte Wendy.

»Von wem?«

»Wir leben in einem sehr kleinen Ort.«

Jenna lächelte ohne jede Spur von Freude. »Tun das nicht alle? Ja, wir ziehen weg. Noel wird Chef der Herzchirurgie im Cincinnati Memorial Hospital.«

»Das ging aber schnell.«

»Er ist ein sehr gefragter Mann. Aber ehrlich gesagt planen wir das schon seit Monaten.«

»Als Sie sich zum ersten Mal hinter Dan gestellt haben?«

Wieder dieses freudlose Lächeln. »Sagen wir einfach, dass sich unser Ansehen im Ort dadurch nicht verbessert hat«, sagte sie. »Wir hatten gehofft, bis zum Ende des Schuljahrs bleiben zu können – damit Amanda hier noch die Abschlussfeier mitmachen kann. Aber das sollte wohl nicht sein.«

»Tut mir leid.«

»Auch da wieder: Denken Sie an Ted und Marcia – für uns ist es längst nicht so schlimm.«

Da hatte sie wohl Recht.

»Was wollen Sie von mir, Wendy?«

»Sie haben sich hinter Dan gestellt, ihn verteidigt.«

»Ja.«

»Also von Anfang an. Schon direkt nach der Ausstrahlung meiner Sendung. Sie waren absolut überzeugt, dass er unschuldig war. Und bei unserem letzten Gespräch haben Sie mir vorgeworfen, dass ich das Leben eines unschuldigen Menschen zerstört hätte.«

»Und – was soll ich jetzt sagen? Mein Fehler? Ich hatte unrecht, Sie hatten recht?«

»Hatten Sie das?«

»Hatte ich was?«

»Hatten Sie unrecht?«

Jenna starrte sie nur an. »Was reden Sie da?«

»Glauben Sie, dass Dan Haley umgebracht hat?«

Es wurde still in der Lobby. Jenna sah aus, als wollte sie etwas antworten, dann schüttelte sie jedoch den Kopf.

»Ich versteh Sie nicht. Halten Sie ihn jetzt für unschuldig?«

Wendy wusste nicht, was sie darauf antworten sollte. »Irgendwie fehlen mir da noch ein paar Dinge.«

»Zum Beispiel?«

»Um das festzustellen, bin ich hier.«

Jenna sah sie an, als wartete sie auf mehr. Doch Wendy hatte den Blick abgewandt. Jenna hatte mehr verdient als die üblichen Antworten. Bisher war Wendy den ganzen Fall als Journalistin angegangen, aber vielleicht war sie hier mehr als das. Vielleicht war es an der Zeit, über wirklich alles zu reden, sich die Wahrheit einzugestehen, sie laut auszusprechen.

»Ich werde Ihnen etwas erzählen, in Ordnung?«

Jenna nickte und wartete dann.

»Ich arbeite mit Fakten, nicht mit Intuition. Meine Intuition bringt mich normalerweise nur durcheinander. Verstehen Sie, was ich meine?«

»Besser, als Sie sich vorstellen können.«

Jenna hatte jetzt Tränen in den Augen. Auch Wendy fühlte ihre Augen feucht werden.

»Die Fakten bewiesen, dass ich Dan auf frischer Tat ertappt hatte. Er hat versucht, mein imaginäres dreizehnjähriges Mädchen zu verführen. Er ist zu der falschen Verabredung gekommen. Dazu kam dieses ganze Zeug in seinem Haus und auf dem Laptop. Selbst sein Job – ich kann Ihnen gar nicht sagen, wie viele von diesen Dreckstypen mit Teenagern arbeiten und ihnen angeblich helfen wollen. Das passte alles zusammen. Trotzdem hat meine Intuition die ganze Zeit laut protestiert, dass da irgendetwas nicht stimmen kann.«

»Als wir uns unterhalten haben, schienen Sie sich ziemlich sicher zu sein.«

»Fast zu sicher, finden Sie nicht?«

Jenna dachte darüber nach, und ein schwaches Lächeln breitete sich auf ihrem Gesicht aus. »Genau wie ich, wenn man so darüber nachdenkt – wir waren uns beide sicher. Eine von uns musste sich natürlich irren. Aber die wichtigste Erkenntnis für uns beide ist wohl, dass man in andere Menschen nicht hineinsehen kann. Das klingt offensichtlich, aber anscheinend habe ich nochmal eine Gedächtnisauffrischung gebraucht. Ich habe Ihnen doch erzählt, dass Dan ziemlich verschlossen war?«

»Ja.«

»Vielleicht lagen Sie richtig mit Ihrem Warum. Er hat mir etwas verheimlicht. Das wusste ich. Wobei wir das natürlich alle tun, oder? Niemand kann einen anderen Menschen bis ins Letzte kennen.«

»Dann haben Sie sich von Anfang an in Dan geirrt?«

Jenna kaute einen Moment lang auf ihrer Lippe herum. »Rückblickend sieht alles immer etwas anders aus. Diese Verschlossenheit meine ich. Früher dachte ich, es läge daran, dass er Waise war. Verstehen Sie? Da ist es ziemlich verständlich, dass man Probleme hat, anderen Menschen zu vertrauen. Ich war auch davon ausgegangen, dass unsere Trennung im Endeffekt darauf zurückzuführen war. Aber mittlerweile stelle ich mir ganz andere Fragen.«

»Was für Fragen?«

Eine Träne lief Jennas Wange hinab. »Ich frage mich, ob nicht doch noch mehr dahintersteckte, ob ihm vielleicht irgendetwas Schlimmes zugestoßen war. Ich frage mich, ob er nicht doch irgendwo tief in sich drin eine dunkle Seite hatte?«

Jenna stand auf und ging durch die Lobby. Auf der anderen Seite stand ein Kaffeespender. Sie nahm sich einen Styropor-Becher und füllte ihn. Wendy stand auch auf und folgte ihr, nahm sich ebenfalls einen Becher und Kaffee. Als sie sich wieder auf ihre Sessel setzten, kam es Wendy vor, als wäre diese Vertrautheit zwischen ihnen wieder fort. Auch gut. Von ihrer Intuition hatte sie berichtet. Jetzt sollte sie langsam wieder zu den Fakten zurückkehren.

»Bei unserem letzten Treffen haben Sie etwas über Princeton gesagt. Dass da irgendetwas mit ihm passiert sei.«

»Das stimmt, und?«

»Da würde ich gern mehr drüber erfahren.«

Jenna sah sie verwirrt an. »Sie glauben, Princeton hat etwas mit dieser ganzen Geschichte zu tun?«

Wendy mauerte. »Ich will das nur abklären.«

»Das verstehe ich nicht. Was hat seine Uni-Zeit damit zu tun?«

»Das ist einfach einer der Aspekte dieses Falls, den ich bisher nicht einordnen kann.«

»Aber warum wollen Sie das?«

»Können Sie mir in dem Punkt nicht einfach vertrauen, Jenna? Bei unserer letzten Unterhaltung haben Sie das Thema zur Sprache gebracht. Sie sagten, irgendetwas wäre mit ihm in Princeton passiert. Ich will wissen, was das war.«

Sie antwortete eine Weile nicht. Dann: »Ich weiß es nicht. Das war ja ein Teil dieser Verschlossenheit – wenn ich jetzt so darüber nachdenke, war es vielleicht sogar das Hauptproblem. Deshalb habe ich es ja auch erwähnt.«

»Aber Sie haben keine Ahnung, was es war oder worum es da ging?«

»Eigentlich nicht. Ich fand das im Endeffekt alles ziemlich undurchsichtig.«

»Aber vielleicht können Sie mir etwas mehr darüber erzählen?«

»Ich verstehe nicht, was das bringen soll.«

»Mir zuliebe. Bitte.«

Jenna führte den Kaffeebecher zum Mund, pustete kurz und trank dann einen kleinen Schluck. »Also gut. Damals, als wir anfingen, uns regelmäßig zu sehen, verschwand er jeden zweiten Samstag. Das klingt jetzt vielleicht ein bisschen zu rätselhaft, aber er verschwand einfach und verriet mir nie, wohin er ging.«

»Ich nehme mal an, dass Sie ihn danach gefragt haben.«

»Natürlich. Er hat mir gleich am Anfang unserer Beziehung erklärt, dass er das nun einmal so machen würde, es seine Privatsache wäre und er dies in seiner Freizeit erledige. Er sagte, es wäre nichts, worüber man sich Sorgen machen müsste, aber er hat mir sehr deutlich zu verstehen gegeben, dass es unabdingbar wäre.«

Sie verstummte.

»Und wie haben Sie darauf reagiert?«

»Ich war verliebt«, sagte Jenna. »Zu Anfang habe ich mir selbst irgendwelche Rechtfertigungen für ihn zusammengereimt. Manche Männer spielen Golf, habe ich mir gesagt. Manche Männer gehen zum Bowling, oder sie treffen sich mit ein paar Kumpeln in einer Bar oder so etwas. Dan hatte das Recht, sich etwas Zeit für sich selbst zu nehmen. Ansonsten war er in jeder Beziehung immer für mich da. Also habe ich mich einfach nicht weiter darum gekümmert.«

Die Tür der Lobby öffnete sich. Eine fünfköpfige Familie stolperte herein und ging zum Empfangstresen. Der Mann nannte seinen Namen und reichte der Rezeptionistin seine Kreditkarte.

»Sie sagten ›zu Anfang‹«, wandte Wendy ein.

»Ja. Na ja, es war schon ein ziemlich langer Anfang. Nachdem wir ungefähr ein Jahr lang verheiratet waren, habe ich ihn dann zur Rede gestellt. Dan sagte, ich sollte mir keine Sorgen machen, es wäre keine große Sache. Aber damit wurde es natürlich zu einer. Die Neugier hat mich zerfressen. Und an einem der nächsten Samstage bin ich ihm dann gefolgt.«

Ihre Stimme verklang, und ein schwaches Lächeln zeigte sich in ihrem Gesicht.

»Was ist?«

»Das habe ich noch nie jemandem erzählt, nicht einmal Dan.«

Wendy lehnte sich zurück, um ihr etwas Raum zu lassen. Sie trank einen Schluck Kaffee und versuchte, so harmlos wie möglich auszusehen.

»Viel mehr kann ich darüber aber auch nicht erzählen. Ich bin ihm damals so ein bis anderthalb Stunden gefolgt. Er ist nach Princeton gefahren, hat den Wagen im Ort geparkt und ist da in ein Café gegangen. Ich kam mir so dumm vor, dass ich ihm gefolgt war. Da hat er dann eine knappe Viertelstunde allein gesessen. Ich habe die ganze Zeit darauf gewartet, dass meine Nebenbuhlerin auftaucht. Ich habe mir eine heiße Professorin vorgestellt, Sie wissen schon, mit Brille und tiefschwarzen Haaren. Aber es kam niemand. Dan trank seinen Kaffee aus, verließ das Café und ging die Straße entlang. Es war ein ganz seltsames Gefühl, als ich ihm so gefolgt bin. Immerhin liebte ich diesen Mann. Sie können sich gar nicht vorstellen, wie sehr ich ihn geliebt habe. Und trotzdem war da, wie gesagt, etwas, an das ich nicht herankam, und plötzlich schlich ich ihm nach, versteckte mich vor ihm und dachte, ich würde endlich die Wahrheit erfahren. Und da bekam ich eine Heidenangst.«

Wieder trank Jenna einen Schluck Kaffee.

»Und wo ist er hingegangen?«

»Auf den Campus der Universität. Da stand ein fantastisches viktorianisches Haus. In dem Teil, in dem die Dozenten und Professoren wohnen. Er hat angeklopft und ist hineingegangen. Nach ungefähr einer Stunde ist er wieder rausgekommen. Dann ist er in den Ort zurückgegangen, in seinen Wagen gestiegen und nach Hause gefahren.«

Die Rezeptionistin erklärte der Familie, dass sie erst ab vier Uhr einchecken konnten. Der Vater bat darum, schon früher ins Zimmer zu können, aber die Rezeptionistin blieb hart.

»Und wessen Haus war das?«

»Das ist ja das Komische. Es war das Haus des Studiendekans. Er hieß Stephen Slotnick. Er war geschieden und wohnte dort mit seinen beiden Kindern.«

»Und warum hat Dan ihn besucht?«

»Ich habe keine Ahnung. Ich habe ihn nie gefragt. Das war alles, was ich in dieser Angelegenheit unternommen habe. Ich habe das Thema nie wieder angesprochen. Offenbar hatte er keine Affäre, also ging es mich nichts an. Es war sein Geheimnis, und wenn er es mir erzählen wollte, würde er es tun.«

»Das hat er aber nicht.«

»Nein.«

Beide tranken gedankenverloren einen Schluck Kaffee.

»Sie haben keinen Grund, sich schuldig zu fühlen«, sagte Jenna.

»Das tu ich auch nicht.«

»Dan ist tot. Zu unseren Gemeinsamkeiten gehörte unter anderem, dass wir beide nicht an ein Leben nach dem Tod glaubten. Tot ist tot. Ihm wäre es vollkommen egal, ob er jetzt noch rehabilitiert wird.«

»Darum geht es mir auch nicht.«

»Worum geht es Ihnen denn?«

»Wenn ich das nur wüsste. Ich glaube, ich suche einfach ein paar Antworten.«

»Manchmal ist die offensichtlichste Antwort auch die richtige. Vielleicht war Dan all das, wofür die Leute ihn halten.«

»Möglich, aber das ist keine Antwort auf die Schlüsselfrage.«

»Und die lautet?«

»Warum hat er den Studiendekan seiner Universität besucht?«

»Ich habe keine Ahnung.«

»Sind Sie gar nicht neugierig?«

Jenna überlegte. »Werden Sie versuchen, es herauszufinden?«

»Ja.«

»Es kann der Grund für das Scheitern unserer Ehe gewesen sein.«

»Das könnte es.«

»Ebenso gut kann es mit alledem nichts zu tun haben.«

»Das halte ich für wahrscheinlicher«, stimmte Wendy zu.

»Ich glaube, Dan hat das Mädchen umgebracht.«

Wendy schwieg. Sie wartete darauf, dass Jenna weitersprach. Vergeblich. Dieses Eingeständnis hatte ihre gesamte Energie aufgebraucht. Sie lehnte sich zurück und konnte sich offensichtlich nicht mehr bewegen.

Nach ein paar Minuten sagte Wendy: »Wahrscheinlich haben Sie Recht.«

»Aber Sie wollen trotzdem wissen, warum er so oft beim Studiendekan war?«

»Ja.«

Jenna nickte. »Wenn Sie herauskriegen, worum es ging, werden Sie es mir sagen?«

»Natürlich.«

DREISSIG

Wendy stieg aus dem Fahrstuhl und ging zu Vics Büro. Unterwegs kam sie an Michele Feislers Kabuff vorbei. Es war mit Fotos von Walter Cronkite, Edward R. Murrow und Peter Jennings dekoriert. Wieder dachte Wendy: Oy. Die neue, junge Nachrichtensprecherin saß mit dem Rücken zu ihr am Schreibtisch.

»Hi, Michele.«

Michele tippte eifrig. Sie winkte Wendy nur einmal kurz zu. Wendy sah ihr über die Schulter auf den Bildschirm. Michele saß an einer Twitter-Tweet. Jemand hatte ihr geschrieben: »Tolle Haare gestern in der Sendung!« Michele re-tweetete die Nachricht ihren Followern und fügte hinzu: »Neuer Conditioner – Näheres bald. Dranbleiben.«

Edward R. Murrow wäre so stolz auf sie.

»Wie geht's dem Kerl, dem in beide Knie geschossen wurde?«, fragte Wendy.

»Yep, das ist genau die richtige Story für Sie«, sagte Michele.

»Wieso?«

»Er ist irgend so ein Perversling.« Sie wandte sich vom Computer ab, aber nur für einen kurzen Moment. »Ist das nicht Ihr Spezialgebiet – Perverslinge?«

Es ist immer gut, wenn man ein Spezialgebiet hat, dachte Wendy. »Was meinen Sie mit Perverslingen?«

»Na ja, immerhin sind Sie ja jetzt unser hausinterner Sex-Perversling, oder?«

»Was soll das denn heißen?«

»Hoppla, ich kann gerade nicht reden«, sagte Michele und tippte weiter. »Bin beschäftigt.«

Als sie so hinter ihr stand, konnte Wendy nicht umhin, Clark Recht zu geben. Michele hatte wirklich einen riesigen Kopf, besonders im Vergleich zu ihrem schmächtigen Körper. Er sah aus wie ein Luftballon am Ende einer Schnur. Der dünne Hals drohte jeden Moment unter der Last zusammenzubrechen.

Wendy sah auf die Uhr. Drei Minuten vor zwölf. Sie eilte den Flur entlang zu Vics Büro. Seine Sekretärin, Mavis, war da.

»Hey, Mavis.«

Auch die würdigte Wendy kaum eines Blickes. »Was kann ich für Sie tun, Ms. Tynes?«

So hatte Mavis sie noch nie genannt. Vielleicht war während ihrer Zwangspause eine Direktive ausgegeben worden, dass die Leute sich formeller verhalten sollten. »Ich würde Vic gern kurz sprechen.«

»Mr. Garrett ist nicht im Büro.« Ihr normalerweise freundlicher Ton war eiskalt.

»Können Sie ihm sagen, dass ich im fünften Stock bin? Dürfte eigentlich nicht lange dauern.«

»Ich werde es ihn wissen lassen.«

Wendy wartete am Fahrstuhl. Vielleicht war es nur Einbildung, aber es schien eine eigenartige Spannung in der Luft zu liegen.

Obwohl Wendy seit Jahren in diesem Gebäude aus und ein ging – es war der Hauptsitz des Senders –, war sie doch noch nie bis in den fünften Stock gekommen. Jetzt nahm sie in einem schneeweißen Büro Platz, einem kubistischen Wunderwerk mit einem kleinen Wasserfall in der Ecke. Eine Wand zeigte ein Gemälde aus schwarz-weißen Wirbeln. Die anderen Wände waren leer. Sie saß den sehr beruhigend wirkenden Wirbeln gegenüber. Auf der anderen Seite eines Glastisches saßen drei Anzugträger vor den Wirbeln, schön säuberlich nebeneinander aufgereiht, zwei Männer und eine Frau. Ein Mann war schwarz, die Frau war Asiatin. Hübsch ausgewogen, dachte sie, aber der Chef, derjenige, der in der Mitte saß und das Gespräch leitete, war natürlich ein weißer Mann.

»Vielen Dank, dass Sie gekommen sind«, sagte er. Er hatte sich ihr vorgestellt – er hatte sogar alle drei vorgestellt –, sie hatte jedoch nicht auf die Namen geachtet.

»Kein Problem«, sagte sie.

Wendy fiel auf, dass ihr Stuhl mindestens fünf Zentimeter niedriger war als die der anderen. Ein klassischer – wenn auch amateurhafter – Versuch, sein Gegenüber einzuschüchtern. Wendy verschränkte die Arme und rutschte sogar noch etwas weiter herunter. Sollten sie doch glauben, dass sie im Vorteil wären.

»Also«, sagte Wendy und versuchte so die vorgegebene Hackordnung zu durchbrechen, »was kann ich für Sie tun?«

Der weiße Mann sah die Asiatin an. Die zog ein paar zusammengeheftete Zettel aus einer Akte und schob sie über den Tisch. »Ist das Ihre Unterschrift?«, wollte der weiße Mann wissen.

Wendy sah die Zettel an. Es war ihr Arbeitsvertrag. »Sieht so aus.«

»Ist das Ihre Unterschrift oder nicht?«

»Das ist sie.«

»Dann haben Sie dieses Dokument auch gelesen.«

»Ich denke schon.«

»Sie sollen nicht denken, ich möchte …«

Sie unterbrach ihn mit einem kurzen Winken. »Ja, ich habe es gelesen. Und wo liegt jetzt das Problem?«

»Ich möchte Sie bitten, Absatz siebzehn Punkt vier auf Seite drei anzusehen.«

»Okay.« Sie blätterte auf die Seite.

»Er bezieht sich auf unsere strikten Regelungen in Bezug auf persönliche und/oder sexuelle Beziehungen am Arbeitsplatz.«

Sie richtete sich auf. »Was ist damit?«

»Haben Sie sie gelesen?«

»Ja.«

»Und sie auch verstanden?«

»Ja.«

»Also, Ms. Tynes«, sagte der weiße Mann. »Uns ist zu Ohren gekommen, dass Sie gegen diese Regel verstoßen haben.«

»Äh, nein, ich versichere Ihnen, dass ich das nicht getan habe.«

Der weiße Mann lehnte sich zurück, verschränkte die Arme und versuchte, abweisend auszusehen. »Kennen Sie einen Victor Garrett?«

»Vic? Natürlich, er ist der Chef der Nachrichtenabteilung.«

»Haben Sie je sexuellen Kontakt zu ihm gehabt?«

»Mit Vic? Ach kommen Sie.«

»Ist das ein Ja oder ein Nein?«

»Das ist ein klares und deutliches Nein. Warum holen Sie ihn nicht her und fragen ihn?«

Die drei berieten sich kurz. »Das haben wir vor.«

»Das verstehe ich nicht. Wo haben Sie gehört, dass Vic und ich …«, sie bemühte sich, nicht angewidert auszusehen.

»Wir haben Berichte bekommen.«

»Von wem?«

Sie antworteten nicht sofort – und plötzlich wusste sie es. Hatte Phil Turnball sie nicht gewarnt?

»Dazu können wir leider nichts sagen«, erwiderte der weiße Mann.

»Schade eigentlich. Sie erheben ernsthafte Vorwürfe. Entweder präsentieren Sie mir irgendwelche Beweise, oder das alles hat hier und jetzt ein Ende.«

Der schwarze Mann sah die Asiatin an. Die Asiatin sah den weißen Mann an. Der weiße Mann sah den schwarzen Mann an.

Wendy breitete die Arme aus. »Haben Sie das extra geprobt?«

Sie steckten die Köpfe zusammen und flüsterten wie Senatoren bei einer Anhörung. Wendy wartete. Als sie fertig waren, öffnete die Asiatin eine andere Akte und schob sie über den Glastisch.

»Vielleicht sollten Sie sich das mal ansehen.«

Wendy öffnete die Akte. Es war ein Ausdruck aus einem Internet-Blog. Wendys Blut fing an zu kochen, als sie ihn las:

Ich arbeite bei NTC. *Ich kann meinen Namen nicht nennen, weil ich dann gefeuert werde. Aber Wendy Tynes ist schrecklich. Sie ist eine vollkommen untalentierte Primadonna, die es auf die altmodische Art nach oben geschafft hat: Sie hat sich hochgeschlafen. Momentan vögelt sie unseren Boss Vic Garrett. Und deshalb kann sie machen, was sie will. Letzte Woche wurde sie doch tatsächlich wegen Inkompetenz gefeuert, dann aber sofort wieder eingestellt, weil Vic Angst vor einer Belästigungsklage hat. Wendy hat zig Schönheitsoperationen hinter sich, unter anderem an der Nase, den Augen und den Titten …*

So ging es immer weiter. Wieder dachte Wendy an Phils Warnung. Sie erinnerte sich daran, was diese Internet-Psychos Farley Parks und Steve Miciano angetan hatten – und jetzt auch ihr. Langsam dämmerte ihr, welche Folgen das haben würde: ihre Karriere, ihr Lebensunterhalt, die Möglichkeit, für ihren Sohn zu sorgen. Solche Gerüchte verhärteten sich immer zu Fakten. In den Augen der Öffentlichkeit waren Beschuldigungen das Gleiche wie Verurteilungen. Ein Mensch war schuldig, bis die Unschuld bewiesen war.

Hatte Mercer nicht genau so etwas gesagt?

Schließlich räusperte der weiße Mann sich und sagte: »Und?«

Wendy nahm allen noch vorhandenen Mut zusammen, streckte die Brust heraus und sagte: »Die sind echt. Wenn Sie wollen, können Sie mal anfassen.«

»Das ist nicht witzig.«

»Und ich lache auch nicht. Ich biete Ihnen allerdings einen Beweis an, dass das Lügen sind. Machen Sie schon. Einmal kurz drücken.«

Der weiße Mann schnaubte missbilligend und deutete auf die Akte. »Vielleicht sollten Sie sich die Kommentare ansehen. Sie sind auf der zweiten Seite.«

Wendy versuchte, eine selbstbewusste Fassade aufrechtzuerhalten, doch ihre Welt geriet zunehmend ins Wanken. Sie blätterte um und überflog den ersten Kommentar.

> *Kommentar: Ich habe mit ihr bei ihrer letzten Stelle zusammengearbeitet und stimme absolut zu. Hier lief das genauso. Unser verheirateter Boss wurde gefeuert, und seine Frau hat sich scheiden lassen. Wendy Tynes ist eine Schlampe.*
> *Kommentar: Sie hat mit mindestens zwei Professoren geschlafen, mit einem, als sie schwanger war. Hat seine Ehe zerstört.*

Jetzt brannte Wendy das Gesicht. Sie war noch mit John verheiratet gewesen, als sie bei ihrer letzten Stelle gearbeitet hatte. Und dann war er ein paar Wochen, bevor sie aufhörte, getötet worden. Diese Lüge machte sie noch wütender als die anderen. Sie war so obszön, so unfair.

»Und?«, fragte der weiße Mann.

»Das«, presste sie durch zusammengebissene Zähne hervor, »sind alles absolute Lügen.«

»Das ganze Internet ist voll davon. Ein paar von diesen Blogs wurden an unsere Sponsoren weitergeleitet. Sie drohen, ihre Werbespots zu kündigen.«

»Das sind reine Lügen.«

»Und außerdem möchten wir Sie bitten, eine Verzichtserklärung zu unterschreiben.«

»Was für eine Verzichtserklärung?«

»Mr. Garrett ist Ihr Vorgesetzter. Ich glaube zwar nicht, dass Sie eine Chance hätten, aber Sie könnten ihn wegen sexueller Belästigung verklagen.«

»Soll das ein Witz sein?«, fragte Wendy.

Er deutete auf die Akte. »In einem dieser Blogs steht, dass Sie einmal einen Vorgesetzten wegen sexueller Belästigung verklagt haben. Wer garantiert uns, dass Sie das nicht wieder tun?«

Wendy sah im wahrsten Sinne des Wortes rot. Sie ballte die Fäuste und musste sich sehr anstrengen, um mit ruhiger Stimme zu sprechen. »Mr. … tut mir leid, ich habe Ihren Namen vergessen.«

»Montague.«

»Mr. Montague.« Tief durchatmen. »Ich möchte, dass Sie mir ganz genau zuhören. Konzentrieren Sie sich bitte, damit Sie verstehen, was ich sage.« Wendy hielt die Akte hoch. »Das sind alles Lügen. Verstehen Sie das? Erfindungen. Der Teil, dass ich einen alten Arbeitgeber verklagt habe, das ist eine Lüge. Die Anschuldigungen, dass ich mit einem Vorgesetzten oder einem Professor geschlafen habe? Weitere Lügen. Der Vorwurf, dass ich mit irgendjemand anderem als meinem Ehemann geschlafen habe, als ich schwanger war? Oder auch dass ich Schönheitsoperationen habe durchführen lassen? Das sind alles Lügen. Keine Übertreibungen. Keine Verdrehungen der Wahrheit. Blanke Lügen. Haben Sie das verstanden?«

Montague räusperte sich. »Wir haben verstanden, dass das Ihr Standpunkt ist.«

»Jeder kann ins Internet gehen und da irgendetwas über irgendjemand behaupten«, fuhr Wendy fort. »Begreifen Sie das nicht? Da verbreitet jemand Online-Lügen über mich. Sehen Sie sich das Datum des Blogs an, verdammt nochmal. Der Beitrag wurde gestern ins Netz gestellt, und es gibt jetzt schon so viele Kommentare. Das ist eine Fälschung. Da will mich jemand mit voller Absicht ruinieren.«

»Sei es, wie es sei«, setzte Montague an, eine Redewendung, die absolut nichts bedeutete, Wendy aber verärgerte wie kaum eine andere. »Wir sind der Ansicht, dass es am besten wäre, wenn Sie ein paar Tage Urlaub nehmen, während wir uns diese Anschuldigungen genauer ansehen.«

»Das können Sie vergessen«, sagte Wendy.

»Wie bitte?«

»Wenn Sie mich nämlich dazu zwingen, werde ich so viel Scheiße aufwirbeln, dass Sie die nie wieder von Ihren schicken Anzügen kriegen. Ich werde den Sender verklagen. Ich werde das Studio verklagen. Ich werde jeden von Ihnen persönlich verklagen. Ich werde Ihren geliebten Sponsoren Blogs schicken, in denen steht, dass Sie beide …«, sie deutete auf den weißen Mann und den schwarzen Mann, »… heiße Sexspiele auf ihren Büromöbeln treiben, während sie …«, jetzt deutete sie auf die Asiatin, »… dabei zusieht und sich auspeitscht. Ist das wahr? Tja, es wird in einem Blog stehen. In mehreren Blogs sogar. Dann setze ich mich an andere Computer und füge Kommentare hinzu, Sachen wie Montague steht auf die harte Nummer oder auf Spielzeug oder auf kleine Farmtiere. Hetze Ihnen den Tierschutzbund auf den Hals. Und dann schicke ich diese Blogs an Ihre Familien. Verstehen Sie, worauf ich hinauswill?«

Keiner sagte etwas.

Sie stand auf. »Und jetzt werde ich in mein Büro gehen und weiterarbeiten.«

»Nein, Ms. Tynes. Ich fürchte, das werden Sie nicht.«

Die Tür wurde geöffnet. Zwei uniformierte Wachmänner kamen herein.

»Der Wachdienst wird Sie nach draußen begleiten. Bitte treten Sie mit niemandem aus der Firma in Kontakt, bis wir die Gelegenheit hatten, uns die Sache anzusehen. Wir werden jeden Versuch, mit jemandem zu kommunizieren, der irgendetwas mit diesem Vorfall zu tun hat, als Beeinflussung werten. Außerdem werden Ihre Drohungen gegen mich und meine Kollegen im Protokoll vermerkt. Vielen Dank, dass Sie sich Zeit für uns genommen haben.«

EINUNDDREISSIG

Wendy rief bei Vic an, aber Mavis weigerte sich, sie durchzustellen. Wunderbar. Aber das ließ sich jetzt nicht ändern. Princeton war ungefähr anderthalb Stunden entfernt. Auf der Fahrt kochte sie vor Wut und dachte gleichzeitig darüber nach, was das alles bedeutete. Es war einfach, das Ganze als absurden und unbegründeten Klatsch abzutun, aber sie wusste, dass diese Gerüchte, ganz egal, was jetzt passierte, einen finsteren und wahrscheinlich dauerhaften Schatten auf sie und ihre Karriere werfen würden. Es hatte auch früher immer mal ein paar verstohlene Andeutungen gegeben – das ließ sich bei einer halbwegs attraktiven Frau, die es in dieser Branche zu etwas gebracht hatte, wohl kaum vermeiden –, aber jetzt gewannen sie plötzlich an Glaubwürdigkeit, nur weil irgendein Schwachkopf sie in einem Blog ins Internet gestellt hatte. Willkommen im Zeitalter des World Wide Web.

Okay, es reichte.

Als sie sich ihrem Ziel näherte, fing Wendy wieder an, über den Fall nachzudenken, über die Verbindungen nach Princeton, die immer wieder auftauchten, über die Tatsache, dass vier Männer – Phil Turnball, Dan Mercer, Steve Miciano, Farley Parks – alle im Laufe des letzten Jahres in Skandale verwickelt worden waren.

Eine Frage lautete: Wie?

Eine wichtigere Frage: Wer?

Wendy überlegte, dass sie am besten bei Phil Turnball anfangen sollte, weil sie da gewissermaßen Insider-Informationen hatte. Sie steckte sich den Stöpsel ihrer Handy-Freisprecheinrichtung ins Ohr und wählte Wins Privatnummer.

Wieder meldete Win sich mit einer Stimme, die eigentlich viel zu arrogant klang, um in diese zwei Worte zu passen: »Ich höre.«

»Kann ich dich um einen weiteren Gefallen bitten?«

»*Darf* ich dich um einen weiteren Gefallen bitten? Ja, Wendy, du *darfst*.«

»Ich kann gar nicht beschreiben, wie dringend ich diese Grammatiklektion jetzt gebraucht habe.«

»Keine Ursache.«

»Weißt du noch, dass ich dich nach Phil Turnball gefragt habe, dem Mann, der wegen Unterschlagung von zwei Millionen Dollar gefeuert wurde?«

»Ich erinnere mich, ja.«

»Nehmen wir mal an, Phil wurde reingelegt und hat das Geld gar nicht genommen.«

»Gut, nehmen wir das an.«

»Wie würde man es anstellen, wenn man ihm das anhängen will?«

»Ich habe keine Ahnung. Warum fragst du?«

»Ich bin relativ sicher, dass er das Geld nicht unterschlagen hat.«

»Verstehe. Und worauf gründet sich bitte diese relative Sicherheit?«

»Er hat mir gesagt, dass er unschuldig ist.«

»Ach so, damit ist natürlich alles klar.«

»Es steckt noch mehr dahinter.«

»Ich höre.«

»Na ja, wenn Phil zwei Millionen Dollar geklaut hätte, warum sitzt er dann nicht im Knast und warum verlangt seine

Firma nicht einmal ihr Geld zurück? Ohne jetzt allzu sehr ins Detail zu gehen, es gibt noch ein paar andere Personen – seine Mitbewohner von der Uni, um genau zu sein –, die in letzter Zeit auch in bizarre Skandale verwickelt wurden. In einem Fall könnte ich als Lockvogel missbraucht worden sein.«

Win sagte nichts.

»Win?«

»Ja, ich habe es verstanden. ›Lockvogel‹ ist ein schönes Wort, findest du nicht auch? Es zeigt oder impliziert doch zumindest die Absicht, dem Übertölpeltwerden eine gewisse animalische Note zu geben.«

»Ja, ganz wunderbar.«

Selbst sein Seufzen klang hochnäsig. »Wie kann ich dir dabei helfen?«

»Könntest du dir das mal genauer ansehen? Ich muss rausbekommen, wer Phil Turnball in diese Falle gelockt hat.«

»Geht klar.«

Klick.

Das plötzliche Ende überraschte sie dieses Mal nicht mehr so sehr, obwohl sie gerne noch ein paar kurze Worte gewechselt hätte – vielleicht auch eine Bemerkung hätte fallenlassen über das schnelle Beenden von Telefongesprächen und anderen Dingen, das offenbar seine Spezialität war, aber leider war niemand mehr in der Leitung. Sie hielt das Handy noch ein paar Sekunden in der Hand, erwartete fast, dass er direkt noch einmal zurückrufen würde. Aber nein, dieses Mal nicht.

Lawrence Cherston lebte in einem Natursteinhaus mit weißen Fensterläden. In einem runden Rosenbeet stand eine Fahnenstange, an der ein schwarzer Wimpel mit einem großen, orangefarbenen *P* hing. O je. Cherston begrüßte sie an der Haustür mit einem beidhändigen Händedruck. Sein breites, gerötetes Gesicht weckte in ihr sofort Gedanken an fette Katzen und verrauchte Hinterzimmer. Er trug einen blauen Blazer mit Princeton-Logo auf dem Aufschlag und dieselbe Princeton-Krawatte wie auf dem Facebook-Profil-Foto. Seine Khakis waren frisch gebügelt, die Mokassins glänzten, und wie nicht anders zu erwarten, trug er keine Socken. Er sah aus, als ob er sich am Morgen als Student auf den Weg zur Universitätskapelle gemacht hätte und unterwegs zwanzig Jahre gealtert wäre.

Als sie ins Haus traten, stellte Wendy sich vor, dass in seinem Kleiderschrank noch mindestens zehn weitere identische Blazer hingen – und weiter nichts.

»Willkommen in meiner bescheidenen Hütte«, sagte er. Er bot ihr etwas zu trinken an. Sie lehnte ab. Es gab ein paar Sandwichs. Aus Höflichkeit nahm Wendy eins. Es schmeckte furchtbar. Cherston plauderte schon über seine alten Schulkameraden.

»Wir haben zwei Pulitzer-Preisträger«, sagte er. Dann beugte er sich vor und fügte hinzu. »Darunter sogar eine Frau.«

»Eine Frau.« Wendy setzte ein starres Lächeln auf und blinzelte. »Wow.«

»Außerdem haben wir einen weltberühmten Fotografen, natürlich mehrere Vorstandsvorsitzende von großen Unternehmen, ach, und einer war für den Oskar nominiert. Na ja, es war nur für den besten Sound, und er hat ihn auch nicht bekommen. Aber immerhin. Mehrere Schulkameraden von uns arbeiten für die Regierung. Einer wurde von den Cleveland Browns unter Vertrag genommen.«

Wendy nickte wie eine Idiotin und überlegte, wie lange sie das Lächeln noch aufrechterhalten konnte. Cherston zeigte ihr Sammelordner mit Zeitungsartikeln, Fotoalben, das Programm der Abschlussfeier und sogar ein Erstsemester-Jahrbuch. Jetzt erzählte er von sich selbst, seiner absoluten Hingabe an seine Alma Mater, als ob das nicht ohnehin mehr als deutlich war.

Sie musste dafür sorgen, dass er wieder zurück zum eigentlich wichtigen Thema fand.

Wendy griff nach einem Fotoalbum, fing an, darin herumzublättern, und hoffte so, einen ihrer Princeton Five zu entdecken. Aber sie hatte kein Glück. Cherston plapperte weiter. Okay, es wurde Zeit, dass sie etwas unternahm. Sie nahm das Erstsemester-Jahrbuch und suchte direkt nach dem Buchstaben *M*.

»Ach, sehen Sie«, unterbrach sie ihn. Sie deutete auf das Foto von Steven Miciano. »Das ist doch Dr. Miciano, stimmt's?«

»Warum? Ja, das ist er.«

»Er hat meine Mutter behandelt.«

Cherston schien sich ein wenig zu winden. »Das ist ja nett.«

»Vielleicht sollte ich mich mit ihm auch noch unterhalten.«

»Vielleicht«, sagte Cherston. »Allerdings habe ich seine aktuelle Adresse nicht.«

Wendy konzentrierte sich wieder auf das Jahrbuch, dann schnappte sie noch einmal vermeintlich erstaunt nach Luft. »Ach, sehen Sie sich das an. Dr. Miciano hat mit Farley Parks zusammengewohnt. Hatte der nicht für den Kongress kandidiert?«

Lawrence Cherston lächelte sie an.

»Mr. Cherston?«

»Nennen Sie mich Lawrence.«

»In Ordnung. Hatte Farley Parks nicht für den Kongress kandidiert?«

»Darf ich Sie Wendy nennen?«

»Sie *dürfen.*« Ein Hauch von Win.

»Vielen Dank. Wendy, vielleicht sollten wir beide dieses Spielchen dann auch beenden.«

»Welches Spielchen?«

Er schüttelte den Kopf, als hätte ihn ein Lieblingsstudent enttäuscht. »Suchmaschinen funktionieren in beide Richtungen. Dachten Sie wirklich, ich würde nicht zumindest aus Neugier den Namen einer Reporterin googeln, die mich interviewen will?«

Sie sagte nichts.

»Daher weiß ich also, dass Sie sich bereits auf der Facebook-Seite der Princeton-Absolventen angemeldet haben. Und, was noch wichtiger ist, ich weiß auch, dass Sie über die Dan-Mercer-Sache berichtet haben. Man könnte auch sagen, dass Sie diese Geschichte erst in die Welt gesetzt haben.«

Er sah sie an.

»Diese Sandwichs schmecken fantastisch«, sagte sie.

»Meine Frau hat sie gemacht, und sie schmecken fürchterlich. Tja, ich vermute also, dass der Sinn und Zweck dieser Übung darin besteht, ein paar Hintergrundinformationen zu bekommen.«

»Wenn Sie das wussten, warum waren Sie dann bereit, sich mit mir zu treffen?«

»Warum denn nicht?«, sagte er. »Sie arbeiten an einem Bericht, in dem es um einen Princeton-Absolventen geht. Ich möchte sicherstellen, dass Ihre Informationen korrekt sind, um zu vermeiden, dass womöglich auch noch am falschen Ort überflüssigerweise Unruhe gestiftet wird.«

»Na ja, dann vielen Dank, dass Sie mich empfangen haben.«

»Keine Ursache. Also, was kann ich für Sie tun?«

»Kannten Sie Dan Mercer?«

Er nahm ein Sandwich und biss ein winziges Stückchen ab. »Ja, ich kannte ihn, wenn auch nicht besonders gut.«

»Welchen Eindruck hatten Sie von ihm?«

»Meinen Sie damit, ob er auf mich den Eindruck gemacht hat, ein Pädophiler und zukünftiger Mörder zu sein?«

»Das wäre nicht die schlechteste Formulierung.«

»Nein, Wendy, diesen Eindruck hat er nicht gemacht. Ich muss allerdings zugeben, dass ich ziemlich naiv bin. Ich sehe fast immer nur das Gute im Menschen.«

»Was können Sie mir über ihn erzählen?«

»Dan hat ernsthaft studiert – er war klug und hat hart gearbeitet. Er stammte aus armen Verhältnissen. Ich bin der Sohn eines Princeton-Absolventen – und mein Großvater und Urgroßvater waren auch schon hier. Daher haben wir uns in unterschiedlichen Kreisen bewegt. Ich liebe diese Universität. Das zeige ich auch sehr deutlich. Aber Dan betrachtete sie voller Ehrfurcht.«

Wendy nickte, als wäre das doch tatsächlich eine wichtige neue Erkenntnis. »Und wer waren seine engsten Freunde?«

»Zwei haben Sie schon erwähnt, also nehme ich an, dass Sie die Antwort kennen.«

»Seine Mitbewohner?«

»Ja.«

»Kennen Sie sie alle?«

»Vom Sehen her vielleicht. Phil Turnball und ich waren im ersten Jahr zusammen im Gesangsverein. Das war eine ganz interessante Sache. Wie Sie wahrscheinlich wissen, weist die Universität den Neuzugängen ihre Zimmer zu. Das kann natürlich in einer Katastrophe enden. Mein Mitbewohner im ersten Jahr war ein durchgeknalltes Genie, das den lieben, langen Tag nur gekifft hat. Ich bin noch im ersten Monat ausgezogen. Aber die fünf sind jahrelang miteinander ausgekommen.«

»Können Sie mir irgendetwas darüber erzählen, was die damals hier gemacht haben?«

»Zum Beispiel?«

»Waren sie in irgendeiner Form sonderbar? Vielleicht Außenseiter? Hatten sie Feinde? Haben sie sich an eigenartigen Aktivitäten beteiligt?«

Lawrence Cherston legte das Sandwich zur Seite. »Wie kommen Sie auf diese Frage?«

Wendy gab sich betont unbestimmt. »Das ist Teil der Story.«

»Das leuchtet mir nicht ein. Ich verstehe, dass Sie sich nach Dan Mercer erkundigen, wenn Sie aber darauf aus sind, seine Mitbewohner aus Princeton mit dem Bösen in Verbindung zu bringen, das ihn offenbar geplagt hat …«

»Das habe ich nicht vor.«

»Was dann?«

Eigentlich wollte sie nicht viel mehr dazu sagen. Um etwas Zeit zu gewinnen, nahm sie den Studienführer und blätterte darin herum. Sie spürte, dass er sie ansah. Sie stieß auf ein Foto von Dan, Kelvin und Farley. Dan stand in der Mitte. Alle drei lächelten breit. Sie hatten es geschafft.

Lawrence Cherston sah sie immer noch an. Ach, was soll's, dachte sie.

»Sie alle – seine Mitbewohner – sind in letzter Zeit in Schwierigkeiten geraten.«

Er sagte nichts.

»Farley Parks musste seine Kandidatur zurückziehen«, sagte sie.

»Das ist mir bekannt.«

»Steve Miciano wurde wegen Handels mit verschreibungspflichtigen Medikamenten festgenommen. Phil Turnball hat seinen Job verloren. Und das von Dan wissen Sie ja.«

»Ja.«

»Finden Sie das nicht eigenartig?«

»Nicht besonders.« Er lockerte seine Krawatte, als wäre sie plötzlich zu einer Schlinge geworden. »So wollen Sie die Story also angehen? Mehrere Mitbewohner aus Princeton, die alle in Schwierigkeiten geraten sind?«

Da Wendy nicht auf die Frage eingehen wollte, wechselte sie das Thema. »Dan Mercer war häufig hier. In Princeton, meine ich.«

»Ich weiß. Ich habe ihn ein paar Mal im Ort gesehen.«

»Wissen Sie, was er hier wollte?«

»Nein.«

»Er war im Haus des Studiendekans.«

»Das ist mir neu.«

Während des Gesprächs hatte Wendy weiter im Programm der Abschlussfeier herumgeblättert, und beim Blick auf die Studentenliste fiel ihr etwas Seltsames auf. Wahrscheinlich, weil es ihr mittlerweile in Fleisch und Blut übergegangen war, die fünf Namen zu suchen, oder auch weil das Foto selbst sie dazu veranlasst hatte. Die Namen darunter waren jedenfalls in alphabetischer Reihenfolge aufgeführt. Und unter den *T*s stand Francis Tottenham als letzter Name auf der Liste.

»Wo ist Phil Turnball?«, fragte sie.

»Wie bitte?«

»Phil Turnball steht nicht auf dieser Liste.«

»Phil hat nicht mit uns zusammen seinen Abschluss gemacht.«

Wendy verspürte ein eigenartiges Kribbeln. »Hatte er ein Urlaubssemester?«

»Äh, nein. Er musste die Universität vorzeitig verlassen.«

»Moment. Wollen Sie damit sagen, dass Phil keinen Abschluss hat?«

»Soweit ich das beurteilen kann, tja, will ich genau das damit sagen.«

Wendys Mund war plötzlich trocken. »Warum nicht?«

»Genau weiß ich es nicht. Es gab natürlich Gerüchte. Aber

die ganze Angelegenheit wurde doch sehr unter den Teppich gekehrt.«

Sie blieb ganz ruhig. »Können Sie mir mehr darüber erzählen?«

»Ich weiß nicht, ob das klug wäre.«

»Es könnte sehr wichtig sein.«

»Inwiefern? Es ist Jahre her – und wenn ich ehrlich bin, hat die Universität da auch zu hart reagiert.«

»Ich werde nicht darüber berichten. Es ist inoffiziell.«

»Ich weiß nicht.«

Dies war nicht der richtige Augenblick für Feinsinnigkeit. Das Zuckerbrot hatte sie ihm schon angeboten. Langsam musste sie die Peitsche wieder rausholen. »Hören Sie, ich habe schon gesagt, dass es inoffiziell ist, wenn Sie mir aber nicht sagen, was los war, kann ich das auch wieder zurücknehmen. Und dann werde ich anfangen, Nachforschungen anzustellen. Ich werde jede Leiche ausgraben, die ich finden kann, um die Wahrheit zu erfahren. Und das geht dann auch über den Sender.«

»Ich lasse mir nicht gern drohen.«

»Und ich lasse mich nicht gerne abspeisen.«

Er seufzte. »Wie schon gesagt, eigentlich war es nichts Wichtiges. Außerdem weiß ich gar nicht genau, ob es stimmt.«

»Aber?«

»In Ordnung, es klingt schlimmer, als es ist, aber es gab Gerüchte, dass Phil nachts in einem Gebäude erwischt worden war, in dem er nichts zu suchen hatte. Kurz gesagt, er war auf dem Campus in ein Haus eingebrochen.«

»Er hat geklaut?«

»Nein, um Himmels willen«, sagte er, als ob es das Lächerlichste wäre, was er je gehört hatte. »Das war doch alles nur Spaß.«

»Sie sind aus Spaß in Häuser eingebrochen?«

»Ein Freund von mir war auf dem Hampshire College. Kennen Sie das? Na ja, er hat jedenfalls fünfzig Punkte dafür bekommen, dass er den Campus-Bus geklaut hat. Einige Professoren wollten ihn exmatrikulieren, aber genau wie bei Phil war das Teil eines Spiels. Dieser Freund wurde dann für zwei Wochen von der Universität suspendiert. Ich muss zugeben, dass ich mich damals auch daran beteiligt habe. Mein Team hat das Auto eines Professors mit Farbe besprüht. Dreißig Punkte. Ein Freund von mir hat einen Kugelschreiber vom Schreibtisch eines berühmten Schriftstellers gestohlen, der für ein Semester eine Gastprofessur innehatte. Alle Wohnheime sind gegeneinander angetreten. Im Prinzip war der ganze Campus beteiligt.«

»Beteiligt woran?«, fragte sie.

Lawrence Cherston lächelte. »An der Jagd natürlich«, sagte er. »Der College-Trophäenjagd.«

ZWEIUNDDREISSIG

»Wir dürfen nicht mehr auf die Jagd gehen …«

Das hatte Kelvin Tilfer gesagt.

Vielleicht war das die Erklärung. Sie stellte Lawrence Cherston noch ein paar Fragen dazu, auch über das Narbengesicht und die anderen Sachen, erfuhr aber nichts Neues. Phil Turnball war bei der College-Trophäenjagd an einem Ort erwischt worden, an dem er nicht hätte sein dürfen. Dafür war er von der Uni geflogen. Ende.

Als Wendy zum Wagen zurückging, nahm sie das Handy aus der Tasche, um Phil anzurufen.

Sie hatte sechs Nachrichten bekommen.

Bei ihrem ersten Gedanken rutschte ihr das Herz in die Hose: *Charlie ist etwas zugestoßen.*

Sie drückte schnell auf das *M*, um ihre Mailbox abzurufen. Als sie die erste Nachricht hörte, fiel die Angst von ihr ab. Es ging nicht um Charlie. Aber schön war es trotzdem nicht.

»Hi, Wendy, hier spricht Bill Giuliano von ABC-News. Wir würden gerne mit Ihnen über die Vorwürfe wegen Ungebührlichen Verhaltens sprechen …« Piieep.

»Wir schreiben eine Story über Ihre Affäre mit Ihrem Boss und würden gern Ihre Version der Geschichte hören …« Piieep.

»Einer der vermeintlichen Pädophilen, die Sie in Ihrer Sendung bloßgestellt haben, nutzt die neuen Berichte über Ihr sexuell aggressives Verhalten, um die Wiederaufnahme des Verfahrens zu fordern.

Er behauptet jetzt, Sie wären eine verschmähte Liebhaberin und hätten ihm eine Falle gestellt …« Piieep.

Sie drückte die Löschen-Taste und sah ihr Handy an. Mist. Wie gern wäre sie darüber erhaben gewesen, hätte die ganze Sache einfach vergessen.

Aber, verdammt, sie saß so richtig tief in der Scheiße.

Vielleicht hätte sie auf Phil hören und die Finger davon lassen sollen. Jetzt hatte sie keine Chance mehr, aus dieser Sache unversehrt herauszukommen – ganz egal, was sie tat. Das war vorbei. Selbst wenn sie den Drecksack erwischte, der diesen ganzen Mist ins Internet gestellt hatte, und ihn (oder sie) dazu brachte, während der Live-Übertragung des Super Bowl zu gestehen, dass es ein Haufen Lügen war, es würde trotzdem etwas hängen bleiben. So unfair es auch war, der Gestank würde ihr noch lange anhaften – wahrscheinlich für immer.

Aber schließlich hatte es keinen Sinn, sich über Dinge zu ärgern, die man nicht mehr ändern konnte, oder?

Wieder kam ihr ein Gedanke: Könnte man nicht das Gleiche über die Männer sagen, die sie in ihrer Sendung erwischt hatte?

Selbst wenn die Unschuld dieser Männer am Ende bewiesen wurde, würden sie den Ruf, ein Kinderschänder zu sein, nie wieder loswerden. Vielleicht war das hier eine Art ausgleichende Gerechtigkeit. Vielleicht war ihr Karma einfach mal wieder total biestig.

Sie hatte jetzt keine Zeit, sich darüber Gedanken zu machen. Oder vielleicht hatte das, was sie hier tat, ohnehin mit diesen Anschuldigungen zu tun. Irgendwie schien alles mit allem zusammenzuhängen – was sie getan hatte, was mit den Männern passierte, die sie bloßgestellt hatte, und was mit diesen Typen aus Princeton geschah. Sobald sie ein Problem gelöst hatte, würde der Rest sich von selbst ergeben.

Ob es ihr passte oder nicht, ihr Leben war in dieses ganze Chaos verwoben. Sie konnte jetzt nicht einfach alles stehen und liegen lassen.

Phil Turnball war exmatrikuliert worden, weil er an einer College-Trophäenjagd teilgenommen hatte.

Das bedeutete, dass er sie bestenfalls belogen hatte, als sie ihm von Kelvin und seinem Zetern über die Jagd erzählt hatte. Schlimmstenfalls … na ja, was das Schlimmste sein könnte, wusste sie noch nicht. Sie wählte Phils Handynummer. Er meldete sich nicht. Sie wählte seine Privatnummer. Auch da meldete sich niemand. Sie rief noch einmal Phils Handy an und hinterließ eine Nachricht auf der Mailbox.

»Ich weiß alles über die Trophäenjagd. Rufen Sie mich an.«

Fünf Minuten später klopfte sie beim Studiendekan an die Tür. Es öffnete niemand. O nein. So einfach ließ sie sich nicht abspeisen. Sie ging ums Haus und sah durch die Fenster. Es brannte kein Licht. Sie trat direkt an die Fenster und spähte hinein. Wenn die Campus-Polizei vorbeikam, würde sie versuchen, nicht vor Angst zu zittern.

Eine Bewegung.

»Hey!«

Keine Antwort. Sie sah noch einmal genau hin. Nichts. Sie klopfte ans Fenster. Es kam niemand. Sie ging wieder zur Haustür und trommelte dagegen. Hinter ihr sagte eine Männerstimme: »Kann ich Ihnen helfen?«

Sie drehte sich um. Als sie den Sprecher sah, kam ihr sofort das Wort »Geck« in den Sinn. Die welligen Haare des Manns waren einen Tick zu lang. Er trug eine Tweed-Jacke mit Lederbesatz und eine Fliege – ein Aussehen, das nur in der entmaterialisierten Luft höherer Bildungsinstitutionen gedeihen oder überhaupt entstehen konnte.

»Ich suche den Studiendekan«, sagte Wendy.

»Ich bin Dekan Lewis«, sagte er. »Was kann ich für Sie tun?«

Keine Zeit für Spiele oder Subtilität, dachte sie. »Kennen Sie Dan Mercer?«

Er zögerte, als dächte er darüber nach. »Der Name sagt mir etwas«, sagte der Dekan. »Aber …« Er breitete die Arme aus und zuckte die Achseln. »Müsste ich ihn denn kennen?«

»Ich denke schon«, sagte Wendy. »Er ist in den letzten zwanzig Jahren jeden zweiten Samstag bei Ihnen zu Besuch gewesen.«

»Ah.« Er lächelte. »Ich wohne erst seit vier Jahren in diesem Haus. Davor war es das meines Vorgängers, Dekan Pashaian. Aber ich glaube, ich weiß, von wem Sie sprechen.«

»Warum hat er Sie besucht?«

»Das hat er nicht. Na ja, er war schon hier. Aber nicht um mich zu besuchen und Dekan Pashaian übrigens auch nicht.«

»Was wollte er dann?«

Er ging an ihr vorbei, schloss die Tür auf und stieß sie an. Sie öffnete sich knarrend. Er steckte den Kopf hinein. »Christa?«

Es war dunkel im Haus. Als er hineinging, winkte er ihr, dass sie ihm folgen sollte. Das tat sie. Im Foyer blieb sie stehen.

Eine Frauenstimme rief: »Dekan?«

Schritte kamen auf sie zu. Wendy sah den Dekan an. Er warf ihr einen Blick zu, in dem eine Warnung zu liegen schien.

Was zum …?

»Ich bin im Foyer«, sagte er.

Mehr Schritte. Dann sagte eine Frau – Christa?: »Ihr Vier-Uhr-Termin wurde abgesagt. Außerdem brauchen Sie nicht …«

Christa kam von links aus dem Esszimmer. Sie blieb stehen. »Oh, ich wusste nicht, dass Sie in Begleitung sind.«

»Sie ist nicht meinetwegen hier«, sagte Dekan Lewis.

»Ach?«

»Ich glaube, sie möchte mit Ihnen sprechen.«

Die Frau drehte den Kopf zur Seite, fast wie ein Hund, wenn er versucht, ein neues Geräusch zu erkunden. »Sind Sie Wendy Tynes?«, fragte sie.

»Ja.«

Christa nickte, als hätte sie das erwartet. Sie trat noch einen Schritt vor. Jetzt fiel etwas Licht auf ihr Gesicht. Nicht viel. Aber genug. Und als Wendy dieses Gesicht sah, hätte sie beinah laut nach Luft geschnappt – nicht wegen des Anblicks, obwohl das unter normalen Umständen gereicht hätte. Nein, Wendy hätte beinah nach Luft geschnappt, weil sie plötzlich eine Antwort auf eine weitere ihrer Fragen bekommen hatte.

Obwohl sie sich im dunklen Haus aufhielt, trug Christa eine Sonnenbrille. Doch das war nicht das Erste, was einem ins Auge fiel.

Das Erste, was einem bei Christas Anblick ins Auge fiel, waren die breiten, roten Narben, die kreuz und quer durch ihr Gesicht liefen.

Narbengesicht.

Sie stellte sich als Christa Stockwell vor.

Sie sah aus, als könnte sie um die vierzig sein, allerdings war ihr Alter sehr schwer zu schätzen. Sie war schlank, gut einen Meter siebzig groß, hatte zierliche Hände und ging sehr aufrecht. Die beiden Frauen setzten sich an den Küchentisch.

»Haben Sie etwas dagegen, wenn wir die Beleuchtung so dunkel lassen?«, fragte Christa.

»Ganz und gar nicht.«

»Es ist nicht, wie Sie denken. Ich weiß, dass die Leute mich anstarren. Das ist auch ganz normal. Mit diesen Leuten komme ich besser zurecht als mit denen, die so tun, als sähen sie die Narben nicht. Das wird dann schwierig, weil das Problem so offensichtlich ist, aber keiner sich darüber zu sprechen traut, wenn Sie verstehen, was ich meine.«

»Ich denke schon.«

»Seit dem Unfall sind meine Augen extrem lichtempfindlich. Daher fühle ich mich im Dunkeln wohler. Wie passend, oder? Studenten der Philosophie und Psychologie hätten bestimmt einen Mordsspaß an dieser Aussage.« Sie stand auf. »Ich mache mir eine Tasse Tee. Wollen Sie auch eine?«

»Gern. Kann ich Ihnen helfen?«

»Nein, das geht schon. Pfefferminz oder English Breakfast?«

»Pfefferminz.«

Christa lächelte. »Gute Wahl.«

Sie schaltete den Wasserkocher an, nahm zwei Becher aus dem Schrank und warf die Teebeutel hinein. Wendy fiel auf, dass sie den Kopf dabei immer wieder auf die rechte Seite legte. Kurz bevor sie sich wieder setzte, blieb Christa einen Moment ganz still stehen, als wollte sie Wendy die Gelegenheit geben, die Wunden zu begutachten. Ihr Gesicht sah einfach grausig aus. Die Narben erstreckten sich von der Stirn bis auf den Hals. Hässliche, zornige, violette und rote Linien zerschnitten ihre Haut. Einige traten sogar hervor wie bei einer Reliefkarte. Die wenigen Flächen zwischen den Narben waren mit dunkelroten Flecken übersät, die wie üble Abschürfungen aussahen – als ob jemand das Gesicht mit Stahlwolle bearbeitet hätte.

»Ich habe mich vertraglich verpflichtet, nicht über das zu sprechen, was damals passiert ist«, sagte Christa Stockwell.

»Dan Mercer ist tot.«

»Ich weiß, das ändert aber nichts am Vertrag.«

»Ich werde alles, was Sie mir sagen, streng vertraulich behandeln.«

»Sie sind doch Reporterin, oder?«

»Ja, aber ich gebe Ihnen mein Wort.«

Sie schüttelte den Kopf. »Ich wüsste nicht, was die ganze Geschichte jetzt noch für eine Rolle spielen sollte.«

»Dan ist tot. Phil Turnball wurde gefeuert und der Unterschlagung bezichtigt. Kelvin Tilfer sitzt in einer psychiatrischen Anstalt. Und auch Farley Parks hat in letzter Zeit Probleme gehabt.«

»Soll ich jetzt Mitleid mit ihnen haben?«

»Was haben sie Ihnen getan?«

»Sind die Spuren nicht deutlich genug zu sehen? Oder soll ich das Licht doch etwas heller machen?«

Wendy beugte sich über den Tisch. Sie legte ihre Hand auf die der anderen Frau. »Bitte erzählen Sie mir, was passiert ist.«

»Was soll das bringen?«

Die Küchenuhr über der Spüle tickte. Durchs Fenster sah Wendy die Studenten auf dem Weg in ihre Vorlesungen und Seminare – lebhaft, jung, das Klischee ihres weiteren Lebens im Kopf. Nächstes Jahr würde auch Charlie dazugehören. Man konnte Jugendlichen erzählen, dass das alles viel schneller ging, als sie dachten, dass sie nur zu blinzeln brauchten, schon war das Studentenleben zu Ende, und wieder waren zehn Jahre vorbei, und die nächsten zehn … aber sie würden sowieso nicht zuhören, konnten gar nicht zuhören, und wahrscheinlich war das auch gut so.

»Ich glaube, dass das, was hier passiert ist – das, was diese Männer Ihnen angetan haben –, der Auslöser dieser ganzen Geschichte war.«

»Wieso?«

»Das weiß ich nicht. Aber irgendwie scheint das alles hier zusammenzulaufen. Irgendwie hat das, was auch immer es gewesen ist, ein Eigenleben entwickelt. Und es fordert immer noch Opfer. Außerdem hänge ich da jetzt selbst mit drin. Ich bin diejenige, die Dan Mercer bloßgestellt hat – zu Recht oder zu Unrecht. Also bin ich Teil des Ganzen.«

Christa Stockwell pustete auf ihren Tee. Ihr Gesicht sah aus, als hätte man es von innen nach außen gekehrt, als ob die Adern und Knorpel alle oben an der Oberfläche lägen. »Es war in ihrem letzten Studienjahr«, sagte sie dann. »Ein Jahr vorher hatte ich meinen BA gemacht und dann an meinem Master in Vergleichender Literaturwissenschaft gearbeitet. Da meine Eltern nicht viel Geld hatten, waren mir die Studiengebühren erlassen worden. Genau wie Dan übrigens. Außerdem haben wir beide während des Studiums gejobbt. Er in der Wäscherei des Fachbereichs Sport, ich hier, in diesem Haus, für Dekan Slotnick. Ich war sozusagen Mädchen für alles, Haushaltshilfe, Sekretärin und Babysitter für seine Kinder. Er war geschieden, und ich bin prima mit seinen Kindern ausgekommen. Während ich an meinem Master arbeitete, habe ich also hier im Haus gewohnt. In einem der Zimmer nach hinten raus. Ich wohne da immer noch.«

Zwei Studentinnen gingen am Fenster vorbei. Eine lachte laut auf. Das Geräusch hallte melodisch, fröhlich und vollkommen unpassend durchs Zimmer.

»Na ja, es war im März. Dekan Slotnick war nicht in der Stadt, weil er irgendwo einen Vortrag hielt. Die Kinder waren bei ihrer Mutter in New York. Ich war mit meinem Verlobten beim Abendessen gewesen. Marc hat Medizin studiert. Am nächsten Tag hatte er eine wichtige Chemieprüfung, ansonsten, tja, bei solchen Geschichten gibt immer so viele Was-wäre-wenns, oder? Wenn er nicht am nächsten Tag die Prüfung gehabt hätte, wären wir wohl zu ihm gegangen. Oder vielleicht, das Haus war ja leer, wäre er auch hier, bei mir geblieben. Aber es sollte nicht sein. Das Abendessen war Marcs Pause vom Lernen gewesen. Danach hat er mich hier vorbeigebracht und ist wieder in die Bibliothek gegangen. Ich musste auch noch ein paar Dinge erledigen. Also habe ich meine Unterlagen genommen und habe mich hierhergesetzt – genau an diesen Küchentisch.«

Sie starrte auf den Tisch, als lägen die Unterlagen immer noch darauf.

»Ich hatte mir eine Tasse Tee gemacht. Genau wie heute. Ich hatte mich an den Tisch gesetzt und wollte gerade anfangen, meinen Essay zu schreiben, als ich von oben ein Geräusch hörte. Und ich wusste ja, wie gesagt, dass niemand zu Hause war. Eigentlich hätte ich doch Angst haben müssen, oder? Ich erinnere mich noch daran, wie ein Englisch-Professor in seinem Seminar fragte, welches das unheimlichste Geräusch der Welt sei. Ein Mann, der vor Schmerz heult? Der Angstschrei einer Frau? Ein Schuss? Ein weinendes Baby? Und dann schüttelte der Professor den Kopf und sagte: ›Nein, das unheimlichste Geräusch ist, wenn man sich allein in einem dunklen Haus befindet, ganz genau weiß, dass sonst niemand zu Haus ist, die nächsten Menschen sind kilometerweit entfernt – und dann hört man plötzlich von oben die Toilettenspülung.‹«

Christa lächelte Wendy zu. Wendy versuchte, das Lächeln zu erwidern.

»Ich hatte jedenfalls keine Angst. Vielleicht hätte ich sie haben sollen. Noch so ein Was-wäre-wenn. Was wäre, wenn ich einfach die Campus-Polizei gerufen hätte? Tja, dann wäre alles ganz anders gekommen, stimmt's? Ich hätte ein vollkommen anderes Leben geführt. Damals, in jener Nacht, war ich mit dem wunderbarsten und attraktivsten Mann verlobt. Er ist jetzt mit einer anderen verheiratet. Sie haben drei Kinder. Sie sind sehr glücklich. Das hätte ich wohl sein können.«

Sie trank einen Schluck Tee, hielt den Becher dabei mit beiden Händen und ließ sich das Was-wäre-wenn noch einmal durch den Kopf gehen. »Na, jedenfalls hatte ich dieses Geräusch gehört und ging in die Richtung. Ich hörte Leute flüstern und kichern. Tja, und da wusste ich auch, was los war. Studenten. Wenn ich überhaupt ein bisschen Angst gehabt hatte, war sie damit endgültig verflogen. Es waren nur ein paar Unruhestifter, die dem Dekan einen Streich spielten oder so etwas. Also ging ich die Treppe hinauf. Es war jetzt ganz ruhig. Die Stimmen vorher schienen aus dem Schlafzimmer des Dekans gekommen zu sein. Also ging ich hin. Ich trat ins Schlafzimmer und schaute mich um. Ich konnte nichts sehen. Ich wartete, dass meine Augen sich an die Dunkelheit gewöhnten. Dann fragte ich mich, was machst du da? Schalt doch einfach das Licht ein. Also streckte ich die Hand zum Lichtschalter aus.«

Ihre Stimme zitterte, dann verstummte sie. Die roten Narben in Christa Stockwells Gesicht schienen noch dunkler zu werden. Wieder streckte Wendy die Hand aus, zog sie aber zurück, als sie sah, wie Christa sich verkrampfte.

»Ich wusste gar nicht, was dann passiert ist. Zumindest wusste ich es damals nicht. Inzwischen weiß ich es. Aber damals, in dem Moment, na ja, eigentlich habe ich nur einen lauten Knall gehört, und dann ist mein Gesicht explodiert. So fühlte es sich jedenfalls an. Als ob eine Bombe in meinem Gesicht explodiert wäre. Ich griff hin und spürte, dass lauter spitze Glassplitter in meinem Gesicht steckten. Dabei zerschnitt ich mir auch noch die Hände. Blut strömte aus den Wunden, lief mir in Mund und Nase, so dass ich keine Luft mehr bekam. In den ersten ein oder zwei Sekunden spürte ich keinen Schmerz. Aber dann kam er mit einem Schlag, und er war gewaltig, als ob man mir die Haut vom Gesicht abgezogen hätte. Ich schrie noch einmal auf und fiel zu Boden.«

Wendy spürte, wie ihr Herzschlag sich beschleunigte. Sie

hatte viele Fragen, wollte Details wissen, hielt sich dann aber zurück, damit Christa die Geschichte in Ruhe zu Ende erzählen konnte, so, wie sie es für angemessen hielt.

»Ich lag also schreiend auf dem Boden und hörte, wie jemand an mir vorbeirannte. Instinktiv streckte ich die Hand aus, und er stolperte darüber. Er fiel zu Boden und fluchte. Ich umklammerte sein Bein. Warum, weiß ich auch nicht. Es waren reine Reflexe, denken konnte ich da schon nicht mehr. Und dann wollte er sich befreien und hat nach mir getreten.« Nach einer kurzen Pause sprach sie ganz leise weiter, flüsterte nur noch. »Wissen Sie, mir war das damals nicht klar, aber mein ganzes Gesicht war voller Glasscherben von einem zersplitterten Spiegel. Und als er dann nach hinten austrat, um sich zu befreien, trieb er diese Scherben mit dem Absatz noch tiefer in meine Haut hinein. Viele bohrten sich bis auf die Knochen.« Sie schluckte. »Aber die größte Scherbe befand sich direkt neben meinem rechten Auge. Vielleicht hätte ich es sowieso verloren, durch diesen Tritt aber wurde es endgültig, er drückte sie wie ein Messer in den Augapfel …«

Wendy war froh, dass Christa kurz verstummte.

»Das ist das Letzte, an was ich mich erinnere. Dann habe ich das Bewusstsein verloren. Ich habe es erst nach drei Tagen kurz wiedergewonnen, war dann mehrere Wochen lang immer wieder bewusstlos. Es wurden unzählige Operationen durchgeführt. Die Schmerzen waren unerträglich. Ich war auch sehr benommen von den Medikamenten … aber ich greife vor. Gehen wir noch einmal etwas zurück. In jener Nacht hatte die Campus-Polizei meine Schreie gehört. Sie fassten Phil Turnball im Vorgarten des Dekans. Mein Blut war noch an seinen Schuhen. Alle wussten, dass noch mehr Studenten dabei waren. Na ja, es lief eine Trophäenjagd. Boxershorts des Dekans waren sehr wertvoll. Sechzig Punkte. Darauf hatte Phil Turnball es abgesehen – Boxershorts. Wie ich schon sagte, es war ein Streich. Mehr nicht.«

»Sie sagten, Sie hätten noch andere gehört. Flüstern und Kichern.«

»Richtig. Aber Phil hat behauptet, er wäre allein gewesen. Und seine Freunde haben diese Version bestätigt. Ich war nicht in der Lage, ihnen zu widersprechen, und im Prinzip wusste ich ja auch kaum etwas.«

»Dann hat Phil die ganze Schuld auf sich genommen?«, fragte Wendy.

»Ja.«

»Warum?«

»Ich weiß es nicht.«

»Ich habe es immer noch nicht ganz verstanden. Was genau hat er mit Ihnen gemacht? Woher stammen all diese Schnitte?«

»Als ich ins Zimmer kam, versteckte Phil sich hinter dem Bett. Als er sah, wie ich nach dem Lichtschalter griff, tja, die Idee dabei war wohl, meine Aufmerksamkeit in eine andere Richtung zu lenken. Ein großer Glas-Aschenbecher flog durch die Luft. Er sollte Lärm machen, damit ich mich umdrehte und Phil wegrennen konnte. Aber neben mir stand ein antiker Spiegel. Er zersprang, und ich bekam die Splitter ins Gesicht. Ein dummer Zufall, was?«

Wendy antwortete nicht.

»Ich lag drei Monate im Krankenhaus. Ich habe mein rechtes Auge verloren. Auch das andere Auge hat schwere Verletzungen davongetragen – die Netzhaut wurde beschädigt. Ich war eine Zeit lang vollkommen blind. Im linken Auge ist dann ein klein wenig Sehvermögen ganz langsam wieder zurückgekehrt. Rechtlich gesehen bin ich immer noch blind, aber ich kann genug erkennen. Es ist zwar alles verschwommen, und ich habe Probleme mit hellem Licht … vor allem mit Sonnenlicht.

Das passt auch wieder, oder? Nach Auskunft der Ärzte wurde mein Gesicht im wahrsten Sinne des Wortes vom Schädel abgeschält. Und zwar in kleinen Stücken. Ich habe ein paar Fotos aus der Anfangsphase gesehen. Wenn Sie diesen Anblick hier schon schlimm finden ... damals sah es aus wie rohes Hackfleisch. Anders kann ich es nicht beschreiben. Als ob ein Löwe es zerkaut hätte.«

»Tut mir leid«, sagte Wendy, weil sie nicht wusste, was sie sonst hätte sagen sollen.

»Marc, mein Verlobter, ist toll gewesen. Er blieb bei mir. Im Nachhinein finde ich das wirklich heldenhaft. Ich war vorher eine schöne Frau. Jetzt kann ich das so sagen. Es klingt nicht mehr unbescheiden. Ich war wirklich schön. Und er war so unglaublich attraktiv. Marc blieb also bei mir. Aber sein Blick fing an zu schweifen. Ihn trifft keine Schuld. So hatte er sich das schließlich nicht vorgestellt.«

Christa verstummte.

»Und was ist dann passiert?«

»Ich habe ihn weggeschickt. Sie glauben, Sie wüssten, was Liebe ist, oder? Aber an dem Tag habe ich erkannt, was wahre Liebe ist. Obwohl sich der Schmerz viel tiefer in mich bohrte, als eine Scherbe es je gekonnt hätte, liebte ich Marc so sehr, dass ich es geschafft habe, ihn wegzuschicken.«

Wieder verstummte sie und nippte an ihrem Tee.

»Den Rest können Sie sich wahrscheinlich denken. Phils Familie hat mich für mein Schweigen bezahlt. Man könnte es als großzügige Summe bezeichnen. Sie liegt auf einem Treuhandkonto, von dem mir wöchentlich etwas ausgezahlt wird. Wenn ich darüber spreche, was passiert ist, werden die Zahlungen eingestellt.«

»Ich werde nichts davon verraten.«

»Glauben Sie, dass ich mir darüber Sorgen mache?«

»Ich weiß es nicht.«

»Kein Stück. Ich brauche nicht viel zum Leben. Ich wohne immer noch hier im Haus des Dekans. Ich habe danach weiter für Dekan Slotnick gearbeitet, allerdings habe ich nicht mehr auf seine Kinder aufgepasst. Mein Gesicht hat ihnen Angst gemacht. Also bin ich seine Assistentin geworden. Als er starb, war Dekan Pashaian so freundlich, mich weiter zu beschäftigen. Jetzt ist es Dekan Lewis. Den größten Teil des Geldes vom Treuhandkonto spende ich diversen Wohltätigkeitsorganisationen.«

Schweigen.

»Und was hat Dan mit dieser ganzen Geschichte zu tun?«, fragte Wendy.

»Was glauben Sie?«

»Ich nehme an, dass er in jener Nacht auch hier im Haus war.«

»Genau. Sie waren alle da. Alle fünf. Das habe ich später erfahren.«

»Wie?«

»Dan hat es mir erzählt.«

»Und Phil hat für alle die Schuld auf sich genommen?«

»Ja.«

»Wissen Sie, warum?«

»Ich glaube, einfach weil er so eine Art Stehaufmännchen war. Aber vielleicht steckte auch noch mehr dahinter. Seine Familie war reich. Die der anderen nicht. Vielleicht dachte er auch, was habe ich davon, wenn ich meine Freunde verrate?«

Das klang logisch, dachte Wendy.

»Und Dan ist Sie besuchen gekommen?«

»Ja.«

»Warum?«

»Um mich zu trösten. Wir haben geredet. Er fühlte sich

furchtbar wegen dieser Nacht. Wegen der feigen Flucht. So hat es angefangen. Als er das erste Mal herkam, war ich fuchsteufelswild. Aber wir sind dann Freunde geworden. Wir haben stundenlang hier am Tisch gesessen und uns unterhalten.«

»Sie sagten, Sie wären fuchsteufelswild gewesen?«

»Sie müssen verstehen, dass ich in dieser Nacht alles verloren hatte.«

»Richtig, also waren Sie zu Recht wütend.«

Christa lächelte. »Oh, verstehe.«

»Was?«

»Lassen Sie mich raten. Ich war wütend. Fuchsteufelswild. Ich habe sie gehasst. Also habe ich Rachepläne geschmiedet. Die habe ich, na, wie lange ist es jetzt her, zwanzig Jahre gären lassen, auf den richtigen Moment gewartet und dann eiskalt zugeschlagen. Entspricht das in etwa Ihren Vorstellungen?«

Wendy zuckte die Achseln. »Es sieht aus, als würde sich jemand an den fünf rächen wollen.«

»Und da bin ich natürlich die Hauptverdächtige? Die vernarbte Braut, die noch eine Rechnung mit ihnen offen hat?«

»Finden Sie nicht?«

»Klingt ein bisschen nach einem schlechten Horrorfilm, aber ...«, wieder legte sie den Kopf auf die Seite, » ... nehmen Sie mir die Rolle des Bösewichts ab, Wendy?«

Wendy schüttelte den Kopf. »Eigentlich nicht, nein.«

»Außerdem wäre da noch etwas.«

»Was?«

Christa zuckte die Schultern. Sie hatte die Sonnenbrille noch auf, aber eine Träne lief ihre linke Wange hinunter. »Ich habe ihnen vergeben.«

Schweigen.

»Sie waren nur Studenten auf einer Trophäenjagd. Sie hatten nicht die Absicht, mich zu verletzen.«

Und da war sie – eine unverkennbare Wahrheit. In ganz einfachen Worten konnte so viel Weisheit liegen.

»Wenn man in dieser Welt lebt, kollidiert man gelegentlich mit anderen Menschen. So ist das nun einmal. Wir treffen aufeinander, und manchmal wird dabei jemand verletzt. Die Jungs wollten nur dämliche Boxershorts klauen. Es ist schiefgegangen. Eine Weile habe ich sie gehasst. Aber irgendwann ist mir klar geworden, dass mir das nichts bringt. Wissen Sie, an diesem Hass festzuhalten, kostet unglaublich viel Energie – man verliert das Wesentliche völlig aus dem Blick.«

Wendy schossen Tränen in die Augen. Sie nahm ihren Becher und schlürfte etwas Tee. Die Pfefferminze lief angenehm ihre Kehle hinab. Nicht mehr am Hass festhalten. Dazu konnte sie nichts sagen.

»Vielleicht haben die Jungs in der Nacht noch jemanden verletzt«, sagte Wendy.

»Das bezweifle ich.«

»Oder jemand anders will sich für Sie rächen?«

»Meine Mutter ist tot«, sagte Christa. »Marc ist glücklich mit einer anderen Frau verheiratet. Sonst gibt es niemanden.«

Eine Sackgasse. »Was hat Dan zu Ihnen gesagt, als er das erste Mal hier war?«

Sie lächelte. »Das bleibt unter uns.«

»Es muss doch einen Grund dafür geben, dass sie alle in den Ruin getrieben werden.«

»Sind Sie deshalb hier, Wendy? Um denen ihr altes Leben zurückzugeben?«

Wendy antwortete nicht.

»Oder«, fuhr Christa dann fort, »sind Sie hier, weil Sie fürchten, dass Sie womöglich versehentlich einen unschuldigen Mann in die Falle gelockt haben?«

»Ich glaube, das kommt beides zusammen.«

»Hoffen Sie darauf, hier Absolution zu bekommen?«

»Ich hoffe darauf, hier ein paar Antworten zu bekommen.«

»Wollen Sie wissen, wie ich darüber denke?«, fragte Christa.

»Gern.«

»Ich habe Dan ziemlich gut kennengelernt.«

»Das habe ich verstanden.«

»Wir haben hier am Tisch gesessen und über alles gesprochen. Er hat mir von seiner Arbeit erzählt, wie er seine erste Frau Jenna kennengelernt hat, dass er für das Scheitern der Ehe verantwortlich war und dass sie auch hinterher noch enge Freunde geblieben sind. Und auch über seine Einsamkeit. In der Hinsicht hatten wir beide etwas gemeinsam.«

Wendy wartete. Christa rückte die Sonnenbrille zurecht. Wendy dachte kurz, sie würde sie abnehmen, aber das tat sie nicht. Sie rückte sie nur zurecht, und Wendy kam es vor, als versuchte Christa, ihr in die Augen zu sehen.

»Ich glaube nicht, dass Dan Mercer ein Pädophiler war. Und ich glaube auch nicht, dass er jemanden umgebracht hat. Also muss ich diese Frage mit ja beantworten, Wendy. Ja, ich glaube, Sie haben einen unschuldigen Menschen in die Falle gelockt.«

DREIUNDDREISSIG

Wendy blinzelte, als sie aus der dunklen Küche auf den Rasen vor dem Haus des Dekans trat. Nachdenklich betrachtete sie die vielen Studenten im Sonnenschein. Tag für Tag gingen sie an diesem Haus vorbei und hatten keine Ahnung davon, wie schmal der Grat zwischen ihnen und der vernarbten Frau im Haus war. Wendy blieb einen Moment stehen. Sie hob das Gesicht, ließ die Sonne darauf scheinen und hielt die Augen dabei offen, so dass sie vom grellen Licht zu tränen begannen. Es war ein verdammt angenehmes Gefühl.

Christa Stockwell hatte den Menschen vergeben, die sie verletzt hatten.

Bei ihr hörte sich das so einfach an. Wendy schob den allgemeinen philosophischen Unterbau beiseite – die unverkennbare Ähnlichkeit zu ihr und Ariana Nasbro – und beschäftigte sich mit dem Naheliegenden: Wenn die Person, der das größte Unheil zugefügt worden war, ihnen vergeben hatte, wer hatte es dann nicht getan?

Sie hörte die Mailbox ihres Handys ab. Weitere Interview-Anfragen von Reportern. Sie ignorierte sie. Pops hatte auch angerufen, jedoch keine Nachricht hinterlassen. Sie rief ihn zurück.

Er nahm sofort ab.

»Hier klingeln immer wieder Reporter, die dich sprechen wollen«, sagte er.

»Ich weiß.«

»Dann verstehst du vielleicht auch endlich, warum ich gegen die Verschärfung des Waffengesetzes bin.«

Wendy lachte zum ersten Mal seit – es kam ihr wie eine Ewigkeit vor.

»Und was soll das?«, fragte er.

»Irgendjemand verbreitet boshafte Gerüchte über mich.«

»Zum Beispiel?«

»Zum Beispiel, dass ich mit meinem Boss schlafe. Solches Zeug.«

»Und auf so etwas geben Reporter was?«

»Offensichtlich.«

»Ist da was dran?«

»Nein.«

»Mist.«

»Yep. Kannst du mir einen Gefallen tun?«

»Rhetorische Frage«, sagte Pops.

»Ich stecke hier ziemlich tief im Schlamassel. Wahrscheinlich haben es ein paar Leute auf mich abgesehen.«

»Nur gut, dass ich schwer bewaffnet bin.«

»Daran habe ich keinen Bedarf«, sagte sie und hoffte gleichzeitig, dass Pops einen Witz gemacht hatte. »Aber kannst du mit Charlie ein paar Tage irgendwie verschwinden?«

»Meinst du, er ist in Gefahr?«

»Das weiß ich nicht. Aber die Gerüchte werden sich auf jeden Fall sofort in der ganzen Stadt verbreiten. Die anderen Kids in der Schule könnten ihn ziemlich in die Mangel nehmen.«

»Na und? So ein paar Hänseleien verträgt Charlie schon. Er ist ein starker Junge.«

»Ich will im Moment gar nicht, dass er stark ist.«

»Okay, ich kümmer mich um ihn. Wir ziehen in ein Motel, okay?«

»Nehmt was Anständiges, Pops. Nichts, was man auch stundenweise mieten kann oder was verspiegelte Decken hat.«

»Alles klar. Keine Sorge. Wenn du meine Hilfe brauchst ...«

»Dann melde ich mich«, sagte Wendy.

»Okay. Pass auf dich auf. Hab dich lieb.«

»Hab dich auch lieb.«

Dann versuchte sie noch einmal, Vic zu erreichen. Er ging immer noch nicht ran. Langsam ging ihr der Blödmann auf die Nerven. Und jetzt? Tja, das Geheimnis der Princeton Five kannte sie nun, trotzdem hatte sie keine Ahnung, warum dieser Vorfall die Beteiligten nach zwanzig Jahren wieder einholte. Aber eine Person gab es natürlich noch, die sie danach fragen konnte.

Phil.

Sie versuchte noch einmal, ihn anzurufen. Doch das war Zeitverschwendung. Also fuhr sie direkt zu ihm. Sherry öffnete die Tür. »Er ist nicht da.«

»Haben Sie davon gewusst?«, fragte Wendy.

Sherry sagte nichts.

»Die Geschichte in Princeton. Haben Sie gewusst, was da passiert ist?«

»Lange Zeit nicht.«

Eigentlich hatte Wendy noch ein paar Fragen, verkniff sie sich aber. Was Sherry wann erfahren hatte, spielte im Prinzip keine Rolle. Sie musste Phil sprechen. »Wo ist er?«

»Beim Fathers Club.«

»Rufen Sie ihn nicht an, um ihn zu warnen, klar?« Wieder war es Zeit für Zuckerbrot und Peitsche. Na ja, zumindest für die Peitsche. »Wenn Sie nicht tun, was ich sage, komme ich hierher zurück. Und langsam verstehe ich keinen Spaß mehr. Ich werde mit Kameras und anderen Reportern kommen und einen solchen Aufruhr verursachen, dass Ihre Nachbarn und sogar Ihre Kinder das mitkriegen. Verstehen Sie, was ich meine?«

»Sie haben sich ziemlich deutlich ausgedrückt«, sagte Sherry.

Wendy wollte der Frau eigentlich nicht drohen, aber sie hatte genug von den Lügen und wollte sich nicht mehr herumschubsen lassen.

»Keine Sorge«, sagte Sherry. »Ich ruf ihn nicht an.«

Wendy drehte sich um und ging.

»Eins noch«, sagte Sherry.

»Was?«

»Er ist nicht sehr stark oder belastbar. Seien Sie ein bisschen vorsichtig mit ihm, ja?«

Die Bemerkung, dass Christa Stockwells Gesicht noch weniger belastbar gewesen war, verschluckte Wendy, weil es Sherry einfach nichts anging. Sie fuhr zum Starbucks und hielt vor einer Parkuhr, die »Quarters Only« annahm. Sie hatte keine Vierteldollarmünzen. Dumm gelaufen. Noch einmal würde sie das Risiko eingehen und den Outlaw spielen.

Wieder war sie den Tränen nahe. Vor der Tür des Starbucks blieb sie einen Moment stehen, um sich zu sammeln.

Sie waren alle da. Norm, alias Ten-A-Fly, in seinem kompletten Möchtegern-Rapper-Outfit. Doug in Tenniskleidung. Owen mit Baby. Phil trug wie immer Anzug und Krawatte. Selbst jetzt. Selbst um diese Uhrzeit. Sie saßen vornübergebeugt an einem Tisch, steckten die Köpfe zusammen und flüsterten. Wendy fiel auf, dass die Körpersprache absolut nicht passte.

Als Phil sie entdeckte, entgleisten seine Gesichtszüge. Er schloss die Augen. Aber davon ließ sie sich nicht abhalten. Sie ging zum Tisch und starrte finster auf ihn hinab. Vor aller Augen schien die Luft aus ihm zu entweichen.

»Ich habe gerade mit Christa Stockwell gesprochen«, sagte sie.

Die anderen drei Männer sahen sie schweigend an. Wendy nahm Augenkontakt zu Norm auf. Mit einem kurzen Kopfschütteln versuchte er, sie zum Aufhören zu bewegen. Sie fuhr fort.

»Jetzt haben sie es auch auf mich abgesehen«, sagte Wendy zu ihm.

»Das wissen wir schon«, sagte Norm. »Wir haben die Gerüchte im Internet verfolgt. Es ist uns gelungen, viele der verseuchten Seiten zu entfernen, aber nicht alle.«

»Also kämpfe ich jetzt nicht nur für andere, sondern auch für mich.«

»Das hätte aber doch nicht sein müssen«, sagte Phil mit gesenktem Kopf. »Ich habe Sie gewarnt. Ich habe Sie angefleht, sich da rauszuhalten.«

»Und offensichtlich habe ich nicht auf Sie gehört. Mein Fehler. Und jetzt sagen Sie mir, was hier los ist.«

»Nein.«

»Nein?«

Phil stand auf. Er ging Richtung Tür. Wendy versperrte ihm dem Weg.

»Lassen Sie mich durch«, sagte er.

»Nein.«

»Sie haben mit Christa Stockwell gesprochen.«

»Ja.«

»Und was hat sie Ihnen gesagt?«

Wendy zögerte. Hatte sie Christa nicht versprochen, nicht darüber zu reden? Phil nutzte die Gelegenheit und huschte an Wendy vorbei. Er ging zur Tür. Wendy wollte ihm folgen, aber Norm stoppte sie, indem er ihr eine Hand auf die Schulter legte. Sie sah ihn wütend an.

»Was haben Sie vor, Wendy? Wollen Sie sich auf der Straße auf ihn stürzen?«

»Sie haben keine Ahnung, was ich erfahren habe.«

»Er ist in Princeton rausgeflogen«, sagte Norm. »Er hat keinen Universitätsabschluss. Wir wissen es. Er hat es uns erzählt.«

»Hat er Ihnen auch verraten, weshalb er rausgeflogen ist?«

»Glauben Sie, das interessiert irgendjemand?«

Sie stutzte. Sie dachte an Christas Worte. Dass sie ihnen vergeben habe, weil sie schließlich nur ein paar Jugendliche auf einer Trophäenjagd gewesen seien.

»Hat er Ihnen gesagt, wer hinter ihm und den anderen her ist?«, fragte sie.

»Nein. Aber er hat darum gebeten, dass wir uns da raushalten. Wir sind *seine* Freunde, Wendy. Wir stehen auf *seiner* Seite, nicht auf Ihrer. Und ich finde, er hat genug gelitten, meinen Sie nicht auch?«

»Das weiß ich nicht, Norm. Ich weiß nicht, wer hinter ihm und seinen ehemaligen Mitbewohnern her ist – und jetzt auch hinter mir. Und mehr noch, ich weiß nicht einmal, ob Dan Mercer Haley McWaid umgebracht hat. Vielleicht läuft der Mörder noch frei herum. Verstehen Sie, was ich sagen will?«

»Ja.«

»Und?«

»Und wir wurden von unserem Freund darum gebeten, uns aus der Sache rauszuhalten. Also beteiligen wir uns nicht mehr an dieser Sache.«

»Na prima.«

Aufgebracht machte sie sich auf den Weg zur Tür.

»Wendy?«

Sie drehte sich zu ihm um. Er sah absolut lächerlich aus in diesem Aufzug – die verdammte schwarze Kappe über dem roten Kopftuch, der weiße Gürtel, die Armbanduhr in der Größe einer Satellitenschüssel. Ten-A-Fly. Gott bewahre. »Was ist, Norm?«

»Wir haben das Foto.«

»Welches Foto?«

»Das Standbild von dem Mädchen im Video. Von der Hure, die Farley Parks beschuldigt hat, sie in eindeutiger Absicht angesprochen zu haben. Owen ist es gelungen, das Bild einzufrieren und es dann um den Schatten herum zu vergrößern. Es war nicht leicht, aber es ist ein ziemlich gutes Bild draus geworden. Wir haben es schon ausgedruckt. Wollen Sie es haben?«

Sie wartete. Owen reichte Norm den zwanzig mal fünfundzwanzig Zentimeter großen Ausdruck. Norm gab ihn ihr. Sie sah sich das Mädchen auf dem Foto an.

Norm sagte: »Sie sieht ziemlich jung aus, finden Sie nicht?«

Wendys Welt, die schon vorher ins Trudeln gekommen war, geriet völlig aus der Bahn.

Ja, das Mädchen auf dem Foto sah jung aus. Sehr jung.

Außerdem sah sie genauso aus wie das Phantombild von Chynna, mit der Dan sich angeblich in ihrer Hausefalle treffen wollte.

Jetzt wusste sie es endlich definitiv. Das Foto war der entscheidende Hinweis gewesen. Irgendjemand hatte sie alle miteinander reingelegt.

Wer oder warum wusste sie allerdings noch immer nicht.

Als Wendy nach Hause kam, stand nur noch ein Übertragungswagen vor der Tür. Sie wäre fast zusammengeklappt, als sie sah, von welchem Sender. Die hatten Nerven – er war von ihrer eigenen Station. NTC. Sam, ihr Kameramann, stand draußen mit – tief durchatmen – der ballonköpfigen Michele Feisler.

Michele richtete sich die Haare. Das NTC-Mikrofon hatte sie in der Armbeuge festgeklemmt. Wendy hätte nicht übel Lust gehabt, den Wagen nach rechts zu ziehen, sie umzunieten und zuzusehen, wie der große Melonenkopf auf dem Kantstein zerplatzte. Dann drückte sie aber doch den Knopf für das automatische Garagentor und fuhr in die Garage. Sie wartete, bis sich das elektrische Tor hinter ihr wieder geschlossen hatte, und stieg aus.

»Wendy?«

Es war Michele. Sie klopfte ans Garagentor.

»Machen Sie, dass Sie von meinem Grundstück verschwinden, Michele.«

»Ich habe weder eine Kamera noch ein Mikrofon hier. Und ich bin allein.«

»Mein Freund drinnen hat eine Pistole. Er ist ganz wild darauf, sie mal zu benutzen.«

»Hören Sie mir einfach einen Moment zu, okay?«

»Nein.«

»Sie müssen das wissen. Es geht um Vic.«

Wendy zögerte. Dann: »Was ist mit Vic?«

»Er fällt Ihnen in den Rücken.«

Ihr Mut sank. »Was wollen Sie damit sagen?«

»Machen Sie die Tür auf, Wendy. Keine Kameras, keine Mikrofone, alles inoffiziell. Versprochen.«

Mist. Sie überlegte, was sie tun sollte, aber was konnte schon passieren? Sie wollte wissen, was Michele zu erzählen hatte. Wenn es bedeutete, dass Melonenkopf in ihr Haus kam, dann ließ es sich halt nicht vermeiden. Sie stieg über Charlies Fahrrad – wie immer so praktisch abgestellt, dass es ihr den Zugang versperrte – und drehte den Knauf. Nicht abgeschlossen. Wie immer hatte Charlie vergessen, die Tür abzuschließen.

»Wendy?«

»Kommen Sie zum Hintereingang.«

Sie ging durch die Küche. Pops war verschwunden. Er hatte einen Zettel hingelegt, dass er Charlie abholte. Gut. Sie öffnete Michele die Hintertür.

»Danke, dass Sie mich hereinlassen.«

»Was ist das mit Vic?«

»Die Leute aus der Chefetage wollen Blut sehen. Sie haben sich wie die Geier auf ihn gestürzt.«

»Und?«

»Und darum hat Vic mächtig Druck gekriegt, damit er sagt, Sie wären bei ihm gelandet – und dabei durchklingen lässt, dass Sie ein bisschen besessen von ihm sind.«

Wendy rührte sich nicht.

»Der Sender hat diese Verlautbarung herausgegeben.«

Michele gab ihr einen Zettel.

Wir von NTC *geben keinen Kommentar ab zu der Angelegenheit, mit der Wendy Tynes in Verbindung gebracht wird, möchten aber sehr deutlich erklären, dass unser Nachrichtenchef Victor Garrett nichts Unrechtmäßiges oder Unmoralisches getan und sämtliche Avancen abgewiesen hat, die ihm von Mitarbeitern und Mitarbeiterinnen aus seinem Geschäftsbereich gemacht wurden. In diesem Land sind Stalker heutzutage ein nicht zu unterschätzendes Problem, unter dem viele unschuldige Opfer leiden.*

»Stalker?« Wendy blickte auf. »Meinen die das ernst?«

»Toll gemacht, finden Sie nicht? So gut in vage Unbestimmtheiten verpackt, dass man auch auf gar keinen Fall dagegen klagen kann.«

»Also, was wollen Sie von mir, Michele? Sie denken doch

nicht etwa, dass ich jetzt vor der Kamera irgendetwas sage, oder?«

Michele schüttelte den Kopf. »So blöd sind Sie nicht.«

»Und warum sind Sie dann hier?«

Michele nahm die Verlautbarung und hielt sie hoch. »Das hier ist nicht in Ordnung. Wir sind nicht die besten Freunde. Und ich weiß auch, was Sie von mir halten …« Michele schürzte ihre von zu viel Gloss glänzenden Lippen und schloss die Augen, als müsste sie den nächsten Satz abwägen.

»Glauben Sie das, was in dieser Verlautbarung steht?«

Ihre Augen sprangen auf. »Nein! Also wirklich. Sie? Und Vic nachzustellen? Schon bei dem Gedanken muss ich fast kotzen.«

Wenn Wendy nicht so perplex und emotional angeschlagen gewesen wäre, hätte sie Michele in diesem Moment knutschen können.

»Ich weiß, dass es ziemlich abgedroschen klingt, aber ich bin Reporterin geworden, weil ich die Wahrheit finden und unter den Menschen verbreiten wollte. Und das hier ist Mist. Man will Sie reinreiten. Also wollte ich Sie informieren, was da eigentlich abläuft.«

Wendy sagte: »Wow.«

»Was ist?«

»Nichts, ich bin wohl nur überrascht.«

»Ich habe Sie immer bewundert, die Art, wie Sie auftreten, und auch, wie Sie eine Story angehen. Ich weiß, wie das klingt, aber es ist wahr.«

Wendy stand einfach nur da. »Ich weiß nicht, was ich sagen soll.«

»Es gibt nichts zu sagen. Wenn Sie Hilfe brauchen, bin ich für Sie da. Mehr nicht. Ich geh jetzt. Wir berichten über die Sache, von der ich Ihnen erzählt habe – den Perversling Arthur Lemaine, der in beide Knie geschossen wurde.«

»Gibt es da was Neues?«

»Eigentlich nicht. Der Typ hat das bekommen, was er verdient hat, aber es ist schon erstaunlich – ein wegen Herstellung von Kinderpornografie verurteilter Mann trainiert ein Jugend-Eishockeyteam.«

Wendy spürte, wie sich ihre Nackenhaare aufrichteten.

Eishockey?

Ihr fiel etwas ein, was sie in einem der früheren Berichte mit Charlie und seinen Freunden gesehen hatte. »Moment mal, das war in der South Mountain Arena, oder?«

»Genau.«

»Aber das verstehe ich jetzt nicht. Soweit ich weiß, überprüfen die in der Arena ihre Trainer, bevor sie sie einstellen.«

Michele nickte. »Das stimmt, aber bei Lemaine ist die Verurteilung nicht aufgetaucht.«

»Warum nicht?«

»Weil bei dieser Prüfung nur die Verbrechen erfasst werden, die in den USA begangen wurden«, sagte Michele. »Lemaine ist jedoch Kanadier. Ich glaube, er kommt aus Québec.«

VIERUNDDREISSIG

Wendy brauchte nicht lange, um sich die ganze Geschichte zusammenzureimen.

Michele Feisler half ihr dabei. Sie hatte viele Hintergrundinformationen über den Sexualverbrecher Arthur Lemaine gesammelt, darunter auch seinen Stammbaum. Wendy war beeindruckt davon, wie viel Arbeit Michele in die Sache hineingesteckt hatte. Und, na ja, vielleicht war Micheles Kopf tatsächlich etwas groß geraten, das fiel aber vor allem deshalb auf, weil sie sehr schmale Schultern hatte.

»Und was jetzt?«, fragte Michele.

»Ich glaube, wir sollten uns mit Sheriff Walker in Verbindung setzen. Er ist für den Mord an Dan Mercer zuständig.«

»In Ordnung. Warum rufen Sie ihn nicht an? Sie kennen ihn.«

Wendy suchte Walkers Nummer in ihrem Handy und drückte die Anrufen-Taste. Michele setzte sich neben sie. Pflichtbewusst hatte sie ihren kleinen Reporter-Notizblock vor sich gelegt und hielt einen Stift in der Hand. Walker meldete sich nach dem vierten Klingeln. Wendy hörte, wie er sich räusperte und dann sagte: »Sheriff Mickey Walker.«

»Hi, hier ist Wendy.«

»Oh, äh, hi. Wie geht's Ihnen?«

Oh, äh, hi? Seine Stimme klang steif. Und jetzt, wo Wendy kurz darüber nachdachte, hätte er nicht im Display sehen müssen, wer anrief?

»Ich vermute mal, dass Ihnen die Geschichten über mich zu Ohren gekommen sind«, sagte Wendy.

»Yep.«

»Super.« Jetzt war nicht die Zeit, näher darauf einzugehen. Eigentlich war es auch egal – er konnte sie mal, oder? –, trotzdem versetzte es ihr einen Stich. »Haben Sie von dem Fall Arthur Lemaine gehört? Dem Kerl, der in beide Kniescheiben geschossen wurde?«

»Ja«, sagte er. »Das war allerdings außerhalb meines Zuständigkeitsbereichs.«

»Haben Sie auch schon gehört, dass Arthur Lemaine wegen Herstellung von Kinderpornografie verurteilt worden war?«

»Ja, ich glaube, das habe ich auch schon gehört.«

»Ist Ihnen bekannt, dass Arthur Lemaine Ed Graysons Schwager ist?«

Es entstand eine kurze Pause. Dann sagte Walker: »Hoppla.«

»Das kann man wohl sagen. Wollen Sie noch mehr Hoppla? Lemaine hat die Eishockeymannschaft von Graysons Sohn trainiert. Und falls Sie mit Stammbäumen nicht so vertraut sind, es handelt sich um E. J., Ed Graysons Sohn, das Opfer von Kinderpornografie.«

»Das wäre dann auf jeden Fall ein weiteres Hoppla«, stimmte Walker zu.

»Und – vielleicht noch ein Hoppla – die Schüsse in Lemaines Knie wurden aus einiger Entfernung abgegeben.«

»Also von einem Meisterschützen«, sagte Walker.

»Hat das der Besitzer vom Gun-O-Rama nicht über Grayson gesagt?«

»Das hat er. Mein Gott. Aber ich versteh das nicht. Ich dachte, Sie hätten gesehen, wie Grayson Dan Mercer erschossen hat, weil der die Fotos von seinem Sohn gemacht hatte?«

»Das habe ich.«

»Dann hat er auf beide geschossen?«

»Tja, ich denke schon. Wissen Sie noch, wie Ed Grayson im Ringwood State Park aufgetaucht ist, angeblich um bei der Suche nach Haley McWaids Leiche zu helfen?«

»Ja.«

»Er sagte zu mir, dass ich ja überhaupt keine Ahnung hätte, was dort abliefe. Inzwischen bilde ich mir jedoch ein, eine zu haben. Er wird von Schuldgefühlen verfolgt, weil er einen unschuldigen Menschen umgebracht hat.«

Michele machte sich unablässig Notizen – warum oder worüber konnte Wendy nicht sagen.

»Ich glaube, das ist folgendermaßen gelaufen«, fuhr Wendy fort. »Dan Mercer wird frei gelassen. Ed Grayson dreht durch. Er bringt Mercer um und vernichtet sämtliche Beweise. Als er nach Hause kommt, kriegt seine Frau Maggie mit, was er getan hat. Ich weiß nicht, was dann genau passiert ist. Vielleicht hat sie so etwas gesagt wie: ›Was hast du getan, es war nicht Dan Mercer, das war mein Bruder.‹ Oder vielleicht hat E. J. ihm auch die Wahrheit über seinen Onkel erzählt. Das weiß ich einfach nicht. Aber stellen Sie sich mal vor, was Grayson durch den Kopf gegangen sein muss. Monatelang war er bei jedem Vorverhandlungstermin gewesen, hat mit den Reportern gesprochen, war das Gesicht der Opfer und hat nachdrücklich die Bestrafung Dan Mercers verlangt.«

»Und dann stellt er fest, dass er den falschen Mann umgebracht hat.«

»Genau. Und er weiß, dass Arthur Lemaine, sein Schwager, nie vor Gericht gestellt werden wird. Und wenn das doch irgendwie passieren sollte, tja, dann wird seine Familie daran zugrunde gehen.«

»Das würde einen Riesenskandal geben«, sagte Walker. »Außerdem, seine Familie noch einmal so einer Belastung auszusetzen und dann auch noch zugeben zu müssen, dass er die ganze Zeit im Unrecht war? Und dann … also hat Grayson ihn stattdessen zum Krüppel gemacht?«

»Ja. Ich glaube nicht, dass er die Kraft hatte, noch einen Menschen umzubringen. Nicht nach dem, was beim ersten Mal passiert war.«

»Und immerhin, ob es ihm gefiel oder nicht, war Lemaine der Bruder seiner Frau.«

»Genau.«

Wendy sah Michele über den Tisch an. Sie hatte ihr Handy herausgeholt und sprach leise hinein.

Walker sagte: »Es geht das Gerücht, dass Grayson von seiner Frau verlassen wurde. Sie soll den Jungen mitgenommen haben.«

»Vielleicht wegen dem, was er Dan angetan hat.«

»Oder weil er ihren Bruder zum Krüppel gemacht hat.«

»Richtig.«

Walker seufzte. »Haben wir irgendwelche Beweise dafür?«

»Ich weiß nicht. Lemaine wird wahrscheinlich nicht reden, aber vielleicht können Ihre Leute ihn ein bisschen unter Druck setzen?«

»Selbst dann. Es war dunkel, als auf Lemaine geschossen wurde. Andere Zeugen gibt es nicht. Und wir wissen schon, dass Grayson verdammt gut darin ist, Beweise unbrauchbar zu machen.«

Beide schwiegen einen Moment lang. Michele beendete ihr Telefonat. Sie machte sich noch ein paar Notizen und malte ein paar lange Pfeile. Sie stoppte, sah ihren Block an und runzelte die Stirn.

Wendy fragte Michele: »Was ist?«

Michele fing wieder an zu schreiben. »Ich weiß es noch nicht genau. Aber irgendwas stimmt nicht an dieser Theorie.«

»Was?«

»Könnte nur eine Kleinigkeit sein, aber der Zeitablauf passt irgendwie nicht. Lemaine wurde am Tag vor Mercers Ermordung in die Knie geschossen.«

Wendys Handy vibrierte. Ein Anruf in der Warteschleife. Sie sah aufs Display. Win. »Ich muss Schluss machen«, sagte sie zu Walker. »Ich bekomme gerade noch einen dringenden Anruf.«

»Entschuldigen Sie meinen Tonfall vorhin.«

»Kein Problem.«

»Ich möchte Sie immer noch anrufen, wenn es vorbei ist.«

Sie versuchte, nicht zu lächeln. »Wenn es vorbei ist«, wiederholte sie. Dann nahm sie den anderen Anruf entgegen. »Hallo?«

»Im Zuge deines Wunsches«, sagte Win, »habe ich mir die Angelegenheit von Phil Turnballs Kündigung näher angesehen.«

»Weißt du, wer ihm da was angehängt hat?«

»Wo bist du?«

»Zu Hause.«

»Komm zu mir ins Büro. Ich glaube, das musst du dir selbst ansehen.«

Win war reich. Superreich.

Beispiel: »Win« war die Kurzform von Windsor Horne Lockwood III. Sein Büro befand sich im Lock-Horne-Building, einem Wolkenkratzer Ecke 46th Street und Park Avenue in Manhattan.

Den Rest können Sie sich selbst ausrechnen.

Wendy parkte in der Tiefgarage im Met-Life-Building. Ihr Vater hatte hier um die Ecke gearbeitet. Sie musste jetzt an ihn denken, an seine Eigenart, immer die Ärmel bis zum Ellbogen aufzukrempeln. Es war ein Vorgang mit doppeltem

Symbolcharakter – er war immer bereit gewesen anzupacken und wollte nie als Anzugträger gesehen werden. Ihr Vater hatte gewaltige Unterarme gehabt, und in seiner Nähe hatte sie sich immer behütet gefühlt. Obwohl er schon seit Jahren tot war, sehnte sie sich gerade jetzt, in diesem Moment, danach, ihm in die kräftigen Arme zu fallen und ihn sagen zu hören, dass alles gut werde. Wuchsen wir je aus diesem Bedürfnis heraus? Auch bei John hatte Wendy sich behütet gefühlt. Nicht sonderlich feministisch – dieses angenehme Gefühl von Sicherheit, das ein Mann ihr gab –, aber so war es nun mal. Pops war toll, aber das war nicht sein Job. Charlie, tja, der würde immer ihr kleiner Junge bleiben – es war ihre Aufgabe, sich um ihn zu kümmern, nicht andersherum. Die beiden Männer hingegen, in deren Gegenwart sie sich wirklich behütet gefühlt hatte, waren tot. Sie hatten sie nie enttäuscht – und jetzt, wo ihr die Probleme nur so um die Ohren flogen, fragte eine leise Stimme in ihrem Kopf, ob nicht sie die Enttäuschung war.

Win hatte sein Büro ein Stockwerk nach unten verlegt. Die Fahrstuhltür öffnete sich vor einem Schild, auf dem MB REPS stand. Die Rezeptionistin piepste mit Fistelstimme: »Willkommen, Ms. Tynes.«

Wendy wäre fast rückwärts wieder in den Fahrstuhl gestolpert. Die Rezeptionistin war ungefähr so groß wie ein Football-Verteidiger. Sie steckte in einem hautengen Stretch-Anzug und sah damit aus wie eine Albtraum-Version von Adrienne Barbeau im Film *Auf dem Highway ist die Hölle los*. Ihr Make-up hatte sie anscheinend mit einer Schneeschaufel aufgetragen.

»Äh, hi.«

Eine Asiatin in einem maßgeschneiderten weißen Anzug kam aus dem Flur. Sie war groß, schlank und attraktiv wie ein Model. Einen Moment lang standen die beiden Frauen nebeneinander, und Wendy konnte nichts dagegen tun, dass sie an eine Bowlingkugel dachte, die gegen einen einzelnen Pin prallte.

Die Asiatin sagte: »Mr. Lockwood erwartet Sie.«

Wendy folgte ihr den Flur entlang. Die Frau öffnete die Bürotür und sagte: »Ms. Tynes ist hier.«

Win erhob sich hinter seinem Schreibtisch. Er war ein bemerkenswert gutaussehender Mann. Obwohl er eigentlich nicht Wendys Typ war, strahlte er trotz seiner blonden Locken, den fast schon zierlichen Gesichtszügen, dem ganzen Hübscher-Junge-Gehabe doch eine gewisse Ruhe und Kraft aus. Zusammen mit den kalten, blauen Augen und dem fast schon zu ruhigen Körper ließ das eine permanente Anspannung erkennen. Er wirkte, als könnte er jederzeit einen tödlichen Schlag landen.

Win sagte zur Asiatin: »Danke, Mia. Sagst du Mr. Barry Bescheid, dass wir soweit sind?«

»Natürlich.«

Mia ging. Win kam auf Wendy zu und gab ihr – mit einer winzigen Verzögerung, einem kurzen Zaudern – einen Wangenkuss. Vor einem halben Jahr waren sie einfach übereinander hergefallen, und es war mehr als fantastisch gewesen, und ob hübsche, wohlerzogene Fassade oder nicht, so etwas vergisst man nicht mehr.

»Du siehst sensationell aus.«

»Danke. Leider fühle ich mich nicht so.«

»Wenn ich das richtig verstanden habe, machst du eine schwierige Zeit durch?«

»Das ist richtig.«

Win setzte sich wieder und breitete die Arme aus. »Ich bin gern bereit, Trost und Unterstützung zu geben.«

»Und mit Trost und Unterstützung meinst du …?«

Win ließ die Augenbrauen tanzen. »Koitus *sine* Interruptus.«

Sie schüttelte verwundert den Kopf. »Du hättest dir keinen schlechteren Zeitpunkt aussuchen können, um mich anzubaggern.«

»Für so etwas gibt es keinen schlechten Zeitpunkt. Aber ich versteh schon. Möchtest du einen Cognac?«

»Nein, danke.«

»Was dagegen, wenn ich mir einen einschenke?«

»Tu, was du willst.«

Win hatte einen antiken Globus, den er jetzt öffnete und eine Kristallkaraffe herausnahm. Sein Schreibtisch war aus solidem Kirschholz. An den Wänden hingen Bilder von Männern bei einer Fuchsjagd, und auf dem Boden lag ein dicker Orientteppich. Hinten in der Ecke war ein künstliches Golf-Grün aufgebaut. An einer Wand hing ein Großbildfernseher. »Also, dann erzähl mal, worum es geht«, sagte Win.

»Hättest du etwas dagegen, wenn wir das überspringen? Ich muss wirklich nur rauskriegen, wer Phil Turnball das angehängt hat.«

»Selbstverständlich.«

Die Bürotür wurde geöffnet. Mia führte einen alten Mann mit einer Fliege herein.

»Ah«, sagte Win. »Ridley, danke, dass Sie gekommen sind. Darf ich vorstellen? Wendy Tynes, Ridley Barry. Mr. Barry ist Mitbegründer von Barry Brothers Trust, dem ehemaligen Arbeitgeber deines Mr. Turnball.«

»Freut mich, Sie kennenzulernen, Wendy.«

Alle nahmen Platz. Bis auf einen kleinen Aktenstapel war Wins Schreibtisch leer. »Bevor wir anfangen«, sagte Win, »Mr. Barry und ich müssen uns darauf verlassen können, dass nichts von dem, was wir hier in diesem Raum besprechen, nach außen dringt.«

»Ich bin Reporterin, Win.«

»Dann kennst du auch das schöne Wort inoffiziell.«

»Gut, es ist inoffiziell.«

»Des Weiteren«, sagte Win, »möchte ich, dass du mir als deinem Freund dein Wort gibst, dass du nichts von dem, was wir hier besprechen, irgendjemandem weitererzählst.«

Sie sah erst Ridley Barry, dann wieder Win an. »Ich gebe dir mein Wort.«

»Gut.« Win sah Ridley Barry an. Der nickte. Win legte die Hand auf den Stapel. »Dies sind die Akten über Mr. Phil Turnball. Er war, wie du weißt, Finanzberater bei Barry Brothers Trust.«

»Ja, ich weiß.«

»Ich habe die letzten paar Stunden damit verbracht, sie mir anzusehen. Ich habe mir Zeit genommen. Außerdem habe ich mir die Transaktionen angesehen, die Mr. Turnball direkt am Computer durchgeführt hat. Ich habe mir die Entscheidungsgrundlagen angesehen, nach denen er seine An- und Verkäufe getätigt hat. Weil ich dich schätze, Wendy, und deine Intelligenz respektiere, habe ich in diesen Unterlagen eifrig nach Hinweisen gesucht, ob Mr. Phil Turnball womöglich etwas angehängt wurde.«

»Und?«

Win sah ihr in die Augen, und Wendy spürte eine kalte Bö. »Phil Turnball hat keine zwei Millionen Dollar unterschlagen. Nach meiner Schätzung waren es eher drei. Daran bestehen allerdings keinerlei Zweifel. Du wolltest wissen, wie Mr. Turnball reingelegt wurde. Das wurde er nicht. Mr. Turnball hat ein Betrugsschema aufgebaut, dessen Anfänge mindestens fünf Jahre zurückliegen.«

Wendy schüttelte den Kopf. »Vielleicht war er das nicht. Er hat ja schließlich nicht in einem Vakuum gearbeitet, oder? Er hatte Kollegen und Mitarbeiter. Einer von denen ...«

Win sah ihr immer noch in die Augen, griff nach einer Fernbedienung und drückte den Knopf. Der Großbildfernseher ging an.

»Mr. Barry war auch so freundlich, mir die Bilder einer Überwachungskamera zur Verfügung zu stellen.«

Der Bildschirm wurde hell und zeigte ein Büro. Die Kamera war von oben senkrecht nach unten gerichtet. Phil Turnball schob Papiere in den Aktenvernichter.

»Das ist dein Mr. Turnball. Er vernichtet die Kontoauszüge seines Klienten, die er eigentlich abschicken müsste.«

Win drückte auf die Fernbedienung. Das Bild wechselte. Jetzt saß Phil an seinem Schreibtisch. Er stand auf und ging zu einem Drucker. »Hier sehen wir deinen Mr. Turnball beim Drucken der falschen Ersatz-Kontoauszüge, die er dann an seinen Klienten schickt. Es gibt viele solcher Bilder, Wendy. Wir könnten ewig so weitermachen. Es bestehen jedoch keinerlei Zweifel. Phil Turnball hat seine Klienten und Mr. Barry betrogen.«

Wendy lehnte sich zurück. Sie wandte sich an Ridley Barry. »Wenn Phil ein Millionendieb ist, wieso sitzt er dann nicht im Gefängnis?«

Einen Moment lang sagte keiner etwas. Ridley Barry sah Win an. Win nickte. »Alles klar. Sie wird es nicht weitersagen.«

Barry räusperte sich und richtete seine Fliege. Er war klein, ein alter Mann mit faltigem Gesicht, den man als liebenswert oder reizend bezeichnen konnte. »Mein Bruder Stanley und ich haben Barry Brothers Trust vor über vierzig Jahren gegründet«, fing er an. »Wir haben siebenunddreißig Jahre Seite an Seite gearbeitet. Im gleichen Raum. Unsere Schreibtische standen sich gegenüber. Siebenunddreißig Jahre lang haben wir da jeden Arbeitstag so gesessen. Gemeinsam ist es uns gelungen, ein Geschäft mit einem Gesamtvermögen von über einer

Milliarde Dollar aufzubauen. Wir haben mehr als zweihundert Angestellte. Und über dem ganzen Unternehmen steht unser Name. Ich nehme die damit verbundene Verantwortung sehr ernst – besonders jetzt, wo mein Bruder tot ist.«

Er brach ab und sah auf die Uhr.

»Mr. Barry?«

»Ja.«

»Das ist ja alles ganz schön und gut, aber warum wurde Phil Turnball nicht vor Gericht gestellt, wenn er Sie bestohlen hat?«

»Er hat nicht mich bestohlen. Er hat seine Klienten bestohlen. Die auch meine Klienten sind.«

»Egal.«

»Nein, das ist keineswegs egal. Das ist sehr viel mehr als Wortklauberei. Aber ich möchte Ihnen aus zwei Perspektiven auf diese Frage antworten. Und zwar zuerst als eiskalter Geschäftsmann und dann als alter Mann, der glaubt, eine Verantwortung für das Wohlergehen seiner Klienten zu haben. Der eiskalte Geschäftsmann: In diesem Umfeld, in dem die Finanzberatungsbranche sich spätestens seit der Entdeckung von Madoffs Betrugsschema befindet, was wäre da Ihrer Ansicht nach mit dem Barry Brothers Trust geschehen, wenn die Leute erfahren hätten, dass einer unserer wichtigsten Finanzberater ein Schneeballsystem eingerichtet hat?«

Die Antwort war offensichtlich, und Wendy fragte sich, warum sie nicht schon früher darauf gekommen war. Komisch. Phil Turnball hatte diese Frage zu seinem Vorteil eingesetzt. Er hatte sie immer wieder als Beweis für seine Unschuld angeführt – *»Warum haben die mich dann nicht verhaftet?«*

»Und jetzt«, fuhr Barry fort, »der alte Mann, der sich verantwortlich fühlt für die Menschen, die ihm und seiner Firma vertrauen. Ich bin immer noch dabei, alle Konten persönlich durchzusehen. Ich werde allen Klienten die ihnen durch Mr.

Turnball zugefügten Verluste aus meinem Privatvermögen erstatten. Das heißt, ich werde den Schaden übernehmen. Die Klienten, die betrogen wurden, werden in voller Höhe entschädigt.«

»Ich nehme an, ohne dass sie etwas davon erfahren«, sagte Wendy.

»Genau.«

Deshalb hatte Win sie zum Schweigen verpflichtet. Sie lehnte sich zurück und überlegte. Plötzlich passten noch weitere Teile zusammen. Sehr viele Teile.

Jetzt wusste sie Bescheid. Zumindest in den meisten Punkten – wenn auch vielleicht nicht in allen.

»Noch etwas?«, fragte Win.

»Wie sind Sie ihm auf die Schliche gekommen?«

Ridley Barry rutschte nach hinten. »Man kann so ein Schneeballsystem nicht ewig am Laufen halten.«

»Nein, das ist mir schon klar. Aber wie sind Sie darauf gekommen, sich Phil Turnball näher anzusehen?«

»Vor zwei Jahren habe ich eine Firma beauftragt, Nachforschungen über die Vorgeschichte sämtlicher Angestellter anzustellen. Das war nur eine Routinesache, weiter nichts, allerdings ist dabei eine Unstimmigkeit in Phil Turnballs Personalakte zutage getreten.«

»Was für eine Unstimmigkeit?«

»Phil hatte in seinem Lebenslauf eine falsche Angabe gemacht.«

»Worüber?«

»Über seine Ausbildung. Er hatte behauptet, seinen Abschluss in Princeton gemacht zu haben. Das entsprach nicht der Wahrheit.«

FÜNFUNDDREISSIG

Jetzt wusste sie also Bescheid.

Wendy rief Phils Handy an. Wieder meldete er sich nicht. Sie versuchte es bei ihm zu Hause. Nichts. Auf dem Rückweg von Wins Büro hielt sie bei seinem Haus in Englewood. Es war niemand da. Sie versuchte es im Starbucks. Der Fathers Club war verschwunden.

Sie überlegte, ob sie Walker oder vielleicht Frank Tremont anrufen sollte. Schließlich war dieser für den Fall Haley McWaid zuständig. Und es bestand eine gute Chance, dass Dan Mercer sie nicht umgebracht hatte. Wendy glaubte eine Idee zu haben, wer es war, aber bisher war das noch pure Spekulation.

Nachdem Ridley Barry Wins Büro verlassen hatte, war Wendy mit Win die ganze Sache noch einmal durchgegangen. Aus zwei Gründen: Erstens wollte sie die Meinung eines intelligenten Menschen hören, der nicht in die Geschichte verwickelt war. Win entsprach dieser Beschreibung. Und zweitens sollte jemand wissen, was sie wusste – sozusagen als Sicherungskopie, um sowohl die Informationen als auch sie selbst zu schützen.

Als sie fertig waren, öffnete Win die unterste Schublade seines Schreibtischs. Er nahm ein paar Pistolen heraus und bot ihr eine an. Sie lehnte ab.

Charlie und Pops waren immer noch verschwunden. Es war still im Haus. Sie dachte an das nächste Jahr, wenn Charlie auf die Universität gehen und das Haus immer so still sein würde.

Der Gedanke, allein in so einem großen Haus zu leben, gefiel ihr nicht. Vielleicht war es Zeit, sich etwas Kleineres zu suchen.

Ihre Kehle war ausgedörrt. Sie kippte ein großes Glas Wasser herunter und füllte es wieder auf. Dann ging sie nach oben, setzte sich an den Schreibtisch und stellte den Computer an. Sie konnte genauso gut sofort damit anfangen, ihre Theorie zu überprüfen. Dafür ging sie die Google-Suchergebnisse in umgekehrter Skandalreihenfolge der Princeton-Mitbewohner durch: Steve Miciano, Farley Parks, Dan Mercer, Phil Turnball.

Inzwischen fand sie das alles vollkommen plausibel.

Dann googelte sie ihren eigenen Namen, las die Berichte über ihr »sexuell unangemessenes« Verhalten und schüttelte den Kopf. Sie hätte heulen können, nicht nur ihretwegen, sondern wegen ihnen allen.

Hatte das Ganze wirklich mit einer Trophäenjagd in Princeton angefangen?

»Wendy?«

Eigentlich hätte sie Angst haben müssen, aber dem war nicht so. Das hier war nur die Bestätigung dessen, was sie sowieso schon wusste. Sie drehte sich um. Phil Turnball stand in der Tür.

»Es wissen noch mehr Leute Bescheid«, sagte sie.

Phil lächelte. Sein Gesichtsausdruck verriet, dass er zu viel getrunken hatte. »Glauben Sie wirklich, dass ich Ihnen etwas tun will?«

»Haben Sie das nicht längst?«

»Na ja, das stimmt auch wieder. Aber deshalb bin ich nicht hier.«

»Wie sind Sie reingekommen?«

»Die Garagentür war offen.«

Charlie und das verdammte Fahrrad. Sie wusste nicht, was sie jetzt tun sollte. Sie konnte versuchen, Vorsicht walten zu lassen, nach ihrem Handy zu greifen und schon einmal die Notrufnummer einzutippen oder so etwas. Vielleicht konnte sie auch eine E-Mail schicken, irgendeine elektronische SOS-Meldung.

»Haben Sie keine Angst«, sagte er.

»Hätten Sie dann etwas dagegen, wenn ich einen Freund anrufe?«

»Das sollten Sie lieber nicht tun.«

»Und wenn ich darauf bestehe?«

Phil zog eine Pistole. »Ich habe nicht die Absicht, Ihnen etwas zu tun.«

Wendy erstarrte. Sobald eine Pistole ins Spiel kam, drehte sich alles nur noch um dieses Stück Metall. Sie schluckte und versuchte, ruhig zu bleiben. »Hey, Phil?«

»Was ist?«

»Sehr überzeugend, wenn Sie versichern, einem nichts tun zu wollen, und gleichzeitig eine Pistole ziehen.«

»Wir müssen reden«, sagte Phil. »Aber ich weiß nicht, wo ich anfangen soll.«

»Wie wäre es an der Stelle, wo Sie Christa Stockwell die Spiegelscherbe ins Auge getreten haben?«

»Sie haben Ihre Hausaufgaben wirklich sehr gründlich gemacht, was, Wendy?«

Sie antwortete nicht.

»Und Sie haben Recht. Da hat es angefangen.« Er seufzte. Er hatte die Hand sinken lassen, so dass die Pistole nun vor seinem Oberschenkel hing. »Und Sie wissen auch, wie es dazu gekommen ist, oder? Ich hatte mich versteckt, und Christa Stockwell schrie. Ich bin zur Tür gerannt, aber sie hat mich dann am Bein festgehalten, so dass ich gestolpert bin. Ich wollte sie nicht verletzen. Ich wollte nur da weg und bin in Panik geraten.«

»Sie waren wegen der Trophäenjagd im Haus des Dekans?«

»Wir waren alle da.«

»Trotzdem haben Sie die ganze Schuld auf sich genommen.«

Einen Moment sah Phil verloren zur Seite. Sie überlegte, ob sie fliehen sollte. Er hatte die Pistole nicht auf sie gerichtet. Vielleicht war es ihre beste Chance. Aber Wendy rührte sich nicht. Sie saß nur da, bis er schließlich sagte: »Ja, das stimmt.«

»Warum?«

»Das schien mir damals das Richtige zu sein. Wissen Sie, als ich auf die Uni gekommen bin, war ich privilegiert, hatte sämtliche Vorteile. Wohlstand, einen bekannten Namen, die Ausbildung an einer teuren Privatschule. Die anderen mussten alles zusammenkratzen und haben sich nach oben gekämpft. Ich fand das toll. Sie waren meine Freunde. Außerdem würde ich sowieso Probleme kriegen – warum sollte ich sie da mit hineinziehen?«

»Bewundernswert«, sagte Wendy.

»Natürlich konnte ich das Ausmaß der Schwierigkeiten, in denen ich steckte, damals noch gar nicht abschätzen. Es war dunkel im Haus. Ich dachte, Christa hätte nur aus Angst geschrien. Als ich mein Geständnis ablegte, hatte ich keine Ahnung, dass sie so schlimme Verletzungen davongetragen hatte.« Er legte den Kopf auf die Seite. »Im Rückblick denke ich gerne, dass ich trotzdem genauso gehandelt hätte, also die Schuld für meine Freunde auf mich genommen hätte, meine ich … Aber ich weiß es nicht.«

Sie versuchte, heimlich auf den Computer zu sehen, suchte nach etwas, auf das sie klicken konnte, um Hilfe herbeizurufen. »Und was ist dann passiert?«

»Das wissen Sie doch bestimmt auch schon?«

»Sie wurden exmatrikuliert.«

»Ja.«

»Und Ihre Eltern haben Christa Stockwell bezahlt, damit sie schweigt.«

»Meine Eltern waren entsetzt. Aber vielleicht, ich weiß nicht, vielleicht war mir das ja von vorneherein schon klar gewesen, dass sie so reagieren würden. Sie haben meine Schulden bezahlt und mir dann gesagt, ich solle verschwinden. Das Familienunternehmen hat mein Bruder bekommen. Ich war außen vor. Aber auch das war vielleicht ganz gut so.«

»Sie waren frei«, sagte Wendy.

»Ja.«

»Und damit waren Sie in der gleichen Situation wie Ihre Mitbewohner. Die Menschen, die Sie bewunderten.«

Er lächelte. »Genau. Also habe ich, genau wie sie, alles zusammengekratzt und mich nach oben gekämpft. Ich habe keinerlei Hilfe akzeptiert. So habe ich den Job bei Barry Brothers bekommen. Ich habe mir eine Kundenliste aufgebaut und hart gearbeitet. Alle waren zufrieden. Ich habe Sherry geheiratet, eine in jeder Beziehung fantastische Frau. Wir haben eine Familie gegründet. Tolle Kinder, ein schönes Haus. Und all das habe ich mit meinen eigenen Händen aufgebaut. Ohne Vetternwirtschaft, ohne Hilfe …«

Seine Stimme versiegte. Er lächelte.

»Was ist?«

»Sie, Wendy.«

»Was ist mit mir?«

»Hier sitzen wir beide. Ich habe eine Pistole. Ich erzähle Ihnen alles über meine Untaten. Sie stellen Fragen, um mich hinzuhalten, und hoffen, dass irgendwie rechtzeitig die Polizei kommt.«

Sie sagte nichts.

»Dabei bin ich überhaupt nicht meinetwegen hier, Wendy. Ich bin Ihretwegen hier.«

Sie sah ihm ins Gesicht, und plötzlich, trotz der Pistole und der unheimlichen Situation, fiel die Angst vollkommen von ihr ab. »Inwiefern?«, fragte sie.

»Sie werden schon sehen.«

»Ich würde lieber …«

»Sie wollen doch die Antworten wissen, oder?«

»Ich denke schon.«

»Also, wo war ich?«

»Verheiratet, Job, keine Vetternwirtschaft.«

»Richtig, danke. Sie sagten, Sie hätten mit Ridley Barry gesprochen?«

»Ja.«

»Netter alter Mann, stimmt's? Sehr charmant. Er kommt sehr ehrlich rüber. Das ist er auch. So wie ich es war.« Er sah die Pistole in seiner Hand an, als wäre sie gerade eben aus dem Nichts dort aufgetaucht. »Man fängt nicht als Dieb an. Ich wette, nicht einmal Bernie Madoff hat das. Man gibt sein Bestes für die Klienten. Aber in diesem Milieu herrscht ein harter Wettbewerb. Irgendwann macht man einen schlechten Deal. Man verliert etwas Geld. Aber man weiß ja, dass man es wieder zurückbekommt. Also verschiebt man etwas anderes Geld auf dieses Konto. Nur für einen Tag oder vielleicht für eine Woche. Man zahlt es sofort zurück, wenn der nächste Deal wieder besser gelaufen ist, und dann legt man noch ein bisschen was drauf. Es ist kein Stehlen. Im Endeffekt steht der Klient ja sogar noch besser da … So fängt es ganz klein an. Man überschreitet eine Grenze nur um eine Winzigkeit – und dann? Was soll man dann machen? Wenn man zugibt, so etwas getan zu haben, ist man erledigt. Man wird gefeuert oder geht sogar in den Knast. Also hat man keine Wahl. Man borgt sich weiter Geld von Peter, um Paul auszuzahlen, und hofft die ganze Zeit, dass es irgendwann Klick macht, dass man mit irgendeinem Schuss ins

Blaue zufällig einen Volltreffer landet, damit man wieder aus der Bredouille herauskommt.«

»Das Fazit lautet also«, sagte Wendy, »dass Sie Ihre Klienten bestohlen haben.«

»Ja.«

»Und davon haben Sie sich ein ordentliches Gehalt bezahlt?«

»Das musste ich. Um den Schein zu wahren.«

»Klar«, sagte Wendy. »Verstehe.«

Phil lächelte. »Sie haben natürlich vollkommen Recht. Ich versuche nur, Ihnen meine damalige Geisteshaltung zu verdeutlichen, unabhängig davon, ob das berechtigt war oder nicht. Hat Ridley Ihnen erzählt, wieso er mich so genau unter die Lupe genommen hat?«

Sie nickte. »Sie haben in Ihrem Lebenslauf gelogen.«

»Genau. Dieser Abend im Haus des Dekans – er hatte mich wieder eingeholt. Und wegen dieser Geschichte, die schon Jahre her war, stürzte plötzlich meine Welt wie ein Kartenhaus in sich zusammen. Können Sie sich vorstellen, wie ich mich gefühlt habe? Ich habe für diese Typen die Schuld auf mich genommen, obwohl ich eigentlich gar nichts dafür konnte, und jetzt, na ja, nach all den Jahren litt ich immer noch darunter.«

»Was meinen Sie damit? Wieso konnten Sie nichts dafür?«

»Nur das, was ich gesagt habe.«

»Sie waren da. Sie haben Christa Stockwell ins Gesicht getreten.«

»Aber so ist das nicht passiert. Hat sie Ihnen von dem Aschenbecher erzählt?«

»Ja. Sie haben ihn geworfen.«

»Hat sie das gesagt?«

Wendy dachte darüber nach. Sie war davon ausgegangen,

aber hatte Christa Stockwell wirklich gesagt, dass es Phil gewesen war?

»Ich war es nicht«, sagte er. »Ein anderer hatte den Aschenbecher geworfen. Deshalb ist der Spiegel zersplittert.«

»Und Sie wussten nicht, wer das war?«

Er schüttelte den Kopf. »Die anderen, die dabei waren, haben abgestritten, dass sie es waren. Das meinte ich, als ich sagte, dass ich eigentlich nichts dafür konnte. Und jetzt stand ich wieder einmal mit leeren Händen da. Als meine Eltern hörten, dass ich gefeuert worden war, tja, das war der letzte Schlag. Sie haben mich endgültig enterbt. Sherry und die Kinder haben mich mit anderen Augen angesehen. Ich war verloren. Ich war ganz unten – alles wegen dieser verdammten Trophäenjagd. Also habe ich mich bei meinen alten Mitbewohnern gemeldet und sie um Hilfe gebeten. Farley und Steve sagten, sie wären dankbar, dass ich den Kopf für sie hingehalten hätte, aber was könnte man da jetzt noch machen? Ich fing an zu bereuen, damals die Alleinschuld auf mich genommen zu haben. Wenn wir alle fünf ein Geständnis abgelegt hätten, wäre die Last auf uns alle verteilt worden. Es wäre nicht alles an mir hängen geblieben. Die Universität hätte mich nicht so hart bestraft. Und ich habe sie mir genauer angesehen, meine alten Freunde, die mir nicht helfen wollten, und denen ging's allen prima, sie waren wohlhabend und erfolgreich …«

»Also«, sagte Wendy, »haben Sie beschlossen, ihnen einen kleinen Dämpfer zu verpassen.«

»Wollen Sie mir das etwa zum Vorwurf machen? Ich habe als Einziger für das bezahlt, was damals passiert ist. Und jetzt benahmen sie sich so, als hätten sie nichts damit zu tun. In ihren Augen war ich erledigt. Offenbar war ich es nicht wert, dass man mich rettet. ›Du hast doch eine reiche Familie‹, sagten sie. ›Warum bittest du die nicht um Hilfe?‹«

Phil hatte keine Chance, seiner Herkunft zu entkommen, dachte Wendy – Reichtum und Renommee seiner Familie verfolgten ihn noch jetzt. Vielleicht hatte er ja wirklich so sein wollen wie seine Freunde, die sich hochgekämpft hatten. Doch in ihren Augen würde er nie wirklich einer von ihnen sein – denn wenn es hart auf hart kam, gehörte er genauso wenig zu den Armen wie sie zu den Reichen.

»Und im Fathers Club haben Sie von viralem Marketing erfahren«, sagte sie.

»Ja.«

»Spätestens da hätte ich drauf kommen müssen. Ich habe es mir gerade nochmal angesehen. Farley wurde im Internet in den Dreck gezogen. Steve wurde im Internet in den Dreck gezogen. Ich wurde im Internet in den Dreck gezogen. Und über Dan stand sowieso genug im Internet. Aber Sie, Phil? Im Internet ist nichts über Ihre Unterschlagung zu finden. Warum nicht? Wenn Sie jemand fertig machen wollte, warum hat er nicht ein Blog geschrieben, in dem steht, dass Sie Ihrer Firma Geld geklaut haben? Tatsächlich wusste niemand etwas davon. Dem Fathers Club hatten Sie nur erzählt, dass Sie gekündigt worden waren. Erst als mein Freund Win mir mitgeteilt hat, dass Sie gefeuert worden waren, weil Sie zwei Millionen Dollar unterschlagen hatten, sind Sie plötzlich damit herausgerückt. Und als Sie erfahren haben, dass ich in Princeton war, sind Sie mir auch in dem Punkt zuvorgekommen, indem Sie den anderen Vätern erzählt haben, dass Sie exmatrikuliert wurden.«

»Das ist alles richtig«, sagte Phil.

»Also kommen wir zu den Fallen, in die Sie Ihre alten Mitbewohner gelockt haben. Zuerst haben Sie sich das Mädchen gesucht, das sich Dan gegenüber als Chynna ausgegeben und Farleys Hure gespielt hat.«

»Das stimmt.«

»Wo haben Sie die gefunden?«

»Sie ist einfach eine Nutte, die ich dafür bezahlt habe, diese Rollen zu spielen. Das war nicht weiter schwierig. Was Steve Miciano betrifft, na ja, es ist nicht sehr kompliziert, einem Mann Medikamente in den Kofferraum zu legen und der Polizei dann den Tipp zu geben, da mal reinzugucken. Und Dan …«

»Sie haben mich benutzt«, sagte Wendy.

»Das sollten Sie nicht persönlich nehmen. Ich hatte Ihre Fernsehsendung mal gesehen und dachte mir, eine bessere Möglichkeit, sich an jemandem zu rächen, gibt es doch gar nicht.«

»Wie haben Sie das gemacht?«

»Das war wirklich nicht sehr kompliziert, Wendy. Erst habe ich Ihnen als dreizehnjährige Ashlee aus dem SocialTeen Chatroom diese E-Mail geschickt. Und dann habe ich mich da als DrumLover17 angemeldet und darin gechattet. Als ich bei Dan zu Besuch war, habe ich die Fotos und den Laptop im Haus versteckt. Und die von mir bezahlte Nutte hat sich ihm im Jugendzentrum als Chynna vorgestellt, ein Teenager mit Problemen. Als Sie DrumLover17, also meinen Online-Charakter als ›pädophiler Dan‹«, er malte mit den Fingern Anführungszeichen in die Luft, »aufforderten, zu einer bestimmten Zeit an einem bestimmten Ort zu sein, hat Chynna Dan einfach angerufen und ihn gebeten, sich mit ihr zur gleichen Zeit an diesem Ort zu treffen. Dan ist hingekommen, Ihre Kameras liefen …« Er zuckte die Achseln.

»Wow«, sagte sie.

»Tut mir leid, dass ich Sie da mit reingezogen habe. Und es tut mir sogar noch mehr leid, dass ich diese Gerüchte über Sie in die Welt gesetzt habe. Da bin ich einfach zu weit gegangen. Das war ein Fehler. Ich fühle mich schrecklich deswegen. Deshalb bin ich jetzt hier. Um es wiedergutzumachen.«

Das sagte er immer wieder – dass er ihretwegen hier war. Es trieb sie in den Wahnsinn. »Dann haben Sie das alles nur getan«, sagte sie, »Sie haben die Existenz dieser Männer nur zerstört, um Rache zu üben?«

Er senkte den Kopf. Seine Antwort überraschte sie. »Nein.«

»Machen Sie es sich nicht zu leicht, Phil. Sie hatten alles verloren, also haben Sie beschlossen, die Unschuldigen mit sich nach unten zu ziehen.«

»Die Unschuldigen?« Zum ersten Mal lag Zorn in seiner Stimme. »Sie waren nicht unschuldig.«

»Sie meinen, wegen dem, was sie in jener Nacht im Haus des Dekans getan haben?«

»Nein, das meine ich nicht. Ich meine, dass sie schuldig waren.«

Wendy verzog das Gesicht. »Und woran waren sie schuld?«

»Sehen Sie es denn nicht? Farley hat herumgehurt. Er war ein furchtbarer Frauenheld. Das wusste jeder. Und Steve hat seine Stellung als Arzt dazu benutzt, illegal verschreibungspflichtige Medikamente zu verkaufen und zu verteilen. Sie können die Polizei fragen. Die konnte es ihm nicht beweisen, aber sie wusste, was da ablief. Sehen Sie, ich hab sie nicht in irgendwelche Fallen gelockt. Ich habe sie entlarvt.«

Es war jetzt ganz still. Wendy hörte nur ein tiefes Brummen in ihrem Schädel und spürte, wie sie am ganzen Körper zitterte. Endlich kamen sie auf den Punkt. Er wartete, wusste, dass sie ihm das Stichwort geben würde.

»Und was war mit Dan?«, fragte Wendy.

Sein Atem ging schneller. Er versuchte, die Beherrschung wiederzugewinnen, aber die Vergangenheit holte ihn ein. »Deshalb bin ich hier, Wendy.«

»Das verstehe ich nicht. Sie haben mir gerade erzählt, dass Farley ein Frauenheld und Steve Drogenhändler war.«

»Ja.«

»Daraufhin habe ich Ihnen die logische Frage gestellt – war Dan Mercer wirklich ein Pädophiler?«

»Soll ich Ihnen die Wahrheit sagen?«

»Nein, Phil, nach dieser ganzen Geschichte möchte ich, dass Sie mich belügen. Haben Sie ihn in diese Falle gelockt, damit man ihn vor Gericht stellen konnte?«

»Bei Dan«, sagte er langsam, »ist wohl nichts so gelaufen, wie es geplant war.«

»Bitte hören Sie mit der Wortklauberei auf. War er ein Pädophiler, ja oder nein?«

Er sah nach links und nahm all seine Kraft zusammen. »Ich weiß es nicht.«

Diese Antwort hatte sie nicht erwartet. »Wieso nicht?«

»Als ich ihm die Falle gestellt habe, bin ich nicht davon ausgegangen, dass er einer war. Aber jetzt bin ich mir nicht mehr so sicher.«

Als sie die Antwort hörte, wurde ihr schwindlig. »Was soll das jetzt wieder heißen?«

»Ich habe Ihnen doch gesagt, dass ich bei Farley und Steve war«, sagte er. »Und dass die kein Interesse hatten, mir zu helfen.«

»Ja.«

»Ich war dann auch bei Dan.« Phil nahm die Pistole in die andere Hand.

»Wie hat der reagiert?«

»Wir haben in seinem schäbigen Haus gesessen. Na ja, eigentlich weiß ich gar nicht genau, warum ich mir überhaupt die Mühe gemacht hatte. Wie hätte er mir schon helfen sollen? Er hatte absolut kein Geld. Er arbeitete mit den Armen. Na ja, Dan hat mich jedenfalls gefragt, ob ich ein Bier will. Ich hab eins genommen. Dann habe ich ihm erzählt, was mir passiert ist. Er hat verständnisvoll zugehört. Als ich fertig war, hat Dan mir in die Augen gesehen und gesagt, er freue sich, dass ich vorbeigekommen wäre. Warum, habe ich ihn gefragt. Dann hat er mir erzählt, dass er Christa Stockwell die ganzen Jahre besucht hat. Ich war schockiert. Und dann hat er mir die endgültige Wahrheit erzählt.«

Wendy verstand – das war es, was Christa Stockwell ihr vorenthalten hatte.

»Was hat Dan zu Ihnen gesagt, als er das erste Mal hier war?«

»Das bleibt unter uns.«

Wendy sah Phil in die Augen. »Dan hat den Aschenbecher geworfen.«

Phil nickte. »Er hat gesehen, wie ich mich hinter dem Bett versteckt hatte. Die anderen – Farley, Steve und Kelvin – hatten sich schon aus dem Zimmer geschlichen. Die waren schon halb die Treppe hinunter, als Christa Stockwell die Hand zum Lichtschalter ausstreckte. Dan wollte sie nur ablenken. Mir die Chance zur Flucht geben. Also hat er den Aschenbecher geworfen.«

»Und damit den Spiegel direkt vor ihrem Gesicht zertrümmert.«

»Ja.«

Sie stellte sich die Situation vor. Sie stellte sich vor, wie Dan sein Geständnis ablegte und Christa es einfach hinnahm. Schließlich waren sie nur Studenten auf einer Trophäenjagd gewesen. War es so leicht zu vergeben? Für Christa vielleicht schon.

»Und all die Jahre«, sagte Wendy, »haben Sie es nicht gewusst?«

»Ich wusste es nicht. Dan hatte gelogen. Er hat versucht, mir zu erklären, warum er das getan hatte. Er stammte aus armen Verhältnissen, sagte er. Er hatte ein Stipendium und war verängstigt. Es hätte mir sowieso nichts genützt. Er wäre am Ende gewesen – und wozu?«

»Also hat er den Mund gehalten.«

»Wie die anderen drei hat auch er sich gedacht, dass ich ja Geld hätte. Ich hatte eine reiche Familie und Verbindungen. Ich konnte Christa Stockwell entschädigen. Er hat nichts gesagt. Er hat einfach zugeguckt, wie ich für seinen Fehler bestraft wurde. Sehen Sie, Wendy, Dan war nicht unschuldig. Eigentlich trug er in vieler Hinsicht sogar die größte Schuld von uns allen.«

Sie überlegte, stellte sich die Wut vor, die Phil empfunden haben musste, als er erfuhr, dass er sein halbes Leben lang für ein Verbrechen bezahlte, das Dan begangen hatte.

»Aber er war kein Kinderschänder, oder?«

Phil dachte darüber nach. »Ich glaube nicht, nein. Zumindest habe ich es am Anfang nicht geglaubt.«

Sie versuchte zu begreifen, was das heißen könnte. Dann fiel ihr Haley McWaid wieder ein.

»Mein Gott, Phil. Was haben Sie getan?«

»Die anderen haben Recht. Ich bin erledigt. Ganz egal, was noch von mir übrig gewesen sein mag – das Gute, was da noch war –, jetzt ist es endgültig verschwunden. Das macht Rachsucht mit einem Menschen. Sie zerfrisst die Seele. Ich hätte diesen Weg niemals einschlagen dürfen.«

Wendy wusste nicht mehr, welchen Weg er jetzt meinte – den zum Haus des Dekans vor all den Jahren oder den des Hasses, der ihn dazu gebracht hatte, Rache zu üben. Wendy erinnerte sich an das, was Christa Stockwell über Hass gesagt hatte, dass man, wenn man an ihm festhielt, alles andere aus den Augen verlor.

Aber sie waren noch immer nicht fertig. Sie mussten noch die Sache mit Haley McWaid klären.

»Und als Dan freikam«, fing Wendy an, »ich meine, als die Richterin die Klage abgewiesen hat …«

Sie fröstelte, als sie das Lächeln in seinem Gesicht sah. »Sprechen Sie weiter, Wendy.«

Aber das konnte sie nicht. Sie versuchte, den Gedanken zu Ende zu bringen, aber plötzlich passte das alles nicht mehr zusammen.

»Sie fragen sich, was mit Haley McWaid ist, stimmt's? Sie fragen sich, wie sie da hineingehört?«

Wendy bekam kein Wort heraus.

»Los, Wendy. Sagen Sie, was Sie sagen wollten.«

Aber sie hatte es gemerkt. Es passte nicht.

Seine Miene war ruhiger, es lag fast so etwas wie Gelassenheit darin. »Ja, ich habe ihnen weh getan. Habe ich das Gesetz gebrochen? Das kann ich gar nicht genau sagen. Ich habe ein Mädchen dafür bezahlt, Lügen über Farley zu verbreiten und Dan gegenüber eine Rolle zu spielen. Ist das ein Verbrechen? Ein Vergehen wohl auf jeden Fall. Ich habe im Chatroom vorgegeben, ein anderer zu sein – aber tun Sie das nicht auch? Sie sagten, der Richter hätte Dan laufen lassen. Das ist wahr, na und? Ich wollte die anderen ja nicht unbedingt ins Gefängnis bringen. Ich wollte nur, dass auch sie leiden. Und das haben sie, oder?«

Er wartete auf eine Antwort. Es gelang Wendy, kurz zu nicken.

»Also warum sollte ich Dan einen Mord anhängen?«

»Ich weiß nicht«, brachte sie heraus.

Phil beugte sich vor und flüsterte: »Das habe ich auch nicht.«

Wendy bekam keine Luft. Sie versuchte, wieder zur Ruhe zu kommen, nachzudenken, irgendwie einen Schritt zurückzugehen. Drei Monate, bevor ihre Leiche gefunden wurde, war Haley McWaid ermordet worden. Warum? Was hatte Wendy gedacht? Dass Phil sie sicherheitshalber schon einmal umgebracht hatte, für den Fall, dass der Richter Dan laufen ließ und Phil ihm dann den Mord anhängen konnte?

Ergab das überhaupt irgendeinen Sinn?

»Wendy, ich habe eine Tochter. Ich könnte keine Jugendliche ermorden. Ich könnte überhaupt niemanden ermorden.«

Ihr wurde klar, dass zwischen viraler Verleumdung und einem Mord, zwischen der Rache an ein paar ehemaligen Kommilitonen und dem Töten eines Teenagers ein riesengroßer Unterschied bestand.

Langsam sickerte die Wahrheit ein und machte sie schwindlig.

»Sie können das iPhone nicht in ihrem Zimmer versteckt haben«, sagte Wendy langsam. »Sie wussten nicht, wo Dan war.« Der Schwindel in ihrem Kopf ließ nicht nach. Sie versuchte, sich zu konzentrieren, die ganze Sache zu begreifen, aber die Antwort war offensichtlich. »Sie können es nicht gewesen sein.«

»Das stimmt, Wendy.« Er lächelte, und der friedliche Ausdruck kehrte wieder in sein Gesicht zurück. »Deshalb bin ich hier. Erinnern Sie sich? Ich habe Ihnen gesagt, dass ich nicht meinetwegen, sondern Ihretwegen gekommen bin. Das ist mein Abschiedsgeschenk für Sie.«

»Was für ein Geschenk? Das verstehe ich nicht. Wie ist das iPhone in Dans Motelzimmer gekommen?«

»Sie kennen die Antwort, Wendy. Sie fürchten, das Leben eines unschuldigen Menschen zerstört zu haben. Aber das haben Sie nicht. Es gibt nur eine Erklärung dafür, dass das Handy in seinem Zimmer war: Dan hat es die ganze Zeit gehabt.«

Sie sah ihn nur an. »Hat Dan Haley umgebracht?«

»Offensichtlich«, sagte er.

Sie konnte sich nicht bewegen, bekam immer noch nicht richtig Luft.

»Und jetzt wissen Sie alles, Wendy. Sie sind frei. Mir tut das alles furchtbar leid. Ich weiß nicht, ob es das wiedergutmachen kann, was ich Ihnen angetan habe, aber es wird reichen müssen. Wie ich am Anfang schon sagte, deshalb bin ich hergekommen – um Ihnen zu helfen.«

Dann hob Phil Turnball die Pistole. Er schloss die Augen und sah beinahe friedlich aus. »Sagen Sie Sherry, dass es mir leidtut«, sagte er. Wendy hob die Hände, schrie, dass er es nicht tun solle, rannte auf ihn zu.

Aber sie war zu weit weg.

Er setzte den Lauf von unten ans Kinn, zielte nach oben und drückte ab.

SECHSUNDDREISSIG

Fünf Tage später

Die Polizei ließ alles reinigen.

Sowohl Walker als auch Tremont kamen vorbei, um sich nach ihrem Befinden zu erkundigen und sich anzuhören, was passiert war. Sie versuchte, alles so ausführlich wie möglich zu erzählen. Auch die Medien zeigten großes Interesse. Farley Parks ließ eine Pressemitteilung veröffentlichen, in der die Medien und all jene, die »sich voreilig ein Urteil gebildet« hätten, gebrandmarkt wurden, stieg aber nicht wieder ins Kandidatenrennen für die Wahl zum Kongress ein. Dr. Steve Miciano lehnte sämtliche Interview-Anfragen ab und erklärte, dass er aufhören würde, als Arzt zu praktizieren, und »anderen Interessen nachgehen« werde.

Was diese beiden betraf, hatte Phil Turnball recht gehabt.

Das Leben kehrte schnell in die sogenannten normalen Bahnen zurück. NTC sprach Wendy von jeglichem sexuellen Fehlverhalten frei, ihre Arbeit war trotzdem unerträglich geworden. Vic Garrett konnte ihr nicht in die Augen sehen. Er ließ ihr sämtliche Aufträge über seine Assistentin Mavis übermitteln. Bisher war nichts auch nur halbwegs Interessantes dabei gewesen. Wenn sich das nicht änderte, würde sie deutlicher Stellung beziehen müssen.

Aber noch war es nicht ganz so weit.

Pops kündigte an, dass er am Wochenende wieder seiner Wege ziehen würde. Er war noch ein paar Tage geblieben, um sicherzugehen, dass es Wendy und Charlie gut ging. Jetzt jedoch verkündete er, er müsse los, er sei eben ein »Rambling Man«, ein »Rolling Stone«. Er hielte sich nicht gerne lange an einem Ort auf. Wendy verstand das, aber bei Gott, sie würde ihn wirklich vermissen.

Erstaunlicherweise hatte zwar ihr Arbeitgeber akzeptiert, dass die Internet-Gerüchte über sie nicht der Wahrheit entsprachen, viele ihrer Mitbewohner in Kasselton jedoch hatten das nicht. Im Supermarkt wurde sie ignoriert. Beim Abholen der Kinder von der Schule hielten sich die anderen Mütter von ihr fern. Am fünften Tag, zwei Stunden, bevor Wendy sich auf den Weg zum Öffentlichkeitsarbeits-Komitee für die Project Graduation machte, rief Millie Hanover an. »Im Sinne des Wohlergehens der Kinder hielte ich es für besser, wenn Sie von der Mitarbeit im Komitee zurücktreten würden.«

»Im Sinne des Wohlergehens der Kinder«, erwiderte Wendy, »hielte ich es für besser, wenn Sie sich verpissen würden.«

Sie knallte den Hörer aufs Telefon. Hinter sich hörte sie jemanden klatschen. Es war Charlie. »Klasse, Mom.«

»Diese Frau ist so engstirnig.«

Charlie lachte. »Weißt du noch, dass ich die Gesundheitslehre schwänzen wollte, weil wir da lernen, wahllos mit allen ins Bett zu hüpfen?«

»Ja?«

»Cassie Hanover ist auf Wunsch ihrer Mutter von dem Fach befreit, weil die Angst hat, dass Cassies Moral dadurch untergraben wird. Das Witzige daran ist, dass ihr Spitzname ›Handjob‹ Hanover ist. Na ja, sie ist eine totale Schlampe.«

Wendy drehte sich um und sah, wie ihr schlaksiger Sohn zum Computer ging. Er setzte sich hin, fing an zu tippen und sah dabei auf den Monitor.

»Wo wir gerade von totalen Schlampen reden«, begann Wendy.

Er sah sie an. »Hä?«

»Es sind diverse Gerüchte über mich in Umlauf. Sie wurden in Blogs ins Internet gestellt.«

»Mom?«

»Ja.«

»Glaubst du, ich lebe in einer Höhle?«

»Hast du sie gesehen?«

»Klar.«

»Warum hast du nichts gesagt?«

Charlie zuckte die Achseln und tippte weiter.

»Du sollst wissen, dass sie nicht wahr sind.«

»Du meinst, du bumst nicht wild in der Gegend rum, um beruflich voranzukommen?«

»Hör auf mit der Klugscheißerei.«

Er seufzte. »Ich weiß, dass das nicht stimmt, Mom. Okay? Das brauchst du mir nicht zu sagen.«

Sie gab sich große Mühe, nicht in Tränen auszubrechen. »Ziehen deine Freunde dich nicht deswegen auf?«

»Nein«, sagte er. Dann: »Na ja, okay, Clark und James wollen wissen, ob du auf jüngere Typen stehst.«

Sie runzelte die Stirn.

»War ein Witz«, sagte er.

»Der war gut.«

»Nimm's nicht so schwer.« Er tippte weiter.

Sie wollte das Zimmer verlassen, ihm seine Ruhe gönnen. Und damit wäre dann alles vorbei gewesen. Sie hatten ihre Antworten. Phil hatte seine Freunde angeschwärzt. Dan war durchgedreht und hatte Haley umgebracht. Die Tatsache, dass sie kein Motiv fanden, war ärgerlich, aber das kam schon mal vor.

Aber sie verließ das Zimmer nicht. Sie war den Tränen nahe, fühlte sich einsam, und daher fragte sie ihren Sohn: »Was machst du gerade?«

»Ich geh auf meine Facebook-Seite.«

Das erinnerte sie an ihr falsches Facebook-Profil, das sie erstellt hatte, damit Kirby Sennett sie als »Freundin« akzeptierte.

»Was ist eine Red-Bull-Party?«, fragte sie.

Charlie hörte auf zu tippen. »Woher hast du denn den Ausdruck?«

»Kirby hat mein Facebook-Mädchen zu einer Red-Bull-Party eingeladen.«

»Zeig mal her«, sagte er.

Charlie meldete sich ab und ließ Wendy an den Rechner. Sie meldete sich bei ihrem falschen Facebook-Profil an. Es dauerte etwas, bis ihr das Passwort wieder einfiel (»Charlie«) und sie auf die Seite kam. Dann klickte sie auf Kirbys Einladung und zeigte sie Charlie.

»Lahm«, sagte Charlie.

»Was?«

»Okay, du weißt doch, dass die Schule diese Null-Toleranz-Regeln hat, ja?«

»Klar.«

»Und Rektor Zecher ist in dem Punkt ein echter Fascho. Ich meine, ein Schüler, der mit Alkohol gesehen wird, fliegt sofort aus sämtlichen Sportmannschaften, er darf nicht an den Bewerbungsspielen für die neuen Kandidaten teilnehmen, und das Schlimmste ist, dass Zecher es den Zulassungsstellen der Universitäten meldet, bei denen der- oder diejenige sich bewirbt.«

»Ich weiß.«

»Du weißt auch, dass Teenager Idioten sind und dauernd Bilder von sich in Facebook stellen, auf denen sie Alkohol trinken.«

»Ja.«

»Also ist jemand auf die Idee gekommen, die Fotos zu redbullisieren.«

»Red-bullisieren?«

»Ja. Also, sagen wir, du gehst auf eine Party und trinkst eine Dose Bud, und weil du ein Loser ohne jedes Selbstwertgefühl bist, denkst du, wow, bin ich cool, und alle sollen sehen, wie cool ich bin. Also bittest du jemanden, ein Foto von dir zu machen, wie du dieses Bud trinkst, damit du es ins Internet stellen und vor deinen lahmen Freunden damit angeben kannst. Die Sache ist, wenn Rektor Zecher und seine Fascho-Lakaien zufällig darüber stolpern, bist du am Arsch. Der Trick ist also, das Foto per Photoshop so zu bearbeiten, dass du ein Red Bull über deine Bierdose legst.«

»Das soll doch wohl ein Witz sein.«

»Ist es nicht. Ist doch auch eigentlich vollkommen logisch. Hier.«

Er beugte sich vor und klickte auf einen Link. Mehrere Fotos von Kirby Sennett erschienen auf dem Bildschirm. Er klickte sie durch. »Siehst du? Guck doch mal, wie oft seine Kumpel und ihre Skanks Red Bull trinken.«

»Nenn sie nicht Skanks.«

»Wenn du meinst.«

Wendy klickte die Fotos durch. »Charlie?«

»Ja.«

»Warst du schon mal auf einer Red-Bull-Party?«

»Auf keinsten.«

»Heißt das nein?«

»Das heißt nein.«

Sie sah ihn an. »Warst du je auf einer Party, wo Leute Alkohol getrunken haben?«

Charlie rieb sich das Kinn. »Ja.«

»Hast du auch etwas getrunken?«

»Ein Mal.«

Sie sah wieder auf den Monitor, klickte weiter und sah sich die Fotos von Kirby Sennett und seinen rotgesichtigen Kumpanen mit Red Bulls an. Manchen Bildern sah man deutlich an, dass sie bearbeitet waren. Die Red-Bull-Dose war zu groß, zu klein, verdeckte die Finger oder sie saß etwas schief.

»Wann?«, fragte sie.

»Mom, das ist schon okay. Es war ein einziges Mal. Im zweiten Jahr.«

Sie überlegte noch, ob sie das Thema weiter vertiefen sollte, als sie das Foto sah, das alles veränderte. Kirby Sennett saß vorne in der Mitte. Hinter ihm saßen zwei Mädchen mit dem Rücken zur Kamera. Kirby lächelte breit. In der rechten Hand hielt er eine Red-Bull-Dose. Er trug ein New-York-Knicks-T-Shirt und eine Baseball-Kappe. Das Entscheidende auf dem Bild war jedoch die Couch, auf der er saß.

Sie war hellgelb mit blauen Blumen.

Wendy kannte diese Couch.

Für sich genommen hätte das Foto ihr nichts gesagt. Aber jetzt fielen ihr Phil Turnballs letzte Worte wieder ein, der ihr ein »Geschenk« machen wollte, damit sie sich nicht schuldig fühlte, einen unschuldigen Menschen in die Falle gelockt zu haben. Phil Turnball hatte es geglaubt – und auch Wendy hatte es glauben wollen. Und das war der springende Punkt. Damit war sie aus dem Schneider. Dan war ein Mörder gewesen. Sie hatte keinen unschuldigen Menschen in die Falle gelockt. Sie hatte vielmehr einen Mörder zur Strecke gebracht.

Wie kam es dann, dass sie immer noch nicht ganz überzeugt war?

Die anfängliche Intuition, die ihr das Gefühl gegeben hatte, Dan Mercer irgendwie Unrecht getan zu haben, die von dem Augenblick an ihr genagt hatte, als er die rote Tür geöffnet und in ihre Falle getappt war – in den letzten Tagen hatte sie brachgelegen.

Allerdings war sie nie ganz verschwunden.

SIEBENUNDDREISSIG

Der Umzugswagen stand vor dem Haus der Wheelers. Eine kleine Rampe führte zur Eingangstür hinauf. Zwei Männer mit dunklen Handschuhen und Gewichthebergürteln rollten gerade eine Anrichte herunter, wobei einer von ihnen, fast wie ein Mantra, immer wieder »Langsam, langsam« sagte. Das ZU VERKAUFEN-Schild stand noch im Vorgarten. Es war noch nicht durchgestrichen oder durch einen VERKAUFT-Schriftzug zur reinen Makler-Werbung gemacht worden.

Wendy ließ die Männer mit der Anrichte vorbei, ging die Rampe hinauf, steckte den Kopf durch die Tür und sagte: »Jemand zu Haus?«

»Hey.«

Jenna kam aus dem Wohnzimmer. Auch sie hatte Arbeitshandschuhe an. Sie trug eine Jeans, ein weißes T-Shirt und darüber ein weites Flanellhemd. Die Hemdsärmel hatte sie bis zu den Handgelenken hochgekrempelt, trotzdem verlor sie sich förmlich in den Unmengen Stoff. Von ihrem Mann, dachte Wendy. Als Kind benutzte man Dads Hemden manchmal als Kittel. Als Erwachsene benutzten Frauen die Hemden ihres Gatten für Haushalts- und Gartenarbeiten oder gelegentlich, um sich ihm nahe zu fühlen. Das hatte Wendy früher auch getan, unter anderem weil sie den Geruch ihres Manns liebte.

»Haben Sie einen Käufer gefunden?«, fragte Wendy.

»Noch nicht.« Ein paar Strähnen hatten sich aus Jennas

Pferdeschwanz gelöst. Sie klemmte sie sich hinters Ohr. »Aber Noel fängt nächste Woche in Cincinnati an.«

»Das ging aber schnell.«

»Ja.«

»Dann muss Noel wohl sofort angefangen haben, sich eine neue Stelle zu suchen?«

Jenna zögerte kurz. »Muss er wohl.«

»Wegen des Stigmas, einem Pädophilen zur Seite zu stehen?«

»Genau.« Jenna stemmte die Hand in die Hüfte. »Was ist los, Wendy?«

»Sind Sie je in Freddy's Deluxe Luxury Suites in Newark gewesen?«

»Freddy's was?«

»Das ist eine billige Absteige mitten in Newark. Sind Sie da mal gewesen?«

»Nein, natürlich nicht.«

»Komisch. Ich hab dem Mann an der Rezeption Ihr Foto gezeigt. Er hat gesagt, er hätte Sie an dem Tag gesehen, als Dan getötet wurde. Er hat sogar gesagt, dass Sie seinen Zimmerschlüssel haben wollten.«

Dies war zum Teil ein Bluff. Der Rezeptionist hatte Jenna Wheeler erkannt und bestätigt, dass sie in den letzten vierzehn Tagen da war, konnte aber nicht mehr genau sagen, an welchem Tag das war. Er erinnerte sich auch noch daran, dass er ihr, ohne irgendwelche Fragen zu stellen, einen Schlüssel gegeben hatte – wenn gutaussehende Frauen aus den Vororten bei Freddy's auftauchten, fragte man nicht nach irgendwelchen Ausweisen –, er wusste jedoch nicht mehr, für welches Zimmer.

»Er muss sich geirrt haben«, sagte Jenna.

»Das glaube ich nicht. Und was noch wichtiger ist, wenn ich das der Polizei erzähle, wird sie es auch nicht glauben.«

Die beiden Frauen standen direkt voreinander und versuchten, sich gegenseitig niederzustarren.

»Wissen Sie, diesen Punkt hat Phil Turnball übersehen«, sagte Wendy. »Ich darf doch annehmen, dass Sie von seinem Selbstmord gehört haben?«

»Ja.«

»Er dachte, Dan hätte Haley umgebracht, weil es seiner Ansicht nach keine weiteren Verdächtigen gab. Dan hatte sich im Motel versteckt. Und da niemand wusste, wo er war, konnte natürlich auch niemand Haleys iPhone in seinem Zimmer versteckt haben. An Sie hat er nicht gedacht, Jenna. Genau wie ich.«

Jenna zog die Arbeitshandschuhe aus. »Das hat nichts zu bedeuten.«

»Und wie ist es dann damit?«

Wendy gab ihr das Foto von Kirby Sennett. Die hellgelbe Couch mit den blauen Blumen stand direkt hinter ihnen – schon für den Transport nach Cincinnati in durchsichtige Plastikfolie gehüllt. Jenna sah sich das Foto etwas zu lange an.

»Hat Ihnen Ihre Tochter mal erklärt, was red-bullisieren ist?«

Jenna gab ihr das Foto zurück. »Das beweist absolut nichts.«

»Doch, natürlich tut es das. Weil wir jetzt die Wahrheit kennen, oder? Sobald ich der Polizei diese Informationen übergebe, werden sie die Kids härter angehen. Dann kriegen sie auch die echten, unbearbeiteten Fotos. Ich weiß, dass Kirby hier war. Er und Haley haben einen heftigen Streit gehabt und sich dann getrennt. Als ich mich mit ihm allein unterhalten habe, hat er mir erzählt, dass hier, in Ihrem Haus, an dem Abend, an dem Haley verschwunden ist, eine Party stattgefunden hat, bei der auch Alkohol ausgeschenkt wurde. Er sagte, es wären nur vier Jugendliche da gewesen. Und die wird die Polizei in die Mangel nehmen. Irgendwann reden die schon.«

Auch das entsprach nicht ganz der Wahrheit. Walker und Tremont hatten es geschafft, mit Kirby allein zu reden. Sie hatten ihm alles Erdenkliche unter der Sonne angedroht, um ihn zum Reden zu kriegen. Erst als sein Anwalt eine Geheimhaltungsvereinbarung erwirkt hatte und nicht nur einen Verzicht auf Anklage, hatte er ihnen von der Party erzählt.

Jenna verschränkte die Arme. »Ich weiß nicht, wovon Sie reden.«

»Wissen Sie, was mich im Nachhinein immer noch fasziniert? Dass sich keiner von den Jugendlichen gemeldet hat, als Haley vermisst wurde. Andererseits waren ja auch nicht viele hier. Kirby sagte, er hätte sich bei Ihrer Stieftochter Amanda erkundigt. Die hätte gesagt, dass mit Haley alles okay gewesen sei und sie sich direkt, nachdem er gegangen war, auch auf den Weg gemacht hätte. Und dank Rektor Zechers Null-Toleranz-Regel wollte niemand zugeben, dass er hier war und Alkohol getrunken hatte, wenn es nicht unbedingt notwendig war. Kirby hatte Angst, dass man ihn aus der Baseball-Mannschaft warf. Er sagte, ein anderes Mädchen hätte auf der Warteliste fürs Boston College gestanden, und sie wäre sofort gestrichen worden, wenn Zecher die zuständigen Stellen darüber informiert hätte. Also haben sie nichts gesagt, was Jugendliche ja tatsächlich auch manchmal hinbekommen. Und eigentlich war es ja auch keine große Sache, denn schließlich hatte Amanda gesagt, dass es Haley gut ging, als sie die Party verließ. Warum hätte jemand an dieser Aussage zweifeln sollen?«

»Ich denke, Sie gehen jetzt besser.«

»Das werde ich. Ich werde direkt zur Polizei gehen. Die müssten jetzt in der Lage sein, den Verlauf des Abends zu rekonstruieren. Sie werden den anderen Kids, die auf der Party waren, Immunität gewähren. Sie werden herausbekommen, dass Sie im Motel waren, vielleicht indem sie die Bilder der

Überwachungskameras aus der Umgebung überprüfen. Sie werden darauf kommen, dass Sie das Handy ins Zimmer gelegt haben. Die Gerichtsmediziner werden sich Haleys Leiche noch einmal genauer ansehen. Ihr Lügengespinst wird einfach in sich zusammenfallen.«

Wendy drehte sich um und ging.

»Warten Sie.« Jenna schluckte. »Was wollen Sie?«

»Die Wahrheit.«

»Sind Sie verdrahtet?«

»Verdrahtet? Sie gucken zu viel Fernsehen.«

»Sind Sie verdrahtet?«, fragte sie noch einmal.

»Nein.« Wendy breitete die Arme aus. »Wollen Sie – wie heißt das korrekt? – mich abtasten?«

Die beiden Umzugsarbeiter kamen ins Haus zurück. Einer fragte: »Können wir jetzt das Schlafzimmer Ihrer Tochter zusammenpacken, Mrs. Wheeler?«

»Ja, in Ordnung«, sagte Jenna. Dann sah sie Wendy wieder an. Sie hatte Tränen in den Augen. »Lassen Sie uns im Garten reden.«

Jenna Wheeler ging voraus und öffnete eine Schiebetür aus Glas. Im Garten war ein Pool. Eine blaue Luftmatratze schwamm einsam im Wasser. Jenna starrte sie einen Moment lang an. Dann hob sie den Blick und ließ ihn über den Garten schweifen wie eine Kaufinteressentin.

»Es war ein Unfall«, sagte Jenna. »Wenn Sie erfahren, was passiert ist, verstehen Sie das hoffentlich. Sie sind ja auch Mutter.«

Wendys Mut sank.

»Amanda ist nicht sehr beliebt. Vielen Jugendlichen gelingt es, sich damit zu arrangieren. Sie wenden sich anderen Interessen zu und freunden sich mit den Jugendlichen an, die selbst nicht so beliebt sind. Das kennt man ja alles. Bei Amanda hat das nicht geklappt. Sie wurde viel gehänselt und nie auf Partys eingeladen. Als ich Dan in der Öffentlichkeit verteidigt habe, ist es noch schlimmer geworden, wobei ich eigentlich gar nicht weiß, ob das wirklich so eine große Rolle gespielt hat. Amanda hat sich einfach zu viele Sorgen gemacht. Sie hat oft allein in ihrem Zimmer gesessen und geweint. Noel und ich wussten nicht, was wir dagegen machen sollten.«

Sie brach ab.

»Also haben Sie beschlossen, eine Party zu geben«, sagte Wendy.

»Ja. Ich werde jetzt nicht ins Detail gehen, aber das schien eine clevere Idee und das Beste für alle Beteiligten zu sein. Wussten Sie, dass die Schüler aus dem letzten Jahrgang die ganze Woche jeden Abend in die Bronx gefahren sind, weil sie da einen Club ausfindig gemacht hatten, in dem Alkohol an Teenager ausgeschenkt wurde? Fragen Sie Charlie, er kann es Ihnen sagen.«

»Halten Sie meinen Sohn da raus.«

Jenna hob die Hände in gespielter Resignation. »Gut, wenn Sie meinen. Wahr ist es trotzdem. Die Schüler gehen alle in diesen Club, betrinken sich und fahren dann zurück nach Haus. Also haben Noel und ich uns gedacht, wir könnten sie zu einer Party hier bei uns im Haus einladen. Wir würden oben im ersten Stock bleiben und die Jugendlichen unten zufrieden lassen. Na ja, und außerdem würden wir einfach eine Kühltasche mit Bier unten hinstellen. Wir wollten es ihnen nicht aufdrängen, aber, kommen Sie, Sie sind selbst mal auf der Highschool gewesen. Jugendliche trinken nun mal Alkohol. Wir dachten, auf die Art könnten wir es zumindest in sicherere Bahnen lenken, indem wir einen sicheren Ort dafür zur Verfügung stellen.«

Wendy musste an den Stand der »Nicht in unserem Haus«-Kampagne beim Vorbereitungstreffen der Project Graduation denken, an dem die Eltern davor gewarnt wurden, solche Partys zu geben. Ein Vater hatte es als »Sicherheits-Overkill« bezeichnet, und in gewissem Sinne hatte sie ihm sogar zugestimmt.

»Ich nehme mal an, dass Haley McWaid auch da war?«, sagte Wendy.

Jenna nickte. »Sie mochte Amanda eigentlich nicht besonders. Bis dahin war sie erst einmal bei uns gewesen. Ich glaube auch, dass sie Amanda nur benutzt hat, um an Alkohol ranzukommen. Na ja, es ist ja nur eine Handvoll Jugendlicher gekommen. Und Haley war völlig aufgelöst. Sie war todunglücklich, dass sie nicht auf die University of Virginia gekommen war. Dann hatte sie wohl noch einen heftigen Streit mit Kirby. Deshalb ist er auch schon so früh gegangen.«

Ihre Stimme verklang. Wieder sah Jenna auf den Swimmingpool.

»Und was ist dann passiert?«, fragte Wendy.

»Haley ist gestorben.«

Sie sagte es einfach so.

Die Umzugsarbeiter stapften die Treppe herab. Einer fluchte. Wendy stand neben Jenna Wheeler. Die Sonne brannte auf sie nieder. Der Garten war still. Er schien die Luft anzuhalten.

»Sie hatte zu viel getrunken«, sagte Jenna. »Alkoholvergiftung. Haley war nicht sehr groß. Irgendwie hat sie im Schrank eine noch geschlossene Whiskeyflasche entdeckt. Sie hat sie leer getrunken. Amanda dachte, sie hätte bloß das Bewusstsein verloren.«

»Sie haben keinen Krankenwagen gerufen?«

Sie schüttelte den Kopf. »Noel ist Arzt. Er hat alles versucht, um das arme Mädchen wiederzubeleben. Aber es war zu spät.« Endlich gelang es Jenna, die Augen vom Pool loszureißen. Sie sah Wendy mit flehendem Blick an. »Sie müssen sich für einen Moment in meine Lage versetzen, ja? Das Mädchen war tot. Nichts konnte sie wieder zurückbringen.«

»Tot ist tot«, wiederholte Wendy das, was Jenna bei ihrem letzten Treffen über ihren Exmann gesagt hatte.

»Jetzt werden Sie sarkastisch, aber es stimmt, tot ist tot. Haley war tot. Es war ein tragischer Unfall, aber sie würde nicht wieder zurückkommen. Wir standen also vor ihrer Leiche. Noel hat weiter versucht, sie zu reanimieren, aber es nützte nichts. Überlegen Sie mal. Sie sind Reporterin. Sie haben doch bestimmt schon über solche Partys berichtet, oder?«

»Ja.«

»Dann wissen Sie, dass Eltern für so etwas ins Gefängnis gegangen sind, ja?«

»Ja. Wegen fahrlässiger Tötung.«

»Aber es war ein Unfall. Verstehen Sie nicht? Sie hatte zu viel getrunken. So etwas passiert.«

»Viertausend Mal im Jahr«, sagte Wendy, die sich noch an Officer Pecoras Statistik erinnerte.

»Haley lag also vor uns. Sie war tot. Und wir wussten nicht, was wir tun sollten. Wenn wir die Polizei gerufen hätten, wären wir ins Gefängnis gekommen. Die hätten kurzen Prozess gemacht. Und damit wäre unser Leben ruiniert gewesen.«

»Besser als tot«, sagte Wendy.

»Aber es hätte doch niemand etwas davon gehabt. Begreifen Sie das nicht? Haley war schon tot. Auch wenn man unser Leben zerstört hätte, wäre sie nicht wieder lebendig geworden. Wir waren bestürzt. Das müssen Sie mir glauben. Wir fanden es furchtbar, was mit Haley passiert war. Aber für die Toten kann man nichts mehr tun. Und wir hatten Angst – das verstehen Sie doch, oder?«

Wendy nickte. »Das verstehe ich.«

»Ich meine, wenn die ganze Familie kurz davor steht, zerstört zu werden. Was hätten Sie denn da gemacht?«

»Ich? Ach, wahrscheinlich hätte ich ihre Leiche in einem State Park vergraben.«

Schweigen.

»Das ist nicht witzig«, sagte Jenna.

»Aber genau das haben Sie getan, oder?«

»Stellen Sie sich vor, es wäre in Ihrem Haus passiert. Stellen Sie sich vor, Charlie käme hinauf zu Ihnen ins Schlafzimmer und einer seiner Freunde läge tot auf der Veranda. Sie haben den Jungen nicht zum Trinken gezwungen. Sie haben ihm den Alkohol nicht in den Mund gegossen. Und jetzt könnten Sie dafür ins Gefängnis kommen. Oder Charlie. Was hätten Sie getan, um Ihre Familie zu schützen?«

Dieses Mal sagte Wendy nichts.

»Wir haben nicht gewusst, was wir tun sollten, und daher … ja, wir sind in Panik geraten. Wir haben die Leiche in den Kofferraum unseres Autos gelegt. Ich weiß, wie sich das anhört, aber auch da haben wir keine andere Möglichkeit gesehen. Wenn wir die Polizei gerufen hätten, wären wir erledigt gewesen – und das Mädchen wäre immer noch tot. Das habe ich mir immer wieder gesagt. Ich hätte mein eigenes Leben geopfert, um sie zurückzuholen – aber das ging natürlich nicht.«

»Also haben Sie sie im Wald begraben?«

»Das hatten wir ursprünglich nicht geplant. Wir wollten nach Irvington oder in eine andere nahegelegene Stadt fahren und sie dort einfach, na ja, wir wollten sie irgendwo an den Straßenrand legen, damit sie sofort gefunden wird – aber dann wurde uns klar, dass bei der Obduktion auch die Alkoholvergiftung entdeckt werden würde. Außerdem wäre die Polizei in der Lage gewesen, sie zu uns zurückzuverfolgen. Also mussten wir sie verstecken. Ich fand es schrecklich, dass Ted und Marcia nicht erfuhren, was mit ihr passiert war. Aber wir wussten nicht, was wir sonst hätten tun sollen. Und dann, als die Leute dachten, dass Haley ausgerissen sein könnte, na ja, war das nicht besser, als zu wissen, dass sie tot ist?«

Wendy antwortete nicht.

»Wendy?«

»Sie sagten, ich sollte mich in Ihre Lage versetzen.«

»Ja.«

»Jetzt versetze ich mich in Teds und Marcias Lage. Hatten Sie gehofft, dass die beiden die Wahrheit nie erfahren? Dass sie nach wie vor glaubten, ihre Tochter wäre von einem Tag auf den anderen einfach spurlos verschwunden? Und nun ihr Leben lang bei jedem Klingeln zur Tür rennen und sich bei jedem Anruf Hoffnung machen würden?«

»Ist das schlimmer, als zu wissen, dass das eigene Kind tot ist?«

Wendy gab sich nicht die Mühe zu antworten.

»Und Sie müssen verstehen«, fuhr Jenna fort, »dass auch wir in einer Art Vorhölle gelebt haben. Jedes Mal, wenn die Tür oder das Telefon klingelte, fragten wir uns, ob es die Polizei wäre.«

»Wow«, sagte Wendy. »Das muss ja furchtbar für Sie gewesen sein.«

»Ich erzähle das nicht, um Ihr Mitgefühl zu bekommen. Ich will Ihnen das erklären, was hinterher passiert ist.«

»Ich glaube, ich weiß, was passiert ist«, sagte Wendy. »Sie waren Dans nächste Verwandte. Als die Polizei zu Ihnen kam und Ihnen sagte, dass er tot ist, tja, es war reiner Zufall, oder?«

Jenna sah zu Boden. Sie zog das große Flanellhemd fester um ihren Körper, als könnte es ihr Schutz bieten. Jetzt sah sie noch kleiner aus. »Ich habe den Mann geliebt. Ich war am Boden zerstört.«

»Aber, wie Sie schon sagten, tot ist tot. Dan war schon als Pädophiler gebrandmarkt, und Sie haben mir ja erzählt, dass Dan nicht an ein Leben nach dem Tod glaubte und kein Interesse daran hätte, rehabilitiert zu werden.«

»Das ist richtig.«

»Das Anrufverzeichnis hat gezeigt, dass Dan nur mit Ihnen und seinem Anwalt Flair Hickory telefoniert hat. Das waren die Einzigen, denen er vertraut hat. Sie wussten also, wo er war. Und Sie hatten Haleys Handy noch. Warum sollten Sie das dann nicht einem Toten anhängen?«

»Ihm hat es ja nicht mehr geschadet. Begreifen Sie das nicht?«

Auf eine grausige Art war das vollkommen logisch. Einem Toten konnte man nicht weh tun.

»Sie haben den Ringwood State Park in Google Earth auf Haleys iPhone eingegeben. Das war ein weiterer Hinweis. Warum hätte Haley sich den Park auf der Karte ansehen sollen, wenn Dan sie da umgebracht und begraben hatte? Sie hätte keinen Grund dafür gehabt. Das ließ daher nur einen Schluss zu: Haleys Mörder wollte, dass die Leiche gefunden wurde.«

»Wir sind keine Mörder«, sagte Jenna. »Es war ein Unfall.«

»Ich habe wirklich keine Lust auf Wortklauberei, Jenna. Aber warum haben Sie den Ringwood State Park in Google Earth eingegeben?«

»Weil ich, trotz allem, was Sie vielleicht denken, kein Monster bin. Ich habe Ted und Marcia gesehen – das Leid, das sie durchmachten. Ich habe gesehen, was die Ungewissheit ihnen angetan hat.«

»Dann haben Sie es ihretwegen getan?«

Jenna sah sie an. »Ich wollte, dass sie endlich ein gewisses Maß an Frieden finden. Ich wollte ihnen die Möglichkeit geben, ihre Tochter richtig zu beerdigen.«

»Wie nett von Ihnen.«

»Ihr Sarkasmus«, sagte Jenna.

»Was ist damit?«

»Das ist der reine Selbstschutz. Was wir getan haben, war schlecht. Es war falsch. Trotzdem verstehen Sie es zu einem gewissen Grad. Sie sind Mutter. Wir tun alles, was nötig ist, um unsere Kinder zu schützen.«

»Es ist nicht nötig, Mädchen im Wald zu vergraben.«

»Nein? Sie würden das also nicht tun, ganz egal, was passiert? Nehmen Sie mal an, Charlies Leben stünde auf dem Spiel. Ich weiß, dass Sie Ihren Mann verloren haben. Nehmen Sie mal an, er wäre noch da und wäre wegen eines tragischen Unfalls auf dem Weg ins Gefängnis. Was hätten Sie getan?«

»Auch dann hätte ich kein Mädchen im Wald vergraben.«

»Mag sein, das ist aber nicht meine Frage. Die lautet, was hätten Sie getan?«

Wendy antwortete nicht. Einen Moment lang ließ sie sich auf die Vorstellung ein. John noch am Leben. Charlie kommt die Treppe herauf. Das tote Mädchen auf dem Boden. Sie musste nicht groß darüber nachdenken. Es gab keinen Grund, die Sache so weit zu treiben.

»Ihr Tod war ein Unfall«, sagte Jenna noch einmal leise.

Wendy nickte. »Ich weiß.«

»Verstehen Sie, warum wir so gehandelt haben? Ich erwarte ja nicht, dass Sie es gutheißen. Aber können Sie es nachvollziehen?«

»Ich glaube, irgendwie schon.«

Jenna sah sie mit tränenüberströmtem Gesicht an. »Und was werden Sie jetzt machen?«

»Was würden Sie an meiner Stelle tun?«

»Ich würde es lassen, wie es ist.« Jenna ergriff Wendys Hand. »Bitte. Ich flehe Sie an. Lassen Sie es einfach, wie es ist.«

Wendy überlegte. Sie war mit einem eindeutigen Standpunkt hergekommen. Hatte sich dieser Standpunkt verändert? Wieder stellte sie sich vor, dass John noch am Leben wäre. Sie stellte sich vor, wie Charlie die Treppe heraufkäme. Sie stellte sich das tote Mädchen auf dem Fußboden vor.

»Wendy?«

»Ich werde hier nicht Richterin und Geschworene in einer Person geben«, sagte sie und musste an Ed Grayson und seine Taten denken. »Mir steht es nicht zu, Sie zu bestrafen. Aber es steht mir ebenso wenig zu, Ihnen Absolution zu erteilen.«

»Was soll das heißen?«

»Tut mir leid, Jenna.«

Jenna trat einen Schritt zurück. »Sie können nichts davon beweisen. Ich streite einfach ab, dass dieses Gespräch je stattgefunden hat.«

»Das können Sie versuchen, ich glaube aber nicht, dass Ihnen das hilft.«

»Dann steht Ihr Wort gegen meins.«

»Nein, das tut es nicht«, sagte Wendy. Sie deutete auf das Haus. Frank Tremont kam mit zwei anderen Detectives um die Ecke.

»Ich habe vorhin gelogen«, sagte Wendy und öffnete ihr Hemd. »Ich bin doch verdrahtet.«

ACHTUNDDREISSIG

Nachdem an diesem Abend alles erledigt war, setzte Wendy sich allein auf die Veranda hinter ihrem Haus. Charlie saß oben am Computer. Pops kam heraus und stellte sich neben sie. Beide starrten in die Sterne. Wendy trank Weißwein, Pops eine Flasche Bier.

»Ich bin reisefertig«, sagte er.

»Nicht, wenn du das Bier trinkst.«

»Ich trink nur das eine.«

»Trotzdem.«

Er setzte sich. »Wir müssen uns sowieso noch unterhalten.«

Sie trank noch einen Schluck Wein. Seltsam. Alkohol hatte ihren Mann umgebracht. Alkohol hatte Haley McWaid umgebracht. Und trotzdem saßen sie zu zweit an einem klaren Frühlingsabend hier draußen und tranken. Irgendwann, vielleicht wenn sie einmal stocknüchtern war, würde Wendy nach der tieferen Bedeutung darin suchen.

»Worum geht's?«, fragte sie.

»Ich bin nicht nur deshalb in New Jersey, weil ich dich und Charlie besuchen wollte.«

Sie sah ihn an. »Sondern?«

»Ich bin hergekommen«, sagte er, »weil ich einen Brief von Ariana Nasbro bekommen habe.«

Wendy starrte ihn nur an.

»Ich habe mich diese Woche mit ihr getroffen. Ein paar Mal.«

»Und?«

»Und ich vergebe ihr, Wendy. Ich will nicht weiter daran festhalten. Ich glaube auch nicht, dass John das gewollt hätte. Wenn wir nicht verzeihen können, was tun wir dann auf dieser Welt?«

Sie sagte nichts. Sie dachte an Christa Stockwell, die es geschafft hatte, den Studenten, die ihr so großen Schaden zugefügt hatten, zu vergeben. Die gesagt hatte, es würde zu viel Energie kosten, wenn man an diesem Hass festhalten wollte. Phil Turnball hatte diese Lektion auf die harte Tour gelernt. Rache, Hass – wenn man zu sehr daran festhielt, verlor man das, was wirklich wichtig war im Leben.

Andererseits war Ariana Nasbro keine Studentin, die jemandem einen harmlosen Streich hatte spielen wollen. Sie war betrunken Auto gefahren – und das auch nicht zum ersten Mal – und hatte Wendys Mann getötet. Trotzdem stellte Wendy sich immer wieder eine Frage: Wenn Dan Mercer noch am Leben wäre, würde er ihr vergeben? Waren diese Situationen vergleichbar? Spielte das eine Rolle?

»Tut mir leid, Pops«, sagte sie. »Ich kann ihr nicht vergeben.«

»Das verlange ich ja auch gar nicht. Ich respektiere deine Entscheidung. Aber ich möchte auch, dass du meine Entscheidung respektierst. Kannst du das?«

Sie überlegte. »Ja, ich denke schon.«

Ein angenehmes Schweigen breitete sich aus.

»Ich warte«, sagte Wendy.

»Worauf?«

»Dass du mir etwas über Charlie erzählst.«

»Was ist mit ihm?«

»Hast du ihm gesagt, warum du hergekommen bist?«

»Das ist nicht meine Aufgabe«, sagte Pops. Er stand auf und

packte die restlichen Sachen ein. Eine Stunde später fuhr er. Wendy und Charlie schalteten den Fernseher ein. Wendy saß einen Moment da und starrte unkonzentriert auf den Bildschirm. Dann stand sie auf und ging in die Küche. Als sie zurückkam, hatte sie den Umschlag in der Hand. Sie reichte ihn Charlie.

»Was ist das?«, fragte er.

»Ein Brief an dich von Ariana Nasbro. Lies ihn. Wenn du darüber reden willst, ich bin oben.«

Wendy machte sich fertig fürs Bett, ließ aber die Tür auf und wartete. Schließlich hörte sie, wie Charlie die Treppe heraufkam. Sie sammelte sich. Er steckte den Kopf durch die Tür und sagte: »Ich geh ins Bett.«

»Ist mit dir alles in Ordnung?«

»Mir geht's gut. Ich will jetzt nicht darüber reden, okay? Ich will erst mal selbst noch ein bisschen darüber nachdenken.«

»Okay.«

»Gute Nacht, Mom.«

»Gute Nacht, Charlie.«

Zwei Tage später wurde auf dem Lacrosse-Platz direkt vor dem Spiel des Mädchenteams der Kasselton High School gegen das der Ridgewood High School um die Bezirksmeisterschaft eine Trauerfeier abgehalten. Während einer Schweigeminute wurde ein großes Plakat mit der Aufschrift HALEY MCWAID'S PARK vor der Anzeigetafel hochgezogen.

Wendy war auch da. Sie sah es sich aus einiger Entfernung an. Natürlich waren Ted und Marcia gekommen. Ihre beiden anderen Kinder, Patricia und Ryan, standen neben ihnen. Als Wendy sie ansah, brach es ihr noch einmal das Herz. Unter Haleys Namen wurde ein weiteres Plakat hochgezogen. Auf diesem stand NICHT IN UNSEREM HAUS. Darauf wurden

Eltern aufgefordert, keine Partys zu geben, bei denen Alkohol ausgeschenkt wurde. Als dieses Plakat hochgezogen wurde, wandte Marcia McWaid den Blick ab. Sie ließ den Blick über die Menge schweifen, entdeckte Wendy und nickte ihr kurz zu. Wendy nickte zurück. Das war alles.

Als das Spiel anfing, drehte Wendy sich um und ging. Der inzwischen pensionierte Ermittler Frank Tremont war auch gekommen. Er stand ganz hinten. Er trug denselben knittrigen Anzug wie auf der Beerdigung. Seit er erfahren hatte, dass Haley McWaid schon tot war, als er den Fall übernommen hatte, ging es ihm etwas besser. Im Moment schien ihm das jedoch nicht viel zu helfen.

Walker war in kompletter Sheriff-Montur, einschließlich Holster und Pistole, zur Beerdigung gekommen. Er stand an der Straße und unterhielt sich mit Michele Feisler. Michele berichtete für NTC über die Zeremonie. Als Wendy auf Walker zuging, ließ Michele die beiden allein. Walker trat nervös von einem Fuß auf den anderen.

Er fragte: »Alles okay mit Ihnen?«

»Mir geht's gut. Ist Ihnen bewusst, dass Dan Mercer unschuldig war?«

»Ja.«

»Das bedeutet dann doch, dass Ed Grayson einen Unschuldigen ermordet hat.«

»Ich weiß.«

»Dann können Sie ihn doch nicht einfach davonkommen lassen. Er muss vor Gericht gestellt werden.«

»Auch wenn er dachte, dass Dan Mercer ein Pädophiler war?«

»Auch dann.«

Walker sagte nichts.

»Haben Sie mich verstanden?«

»Natürlich«, sagte Walker. »Ich werde tun, was in meiner Macht steht.«

Er fügte kein »aber« hinzu. Das war auch nicht nötig. Wendy versuchte alles, was sie konnte, um Dans Namen reinzuwaschen, aber eigentlich interessierte das kaum jemanden. Dan war schließlich tot. Wendy wandte sich an Michele Feisler. Die hatte ihren Notizblock wieder gezückt, beobachtete die Menge und machte sich Notizen, wie beim letzten Mal, als sie zusammen waren.

Da fiel Wendy etwas ein.

»Hey«, sagte sie zu Michele. »Wie war das noch mit dem Zeitablauf?«

»Oh, Ihre Reihenfolge stimmte nicht«, sagte Michele.

»Ach, richtig. Ed Grayson hat erst seinem Schwager in die Knie geschossen und dann Dan Mercer ermordet.«

»Genau. Ich glaube aber nicht, dass sich dadurch irgendwas ändert, oder?«

Wendy dachte darüber nach, ließ es sich jetzt, wo sie endlich ein bisschen Zeit hatte, noch einmal durch den Kopf gehen.

Tatsächlich änderte sich dadurch alles.

Sie wandte sich an Walker und sah die Pistole in seinem Holster. Einen Moment lang starrte sie darauf.

Walker sah das. »Stimmt etwas nicht?«

»Wie viele Kugeln haben Sie in der Wohnwagensiedlung gefunden?«

»Wie bitte?«

»Ihre Leute haben doch die Siedlung abgesucht, als Dan Mercer erschossen wurde, stimmt's?«

»Ja.«

»Wie viele Kugeln haben Sie gefunden?«

»Nur eine. Die im Gasbetonstein.«

»Also die, die die Wand des Wohnwagens durchschlagen hat?«

»Ja. Wieso?«

Wendy ging zu ihrem Wagen.

Walker sagte: »Warten Sie, was ist los?«

Wendy antwortete nicht. Sie ging um ihren Wagen herum und sah ihn sich genau an. Nichts. Keine Delle, kein Kratzer. Zitternd hob sie die Hand an den Mund. Sie unterdrückte einen Schrei.

Wendy stieg in den Wagen und fuhr zu Ed Grayson. Er war hinten im Garten beim Unkraut jäten. Er zuckte zusammen, als er sie plötzlich auf sich zukommen sah.

»Wendy?«

»Dans Mörder«, sagte sie, »hat auf mein Auto geschossen.«

»Was?«

»Sie sind ein Meisterschütze. Das sagen alle. Ich habe gesehen, wie Sie auf mein Auto gezielt und mehrere Schüsse abgegeben haben. Trotzdem hat es keinen Kratzer. Genaugenommen wurde in der ganzen Wohnwagensiedlung nur eine einzige Kugel gefunden, nämlich die, die die Wand durchschlagen hat – Ihr erster Schuss. Die Kugel, die am leichtesten zu finden war.«

Ed Grayson blickte auf. »Wovon reden Sie?«

»Wie konnte ein Meisterschütze Dan mit seinem ersten Schuss aus so kurzer Entfernung verfehlen? Wie konnte er mein Auto mit diversen Schüssen verfehlen? Wie konnte er den verdammten Fußboden verfehlen? Antwort: Das konnte er gar nicht. Das war alles nur ein Trick.«

»Wendy?«

»Was?«

»Lassen Sie es gut sein.«

Sie sahen sich einen Moment lang an.

»Das kann ich nicht. Ich bin für Dans Tod verantwortlich.«

Er sagte nichts.

»Und wenn ich jetzt so darüber nachdenke, ist das absolut irrwitzig. Als ich am Wohnwagen angekommen bin, hatte Dan jede Menge Blutergüsse, weil ihn jemand verprügelt hatte. Die Polizei hat Hester Crimstein für so unglaublich clever gehalten. Sie hat meine Aussage dazu benutzt zu behaupten, Sie hätten ihn zusammengeschlagen – wodurch dann sein Blut in Ihren Wagen gekommen ist. Dabei haben die Polizisten nicht begriffen, dass Hester einfach nur die Wahrheit gesagt hat. Sie haben Dan ausfindig gemacht. Sie haben ihn geschlagen, wollten ein Geständnis aus ihm herausprügeln. Aber er hat nicht gestanden, stimmt's?«

»Nein«, sagte Ed Grayson. »Das hat er nicht.«

»Und irgendwann haben Sie dann angefangen, ihm zu glauben. Sie haben gemerkt, dass er womöglich unschuldig sein könnte.«

»Womöglich.«

»Jetzt müssen Sie mir weiterhelfen. Sie sind nach Hause gekommen. Was dann – haben Sie E. J. gedrängt, die Wahrheit zu sagen?«

»Lassen Sie es gut sein, Wendy.«

»Kommen Sie. Sie wissen ganz genau, dass ich das nicht kann. Ist E. J. zu Ihnen gekommen und hat Ihnen erzählt, dass sein Onkel die Fotos gemacht hat?«

»Nein.«

»Wer dann?«

»Meine Frau, okay? Sie hat gesehen, dass ich blutverschmiert ankam. Sie hat mir gesagt, dass ich aufhören muss. Sie hat mir erzählt, was passiert ist, dass ihr Bruder die Fotos gemacht hat. Sie hat mich angefleht, dass ich mich aus der Sache raushalte.

E. J. würde darüber hinwegkommen, sagte sie. Ihr Bruder hätte sich in Behandlung begeben.«

»Aber Sie konnten ihn nicht einfach so davonkommen lassen.«

»Nein, das konnte ich nicht. Andererseits konnte ich E. J. nicht zwingen, gegen seinen eigenen Onkel vor Gericht auszusagen.«

»Also haben Sie ihm in die Kniescheiben geschossen.«

»So dumm bin ich nicht, dass ich Ihnen darauf eine Antwort gebe.«

»Egal. Wir wissen beide, dass Sie es waren. Und was dann? Haben Sie Dan angerufen und sich entschuldigt? Etwas in der Art?«

Er antwortete nicht.

»Es spielte keine Rolle, dass die Richterin den Fall nicht zur Hauptverhandlung angenommen hat«, fuhr sie fort. »Meine Sendung hatte Dans Leben zerstört. Selbst jetzt – selbst nachdem ich erzählt habe, was passiert ist, nachdem ich ihn in aller Öffentlichkeit entlastet habe – halten die Leute ihn immer noch für einen Pädophilen. Wo Rauch ist, da ist auch Feuer, oder? Er hatte keine Chance mehr. Sein Leben war vorbei. Außerdem hatten Sie wahrscheinlich auch noch Schuldgefühle, weil Sie den Hass gegen ihn geschürt haben. Also wollten Sie das wiedergutmachen.«

»Lassen Sie es gut sein, Wendy.«

»Und, was noch besser ist, Sie waren U.S. Marshal. Und die U.S. Marshals sind doch verantwortlich für das Zeugenschutzprogramm, oder? Sie wissen also, wie man einen Menschen verschwinden lässt.«

Er antwortete nicht.

»Die Lösung war also ziemlich einfach. Sie mussten seinen Tod inszenieren. Natürlich hatten Sie weder eine Leiche noch konnten Sie einen falschen Polizeibericht schreiben, wie Sie das früher gemacht hätten, als Sie noch im Dienst waren. Und deshalb brauchten Sie einen zuverlässigen Zeugen – jemanden, der auf keinen Fall im Verdacht stand, mit Dan Mercer unter einer Decke zu stecken. Und da sind Sie auf mich gekommen. Sie haben ausreichend Hinweise hinterlassen, damit die Polizei meine Geschichte glaubte – die eine Kugel, sein Blut, den Zeugen, der Sie mit dem Teppich gesehen hat, Ihr Wagen am Tatort, der GPS-Sender an meinem Auto, selbst das Schießen beim Gun-O-Rama – die Hinweise waren aber so vage, dass sie nicht für eine Verurteilung reichten. Sie hatten nur eine echte Kugel in Ihrer Pistole. Das war die erste, die Sie in die Wand geschossen haben. Die anderen waren Platzpatronen. Und wahrscheinlich hatte Dan Ihnen vorher schon ein bisschen Blut gegeben, oder er hat sich absichtlich geschnitten – so ist dann sein Blut auf den Boden gekommen. Ach, und noch etwas – Sie haben sich eine Wohnwagensiedlung gesucht, in der man keinen Handyempfang hat. Der Zeuge musste erst ein Stück fahren, um die Polizei zu benachrichtigen. So hatten Sie genug Zeit, um Dan heimlich wegzuschaffen. Und als das iPhone in seinem Motelzimmer gefunden wurde, sind Sie fast durchgedreht, stimmt's? Deshalb waren Sie im State Park. Deshalb wollten Sie wissen, was ich davon hielt? Weil Sie in dem Moment dachten, Sie hätten womöglich einem Mörder zur Flucht verholfen.«

Sie wartete, dass er etwas sagte. Einen Moment lang musterte er einfach nur ihr Gesicht.

»Das ist ja eine unglaubliche Geschichte, Wendy.«

»Also, ich kann nichts davon beweisen …«

»Ich weiß«, sagte er. »Weil es Unsinn ist.« Jetzt lächelte er fast. »Oder glauben Sie, dass Sie auch mich mit einem Sender überlisten können?«

»Ich bin nicht verdrahtet.«

Er schüttelte den Kopf und ging auf sein Haus zu. Sie folgte ihm.

»Verstehen Sie das nicht? Ich will das gar nicht beweisen.«

»Und warum sind Sie dann hier?«

Tränen traten ihr in die Augen. »Weil ich für das, was Dan passiert ist, verantwortlich bin. Ich habe ihn in der Fernsehsendung in einen Hinterhalt gelockt. Meinetwegen hält die Welt ihn für einen Pädophilen.«

»Das ist wahr.«

»Und wenn Sie ihn umgebracht haben, bin ich dafür verantwortlich. Und das trage ich mein Leben lang mit mir herum. Ich bekomme keine zweite Chance. Es ist meine Schuld. Aber wenn Sie ihm zur Flucht verholfen haben, geht es ihm jetzt vielleicht sogar gut. Und vielleicht, nur ganz vielleicht, versteht er mich und …«

Sie brach ab. Sie waren jetzt im Haus.

»Und was?«

Sie hatte Schwierigkeiten, es auszusprechen. Ihr Gesicht war tränenüberströmt.

»Und was, Wendy?«

»Und vielleicht«, sagte sie, »vergibt er mir sogar.«

Ed Grayson nahm den Hörer vom Telefon. Er wählte eine lange Nummer. Dann sagte er eine Art Code. Er wartete auf ein Klicken. Dann gab er ihr den Hörer.

EPILOG

»Mr. Dan?«

Ich stehe in einem Zelt, das auch als Schule dient, und bringe diesen Jugendlichen für eine Organisation namens LitWorld das Lesen bei. »Ja?«

»Ein Funkspruch. Für Sie.«

Im Dorf gibt es kein Telefon. Diesen Teil der Provinz Cabinda in Angola kann man nur über Funk erreichen. Nach meinem Abschluss in Princeton habe ich hier in der Nähe für das Friedenskorps gearbeitet. Sie kennen die Redewendung, wenn Gott eine Tür schließt, öffnet er eine andere, oder so ähnlich. Als ich die rote Tür öffnete, hatte ich keine Ahnung, dass sich am Ende eine andere für mich auftun würde.

Ed Grayson hat mir das Leben gerettet. Eine Freundin von ihm, Terese Collins, arbeitet im nächsten Tal in einem ähnlichen Ort wie diesem. Ed und sie sind die Einzigen, die die Wahrheit kennen. Für alle anderen ist Dan Mercer wirklich tot.

Und ganz unwahr ist das auch gar nicht.

Ich hatte Ihnen ja schon gesagt, dass Dan Mercers Leben zu Ende war. Aber das Leben von Dan Mayer – keine sehr große Namensänderung, aber es reicht – hat gerade erst begonnen. Etwas ist allerdings seltsam. Ich vermisse mein altes Leben eigentlich kaum. Irgendetwas war da vorgefallen – vielleicht lag es an einer brutalen Pflegefamilie, vielleicht an dem, was ich Christa Stockwell angetan hatte, vielleicht an der Tatsache, dass ich Phil Turnball mit der Verantwortung allein gelassen hatte –, das diese Art von Arbeit hier zu meiner Berufung gemacht hatte. Man kann es wohl als Buße bezeichnen. Vielleicht ist es das wirklich. Ich glaube allerdings, dass es dafür eine genetische Veranlagung gibt, so wie manche Leute geborene Ärzte sind, gerne Angeln gehen oder mit großer Kunstfertigkeit Bälle in einen Korb werfen können.

Ich habe lange dagegen angekämpft. Ich habe Jenna geheiratet. Aber, wie ich am Anfang schon erwähnte, ist es meine Bestimmung, allein zu sein. Das habe ich jetzt akzeptiert. Denn – und ich weiß, dass das kitschig klingt – wenn man das Lächeln in den Gesichtern dieser Kinder sieht, ist man nie ganz allein.

Ich blicke nicht zurück. Wenn die Welt Dan Mercer für einen Pädophilen hält, dann ist das eben so. Wir haben hier draußen kein Internet, also kann ich nicht nachsehen, was zu Hause passiert. Ich glaube auch nicht, dass ich es tun würde. Ich vermisse Jenna, Noel und die Kinder, aber das ist in Ordnung. Ich überlege, ob ich ihr die Wahrheit sagen soll. Jenna ist die Einzige, die wirklich ehrlich um mich trauern wird.

Ich weiß nicht. Vielleicht tue ich das irgendwann.

Ich greife zum Funkgerät. Das ist mein erster Anruf, seit ich hier bin. Nur Terese Collins und Ed Grayson kennen die Nummer, daher bin ich überrascht, als ich eine bekannte Stimme sagen höre: »Es tut mir furchtbar leid.«

Wahrscheinlich hätte ich die Stimme hassen müssen. Ich hätte wütend auf sie sein müssen, aber das bin ich nicht. Ich lächle. Im Endeffekt hat sie mich glücklicher gemacht, als ich es je war.

Sie spricht jetzt schnell, weint auch, erklärt, was sie getan hat. Ich höre nur mit einem halben Ohr hin. Ich muss das alles nicht wissen. Wendy hat angerufen, um drei Worte zu hören. Ich warte. Und dann, als sie mir schließlich die Gelegenheit gibt, bin ich gerne bereit, sie ihr zu sagen.

»Ich vergebe Ihnen.«

Autor

Harlan Coben wurde 1962 in New Jersey geboren. Seine Thriller sind bisher in 45 Sprachen übersetzt worden, erobern regelmäßig die internationalen Bestsellerlisten und wurden zu großen Teilen verfilmt. Er wurde als erster Autor mit den drei bedeutendsten amerikanischen Krimipreisen ausgezeichnet – dem Edgar Award, dem Shamus Award und dem Anthony Award – und gilt als einer der wichtigsten und erfolgreichsten Thrillerautoren seiner Generation. Harlan Coben lebt mit seiner Familie in New Jersey. Mehr zum Autor und seinen Büchern unter www.harlancoben.com.

Harlan Cobens Thriller im Goldmann Verlag:

Honeymoon • Totgesagt • Kein Sterbenswort • Kein Lebenszeichen • Keine zweite Chance • Kein böser Traum • Kein Friede den Toten • Das Grab im Wald • Sie sehen dich • In seinen Händen • Wer einmal lügt • Ich vermisse dich • Ich finde dich • Ich schweige für dich • In ewiger Schuld • In deinem Namen • Suche mich nicht • Der Junge im Wald • Nichts bleibt begraben • Was im Dunkeln liegt

Die Reihe mit Myron Bolitar:

Das Spiel seines Lebens • Schlag auf Schlag • Der Insider Preisgeld • Abgeblockt • Böses Spiel • Seine dunkelste Stunde Ein verhängnisvolles Versprechen • Von meinem Blut • Sein letzter Wille • Der Preis der Lüge

(Alle Bücher sind auch als E-Book erhältlich.)